사라진 서점

사라진 서점

The Lost Bookshop

이비 우즈 장편소설

이영아 옮김

INFLUENTIAL
인 플 루 엔 설

차례

책을 사랑하는 모든 이에게……

일러두기

• 본문의 주는 모두 옮긴이가 독자의 이해를 돕기 위해 붙인 것입니다.

프롤로그

추운 겨울날 비 내리는 더블린 거리는 어린 아이가 어슬렁거릴 만한 곳이 아니지만, 소년은 그 매혹적인 서점의 유리창에서 얼굴을 떼지 못했다. 안에서는 불빛이 반짝이고, 알록달록한 책 표지들이 모험담과 탈출기를 약속하며 소년을 유혹했다. 진열창 안에는 진기한 물건이며 아기자기한 장식품으로 가득했다. 장난감 열기구들은 천장에 닿을 듯하고, 오르골 속 기계 새와 회전목마 들은 아름다운 소리를 내며 빙글빙글 돌았다. 서점에 있던 여자가 소년을 발견하고는 손을 흔들어 불렀다. 소년은 고개를 저으며 살짝 얼굴을 붉혔다.

"그러면 지각하는데." 소년은 유리창 너머 여자에게 입 모양으로 말했다.

여자는 고개를 끄덕이며 빙긋 웃었다. 아주 상냥한 사람 같았다.

"그럼 1분만." 소년은 서점 안으로 들어가고픈 충동을 3초쯤 견

딘 후 말했다.

"1분만." 여자는 카운터 뒤의 큼직한 판지 상자에서 책을 꺼내며 소년을 힐끔 보았다. 셔츠 옷자락이 밖으로 삐져나왔고, 머리칼은 한동안 빗지 않은 듯 부스스했으며 양말은 짝짝이였다. 여자는 혼자 웃었다. 오펄린의 서점은 소년, 소녀 들을 끌어들이는 자석이었다. "몇 학년이니?"

"세인트 이그네이셔스 3학년요." 소년은 아치형 천장에 매달린 목제 비행기들을 올려다보느라 목을 쭉 빼고 있었다.

"학교 다니는 거 재미있어?"

소년은 코웃음을 쳤다.

여자는 소년이 오래된 마술책을 훌훌 넘겨보도록 두었지만, 금세 아이는 그녀의 책상으로 다가가 문구를 구경하기 시작했다.

"도와줄래? 출판 기념회 초대장을 보내야 하거든."

소년은 어깨를 으쓱하고는, 그녀를 따라 편지를 접어 봉투에 집어넣었다. 좀 과하리만치 열중하느라 코를 찡그리자, 뺨에 별자리처럼 퍼져 있는 주근깨가 일그러졌다.

"오펄린이 무슨 뜻이에요?" 소년은 음절을 뚝뚝 끊어 발음하며 물었다.

"오펄린은 이름이야."

"아줌마 이름이에요?"

"아니, 내 이름은 마서란다."

소년은 이 대답이 성에 차지 않는 모양이었다.

"오펄린에 대해 이야기해줄까? 그 사람도 학교를 별로 좋아하지 않았단다. 규칙도."

"남이 시키는 대로 하는 것도요?" 소년이 물었다.

"아, 특히 그걸 싫어했지." 마서는 소년과 한통속이 된 듯 씩 웃었다. "자, 편지를 봉투에 다 넣고 나면 내가 차를 끓여줄게. 재미있는 이야기는 언제나 차와 함께 시작되는 법이니까."

1장

오펄린

1921년, 런던

나는 책등을 손가락으로 쭉 훑어 양각 무늬의 오돌토돌한 요철을 느끼며, 실체 있는 무언가가, 내 앞에 허구처럼 펼쳐지는 일보다 믿음직한 무언가로 인도되기를 기다렸다. 어머니는 스물한 살인 나를 결혼시키기로 마음먹었다. 린든 오빠가 막 가업을 물려받은 어떤 멍청한 인간을 쓸데없이 찾아낸 것이다. 머나먼 이국의 이런 저런 물건을 수입한다는데, 나는 귓등으로 흘려버렸다.

"네 또래 여자한테는 두 갈래 길밖에 없어." 어머니는 찻잔과 받침 접시를 안락의자 옆 탁자에 내려놓으며 선언하듯 말했다. "결혼하든가, 아니면 품격에 어울리는 자리를 찾든가."

"품격요?" 나는 기가 막혀 어머니의 말을 그대로 돌려주었다. 칠이 벗어지고 커튼이 바랜 거실을 둘러보노라니 어머니의 허영심에 감탄만 나올 뿐이었다. 자신보다 신분이 낮은 남자와 결혼한 어머니는 툭하면 아버지에게 그 사실을 상기시키곤 했다.

"그걸 꼭 지금 해야겠어요?" 벽난로 바닥의 쇠살대에 긴 재를 털고 있는 가정부 배럿 부인에게 오빠가 물었다.

"마님이 불을 피우라고 하셔서……." 배럿 부인은 존경심이라고는 눈곱만큼도 느껴지지 않는 투로 말했다. 그녀는 내 기억이 시작되는 때부터 우리 집에 있었고, 오로지 어머니의 지시에만 따를 뿐 나머지 가족은 하찮은 사기꾼 대하듯 했다.

"어쨌거나 결혼해야 해." 오빠는 지팡이를 꾹꾹 짚어 절뚝절뚝 방을 가로지르면서 앵무새처럼 같은 말만 되풀이했다. 나보다 열여덟 살 많은 오빠는 플랑드르에서 터진 전쟁에서 포탄 파편에 맞아 오른쪽 반신이 일그러졌다. 내가 알던 예전의 오빠는 그 전장 어딘가에 묻혀 있다. 나는 공포 서린 오빠의 눈빛이 섬찟했고, 인정하고 싶지는 않았지만 오빠가 무서웠다. "놓치기 아까운 신랑감이야. 아버지 연금으로 어머니가 빠듯하게 살림을 꾸리고 계시잖아. 이제 너도 책은 그만 보고 현실을 직시해."

나는 책을 쥔 손에 더욱 힘을 주었다. 구하기 힘든 《폭풍의 언덕》 미국 초판본이었다. 아버지가 독서에 대한 애정과 더불어 내게 선물해준 책. 책등에 '《제인 에어》의 작가 지음'이라는 잘못된 정보가 금빛으로 새겨진 클로스* 장정의 이 책을 나는 부적처럼 들고 다녔다. 우리는 캠든의 벼룩시장에서 우연히 이 책을 발견했다(어머니에게는 비밀이었다). 에밀리 브론테의 책을 낸 영국 출판사

---

* 책 표지를 감싸는 장정용 헝겊.

가 《제인 에어》의 상업적 성공을 이용하려고 이 오기誤記를 허용했다는 사실을 나중에야 알았다. 책 상태는 좋지 않았다. 천에 싸인 판지 모서리는 닳았고, 뒤표지에는 V자 자국이 나 있었다. 세월과 손을 탄 제본용 실이 해지면서 종잇장이 하나둘씩 떨어지고 있었다. 하지만 종이에서 풍기는 담배 냄새를 비롯한 모든 것이 흡사 타임머신 같았다. 어쩌면 이때부터 시작됐는지도 모른다. 내게 있어 책은 겉으로 보이는 것이 전부가 아니다. 아버지는 나의 책 사랑이 학구열로 이어지기를 바랐던 것 같지만, 오히려 수업에 대한 혐오감만 커졌다. 걸핏하면 상상의 세계에 빠지곤 했던 나는 저녁이면 학교에서 집까지 한달음에 달려가 아버지에게 책을 읽어달라고 했다. 아버지는 공무원이었고, 배움에 대한 열정이 넘치는 성실한 사람이었다. 책은 그저 종이에 적힌 글이 아니라, 다른 장소, 다른 삶으로 통하는 입구라고 아버지는 입버릇처럼 말했다. 나는 책과 그 안에 담긴 무한한 세계를 사랑하게 되었고, 이는 오롯이 아버지 덕분이었다.

"고개를 기울이면 말이다." 한번은 아버지가 말했다. "옛날 책들이 비밀을 속삭이는 소리가 들린단다."

나는 송아지 가죽 표지에 종이가 누렇게 바랜 고서 한 권을 책장에서 찾아냈다. 책을 귀에 바짝 붙인 채 두 눈을 질끈 감았다. 작가가 내게 말하려 하는 중요한 비밀이 들린다고 상상하면서. 하지만 아무것도 들리지 않았다, 적어도 말은.

"뭐가 들리니?" 아버지가 물었다.

나는 귓속이 소리로 가득 메워지도록 기다렸다.

"바닷소리가 들려요!"

마치 소라 껍데기를 귀에 댄 것처럼 종잇장들 사이로 공기가 소용돌이쳤다. 아버지는 빙긋 웃으며 한 손으로 내 뺨을 감쌌다.

"종이들이 숨을 쉬고 있는 거예요, 아빠?"

"그렇단다, 이야기가 숨 쉬고 있는 거지."

아버지는 1918년 스페인 독감에 쓰러졌고, 나는 밤새도록 곁을 지키며 아버지의 차가운 손을 잡고 아버지가 좋아하는 이야기를 읽어드렸다. 찰스 디킨스의 《데이비드 코퍼필드》. 그 이야기가 아버지를 치유해줄 줄 알았다. 바보같이.

"집안 형편 때문에 만난 적도 없는 남자랑 결혼하기는 싫어. 어떻게 그런 몰상식한 생각을 할 수가 있어?"

내가 말할 때 배럿 부인이 솔을 떨어뜨려 금속이 대리석에 부딪히는 소리가 울리자 오빠 얼굴이 일그러졌다. 오빠는 시끄러운 소리라면 무조건 질색했다.

"당장 나가요!"

무릎이 몹시 변변찮던 이 가여운 여인은 세 번이나 실패한 끝에 겨우 몸을 일으켜 방에서 나갔다. 문을 쾅 닫고 싶은 충동을 어떻게 참았는지는 영원한 수수께끼였다.

나는 말을 이었다.

"두 사람한테 내가 그렇게 큰 짐이라면 그냥 나갈게요."

"나가서 어디로 가려고? 돈도 없으면서." 어머니가 지적했다. 이제 60대인 어머니는 내가 가족에게 찾아온 '조그만 깜짝 선물'이라고 항상 말했다. 어머니가 깜짝 선물을 얼마나 싫어하는지 몰랐다면 그 말이 멋스럽게 들렸을 텐데. 나이 든 식구들 속에서 자라다 보니, 홀홀 떠나 현대적인 세계를 경험하고픈 욕망이 커져만 갔다.

"친구들한테 가면 돼요." 나는 고집을 부렸다. "일자리를 구할 수 있을 거예요."

어머니는 새된 소리로 외마디 비명을 질렀다.

"이 배은망덕한 것!" 내가 의자에서 일어나려 하자 오빠는 내 손목을 붙잡으며 으르렁거렸다.

"아파!"

"내 말 안 들으면 훨씬 더 아프게 해주겠어."

나는 팔을 빼내려 버둥거렸지만 오빠는 꽉 붙잡고 놔주지 않았다. 어머니를 봤더니, 바닥에 깔린 양탄자만 물끄러미 내려다보고 있었다.

"알았어." 이제는 오빠가 가장이며 모든 것이 오빠 결정에 달려 있다는 사실을 나는 마침내 이해했다.

"그래." 오빠는 여전히 내 손목을 붙든 채 시큼한 입김을 내 얼굴에 뿜었다. "진작 이렇게 나왔어야지."

나는 오빠의 눈을 바라보며 또다시 벗어나려 몸부림쳤다. "그 남자 만나볼게."

"결혼을 해야지." 오빠는 이렇게 단언하고는 천천히 내 손목을 풀어주었다.

나는 스커트를 쓸어내리고 옆구리에 책을 끼었다.

"좋아. 그럼 결정된 거야." 오빠는 차가운 눈으로 내 뒤의 어딘가를 보며 말했다. "오스틴을 오늘 저녁 식사에 초대해서 얘기를 끝내야겠어."

"그래, 오빠." 나는 이렇게 말한 뒤 위층의 내 방으로 돌아갔다.

———◆

화장대 맨 위 서랍을 뒤져 담배 한 개비를 찾았다. 예전에 배럿 부인이 부엌에 몰래 숨겨놓은 걸 훔쳐두었다. 창문을 열고 담배 끄트머리에 불을 붙이고는 영화에 나오는 팜파탈처럼 천천히 길게 한 모금 빨았다. 화장대 앞에 앉아, 지난여름 해변에서 주워온 오래된 굴 껍데기에 담배를 올려놓았다. 단짝인 제인이 결혼하기 전 둘이서 아무 걱정 없이 떠난 휴가였다. 이젠 여성에게도 투표권이 생겼건만, 여전히 집안 좋은 남자와의 결혼만이 살길처럼 여겨진다.

거울에 비친 모습을 보며 나는 짧게 잘린 뒤통수의 머리칼을 만졌다. 내가 치렁치렁한 머리칼을 싹둑 잘랐을 때 어머니는 졸도하다시피 했다. "난 이제 어린 소녀가 아니잖아요." 어머니에게 이렇게 말하기는 했지만, 진심으로 한 소리였을까? 난 현대적인 여성이 되어야 했다. 모험을 감행해야 했다. 하지만 돈 한 푼 없는 내가 어른들이 시키는 대로 고분고분 따르는 것 말고 달리 뭘 할 수 있겠는가. 그때 아버지의 말이 떠올랐다…… '책은 입구 같은 거란다.' 나는 책장을 다시 바라보며 또 한 번 담배를 길게 빨았다.

"넬리 블라이라면 어떻게 할까?" 나는 자주 그러듯이 자문해보았다. 내게 그녀는 용감한 인간의 전형이었다. 넬리는 쥘 베른의 소설*에서 영감을 얻어 72일 6시간 11분 만에 세계여행을 완주한 선구적인 미국 저널리스트다. 그녀는 에너지를 올바른 방향으로 쏟아붓기만 하면 뭐든 성취할 수 있다고 늘 말했다. 내가 남자였다면 결혼하기 전에 유럽을 쭉 둘러보고 오겠노라고 당당히 말할 텐데. 다른 문화를 경험하고 싶었다. 스물한 살이 되도록 아무것도 해보지 못했다. 아무것도 보지 못했다. 나는 책들을 다시 바라보다가, 담배가 다 타기 전에 결단을 내렸다.

———✦

"얼마나 줄 수 있어요?" 나는《폭풍의 언덕》과《파리의 노트르담》양장본을 살펴보는 터튼 씨를 지켜보았다.

터튼 씨는 창 하나 없는, 아주 기다란 복도나 다름없는 갑갑한 가게의 주인이었다. 그가 파이프 담배를 피우는 통에 공기가 끈적거리고 눈물이 나기 시작했다.

"2파운드, 이것도 후하게 쳐준 거요."

"안 돼요, 더 필요해요."

그는 아버지가 남긴《데이비드 코퍼필드》를 보더니, 내가 미처 막기도 전에 책장을 훌훌 넘겨보기 시작했다.

"이건 안 팔아요…… 추억이 담긴 책이라서요."

* 《80일간의 세계일주》를 말한다.

"이야, 재밌는데? 이런 걸 '낭독판'이라고 하지. 찰스 디킨스가 공개 낭독회에서 읽었을 거요." 주먹코와 조그만 눈 때문에 터튼 씨는 오소리나 두더지처럼 보였다. 그는 트러플을 찾아내듯 귀한 책의 냄새를 맡을 줄 알았다.

"그래요, 나도 알아요." 나는 그의 탐욕스러운 손에서 책을 도로 낚아채려 애썼다. 그는 이미 그 책이 경매에 나오기라도 한 것처럼 평가를 이어나갔다.

"광택 나는 붉은색 송아지 가죽으로 전체를 감싼 호사스러운 장정. 매력적인 판본이야. 책등에 금박으로 화려한 장식이 찍혔고, 책장 가장자리에도 전부 금박을 입혔어. 초판의 대리석 무늬 면지는 또 어떻고."

"아버지한테 선물받은 책이에요. 안 팔 거예요."

터튼 씨는 안경테 너머로 나를 가늠하듯 바라보았다. "이름이……?"

"칼라일이에요."

"칼라일 양, 이렇게 잘 보존된 희귀본은 내 평생 처음이라오."

"해블롯 K. 브라운의 삽화도 들어갔잖아요. 여기 삽화가의 필명도 적혀 있어요, '피즈'라고." 나는 자랑스럽게 덧붙였다.

"15파운드 주겠소."

일생일대의 결정을 내리기 직전 흔히 그러듯, 온 세상이 고요해졌다. 한쪽 길에는 미지의 세계와 함께 자유가 놓여 있었다. 다른 길은 황금으로 만든 새장이었다.

"20파운드. 그렇게 하시죠, 터튼 씨."

그는 눈을 가늘게 뜨더니 입술을 삐죽이며 떨떠름한 미소를 지었다. 나는 터튼 씨가 그 정도 액수는 지불하리라는 걸 알았다. 내가 언젠가 이 책을 반드시 되찾으리라는 확신도 있었다. 그가 등을 돌리자 나는 《폭풍의 언덕》을 주머니에 슬그머니 집어넣고 서점을 나왔다.

이렇게 나의 서적상 인생이 시작되었다.

2장

마서

아홉 달 전, 더블린

그 춥고 어두컴컴한 저녁, 재킷에서 빗물을 뚝뚝 떨어뜨리며 헤이프니 레인에 있는 조지 왕조풍 붉은 벽돌 저택에 처음 도착했을 때만 해도 계속 머물 계획은 없었다. 통화한 여자의 목소리는 사근사근하게 들리지 않았지만, 달리 갈 곳이 없는 데다 돈도 거의 없었다. 나의 더블린 여행은 일주일 전 이 나라의 반대편, 어느 마을 외곽의 호젓한 버스 정류장에서 시작되었다. 버스 정류장에 얼마나 오래 앉아 있었는지, 추웠는지 따뜻했는지, 지나간 사람이 있었는지 기억 나지 않는다. 떠나고픈 충동이 내 모든 감각을 압도해 아무것도 느껴지지 않았다. 오른쪽으로 눈이 돌아가지 않아서, 마침내 도착한 버스를 보지 못했다. 온몸이 마비된 느낌이었지만, 돌로 된 벽에서 몸을 떼어내자 갈비뼈가 욱신거렸다. 그래도 그곳을 생각하지 않으려 했다. 아직은 안 될 말이다. 내 가방을 실어주려고 내린 버스 기사가 방금 보안 시설에서 탈출한 사람 보듯 나를 쳐다볼 때도 난 그곳을 다시 생각하지 않으려 했다.

"어디까지 가요?" 그가 물었다.

'여기만 아니라면 어디든 좋아요.'

"더블린요." 나는 대답했다. 더블린 정도면 충분하리라. 나는 차창 밖으로 미끄러지는 시골 풍경을 지켜보았다. 저 들판이 정말 싫었다. 학교 하나에 교회 하나, 술집 열두 개가 전부인 작은 마을에 진절머리가 났다. 나를 짓눌러대는 그 우중충함이라니. 그러다 어느새 졸기 시작했는지, 그가 또 내게 달려들고 있다는 착각에 움찔 놀라며 두 손으로 얼굴을 가렸다. 어디를 지켜야 하는지도 알지 못한 채. 그는 너무 빨랐다. 그리고 그가 부지깽이를 찾았을 때 모든 게 물거품이 되고 말았다. 모든 것이. 내가 품었던 모든 희망이. 순진무구하고 한심한 모든 희망이. 그 순간 난 깨달았다. 사람은 어차피 혼자다. 누구도 날 구하러 와주지 않는다. 사람들이 갑자기 변해서 내게 사과하고 나를 존중해주는 일 따위 없다. 사람들은 상처와 고통이 뒤범벅된 존재이며, 만만한 상대에게 울분을 푼다. 나를 구해줄 사람은 이제 나 자신밖에 없었다.

———◆

"커피랑 치즈 토스트 샌드위치 주세요." 나는 메뉴판에서 가장 싼 음식을 골라 웨이터에게 말했다.

온라인에서는 아무런 소득이 없어 지방 신문을 들고 일자리를 찾기 시작했다. 호스텔에서 일주일을 묵고 나니 벌써 돈이 바닥나고 있었다. 바로 그때 그 글자가 눈에 띄었다. '입주 가정부.' 그 번호로 전화를 걸었고, 어쩌다 보니 바로 그다음 날 으리으리한 저택의 반드르르한 검은 문을 두드리고 있었다. 자기를 '보든 부인'으로 불러달라는 그 여자는 내가 이제껏 만나본 적 없는 유형의 사람이었다. 역사 드라마의 등장인물처럼 기다란 깃털 목도리를 두르고 다이아몬드 귀걸이를 하고 있었다. 5분이 채 지나기도 전에 그녀는 시어터 로열*에서 무용단원들과 함께 춤추고 들어본 적도 없는 옛날 연극에서 연기하던 시절의 이야기들을 실컷 들려주었다.

"사람들은 내가 별나다지만, 내가 보기엔 그 인간들이야말로 따분해. 그러니까 모든 건 상대적인 거지. 참, 이름이 뭐랬더라?"

"마서예요." 나는 그녀를 따라 지하로 내려가며 세 번째로 내 이름을 말했다. 그녀는 지팡이를 썼는데, 현란하게 지팡이를 짚고 걸을 땐 꽤나 날렵해 보였다. 80대로 짐작되긴 했지만, 나이를 가늠하기가 어려웠다. 시간이 멈춰버린 인물을 선택한 배우처럼.

"저번 아가씨는 여기서 참 행복하게 지냈더랬지." 나도 그래야 한다고 경고하는 듯한 투였다.

어두컴컴한 방에서 간신히 보이는 천장 근처의 반쪽짜리 창문 밖으로 거리를 지나다니는 사람들의 발이 보였다. 그녀가 지팡이로 스위치를 탁 켜자 천장에 길게 매달린 큼직한 전등이 잠깐 눈

---

* 웨스트엔드 지역에 있는 런던에서 가장 오래된 극장.

부시게 빛나더니, 구석에 놓인 일인용 침대와 맞은편 벽의 옷장이 보였다. 문 옆에 작은 간이부엌이 있고, 바로 밖에는 샤워기가 갖추어진 작은 욕실로 들어가는 문이 있었다. 바닥에 깔린 리놀륨은 가장자리가 동그랗게 말리고 벽지 역시 낡았지만, 나는 곧장 안전하다고 느꼈다. 여긴 내 방이다. 내 것이라 부를 수 있는 공간. 문을 닫기만 하면 누가 부수고 들어올까 봐 걱정하지 않아도 되는 곳.

"어떠신가?" 보든 부인이 한쪽 눈썹을 치켜올리며 물었다.

"마음에 들어요."

"거봐, 내가 뭐랬어."

"그럼, 저는 고용된 건가요?"

그녀는 내 꾀죄죄한 행색을 가만히 뜯어보았다. 시력이 어지간히 나쁜지 얻어맞은 내 얼굴을 알아채지 못한 것 같아 천만다행이었다. 알아채고도 개의치 않은 건지도 모르지만.

"뭐, 그런 것 같군." 그녀는 인정했다. "그렇다고 너무 좋아할 거 없어. 다른 사람이 없어서 뽑는 거니까. 아무도 안 오더라니까. 말이 돼? 자네 세대는 그게 문제야. 성실하게 일해서 돈 벌 생각들을 안 해. 거저 벌면서 순간순간 즐기면 그만이지."

그녀는 나를 두고 계단을 올라가면서 계속 떠들어댔다. 내가 침대에 살며시 앉자, 스프링들이 고장 난 아코디언 같은 소리를 냈다. 그래도 상관없었다. 여기 있으면 아무도 나를 찾지 못할 것이다. 나는 시계를 오전 7시에 맞춰놓았다. 보아하니 나의 새 주인은 아침에 고급 정찬을 즐기고 싶어 하는 듯하니, 냉장고에 들어 있는 것들로 미슐랭 별점을 받을 만한 아침 식사를 차려내야 할 터였다. 그 생각은 뒤로 미루기로 했다. 나는 축축한 옷을 갈아입지도, 블라인드를 내리지도 않은 채 단잠에 빠졌다.

———◆

나는 깨자마자 일어나 앉았다. 왜 이렇게 밝지? 여기가 어디야? 그리고 왜 자명종이 울리고 있지? 질문들의 답이 하나씩 천천히 떠오를 때쯤 낡은 청바지와 헐렁한 스웨터를 내려다보았다. 적절한 가정부 복장이 뭔지는 정확히 모르겠지만, 적어도 이런 차림새는 아니리라. 나는 여행 가방을 열어서 기다란 회색 니트 원피스를 꺼냈다. 가방에 던져 넣은 기억은 나지 않았지만, 다림질하지 않아도 될 옷을 챙기자는 생각이었나 보다. 얼른 스웨터를 벗고 청바지 지퍼를 내리려는데, 집 옆쪽으로 난 창문 앞으로 걸어가는 두 다리의 아래쪽 절반이 보였다. 숨을 죽이고 있자니, 끈 달린 갈색 스웨이드 부츠가 보였다. 그의 부츠가 아니다. 나는 스웨터로 가슴을 가린 채, 반원을 그리듯 이리저리 움직이는 두 다리를 지켜보았다. 대체 뭘 하는 거지? 나는 화가 나기 시작했다. 조금의 망설임도 없이 창문을 밀어서 열고 두 팔을 창턱에 얹은 채 고개를 밖으로 내밀었다.

"저기요!"

아무 대답도 없었다. 나는 헛기침을 크게 했다. 여전히 묵묵부답.

"무슨 일이시죠?"

"아무것도 아닙니다."

잉글랜드 억양을 듣고 깜짝 놀랐다. 저 두 발이 몸뚱이에서 떨어져 저들끼리 움직이는 건 아닌가 하는 생각이 들기 시작한 참이었다. 여전히 그의 얼굴이 보이지 않았지만, 그에 관해 단편적으로 알 수 있을 것 같았다. 난 늘 그렇게 사람을 '읽는' 버릇이 있었다. 그래서 가끔은 곤경에 빠지기도 했지만. 이 사람은 심란하고 언짢은 기분으로 뭔가 탐색하는 것 같았다.

"여기서 뭐 해요?" 나는 그의 정강이와 대화를 이어나갔다.

"그쪽이 무슨 상관입니까? 그러는 댁은 여기서 뭘 하는데요?"

"난 여기 살아요!" 블라인드를 내려둘걸, 후회하며 나는 대꾸했다. "그러니까 호색한처럼 훔쳐보려면 딴 데 가서 알아봐요." 내 목소리가 조금 떨렸다. 낯선 사람과 다툴 기분이 아니었지만, 나도 사생활이라는 걸 누리고 싶었다. 그의 부츠가 땅을 문지르는 소리가 들리는가 싶더니 그가 주저앉아 불쑥 내 앞에 얼굴을 드러냈다. 목소리와는 전혀 어울리지 않는, 손가락이 베이지 않을까 싶을 정도로 날카로운 얼굴선이었다. 온기가 배어나는 저 눈동자는 갈색일까, 녹색일까. 아마도 녹갈색인 것 같았다. 머리칼이 계속 흘러내려 얼굴을 가렸지만, 다른 사람이 하는 말 한마디 한마디에 딴지를 걸 것처럼 표정에 장난기가 묻어 있었다.

"방금 호색한이라고 했어요?" 그는 놀리듯 물었다. "1980년대에서 타임머신이라도 타고 오셨나요?"

무시당하는 것보다는 조롱당하는 게 나을까? 알 수 없었다. 그가 씩 웃자 짜증스럽게 나까지 웃음이 나올 것 같았다. 어떤 스포

츠에 잠깐 푹 빠졌었는지 치아 몇 개가 부러져 있었다. 아마도 축구겠지. 페널티킥을 막다가 얼굴을 맞은 모양이다. 나는 새어 나오는 미소를 억지로 눌렀다.

"스토킹이든 뭐든 당장 멈추지 않으면 경찰에 신고하겠어요."

그가 항복하듯 두 손을 들어 올렸다.

"미안해요. 저기, 내 이름은 헨리예요." 그는 악수를 청하며 내게 손을 내밀었다.

내가 그 손을 빤히 쳐다보고만 있자 그는 겸연쩍어하며 손을 거두었다.

"맹세하는데, 훔쳐보지 않았어요. 그냥…… 뭘 좀 찾느라."

'어련하시겠어.' 나는 속으로 생각했다.

"뭘 잃어버렸는데요?"

"음……." 그는 보든 부인의 저택과 옆집 사이 버려진 땅을 둘러보며, 안 그래도 부스스한 머리를 두 손으로 헝클어뜨렸다. "정확히 말하면 잃어버렸다기보다는……."

나는 눈알을 굴렸다. 호색한 맞잖아. 아니면 그 비슷한…… 변태! 바로 그거였다. 그렇게 말하려는 순간 그가 뜻밖의 말을 뱉었다.

"잔해요! 잔해를 찾고 있는데……."

"세상에, 여기서 누가 죽었어요? 그럴 줄 알았어, 어쩐지 섬뜩하더라니. 여기 도착하자마자……."

"아니요, 아니. 그게 아니에요. 유해가 아니라." 그는 고개를 낮게 숙여 다시 나와 눈을 마주쳤다. "저기요, 수상하게 들리겠지만,

맹세코 나쁜 일이 아니에요. 그저 설명하기가 어려워서 그래요."

잠시 우리는 아무 말도 하지 않았다. 그는 박공벽 옆에 쪼그려 있고, 나는 부엌 의자 위에 올라서서 창밖으로 상반신을 절반쯤 내밀고 있었다. 그때 종소리가 들렸다.

"무슨 소리예요?" 그가 안을 들여다보려 하며 물었다.

나는 방을 둘러보다가, 천장을 뚫고 나온 철사에 매달린 구식 종을 발견했다. 아주 〈다운튼 애비〉*가 따로 없군. 나는 그를, 헨리를 돌아보았다.

"부탁이에요. 뭘 찾든 간에 딴 데 가서 찾아요." 나는 이렇게 말하고는 그의 면전에 대고 창문을 탁 닫았다.

---

* 2012년부터 2015년까지 영국에서 방영된 시대극 드라마. 요크셔 지역의 가상의 대저택 '다운튼 애비'를 배경으로 20세기 초 영국 사회를 그렸다.

3장

헨리

나는 어제도 그저께에도 왔던 펍에 앉아 기네스 맥주잔을 꼭 감싸 쥐었다. 카운터에 단골 자리까지 생겼다. 구석에 처박힌 의자였다. 배경에 흐르는 〈테인티드 러브^{Tainted Love}〉의 박자에 맞추어 신발 끝으로 목제 카운터를 톡톡 쳤다.

'가끔 그럴 때가 있지'—톡 톡—'떠나버리고 싶을 때가'—톡 톡.

나는 어제 쓴 글을 읽고 있었다.

한 사람이 사는 동안 잃어버린 물건을 찾는 데 쓰는 시간을 모두 합하면 여섯 달이다. 한 보험회사가 실시한 조사에 따르면, 사람은 평균적으로 하루에 아홉 개의 물건을 엉뚱한 곳에 두고 찾지 못하며, 이는 곧 우리가 예순 살이 될 때까지 20만 개의 물건을 잃어버린다는 뜻이다. 책으로 따지자면, 역사상 얼마나 많은 문고본, 필사본, 육필 원고 들이 사라졌을까? 이루 다 헤아릴 수 없으리라. 얼마나 많은 도서관들이 잊힌 채 숨겨져 있을까? 고비 사막 끝자락에 있는 둔황 도서관 석굴은 천 년 동안 밀폐되어 있다가 우연히 발견되었다. 한 도교 수도승이 돌벽에 기대서서 담배를 피우는데 벽이 무너져 내린 것이다. 그 벽 뒤에는 일곱 가지 언어로 쓰인 고문서들이 거의 3미터 높이로 쌓여 있었다. 어떤 보물들이 아직 발견되지 않았는지, 어떤 잃어버린 것들이 세상에 나오기를 기다리고 있는지 누가 알겠는가?

분수에 넘치는 숙소에서 하룻밤을 더 보내며 나 자신을 타이르 듯, 존재하지 않는 서점에 대해 일기장에 썼다. 그 서점이 존재하기는 했을까? 내가 가진 거라곤, 세상에서 가장 유명한 희귀본 수집 가가 서점 주인인 오펄린이라는 여성에게 잃어버린 원고를 언급한 편지 한 통뿐이다. 나는 어디서 그 기이한 편지를 우연히 발견했던가? 가능성이 현실이 되는 유일한 곳, 바로 경매장이었다. 나는 희귀본 세계에 내 이름을 떨칠 '큰 건'을 수년간 노려왔고, 이번이야말로 절호의 기회였다.

실은 며칠 전 잉글랜드행 비행기에 몸을 실었어야 했는데 그러지 않았다. 나는 이곳 주민들이 '검은 것'이라 부르는 흑맥주를 또한 모금 들이켰다. 핑계 없는 무덤 없다지만, 내가 아일랜드를 떠나지 않는 이유는 철저한 낙오자로 보이고 싶지 않아서였다. 모두가 나의 실패를 예상했다. 나 자신도 마찬가지였다. 나를 진지하게 바라봐주는 사람 한 명 없는데 나라고 어떻게 그럴 수 있겠는가? 나는 이를 아버지 탓으로 여겼고, 거기에 한 치의 거리낌도 없었다. 아버지에 대한 나의 첫 기억은 배신이었다. 아버지는 내게 새 장난감인 마이크를 들고 서서 '공연'을 하라고 했다. 분명 크리스마스셨을 테고 아버지의 친구도 몇 명 와 있었다. 나는 뻔한 노래를 몇 곡 불렀지만, 기억나는 거라곤 아버지의 웃음소리밖에 없었다. 거나하게 취하면 아버지는 늑대가 으르렁거리는 것처럼 웃었다. 다른 아저씨들도 덩달아 웃었고, 나는 뺨이 화끈거려서 뜨거운 액체가 다리로 흘러내리는 것도 눈치채지 못했다.

"저 녀석 오줌 지렸네!" 아버지는 쌕쌕거리며 신나게 말하다가 그만 의자에서 떨어졌다.

그 후의 일은 기억나지 않는다. 아마도 어머니가 와서 나를 구해주었을 것이다. 하지만 그 후로 '예민한 울보'라는 꼬리표가 평생 나를 따라다녔다. 누나 루신다의 성격이 유난히 드센 것도 내게는 불리했다. 아버지는 누나를 함부로 대하지 않았다. 사실 우리 모두 조금은 누나를 두려워했다. 이로써 가장 나약한 자식이라는 내 위치가 더욱 확고해졌다.

로젠바흐의 편지를 발견하기 전까지는 그랬다.

갑자기 나는 운명의 남자가 되었다. 필수 영양소 비타민 D까지 포기하고 도서관에 죽치고 있던 그 오랜 시간이 허송세월은 아니었던 것이다. 도서관에서 책을 읽는 시간이 너무 길다 보니 모두 내가 거기서 일하는 줄 알았고, 급기야 나 자신까지 그렇게 생각하게 되었다. 망상이 심각한 수준에 이르렀을 땐 다른 직원들에게 업무에 관해 훈계를 늘어놓기 시작했다. 이 사실을 알게 된 어머니는 노발대발했다.

"그렇게 학비를 많이 쏟아부어놓고 시험 한번 안 치다니, 헨리!"

사실이었다. 하지만 그 돈으로 런던 희귀 서적 과정을 밟았으니 아주 헛돈을 쓴 건 아니었다. 내게는 직업이 있었다. 고서를 향한 지극한 사랑을 직업으로 인정해주는 사람이 없어서 문제였지만.

하지만 실제로 이런 단서를 따라가본 적은 한 번도 없다. 나는 인디애나 존스가 아니었다. 한번은 누나가 나를 두고 모험심이라곤 눈곱만큼도 없는 녀석이라며 놀렸다. 자, 이제 누가 그렇지? 나는 웃었다. 술기운이 머리까지 올라온 것이 분명했다. 나는 그 서점이 예전에 존재했다는 흔적, 작은 단서라도 찾을 수 있을까 싶어 몇 주 동안 헤이프니 레인을 돌아다녔다. 소파를 옮기면 카펫에 검은 자국이라도 남지 않던가. 하지만 아무 성과도 없었다.

그러다 그 여자를 만났다.

어디서 온 사람일까? 그녀는 상대를 꿰뚫듯 너무나 날카로운 파란 눈으로 나를 빤히 쳐다보았다. 나도 그녀를 마주 쏘아보았다. 그녀는 화난 기색이었다. 아니, 제대로 보니 겁먹은 것 같았다. 피부는 더할 수 없이 하얀데 둥그스름한 뺨에는 분홍빛이 감돌았다. 탈색한 기다란 앞머리 밑에 흉하게 진 멍이 제대로 가려지지 못했다. 그래서 전체적으로 험한 꼴을 당한 천사 같은 인상을 풍겼다. 나는 계속 그녀와 대화를 나누고 싶었지만, 무슨 말을 할 수 있겠는가? 행방불명된 서점을 본 적 있나요? 혹시 당신 집이 그 서점을 집어삼켰나요? 혹시 시간 되면 저녁 같이 먹을래요? 그녀가 가슴을 스웨터로 가린 채 창문을 쾅 닫고 몸을 돌릴 때, 그녀의 등에 새겨진 커다란 문신이 보였다. 어떤 문양이 아니라 사해문서처럼 깨알 같은 글씨들이 줄줄이 있었다.

얘기를 나눈 건 아주 잠깐이었지만, 확신하건대 그녀는 내가 만난 여자 중 가장 흥미로웠다. 하지만 짜증스럽게도, 대부분의 여자들이 그러듯 그녀도 나를 보자마자 반감을 품었다. 그래도 서점에 대해 뭔가 알고 있을지 모르니 얼마 안 되는 내 매력을 쥐어짜서라도 그녀를 내 편으로 끌어들이리라 마음먹었다.

———◆

두 시간 후 나는 숙소로 돌아가 좁은 복도에 서 있었다. 밀실 공포증을 불러일으키는 벽지에 교황들의 초상화를 넣은 액자가 최소한 다섯 개는 걸려 있어 더욱 좁게 느껴지는 복도였다. 오렌지색 꽃들은 나를 곁눈질하는 듯했고 소용돌이무늬의 갈색 카펫은 한숨 돌릴 여유를 주지 않았다.

"뭐 먹을 거라도 드릴까?"

노라는 힐다 오그던*을 닮았지만, 내가 만나본 사람 중 더블린 억양이 가장 심했다. 그녀는 산전수전 다 겪은 사람이었다. 한쪽 팔을 접고 흐늘흐늘한 손에 담배를 쥐고 선 그녀는 어떤 일이 닥쳐도 끄떡없을 것처럼 보였다. 나는 그런 사람들이 부러웠다. 지금 당장 핵폭탄이 터져 주변의 집들이 무너진다 해도, 담배를 들고 헤어롤을 만 채 서서 누가 이런 소음을 냈나 궁금해하다가 차와 곁들여 먹을 달걀을 튀기기 시작할 사람.

---

* 잉글랜드 샐포드를 배경으로 한 영국의 최장수 드라마 〈코로네이션 스트리트〉의 등장인물. 근면한 노동자 계급 여성을 대표하는 캐릭터이다.

"아니요, 괜찮아요. 펍에서 파이랑 감자칩 먹었어요."

내 식사에 이렇게 큰 관심을 보이는 사람은 처음이었다. 우리의 대화는 그녀가 생각하기에 모자라 보이는 내 몸무게에 관한 걱정으로 끝나기 일쑤였다.

"잘했어요, 든든히 잘 드셨네." 노라는 흐뭇하게 고개를 끄덕였다. "내일 아침에는 아일랜드 음식 실컷 먹여드릴게." 그녀는 선포하듯 말했다.

나는 공손히 고개를 끄덕하고 내 방으로 올라갔다. 주름 장식이 달린 커튼과 반짝거리는 침대보로 꾸며진 방이지만 보자마자 집처럼 느껴졌다. 물론 내 집처럼 느껴진 건 아니다. 집처럼 편했다는 의미이다. 몇 년은 알고 지낸 사이처럼, 마치 한 가족인 양 느끼게 만드는 노라의 태도 때문인 듯했다. 보아하니 그녀의 가족은 세 마리의 잭러셀테리어, 그리고 좀처럼 눈에 띄지 않는 배리라는 남편으로 이루어진 듯했다.

"남편은 헛간에서 지내요." 내가 묵은 첫날 밤, 아보카도 색이 넘쳐나는 공동욕실로 나를 안내하며 노라가 말했다. 망치로 나무를 때려대는 소리가 뒷마당에서 울려 퍼졌다. "잠도 저기서 자면 좋으련만." 그녀는 이렇게 말하며 나긋하게 한숨을 내쉬었다.

"참, 편지가 한 통 왔던데." 그녀가 앞치마 주머니에서 편지를 끄집어내며 말했다. "의회에서 보냈네. 무슨 공문인가 봐. 난 안 읽었어요." 급하게 덧붙이는 걸 보니 읽은 것이 분명했다.

4장

오펄린

배와 육지 사이에 놓인 트랩이 올라가고 손수건들이 바람에 펄럭이자, 내 안에서 흥분과 두려움이 뒤범벅되었다. 도버행 우편 열차에서 추운 밤을 뜬눈으로 새며, 프랑스로 달아나겠다는 결정이 과연 옳았는지 수도 없이 자문했다. 시간이 촉박해 제인에게 전보한 통만 겨우 보낼 수 있었다. 그리울 한 사람에게 제대로 작별 인사를 못 한 것이 못내 아쉬웠다. 내 앞에 무슨 일이 기다리고 있는지는 몰라도, 내가 무엇을 남겨두고 왔는지는 너무나 잘 알고 있었다. 어머니는 보나 마나 내가 집을 나가 마음 아파할 것이다. 딸을 잃은 슬픔 때문만은 아니더라도, 우리 가족이 가십에 오르내리고 오명을 입을까 봐 제법 속이 쓰리리라. 어머니와 오빠 얼굴에 먹칠을 하는 건 사실이지만, 내겐 선택의 여지가 없었다. 그들의 체면이냐, 나의 미래냐 하는 문제에서 그들의 기대에 맞추려 나자신을 희생할 수는 없었고, 그럴 생각도 없었다. 배울 만큼 배웠으니 혼자 힘으로 살아가는 데 아무 문제도 없었다. 아니, 그럴 줄 알았다. 하지만 인생이라는 학교는 훨씬 더 혹독한 배움의 장이라는 사실을 금세 깨달았다.

나는 갑판에 서서 여행 가방을 발 옆에 내려놓고 수평선을 바라보았다. 승객들 대부분은 뱃멀미를 피하려고 벌써부터 안락의자에 자리를 잡고 앉아 있었지만 나는 아니었다. 난간을 붙잡은 채 앞으로 펼쳐질 모험을 상상하기 시작했다. 외국에서 홀로 살아갈 방도에 관한 현실적인 고민은 전혀 없었다. 그때 시야에 어떤 움직임이 언뜻 느껴지는가 싶더니 누가 내 가방을 들고 급히 달아나고 있었다. 나는 소리를 질렀지만 내 목소리는 바람에 묻혀버렸고, 그가 달려가는 동안 나는 갑판의 매끄러운 나무 바닥 위에서 비틀거리며 뒤를 쫓았다. 또 다른 남자가 번개처럼 날쌔게 내 곁을 스쳐 지나가더니 트랩을 달려 내려가 도둑을 붙잡았다. 열두 살쯤으로 보이는 어린 소년이었다. 남자는 한 손으로 아이의 목덜미를 움켜잡고 다른 손에 가방을 들고 돌아와, 억양이 강한 목소리로 내게 어떻게 하겠느냐고 물었다.

"저, 그게, 음……." 나는 난감한 마음으로 웅얼거렸다. 충격에서 헤어나기가 힘들었다.

"마드무아젤이 원하시면, 내가 아이를 선장에게 넘기겠습니다." 그는 연극 대사를 읊듯 약간 과장되게 말했다. 곧 그의 훤칠한 키가 눈에 들어왔다. 180센티미터는 훌쩍 넘는 듯했고, 가무잡잡한 외모가 매우 인상적이었다. 검은 머리칼, 검은 눈동자, 구릿빛 피부. 말로 표현이 안 될 만큼 매력적인 남자였다.

"마드무아젤?" 그는 살짝 눈웃음을 보이며 다시 물었다.

"음, 네, 네, 그럼요." 나는 소년을 바라보았다. 핍박받은 어린양 같은 표정으로 어느샌가 변해 있었다. "신고하면 아이는 어떻게 되는 거죠?" 나는 가방을 돌려받으며 물었다.

"배에서 쫓겨난 다음 곧장 교도소로 들어가겠죠." 남자는 조금 냉정하게 말했다.

"아."

"전적으로 당신 결정에 달렸어요, 마드무아젤."

"뭐, 가방도 되찾았으니 됐어요. 다시는 이런 짓 안 할 거지?" 나는 아이를 보며 물었다. 이제 보니 아이는 맨발인 데다, 입고 있는 옷은 몸집에 비해 두 사이즈는 작아 보였다. 아이는 고개를 힘차게 끄덕이더니 풀려나기가 무섭게 야생 짐승처럼 사람들 속으로 휭하니 사라졌다.

"너무 너그러우시군요." 남자는 달아나는 소년을 바라보며 말했다. "제 소개를 하죠. 저는 아르망 하산이라고 합니다." 그는 살짝 고개를 숙이며 말했다.

그렇게 이국적이고 흥미로운 이름을 듣자마자 나는 그에게 매혹되었다. 그는 잘 차려입었지만, 무슨 옷을 걸치든 어울릴 수밖에 없는 사람처럼 격의 없는 우아함을 풍겼다. 그러면서도 왠지 위험이나 비밀이 도사린 듯한 눈빛 때문에 쉽게 믿음이 가지 않는 남자였다.

"저는 칼라일이에요." 나는 이렇게 답하고 손을 내밀면서 '처음 만난 사람에게 본명을 알려줬구나' 싶었지만 이미 늦었다. 잠시 정신이 해이해졌다.

"앙샹테(반가워요), 마드무아젤 칼라일. 이름이 정말 멋지군요. 그 이름을 부를 기회가 제게도 있었으면 좋겠네요. 자주 부르고 싶어요." 그가 장갑 낀 내 두 손을 자기 입술로 가져갔고, 맹세컨 대 천을 통해 그의 따스한 숨결이 느껴졌다. 나는 얼른 눈을 돌리 며, 뺨이 붉어지지 않았기를 빌었다. 잉글랜드의 해안을 떠나자마 자 세상 물정 모르는 순진한 소녀처럼 외국 말투에 혹하다니. 정 신 바짝 차려야지.

"네, 음, 정말 고마워요, 하산 씨, 하지만 이제 배에 타야 해서 요." 내가 이미 배에 타 있고, 이렇다 할 급한 약속도 없다는 사실 을 너무 늦게 깨달았다.

내가 낯선 남자와 대화를 나누지 말라는 경고를 받았을 거라고 짐작했는지 그의 두 눈이 반짝거렸다.

"작별 인사로 조언 하나 해드리죠, 마드무아젤, 당신 같은 매력 적인 아가씨는 앞으로 좀 더 조심할 필요가 있어요. 여자 혼자 유 럽 대륙을 여행하다 보면 파렴치한에게 무슨 일을 당할지 모르거 든요."

바로 그 순간 평정을 되찾은 나는 어깨를 펴고 턱을 들었다.

"하산 씨, 영어는 유창하게 잘하시는데 영국 여성에 관해서는 몰라도 너무 모르시네요. 우리 몸은 우리가 알아서 지킬 수 있답 니다. 신경 써주셔서 아주 고마워요."

이 말과 함께 나는 코트를 휘날리며 맞바람을 뚫고 씩씩하게 걸 었다. 모자가 날아갈 뻔했지만 막판에 손으로 붙잡았다. '건방진 인간.' 나는 속으로 중얼거리며, 무슨 일이 있어도 유혹당하지 말자고 다짐했다.

———✦

프티 라파예트 호텔은 외관상으로는 아주 멋졌지만, 책과 마찬
가지로 뭐든 겉만 보고 판단해서는 안 되는 법이다. 나는 계단으
로 안내받았다. 그 계단은 안뜰을 빙빙 돌면서 모든 방에 일종의
발코니가 되어주었고, 그 너머로 칙칙한 잿빛 내부가 들여다보였
다. 남자 직원이 내 '샹브르(방)'의 문을 열어주자 기분이 더욱 가라
앉았다. 수녀원에 들어가본 적은 없지만, 내 눈앞의 광경이 딱 그
렇지 않을까 싶었다. 좁고 불편해 보이는 침대 하나만 달랑 있고
창문은 없는 좁아빠진 방.

"아니, 안 돼." 나는 고개를 저으며 말했다.

"농(아니에요)?" 남자는 아무렇지도 않게 물었다.

"네, 이 방은 도저히 안 되겠어요."

아무 반응도 없자 나는 내 뜻을 좀 더 정확히 밝혔다.

"꼭 수도사 방 같잖아요! 내가 원하는 건……" 목소리를 높이
고 말하는 속도를 낮추었다. 그에게 내 당혹감을 이해시키려면 그
수밖에 없었다. "주 부드레 윈 샹브르 플뤼 그랑드(더 큰 방을 주세
요). 아베크 윈 프네트르(창문 있는 방으로요)!"

10분 후 두 배의 돈을 내고, 침대가 약간 더 큰 보통 크기의 방
을 얻었다. 확실히 내 흥정 실력은 어설펐지만, 기다란 창문을 열
고 전망을 보는 순간 모든 불만이 날아가버렸다……. 파리의 지

봉들이 황금빛 황혼에 물든 채 내 앞에 펼쳐져 있었다. 나는 내가 이런 짓을 저질렀다는 것이 갑자기 두려워졌다. 욕망을 품고 그것을 이루고 나면, 속에서 정반대되는 생각들이 서로 다투는 법이다. 그래도 나는 해낼 거라고, 그리고 절대 눈물 흘리지 않을 거라고 다짐했다.

— ◆

파리에서의 첫날은 바람이 거셌지만 화창했고, 나는 노점에서 구입한 작은 지도를 꼭 붙들고 다녔다. 파리는 기대했던 만큼 아름답고 인상적이었다. 걸을수록 점점 아름다운 거리가 나왔다. 우아하게 높다란 창들이 달리고 회색 양철 지붕에 덮인 버터색 석조 건물들은 은은한 햇살 속에 티 없이 고상해 보였다. 투르넬 강둑을 따라 호텔로 돌아가다가 한 줄로 늘어선 '부키니스트(헌책방)'들과 우연히 마주쳤다. 그곳에서는 프랑스어와 영어로 쓰인 온갖 종류의 책과 잡지, 저널, 심지어 옛날 포스터와 엽서까지 팔았다. 나는 센 강둑의 돌난간에 걸린 채 보물을 담고 있는 녹색 금속 상자들이 궁금해 걸음을 멈추고 둘러보았다. 상자들은 밤사이 잠깐 멈추었다가 아침부터 해 질 녘까지 독자들에게 문을 열어주는 열차 객차 같았다.

밝은 햇살이 내리비치는 강둑에서 책들과 외국 억양에 둘러싸여 있자니 천국에 있는 기분이었다. 《기이한 이야기》를 발견한 건 바로 그때였다. 짙은 파란색으로 장정된 그 책은 에드거 앨런 포의 단편들을 샤를 보들레르가 프랑스어로 옮긴 두 권짜리 번역서였다. 표지를 열어보니, 파리의 출판사 미셸 레비 프레르가 1856년에서 1857년 사이에 발간한 초판이었다. 아버지는 포의 광적인 팬이었고, 나 역시 〈고자질하는 심장〉과 〈어셔 가의 몰락〉을 아주 재미있게 읽었으니, 이 책과의 조우가 일종의 계시처럼 느껴졌다. 나는 서툰 프랑스어로 가격을 물어 외국인 티를 단번에 내고 말았다. 주인의 대답은 100프랑이 넘는다는 소리로 들렸고, 수많은 손짓발짓이 오간 후(그는 내가 책을 거저 가져가는 거나 마찬가지라는 뜻으로 자기 주머니를 뒤집어 보였다) 우리는 마침내 합의를 보았다. 가뜩이나 부족한 돈을 또 책에 써버리는 내가 너무 무모하게 느껴졌다. 서점 주인이 갈색 종이에 책을 싸고 끈으로 묶을 때, 귀에 익은 목소리가 내 이름을 불렀다.

"하산 씨." 그가 또 내 손을 잡고 입을 맞추자 나는 깜짝 놀라며 말했다. 순식간에 내 얼굴이 붉어졌고 서점 주인은 능글맞게 웃었다. 그러고 나서 그들은 내가 알아들을 수 없는 프랑스어로 대화를 나누기 시작했지만, 대화의 주제가 뭔지는 금방 명백해졌다.

"내 보들레르를 사셨군요." 하산이 짓궂게 웃으며 말했다.

"무슨 소리예요?"

"이 친구한테 이 번역본은 내가 사겠다고 일러뒀는데, 보아하니 당신한테 판 것 같군요…… 훨씬 더 비싼 값에."

이 말에 담긴 암시는 분명했다. 내가 어수룩해서 이용당하기 딱 좋다는 뜻이었다. 나는 그냥 무시해버리기로 했다. "뭐, 이젠 당신의 보들레르가 아니라 나의 보들레르죠." 나는 책 꾸러미를 받아 호텔로 향했다.

"이 기막힌 흥정을 축하하는 의미로 오늘 저녁은 제가 대접하겠습니다." 그는 긴 다리로 성큼성큼 걸어 수월하게 나를 따라잡았다.

"됐어요. 그런 부적절한 초대는 받아들일 수 없어요. 서로 알지도 못하는 사이에."

"으윽." 그는 단검으로 자기 심장을 찌르는 시늉을 했다. "서로 알지도 못하는 사이가 아니잖아요. 게다가 파리에 혼자 계신 것 같은데……."

"혼자 아니에요." 나는 방어적으로 말했다. "같이 있어요…… 이모랑."

"아, 그러시군요." 그는 패배를 인정하듯 고개를 끄덕였다. "그럼, 혹시라도 마음이 바뀌실지도 모르니까요, 마드무아젤 오펄린." 그는 명함을 건네며 덧붙였다. "이 모욕이 쉽게 잊히진 않겠지만, 다행히도 전 너그러운 사람이랍니다."

그는 모자를 살짝 들어 인사하더니 어느 골목길로 사라져버렸고, 나는 씩씩대며 남아 있었다. 짜증스럽고 오만하고 무례한 작자 같으니. 저런 인간은 딱 질색이야. 그러면서도 나는 그의 명함을 센 강에 던져버리지 않고 주머니에 집어넣었다.

그날 저녁, 나는 노천 서점에서 산 엽서 중 하나를 골라 제인에게 편지를 썼다. 그녀라면 내 행방을 아무에게도 알려주지 않으리라 믿을 수 있었다. 제인은 얼굴이 보이기도 전에 웃음소리부터 먼저 들리는 친구였다. 집 밖에서 보내는 시간을 무척이나 즐기는 제인을 우리 어머니는 '숙녀답지 못하다'며 못마땅하게 여겼다. 제인이 미칠 듯이 그리웠지만, 편지를 쓰는 동안에는 잠시나마 우리 사이의 거리가 줄어드는 기분이었다. 느낌표로 끝나는 문장들로 엽서를 가득 채우며 끝까지 유쾌한 분위기를 유지하려 애썼다. '파리는 정말 근사해!' 그리 독창적이지는 않지만, 어쨌든. 내가 계속 파리에 있으면 언젠가 제인이 찾아오지 않을까 하는 단꿈에 젖었다. 하지만 남은 돈을 보니 그리 확신이 서지 않았다. 일자리가 필요했다. 다음 날 도서관에 찾아가서 일을 알아보기로 했다.

나는 잠자리에 들 준비를 하며 옷을 벗다가 하산에게서 받은 명함을 주머니에서 꺼냈다.

아르망 하산, 골동품상

모로코

카사블랑카

몰리에르 가 14번지

그러니까, 하산은 모로코에서 온 서적상이구나. 어쩐지 이국적으로 잘생겼더라니. 누군가의 취향에는 들어맞을 얼굴이지만, 나는 넘어가지 않겠다고 굳게 결심했다. 내가 읽은 로맨스 소설에는 젊은 여성들이 하산처럼 나쁜 남자에게 홀리는 내용이 많았다. 이번에는 그의 명함을 가방에 치워두었다. 갈기갈기 찢어서 쓰레기통에 버렸어야 했는데.

5장

마서

과대망상증이 심각한 노령의 할머니 밑에서 가정부로 일하게 될 줄은 꿈에도 몰랐다. 하지만 마음이 정리되기 전까지 잠시만 머무는 거라고 나 자신을 연신 타일렀다. 마음이 정리된다는 게 어떤 건지는 알 수 없었지만 말이다. 이틀 정도 지나고 나니 어느새 일상의 틀이 잡혔다. 여전히 충격에서 헤어나지 못한 내게 틀에 박힌 일상이야말로 꼭 필요한 것이었다. 영화와 달리, 집이며 결혼 생활이며 익숙한 모든 것을 떠난다고 해서 새로운 인생이 간단히 시작되지는 않는다. 물에 빠져 바위에 매달린 사람처럼, 그저 숨만 쉬는 잠깐의 중간 단계를 거쳐야 한다. 내가 살아 있고 움직일 수 있으며 말할 수도 있다는 사실을 알지만, 뭔가가 빠져 있는 단계.

그래서 나는 맡은 일을 열심히 했다. 아침에 일어나 보든 부인의 아침 식사(두툼하게 잘라 마멀레이드를 곁들인 잉글리시 머핀과 삶은 달걀 하나)를 준비했다. 식탁을 치운 뒤, 부인이 옷을 입는 동안 부인의 침대를 정리하고 부인의 방을 청소한 다음, 아래층 벽난로에 불을 지폈다. 집은 낡고 싸늘했다. 부인이 중앙난방을 거부한 탓이었다. 배관이 집의 미관을 해친다나. 부인은 모든 일에 자기주장이 아주 강했고, 이 점이 내게는 솔직히 당황스러웠다. 나는 무슨 일에든 내 의견이라는 것이 있었던 적이 없기 때문이다. 우리 집에서는 아빠의 의견만 중요했다. 엄마는 아예 한 마디도 하지 않았다. 요즘이라면 이런 엄마를 말 없는 사람이라 하겠지만, 내가 어렸을 때 마을 사람들은 엄마를 다른 식으로 욕했다.

반면 보든 부인은 신문을 소리 내어 읽으면서 모든 견해에 반박하고, 자신이 책임자라면 어떻게 할 것인지에 대해 일장 연설을 늘어놓았다. 나는 대개는 못 들은 척하며 진공청소기를 돌리고 빨래를 했다. 몰인정한 건 아니지만 딱히 친절하지도 않은 부인이 내게는 딱 좋았다. 나는 저녁마다 지하에 있는 내 조그만 방에서 저녁 식사—주로 통조림에 든 콩을 얹은 토스트—를 먹고, 직장인들이 퇴근한 후 도시가 조용해지는, 적어도 덜 시끄러운 늦은 저녁에 강변을 걸었다.

기나긴 겨울 동안 얼어붙었던 몸이 녹는 듯한 기분이었다. 하루하루 지날수록 근육이 조금씩 풀어졌고, 슈퍼마켓에 장을 보러 가서도 혹시 그가 따라오고 있을까 봐 두려워 뒤를 돌아보는 일이 거의 없어졌다. 보든 부인은 '20세기를 타락시킨 원흉'에 굴복하여 텔레비전을 주문했다. 나는 부엌에서 바쁘게 준비한 부인의 점심 식사(데친 연어와 알감자)를 쟁반에 얹어 거실로 가져가다가 현관문으로 걸어 들어오는 남자를 보고 쟁반을 떨어뜨리고 그 자리에 얼어붙었다.

"아, 죄송합니다. 노크했는데 문이 열려 있길래." 그는 묵직한 짐 꾸러미를 힘겹게 들고 민망해하며 말했다.

나는 계속 그를 빤히 쳐다보며 내 눈을 믿으려 애썼다. '그 사람이 아니야.' 속으로 되뇌었다. '그 사람이 아니야.' 나는 얼른 정신을 차리고 어질러진 바닥을 치우기 시작했다. 내 손이 너무 심하게 떨려서 그가 나서서 도와주었다. 나는 그의 눈을 똑바로 쳐다볼 수 없었다, 너무 창피했다.

다음 날 아침, 보든 부인이 내게 1층에 있는 작은 서재의 먼지를 꼼꼼히 털라고 했다. 서재에는 아주 멋진 꽃무늬 벽지가 발려 있고, 창 옆에 책상이 하나 놓여 있었다. 나머지 벽들을 둘러싼 책장에는 도서관처럼 책이 빽빽이 꽂혀 있었다.

"봄맞이 대청소를 해야겠어." 부인은 이렇게 선언하고는, 책을 한 권씩 꺼내서 젖은 헝겊으로 먼지를 닦아내라고 지시했다.

"아니, 너무 축축하면 안 돼!" 하는 경고와 함께. 나중에 습기를 완전히 없애라며 마른 수건도 하나 주었다.

처음엔 막막했지만, 곧 요령이 생겼다. 한 번에 한 칸씩, 책들을 전부 바닥으로 내려 낡은 시트에 올려놓았다. 무릎 밑에 쿠션을 깔고 앉아 한 권 한 권 조심스럽게 닦았다. 어떤 책들은 아주 낡아서 잘못 건드렸다가는 바스러질 것 같았다. 이해할 수 없는 외국어로 쓰인 책들도 있었다. 보든 부인은 많이 배운 사람인가 봐, 나는 그녀를 부러워하며 이렇게 생각했다. 나는 책과 친했던 적이 없다. 아니, 그렇다기보다 책은 나를 긴장시켰다. 늘 그랬다. 평생 책을 마주할 때마다 그런 반응이 나왔다. 책이 나를 해치기라도 할 것처럼. 나는 사람을 읽는 편이 더 좋았다. 책보다는 사람이 쉬웠다. 엄마는 말 한마디 듣지 않고도 한 사람의 사연을 읽어내는 법을 가르쳐주었다.

보든 부인에 관해 얘기하자면, 그녀는 노망들까 봐 두려워하며, 세상에 화풀이를 했다. 엄마는, 말로 못 할 감정적 고통을 짊어지고 있었다. 그리고 내 방 창문 밖에 있던 그 잉글랜드 남자는 이사벨이라는 여자를 사랑하고 있었다.

오랫동안 나는 누구에게나 이런 능력이 있는 줄 알았다. 하지만 내게 비밀을 들킨 친구들이 화를 내는 걸 보고 이것이 나만의 재능이라는 것을 깨달았다. 재능일까, 아니면 저주일까. 진짜 저주는, 남편과 사랑에 빠진 후 그를 읽어내지 못했다는 것이다. 사랑을 하면 눈이 먼다고들 하는데, 누구보다 내게 들어맞는 말이었다. 폭행을 당하며 살게 될 줄은 정말 꿈에도 몰랐다. 그러고 보면, 남편도 몰랐던 건 아닐까? 그래서 내가 눈치를 못 챘을까? 무엇 때문에 남편이 변했을까? 나 때문이었나? 내가 뭔가 잘못했나?

남편은 툭하면 고함을 지르며 나를 조롱하곤 했다. "넌 네가 특별한 줄 알지!"

그리고 그의 말이 옳았다. 난 내가 특별하다고 생각했다. 허영심이 아니라, 더 멋진 삶을 살 수 있다는 믿음이었다. 내가 뭔가를 정말 잘해서 혹은 그런 운명을 타고났기에 인생이 더 잘 풀릴 거라는 믿음. 남편은 이런 생각을 못마땅하게 여겼다. 아니, 실은 누구나 그랬다. 그래서 나는 이런 내 생각을 감추고 살았다. 어쩌나

감쪽같이 감췄는지, 나 자신조차 잊어버렸다. 그래서 지금의 상황이 억울하다는 생각도 들지 않는다. 구타당한 얼굴, 파탄 난 결혼, 남의 아름다운 집을 청소하는 가정부 신세. 더 나은 삶을 누릴 자격이 없다는 걸 알면서도 마음 한구석에 희망을 품고 살았다. 희망을 버릴 수 없어 비참해졌다. 그렇다면 행복과 희망 중 하나는 포기해야 하리라.

6장

헨리

"헤이프니 레인 11번지라, 아, 여기 있네요."

던 씨는 10번지와 12번지 사이의 버려진 공터를 가리켰다. "아니, 여기…… 없네요! 그러니까, 여기가 맞지만 없네요." 그는 요란스레 헛기침을 하며 웃음을 참았다.

도시계획 담당자인 그는 내가 몇 주 동안 끊임없이 걸어대던 전화에 시달리다 마지못해 현장 방문에 응해주었다.

"좋습니다." 나는 이렇게 대꾸했다. 그는 내 말이 이어지기를 기다리는 눈치였다. "보내드린 지도를 보셨겠지만, 바로 여기에 가게가 있었잖아요?"

"네, 그 지도는 저도 봤습니다만, 필드 씨, 전화로도 설명드렸다시피 이 부지에 어떤 건물이 공식적으로 등록된 기록이 전혀 남아 있지 않습니다. 저 건물 빼고는요." 그는 이웃집을 가리켰다.

"하지만 저긴 12번지잖아요."

"바로 그겁니다. 11번지는 없어요."

"지금은 주택이지만 전에는 가게로 사용했을지 누가 압니까? 그러니까, 1층 말이에요." 그럴듯한 생각 아닌가. 나는 역사적 건물에 문외한이지만, 집에서 장사를 한 사람들이 분명 있었을 터였다.

"그렇다 쳐도 11번지가 없다는 사실에는 변함이 없어요." 던 씨는 흥미를 잃어버렸다. "주민들하고는 얘기해봤습니까?"

"뭐라고요?"

트레일러 한 대가 천천히 지나가고 있어서 우리는 고함을 지르듯 대화해야 했다.

"주민들은 이 지역의 과거를 알 겁니다!" 그가 소리쳤다.

"사라진 건물의 과거도요?"

던 씨는 이상한 사람 보듯 나를 보더니, 전염병을 피하듯 한발 물러났다.

"지금 장난합니까?" 던 씨는 손목시계를 보았다. "난 다음 약속에 이미 늦었으니 나머지는 알아서 하세요." 그는 신경질적으로 자동차 열쇠를 짤랑거리다가 집 사이의 공간을 가리키며 말했다. "어디 한번 잘 찾아봐요."

'네, 잘 찾아보죠.' 나는 속으로 생각했다. '어차피 난 혼자니까.' 존재하지도 않는 서점을 찾겠다고 아일랜드까지 온 멍청이니까.

그는 떠났지만 난 움직일 수 없었다. 12번지의 정면을 빤히 노려보다가 10번지를 본 다음 다시 12번지로 눈을 돌렸다. 얼마나 서 있었을까, 갑자기 12번지의 현관문이 열렸다. 그녀였다, 추락한 천사. 며칠 전 창밖으로 몸을 내밀고 있던 때처럼, 세상일에 심드렁한 표정이었다. 그녀에게는 뭔가 있었다. 여기 있어야 하는데 없는 무언가를 찾아 헤매는, 또 다른 길 잃은 영혼을 보는 기분이었다.

"실례합니다! 잠깐만 시간 좀 내주실래요?"

그녀는 우뚝 멈춰 서서 나를 쳐다보았다. 네 입에서 쓸모 있는 말이 나오지 않으면 평생 후회하게 만들어주마, 하는 표정이었다.

"뭐죠?"

"그게, 그러니까……." 끝내준다. 10점 만점에 10점. 그녀는 다시 힘차게 걷기 시작했다.

"커피 한잔 사도 될까요? 커피 마시면서 이야기할……."

"됐어요, 내 커피는 내가 사 먹어요."

"이봐요, 나 이상한 사람 아니에……."

"이상한 사람들이 꼭 그렇게 말하죠."

무슨 말을 해야 그녀의 발길을 돌릴 수 있을까. 어쩔 수 없이 솔직하게 털어놓았다.

"나 좀 도와줘요!"

그녀는 걸음을 멈추더니 고개를 떨구고 뭔가를 결정하듯 잠시 가만히 있었다.

"이 길로 쭉 가면 카페가 하나 있어요." 그녀는 오래된 아치 너머로 이어진 좁다란 자갈길을 가리켰다.

나는 그녀를 따라가며, '헨리'라고 내 이름을 한 번 더 알려주었다. 헨리 필드. 영국 정보부의 핵심 요원 같은 이름.

자기 이름을 절대 발설하지 않는 그녀가 훨씬 더 스파이에 어울릴 텐데.

"그러니까, 그쪽이 발견한 어떤 오래된 편지에 따르면, 아무도 못 들어본 어떤 책이, 이 세상에 없는 어떤 서점에 있단 말이죠?"

"대충 그런 셈이에요." 나는 이렇게 답한 후 커피를 한 모금 마셨다가 의도치 않게 우유 거품 콧수염이 생겼다. 솔직하게 털어놓으니 속이 후련했다. 사라진 원고가 남의 손에 들어갈까 봐 두려워 이 사실을 아주 오랫동안 숨겨왔지만, 이 마서(마침내 그녀가 성은 빼고 알려준 이름이다)라는 여자는 내 발견을 훔쳐갈 정도의 배경지식이나 흥미가 없었다.

"혹시 심리치료 받아볼 생각 없어요?"

"하!" 그때까지 아주 심각한 표정을 짓고 있던 그녀가 농담을 할 줄은 몰랐다. 그녀는 멍든 자국을 감추려 화장을 했지만, 입술에 난 상처 때문에 차를 마실 때마다 움찔했다. 나는 예의를 지켜 못 본 척 넘어갔다.

"그 서점은 분명 있었어요. 로고가 찍힌 편지지에 주소까지 적혀 있다니까요. 관공서에 아무 기록도 안 남아 있어서 탈이지만"

"그런데 내가 뭘 어떻게 도울 수 있다는 거죠? 난 여기 온 지 며칠밖에 안 됐어요. 이 도시를 아예 모른다고요."

"아, 그냥 그런 생각이 들었어요. 혹시 12번지 주인은 아니죠?"

이 말에 그녀는 웃음을 터뜨리더니 금세 긴장한 표정으로 돌아갔다.

"12번지 주인은 보든 부인이에요. 난 부인 밑에서 일하는 사람이고요."

"아, 그럼 비서 같은 건가요?"

그녀가 멈칫하자 나는 캐물은 것을 곧바로 후회했다. 어차피 중요한 것도 아니잖아. 그냥 해본 말이었는데.

"가정부예요."

"아."

'아? 말을 그렇게밖에 못 하겠냐, 이 바보야!'

"차 잘 마셨어요. 이제 그만 가볼게요."

내가 뭐라고 대꾸하기도 전에 그녀는 일어나 문으로 향했다.

"나중에 또 만날 수 있을까요?" 나는 큰 소리로 물었다.

하지만 그녀는 돌아보지도 않고 그저 한 손을 흔들고는 분주한 거리로 나가버렸다.

7장

오펄린

1921년, 파리

다음 날 일찍부터 '직원 구함'이라는 알림판이 붙어 있는 곳마다 들어가 일자리를 문의했다. 이렇다 할 기술도 없는 데다 프랑스어는 엉망이고 장사 경험도 전무한 젊은 영국 여성을 고용해줄 곳은 한 군데도 없다는 사실을 금세 깨달았다. 내 계획은 얼마나 순진무구했던가, 아니 계획이라는 것이 있기는 했던가. 나는 공황 상태에 빠지고 말았다. 무턱대고 구인 광고를 찾아 정처 없이 거리를 헤매고 다녔다. 목적지가 분명한 인파에 휩쓸려 센 강의 퐁뇌프 다리를 건넜다. 노트르담 대성당의 첨탑을 올려다보니 에스메랄다와 빅토르 위고가 떠올랐다. 나는 가방에 손을 집어넣어 보들레르의 책을 만졌다. 손끝에 느껴지는 책의 감촉만으로도 마음이 차분해졌다. 스스로도 이유를 알 수 없지만, 책은 내가 이 땅에 발 디디고 있다는 확고한 안정감을 주었다. 끝내 살아남은 저 글처럼 나도 어떻게든 버텨내리라는 확신이 생겼다.

보슬비 내리는 거리를 걸으며 이제 포기해야겠다 싶은 생각이 드는 찰나, '셰익스피어 앤드 컴퍼니'라는 서점이 눈에 띄었다. 그 이름을 보니 왠지 기운이 솟았다. 입구는 상자들로 막혀 있고, 바로 뒤에 두 여자가 서서 물건들을 어디에 둘지 옥신각신하고 있었다. 둘 다 영어로 말했는데, 한 명은 미국 억양이었고, 다른 한 명은 틀림없는 프랑스 억양이었다.

진열창 너머로 화려한 빛깔의 책들이 빛나고 있었다. 알록달록한 송아지 가죽 표지들, 목판화들, 매혹적인 속표지들. 서점 진열창을 들여다볼 때마다 항상 느껴온 설렘과 호기심이 다시 찾아들면서 살갗이 따끔거렸다. '아무것도 사지 마.' 나는 목을 쭉 빼고 진열창을 들여다보며 나 자신에게 경고했다.

"좀 도와줄래요?" 두 여자 중에 키가 더 작은 쪽이 물었다. 트위드 재킷에 스커트를 입은 그녀는 불복종을 허용하지 않는 스카우트 대장 같았다.

나는 그녀가 들고 있는 커다란 상자의 반대편을 조금 어정쩡하게 들었다. 작은 코끼리 한 마리를 나르는 것 같은 느낌이었다.

"험한 일이죠." 내가 숨을 헐떡거리자 그녀는 재미있어하며 말했다.

"제가 근육이 별로 없나 봐요." 내가 답했다.

"영국 억양이네요?"

나는 고개를 끄덕이며 내 소개를 했다.

"내 이름은 실비아예요. 실비아 비치." 그녀는 내 손을 단단히 잡고 흔들었다. "음, 제대로 찾아왔네요. 우리는 영어 소설을 취급하거든요."

"이 서점 주인이란 말씀이세요?" 나는 조금 바보 같은 질문을 했다. 여자가 자기 서점을 운영한다는 얘기는 들어본 적이 없었다.

"서점에 딸린 엄청난 빚의 주인이기도 하죠!" 그녀는 웃었다. 개 짖는 소리를 닮은 그 웃음은 전염성이 강했다. 딱히 이유도 모른 채 어느새 나도 덩달아 웃고 있었다.

"직원을 뽑을 계획은 없으시겠죠?" 나는 너무 절박하게 들리지 않기를 바라며 불쑥 말해버렸다.

비치 씨는 생각에 잠긴 표정으로 상자에 기대섰다.

"직원을 뽑는다?" 그녀는 혼잣말처럼 중얼거렸다.

"서점에서 일해본 경험은 있어요?" 다른 여자가 서점 안에서 나와 물었다.

"이쪽은 모니에 씨, 길 건너에서 서점을 운영하고 있죠." 비치 씨가 설명했다.

실비아와 달리 그녀의 검은 눈동자는 미심쩍은 듯 나를 훑어보았고, 그녀가 나의 간절함을 눈치챘다는 걸 나는 직감적으로 알았다.

"딱히 없어요." 내가 실토하자 두 사람 사이에 눈길이 오갔다. 파리에 대한 환상을 품고 온 이런 순진한 아가씨를 한두 번 본 것이 아니리라. "디킨스 초판을 판 돈으로 여기까지 왔고, 그리고 이건." 나는 가방에서 보들레르의 책을 꺼냈다. "센 강의 부키니스트에서 샀어요."

비치 씨는 책을 조심스럽게 받아 들더니 표지를 살며시 열고 책장을 하나하나 확인했다.

"빠진 페이지가 없는지 잘 살펴야 해요." 그녀가 나지막이 말했다. "오래된 책일수록 낙장이 있을 확률이 높거든요."

"그런가요?"

"네, 1800년대 이전을 수동 인쇄 시대라고 하는데, 그땐 종이가 지금보다 훨씬 더 귀했던지라 사람들이 책장을 뜯어서 다른 용도로 썼거든요. 뭐, 이 책은 괜찮네요. 축하해요."

"고맙습니다." 나는 책을 돌려받으며 말했다.

"책을 보는 눈이 있네요. 그리고 책을 팔아서 여기까지 올 정도라면 분명 장사 수완도 있을 테고. 일단 견습 직원으로 들어와서 책에 관해 배워보는 건 어때요?"

내가 기쁜 심정을 야단스레 분출하려 들자 그녀는 손을 들어 올려 나를 막았다.

"돈은 많이 못 줘요, 근무 시간도 길고. 대신 책에 관해 많이 배우고, 괜찮은 인맥을 쌓을 수 있을 거예요."

"오, 비치 씨." 나는 숨도 제대로 쉬어지지 않았다. "전 웬만해선 말문이 막히는 법이 없는데, 오늘이 아마 처음일 거예요."

"좋아요. 감격은 여기까지. 그럼, 이 상자들 옮기는 일부터 시작하죠."

"지금요?"

"뭐, 지금보다 더 좋은 때가 있어요?" 그녀가 물었다. 이 사무적인 말투는 내가 생각했던 것보다 훨씬 더 의지가 되었다.

셰익스피어 앤드 컴퍼니만큼 지내기에 좋은 곳도 없었다. 가게 자체는, 거무스름한 나무 서가들이 세월에 보드랍게 닳아 있고 종이와 가죽 냄새가 짙게 풍기는 여느 서점의 고요한 온기를 품고 있었다. 하지만 나보다 겨우 몇 살 많은 실비아는 자유분방한 예술가와 작가 들에게 피난처이자 도서관, 사교 클럽, 우체국, 출판사(그녀의 희망 사항이었다)를 제공해주는 어미 닭 같은 존재였다. 실비아는 조이스라는 절친한 아일랜드 작가의 글을 무척 좋아해 그의 데뷔작인 《율리시스》를 직접 출판하려고 했다. 영구 금서가 될까 봐 작가 자신이 걱정할 정도로 전위적인 작품이라 엄청난 모험이었다. 원고 자체가 평균적인 소설 길이의 세 배여서 인쇄 비용이 천문학적으로 들 거라는 사실도 부담이었다.

근무 첫날, 나는 장난감 가게의 열쇠를 받은 아이처럼 굴었을 것이다. 온갖 시대, 온갖 주제, 온갖 장정의 책들에 한눈을 팔면서 궁금해했다. 이 책의 주인은 누구였을까? 어디서 여기까지 흘러왔을까? 이건 무슨 향일까?

"손님처럼 구는 직원은 나한테 아무 쓸모도 없어, 오필린." 실비아의 엄중한 경고를 받은 나는 다음 며칠 동안 빈번히 눈에 띄는 흥미로운 책들에 흔들리지 않으려 혼신의 노력을 기울였다.

실비아는 내게 밑바닥에서부터 철저히 장사를 가르치려 했다. 나는 책들을 날라 세심하게 책장에 꽂고, 손님들을 정성껏 응대하는 일부터 맡았다. 손님이 뜸한 날에는 책장이나 책의 먼지를 털면서, 서적상의 세세한 업무에 관해 실비아의 설명을 들었다.

"오래된 책이라고 무조건 귀한 건 아니야, 오펄린. 찾기 힘들면서 수요가 아주 많아야 귀한 책이 되는 거지. 그리고 수집가들이 찾는 건 책만이 아니야. 육필 원고, 인쇄물, 동판화, 고문서, 심지어 편지까지 아주 다양하지. 특히 편지. 위대한 지성인들의 끝없는 호기심을 채워줄 수 있는 거라면 뭐든 중요해."

내 반응이 미적지근했는지 실비아는 하던 일을 잠깐 멈추고 내쪽으로 고개를 돌렸다.

"이해가 안 돼?"

"그냥, 왜 남의 편지를 수집하려고 하는지 이해가 안 돼서요. 그리고 그게 진본이라는 걸 어떻게 알죠?"

"아주 좋은 질문이야. 우선 자기 문학적 취향부터 알아보자. 좋아하는 작가가 누구야?"

"그건 쉬워요." 내가 대답했다. "에밀리 브론테요."

"좋아, 그럼, 황무지에서 조용히 살았다는 사실 말고 브론테에 관해서 더 알고 싶은 게 있어?"

나는 잠시 생각해보았다. 궁금한 점은 참 많았다. 이를테면, 그녀는 사랑에 빠져본 적이 있을까? 그녀의 삶은 행복했을까, 슬펐을까.

"항상 궁금했던 건, 그러니까 항상 안타까웠던 한 가지 의문은, 브론테가 죽기 전에 두 번째 작품을 쓰기 시작했을까 아닐까, 만약 썼다면 그 소설은 어떻게 됐을까 하는 거예요."

"그럼 된 거야. 이제 의문이 생겼으니 그 답을 찾기 시작하면 돼."

8장

마서

"창피해 죽는 줄 알았네." 나는 집 안으로 들어가며 혼자 중얼 거렸다.

"무슨 소리야?" 보든 부인의 큰 목소리에 나는 움찔 놀랐다. 그녀는 손에 담배를 들고 장난기 어린 눈빛으로 응접실 문간에 서 있었다.

"아, 아무것도 아니에요, 저도 모르게 생각이 입 밖으로 튀어나 왔어요." 나는 재킷을 벗으며 말했다.

"음, 자네 얼굴이 시뻘겋게 달아올랐고 난 심심하니까 전부 다 말해줘." 부인은 내 어깨를 붙잡더니 손님인 양 나를 응접실로 끌 고 갔다.

"아, 그냥, 어떤 남자가 있는데……."

"남자라니, 왜 진작 말하지 않았어!" 부인은 반색하며 눈을 휘 둥그레 뜨고 웃었다. 그러더니 커튼을 걷고 거리를 살폈다. "그 남 자, 어디 있어?"

"없어요. 가버렸어요. 별일 아니에요. 더 시키실 일 없으시면 저녁 준비할게요."

"칵테일 마실 시간인데 내 손에 아직 아무것도 없잖아." 부인은 손님이 있을 때처럼 점잔 빼는 상류층 억양으로 선언하듯 말했다.

"오후 3시예요." 나는 못마땅한 기색을 감추지 않았다.

"그러니까." 이런 대답이 돌아와 나는 '부인의 마티니'를 만들기 위해 부엌으로 갔다. 그게 뭔지는 모르겠지만.

병들을 뒤져 마티니라는 걸 찾으면서 나는 예전의 삶을 돌이켜보았다. 부모님은 내게 연락 한번 하지 않았다. 하기야 그들은 내가 어디에 있는지도 몰랐다. 설령 알았다 해도 신경 쓰지 않았으리라. 날 부끄러워했으니까. 내가 셰인에 대해 얘기하려고 하면 엄마는 팔짱을 끼고 창밖을 내다보았다. 나를 수치스럽게 여기는 것 같았다. 내가 폭력적인 남자와 결혼해서가 아니라, 그를 떠나라는 당신의 경고를 듣지 않았기에. 아빠는 이미 날 투명인간 취급하고 있었으니 삶이 크게 달라지지는 않았을 것이다. 이러쿵저러쿵 남의 험담을 떠들어대는 동네 술집에서라면 골치깨나 아프겠지만. 이런 생각을 하면 쌤통이다 싶어 웃음이 났다. 그들이 나를 이런 인간으로 만들었다. 그들 모두……. 옛 기억에 빠져 허우적대느라 내가 뭘 하고 있었는지도 잊었다. 아직 마티니는 찾지 못했고, 그래서 기다란 유리잔에 진을 콸콸 붓고 레몬 한 조각을 던져 넣었다. 그걸 벌컥벌컥 마신 다음 부인에게 가져갈 술을 다시 따랐다.

"가요!" 부인이 내 이름을 외치는 소리가 들리자 나는 큰 소리로 답했다. 가서는 부인 옆의 탁자에 술을 쏟을 듯이 내려놓았다.

"그래서, 그 남자는 매력적이야?"

하마터면 '네'라고 할 뻔했다.

"그런 게 아니라, 옛날에 여기 있던 어떤 서점을 찾는대요. 사람이 좀, 정상이 아닌 것 같더라고요."

"서점?" 술을 마셔서인지 게슴츠레해진 눈으로 부인이 물었다. "재미있네."

"그래요?" 나는 재떨이를 벽난로로 가져가 비웠다.

"내가 짧은 이야기 하나 들려주지." 그녀는 앞에 놓인 푹신한 발판 위에 내려놓은 발목을 꼬고 이야기를 시작했다. "1980년대에 헤이프니 레인에서 내가 한창 잘나가던 시절…… 하, 얼마나 파티를 많이 열었는지 몰라. 세 번째 남편 블라디미르와 함께 살 때였지. 그이는 러시아 수학자였어. 따분한 사람처럼 들리겠지만 전혀 아니야! 최고급 보드카와 캐비어를 대접했지. 각계각층의 사람들이 우리 파티에 왔어."

나는 주머니에서 행주를 꺼내어 먼지도 앉지 않은 벽난로 선반을 닦기 시작했다. 처음 이 집에 왔을 땐 부인의 이야기를 그냥 흘려들었지만 이제 호기심이 생겼다. 우리 둘 다 조금씩 둥글어지고 있는 건지도 모른다. 공통점이라곤 없는 두 사람이지만, 서로 그런대로 괜찮은 동거인이라는 사실을 깨닫기 시작한 것이다.

"어쨌든, 어느 저녁, 한여름이었던가, 한겨울이었던가? 뭐, 어느 쪽이든…… 아니야, 겨울이었어. 길에 서리가 끼어 있던 기억이 나.

한 여자 손님이 늦게 왔는데 몸을 오들오들 떨더라고. 난롯불에 엉덩이를 녹이면서 그이가 얘기하기를, 택시에서 내린 다음 우리 집인 줄 알고 들어갔는데 막상 들어가니 서점이더라는 거야. 멋진 고서며 골동품이 가득 찬 고풍스러운 분위기의 작은 서점! 어쨌거나 다시 거리로 나와서 돌아봤더니, 세상에! 서점은 없어지고 다시 우리 집 현관문이 나타났다나? 당연히 우리는 그 여자가 무슨 수작을 부리는 줄 알았지. 그 시절엔 그런 인간들이 많았으니까. 그런데 또 그런 일이 벌어지다니 재미있지 않아?"

나는 등골이 오싹해졌다. 유령 이야기를 싫어하는 내게 그 이야기가 꼭 괴담처럼 들렸다.

"아뇨, 조금 달라요. 그 사람은 어떤 서점을 찾고 있다고만 했거든요."

그 남자가 뭐라고 했더라? 이 집이 그 서점에 붙어 있었을 거라고 했던가? 나는 고개를 세차게 저은 뒤 저녁을 준비하려고 몸을 일으켰다. 헨리가 도움을 청했을 때 예전의 내 모습이 떠올랐다. 열린 마음으로 베풀 줄 알던 예전의 내가. 그에게 이 이야기를 전해줘야 하지 않을까. 그러면 그의 조사에 도움이 되거나 적어도 그가 단서를 얻을 수 있을 텐데. 하지만 요즘엔 사람들을 도우면 말썽에 휘말리고 후회만 생기는 것 같았다. 그래서 나는 이 이야기를 비밀로 간직한 채 블라인드를 쳐놓기로 마음먹었다.

사람들이 따분하다고 불평하는 소리를 들으면 우습다. 종잡을 수 없는 셰인과 함께 사는 동안 내가 그런 따분한 날을 얼마나 갈망했던가. 별일 없는 것이 최악의 사건인 하루를. 하지만 막상 그런 나날을 갖게 되니 하루하루 어떻게 보내야 할지 막막했다. 일과에 익숙해질수록 일은 점점 더 빨리 끝나고, 오후에 한가한 시간이 생겼다. 배려라고는 모르는 보든 부인은 내 옷차림이 '밋밋하고' '우중충하다'고 서슴없이 꼬집었다.

"투명인간 유니폼이야!" 부인은 손으로 눈을 가리는 시늉을 하며 나무랐다.

나는 청바지에 스웨터를 입은 내 모습을 기다란 욕실 거울에 비춰보고 얼굴을 찌푸렸다. 내 눈에는 괜찮아 보이기만 했다. 약간 유행에 뒤떨어지긴 했지만. 그러고 나서 얼굴을 뜯어보았다. 멍은 다 사라져 이제 거의 티가 나지 않았다. 잘 모르는 사람이라면, 멍든 적이 있었다는 사실조차 짐작하지 못할 것이다. 그때 고속 열차처럼 이미지가 밀려들었다. 구석에 잔뜩 웅크려 부엌 찬장에 기댄 채 그에게 제발 그만하라고 비명을 질러대는 내 모습. 나는 휘청이는 몸을 가누려 손바닥으로 벽을 짚었다. 기억하지 말 것, 두려움에 붙잡히지 말 것. 앞만 보고 항상 바쁘게 지낼 것.

내 옷을 다시 보니 그 작은 마을과 호기심 많은 이웃들, 손 놓고 있던 경비원들이 떠올랐다. 불현듯 그곳에서 가져온 모든 걸 불태워버리고 싶었다. 그래서 얼마 안 되는 급료(부인은 세무서 직원들

65

을 귀찮게 할 필요 있겠냐며 현금으로 지급했다)를 들고 오코널 가에 있는 할인 매장에 갔다. 벽마다 청바지가 빼곡히 채워져 있었다. 또 청바지를 샀다가는 부인이 내게 하녀복을 입힐 것 같았다. 우선 속옷부터 바꿔보자 싶어, 면 브래지어와 팬티를 골랐다. 남의 눈치 볼 것 없이 내 돈으로 혼자만의 시간을 누리는 기분이 낯설었다. 나는 죄책감 비슷한 감정을 느끼며 주변을 두리번거렸다. 한낮인데 여기서 이러고 있으니 내가 마치…… 마치? 그렇다, 자유로운 여자가 된 것 같았다. 바로 그때, 오랫동안 잊고 살았던 느낌이 찾아들었다. 내 마음이 미소 짓고 있는 듯한 느낌. 그래서 나는 신발 코너로 가서 검은 슬립온을 골랐다. 그런 다음엔 검은 카프리 팬츠가 눈에 띄어 팔에 걸고 탈의실로 가져갔다. 전문직 종사자들이 입을 법한 흰색 블라우스를 발견했고, 흰 물방울무늬가 찍힌 빨간색 머리띠까지 샀다! 나 자신과 내 안목에 감탄한 나는 경계심 따윈 내던져버리고 중등학교 때부터 써온 더플백을 대신할 백팩을 골랐다. 영화의 한 장면처럼 그 많은 옷가지를 계산대로 가져가자 바로 거기서부터 인생이 시작되는 것처럼 어떤 전율이 느껴졌다.

옛 물건들을 바깥 쓰레기통에 버린 후 잠깐 시내를 돌아다녔다. 테이크아웃 커피와 도넛을 사 들고 세인트 스티븐스 그린 공원을 거닐었다. 날씨는 온화하고, 내 기분은 한결 가벼웠다. 바짝 긴장한 채 늘 가슴 위로 단단히 팔짱을 끼고 다니던 평소와 달리, 두 팔에 힘을 빼고 걸었다. 사람들이 연못으로 던져주는 빵 조각을 쪼는 백조들을 구경하고, 앉아 있던 비둘기들이 뭔가에 깜짝 놀란 듯 갑자기 날개를 퍼덕이며 날아오르는 소리를 들었다. 모든 소리가 더 또렷하게 들리고 모든 색채가 더 선명하게 보이는 것이 마치 혼수상태에서 서서히 깨어나는 기분이었다. 풀밭에 앉아 있는 다양한 국적의 학생들을 보니 예전의 희망이 다시 깨어났다. 학생들은 무언가 지적인 문제를 두고 토론하는 것 같았지만, 그저 파티 얘기를 떠들어대는 건지도 몰랐다. 어느 쪽이든 내가 맛본 적 없는 인생이었고, 별안간 견디기 힘든 허기가 몰려왔다. 그래서 감히 생각도 못 해본 일을 했다. 집으로 돌아가는 길에 도서관에 들른 것이다. 입구에 이르자 어렸을 때 이동도서관을 이용한 이후로 한 번도 도서관에 들어가보지 않았다는 사실을 깨닫고 주눅이 들었다. 도서관은 아주 편리해 보이는 회전문이 달린 거대하고 분주한 건물이었다. 나는 유리문에 비친 내 모습, 새 옷을 차려입은 새로운 여자를 바라보며 숨을 크게 쉬어보았다.

막상 도서관 안으로 들어가니 뭘 해야 할지 갈피를 잡을 수 없었다. 사람들은 하나같이 목적지를 정확히 아는 듯했고, 펼쳐놓은 책 위로 고개를 숙이고 있었다. 아주 고요했지만, 내 귀에는 그들이 얼마나 똑똑한 사람들인지 들렸다. 겁이 났다. 안내데스크에 나이 든 여자가 한 명 앉아 있길래 대학 진학에 관한 정보를 얻을 수 있느냐고 물었다.

"사회교육원 말씀이세요?" 그녀가 물었다.

"아무래도 그렇겠죠."

그녀는 별다른 말 없이 일어나더니 뒤에 있는 아크릴 선반에서 팸플릿 몇 장을 꺼냈다.

"필요한 정보는 여기 다 있을 거예요."

그게 다였다. 그녀는 다음 사람을 응대하기 시작했고, 나는 웃음거리가 되지 않고 목적한 바를 이룬 것에 내심 안도했다. 바로 그때 귀가 닳도록 들었던 책 한 권이 눈에 들어왔다. 샐리 루니의 《노멀 피플》. 제목이 마음에 들었고, 스스로를 전혀 평범하게 느끼지 않는 나 같은 사람이 공감할 수 있는 책을 처음으로 만난 기분이었다. 나는 그 책을 집어 들어 핸드백에 넣으려 했다.

"저기요오오!" 사서가 귀에 거슬리는 목소리로 고함을 질렀다.

나는 경비원에게 붙들린 것처럼 우뚝 서서 누가 봐도 죄지은 사람 같은 표정을 지었다.

"도서 대출 카드를 보여주세요." 사서가 내게 요구했다. 아일랜드에서 가장 조용한 건물에서 이럴 필요가 있나 싶을 정도로 큰 목소리였다. 두 뺨이 뜨겁게 달아올랐다. 뭘 어찌해야 할지 알 수 없었다.

"카드 보여달라니까요?" 사서는 손을 내밀며 다시 말했다.

"음, 없어요." 나는 모두의 시선이 내게 향해 있음을 의식하며 웅얼거렸다. 분수도 모르고 까불면 이런 꼴을 당하는 것이다.

"그럼, 이 서류를 작성해주세요." 나 때문에 인생이 10년은 퇴보하기라도 한 것처럼 사서는 한숨을 푹 쉬었다. 손목을 획획 움직이고 목을 뻣뻣이 세우는 그녀의 몸짓에서 나는 좌절감을 읽었다. 젊은 시절 무용수였는데 부상을 입어 지금 이곳에 있는 것이다. 매 순간 운명을 원망하면서.

"그냥 안 빌릴게요." 나는 책을 제자리에 돌려놓으며 말했다. 이렇게 지독한 바보가 된 느낌은 태어나 처음이었다. 도서관에서 책 빌리는 법도 모르면서 무슨 수로 대학에 들어가겠다는 거야? 팸플릿을 가방에 쑤셔 넣고 떠나려는 순간 그를 보았다. 헨리였다.

9장

헨리

"괜찮아요?"

잠시 소란이 일어 가보니 예의 반항적인 표정으로 사서와 대치 중인 마서가 있어서 깜짝 놀랐다. 도서관에서 많은 시간을 보내는 나는 아무래도 직원의 편에 서게 되는 경우가 많지만, 오늘은 아니다.

"괜찮아요, 고마워요." 마서가 대답하며 핸드백을 조금 사납게 잡아당기자 끈이 툭 끊어지면서 가방 속 내용물이 몽땅 바닥으로 쏟아졌다.

"이런, 도와줄게요." 나는 몸을 숙이며 말했다.

"됐어요, 내가 알아서 할게요." 그녀는 속삭였지만 누구에게나 들릴 만큼 큰 목소리였다. "방금 산 건데." 이렇게 말하는 그녀의 표정이 왠지 쓸쓸해 보였다.

무슨 말을 해야 위로가 될까.

"싼 게 비지떡이라잖아요." 말실수야말로 내 특기임에 틀림없다.

내가 팸플릿을 집어 들고 가만히 있자, 마서는 눈동자를 굴리며 물건을 하나하나 주웠다.

"오, 대학 가려고요? 멋지네요." 나는 팸플릿을 훌훌 넘기며 말했다.

"정말 그렇게 생각해요?" 마서가 물었다.

"그럼요. 특히 저는 늦깎이 대학생으로서……" 일어나서 팸플릿을 돌려받으려 손을 내미는 그녀의 얼굴을 보고야 알았다. "아, 비꼬는 말이었군요."

이 말에 그녀가 빙긋 웃은 것 같기도 했지만, 그 미소는 순식간에 지나가버렸다.

"미안합니다. 내가 상관할 바 아닌데. 주제넘었네요."

그녀는 한숨을 푹 쉬었다.

"아니요, 내가 미안해요. 그냥 좀 기분이……"

"목소리 좀 낮춰주실래요?" 사서가 다 들으라는 듯 큰 목소리로 우리에게 속삭였다. "다른 분들이 책을 읽고 있잖아요."

"잠깐만 기다려요, 짐 챙겨 올게요." 나는 그녀가 브레이크 고장인 자동차라도 되는 양, 제자리에 가만히 있으라는 손짓을 하며 말했다.

밖으로 나가자 마서는 훨씬 더 즐거워 보였지만, 나를 향한 경계를 풀지는 않았다. 그럴 만도 했다.

"그래서, 아직도 그 행방불명된 원고를 찾고 있어요?"

말투로 미루어보아 그녀는 내 인생을 바꾸어놓을 이 조사를 나만큼 진지하게 생각하지 않는 눈치였다.

"그렇죠, 뭐. 1920년대에 오펄린이 만든 도서 카탈로그를 우연히 발견했거든요. 정말 끝내주는……."

"오펄린요? 이름 예쁘네요." 마서가 말했다. 나 때문에 그녀의 얼굴에 미소가 번졌다고 생각하자 바보처럼 기분이 좋아졌다.

"그렇죠, 이름이 특이하지 않아요?"

"그 여자가 어떻게 됐는데요?"

우리는 석조 아치길을 걸었다. 걷다 보니, 도심 속 비밀 화원처럼 대리석 조각상들과 분수대로 꾸며진 곳이 나왔다. 지금은 인적이 없었다.

"바로 그걸 알아내려는 겁니다. 그러면 서점이 어떻게 됐는지 단서를 얻을 수 있을 것 같거든요." 그리고 원고도. 원고야말로 내 진정한 관심사였다. 원고를 찾아 이름을 날리고 출세해서 런던으로 돌아가, 나와의 결혼이 '궁여지책'이라는 이사벨의 생각이 틀렸음을 똑똑히 증명해 보이리라.

마서는 거대한 핸드백에서 콜라 한 캔을 꺼내더니 콜라가 사방으로 튀지 않도록 윗부분을 톡톡 두드렸다.

"잠깐 앉을까요?" 그녀는 흉물스러운 화단 앞에 깔끔하게 놓인 벤치를 가리켰다. "천천히 돌아가려고요. 입주 가정부는 집에 있으면 쉴 틈이 없거든요."

무척 기뻤다. 내 첫인상이 조금은 좋은 방향으로 바뀐 듯했다. 그리고 그때, 왜 그토록 그녀와 함께 있고 싶은지 깨달았다. 나는 외로웠다. 평생을 혼자 편하게 살아왔지만, 여기서는 철저한 이방인처럼 느껴졌다.

"그런데 왜 그렇게 집착해요?"

"집착?"

"그 원고 말이에요."

"집착은 아닌 것 같은데요."

"음, 저번에 창문 밖에서는 집착이 꽤 심해 보이던데."

"아, 맞아요. 조금 그랬던 것 같군요. 사라진 원고에 대해, 그리고 우리가 거기 매료되는 까닭에 대해 박사과정 연구 계획서를 쓰는 중이거든요."

"우리요?" 그녀는 코를 찡그리며 묻고는 콜라를 크게 한 모금 꿀꺽 삼켰다.

"왜 이래요, 솔직히 흥미가 동하지 않아요? 예를 들면, 하퍼 리를 봐요. 아주 오랫동안 사람들은 하퍼 리의 소설이 한 편밖에 없는 줄 알았잖아요."

마서는 곁눈으로 나를 힐끗했다.

"《앵무새 죽이기》말입니다." 나는 혹시 그녀가 헷갈릴까 봐 덧붙였다.

"아, 맞아요, 그랬죠."

어색한 침묵이 흘렀다. 희귀본과 분실된 원고에 대한 전문적인 이야기가 가끔은 지루하게 느껴질 수 있다는 사실을 깨달았다.

"또, 실비아 플라스가 썼다는 두 번째 소설《이중 노출》도 작가 사후에 행방이 묘연해졌잖아요."

"누구요?"

"책을 별로 안 읽는군요?"

그러자 마서는 양심과 아픔이 뒤섞인 눈빛으로 나를 슬쩍 훔쳐 보았다. 정말이지 나는 그녀를 열받게 하는 재주가 있었다.

"자, 들어봐요. 발터 벤야민이라는 사람 이야기를 들려줄게요. 그는 작가이자 지식인, 천재였는데, 공교롭게도 나치가 점령한 파리에 사는 유대인이었답니다. 제대로 된 신분증명서가 없어서 다른 난민들과 함께 남쪽으로 기나긴 여행을 떠나 피레네 산맥을 건너서 스페인까지 가야 했어요."

"정말 안됐네요." 그녀는 내 쪽으로 완전히 돌아앉으며 말했다.

"그런데 이 위험천만한 여정에 방해가 되는 물건이 있었어요. 바로 원고가 담긴 묵직한 검은색 여행 가방이었죠. 벤야민은 같이 피란 중인 어떤 사람에게 그 원고가 자기 목숨보다 더 귀중하다고 말했어요."

자신도 그 여행을 함께하는 양 마서의 얼굴에 생기가 돌았다.

"그 사람은 어떻게 됐어요?"

"그게, 국경에 도착했을 때 스페인 당국으로부터 프랑스로 돌아가라는 통보를 받았어요. 돌아가면 보나 마나 죽으리라는 걸 알았던 그는 그날 밤 모르핀을 한 병 삼켰죠."

"세상에!"

"그러게 말입니다."

"그럼 원고는요? 누구에게 줬나요?"

"벤야민이 자살한 후에 그 검은 가방은 흔적도 없이 사라졌어요. 원고도 되찾지 못했고요."

마서는 고개를 저으며 금방이라도 울 것 같은 표정을 지었다. 이토록 쉽게 나와 똑같은 열병에 걸리다니. 잔혹한 운명만 아니었다면 세상에 존재했을지도 모르는 무언가를 향한 짝사랑. 똑같은 이야기를 이사벨에게 들려주었을 땐 스페인에서 휴가를 제대로 즐긴 적이 한 번도 없다는 대답만 돌아왔다.

"그럼, 다른 사람이 그걸 자기 이름으로 발표했을지도 모르는 일이네요?"

"흠. 어느 쪽이 더 나쁠까요? 원고를 영원히 못 찾는 것? 아니면 도둑맞는 것?"

집에 돌아가면 이 아이디어를 발전시켜봐야겠다는 생각이 들었다.

"이런 이야기가 참 많아요. 어떤 책이 숨겨져 있다더라, 어떤 초고가 신발 상자에 처박혀 있다더라, 어떤 작가 가족이 소설을 태워버렸다더라, 이런저런 소문들이 떠돌아다니죠. 헤밍웨이의 아내는 남편의 소설 원고가 든 서류 가방을 파리의 어떤 기차역에서 도둑맞았다니까요!"

파리. 파리라. 길 잃은 세대.* 어쩌면…….

"왜 그래요?" 내가 무언가 생각하고 있음을 눈치챈 마서가 물었다.

"아, 별거 아니에요. 오펄린 그레이에 관한 기록을 더는 못 찾을 것 같은데, 혹시 오펄린이 파리에서 지낸 적은 없을까 해서 말입니다."

마서가 휴대전화를 꺼냈다. 좀 무례하다 싶었지만, 지금까지 내

---

* The lost generation. 제1차 세계 대전 무렵 환멸과 회의에 차 있던 미국의 젊은 세대를 가리키는 용어로, 어니스트 헤밍웨이가 소설 《태양은 다시 떠오른다》의 서문에 "당신들은 모두 길 잃은 세대의 사람들이다"라는 거트루드 스타인의 말을 인용하면서 널리 알려졌다.

이야기를 들어준 게 어딘가.

"이 사람이에요?"

"네?"

그녀가 휴대전화 화면을 내 얼굴로 들이밀어, 옛날 신문에서 오려낸 듯한 거친 입자의 흑백 이미지를 보여주었다.

"누군데요? 뭘 한 거예요?"

"그게요, 똑똑하신 학자 선생님, '오필린', '책', '파리'를 함께 검색했더니 이런 게 나오네요."

나는 내 눈을 믿을 수가 없어 더 가까이 들여다보았다.

"어니스트 헤밍웨이잖아요!"

마서는 히죽 웃으면서도 내 눈을 보지는 않았다. 나는 사진 아래 붙은 캡션을 읽어보았다. "셰익스피어 앤드 컴퍼니의 소유주 실비아 비치, 점원 오필린 칼라일."

거기 그녀가 있었다. 손에 책 한 권을 쥐고 사다리를 반쯤 올라가 있는, 짤막한 흑발의 젊은 여성. 그녀의 발치에 헤밍웨이가 서 있었다.

"칼라일! 이거 정말 대단한데요."

"고맙다는 인사는 사양하죠."

"참, 그래요, 고마워요." 포옹을 시도하는 내 어설픈 동작에 마서는 흠칫 물러났다. 그녀의 눈빛에 원망이 가득했다. "미안해요, 당신은 잘 모르겠지만 나한테 워낙 중요한 일이라."

"알 것 같은데요." 그녀는 이렇게 말하고는 휴대전화를 도로 움켜쥐고 핸드백을 집어 들었다. "어쨌든, 이제 가봐야겠어요."

10장

오펄린

1921년, 파리

　몇 주가 지났다 싶더니 순식간에 몇 달이 흘렀고, 어느새 파리가 내 집처럼 편안해졌다. 나는 실비아가 퀼트 이불을 만들 듯 여러 사람을 모아 이어붙인 작은 가족의 일원이 되었고, 셰익스피어 앤드 컴퍼니의 정식 직원 자리를 꿰찼다. 아니, 적어도 금방 잘릴 거라는 얘기는 듣지 못했다. 나는 서점 근처에 하루 두 끼를 제공하는 하숙방을 구했다. 결국엔 아르망의 매력에 무릎을 꿇고 주말마다 그를 만났다. 그는 도시에 숨겨진 구석구석으로 나를 데려갔는데, 폐품 장수들이 밤에 파리의 쓰레기통을 뒤져 찾아낸 물건들을 파는 생투앵의 벼룩시장도 그중 한 곳이었다. 아르망이 그 폐품 장수들을 '달의 낚시꾼'이라고 불렀을 때 나는 웃음이 나왔다. 내가 아르망의 어망에 걸린 물고기 신세라는 걸, 저항하면 할수록 그의 어망이 더욱 단단하게 내 심장을 죄리라는 걸 알았으니까.

제인은 편지에서 내게 연애를 해보라고 부추겼다. '파리까지 가서 애인 한 명 안 생긴다는 게 말이 되니?'

여름 끝자락의 어느 화창한 아침, 사람들이 시골로 몰려간 탓에 도시는 평소보다 고요했지만, 나는 최근에 도착한 책들을 책장에 꽂으며 서점에서 부지런히 일했다. 실비아는 서점 안쪽에서 미국 작가 어니스트 헤밍웨이와 차를 마시며, 그들이 계획 중인 '문인의 밤'에 대해 의논하고 있었다. 헤밍웨이는 대단한 미남이고 강력한 자석처럼 모두를 홀렸지만, 어딘가 사악한 구석이 있었다. 그는 실비아를 아주 좋아해서, 어떤 비평가의 호평보다도 그녀에게 인정받는 것을 더 중요하게 여겼다. 그래도, 왜인지는 설명할 수 없지만, 나는 그와 단둘이 있으면 마음이 불편했다. 한번은 높은 선반에 책을 꽂으려 사다리에 올라가 있을 때 나를 빤히 쳐다보는 시선이 느껴졌다.

"왜 그러세요?" 나는 그를 마주 쳐다보며 물었다. 그러면 그가 민망해하며 딴 데로 시선을 돌릴 줄 알았다. 하지만 이 작전은 먹히지 않았다.

"조심하는 게 좋을 거야, 아가씨."

'아가씨'라니. 기가 막혀서.

"왜요?"

"작가들은 하나같이 천성이 야만적이거든."

무슨 의도로 하는 말인지는 알 수 없었지만, 내 귀에는 그리 좋은 말처럼 들리지 않았다.

"무슨 뜻이죠?"

"그렇게 엉덩이를 계속 흔들어대다간 언젠가 내 작품에 아가씨가 등장하게 될 거란 소리야." 그는 내가 신경질 내는 모습을 대놓고 즐기며 씩 웃었다. 정말이지 작가들은 때때로 지독한 이기주의자다!

내가 천천히 사다리를 내려갈 때 실비아와 한 기자가 서점에 들어왔다. 기자는 번개처럼 재빠른 동작으로 카메라를 케이스에서 꺼내더니, 눈부신 플래시를 터뜨렸다.

"좋아, 다음 호에 실으면 되겠어." 기자가 말했고, 두 남자는 헤밍웨이의 멍든 손가락에 관해 이야기를 나누며 떠났다. 헤밍웨이의 말로는, 술집에서 싸움이 붙었을 때 조이스를 지켜주다가 다쳤다고 했다.

"아까 찍은 사진은 어디에 실리는 거예요?" 내 사진이 인쇄된다고 생각하니 두려워져 물었다.

"《코스모폴리탄》. 거기에 어니스트의 단편이 발표될 예정이거든."

난 사다리에 올라가 있었잖아, 하고 나는 속으로 생각했다. 사진에 안 찍혔을지도 몰라. 게다가 린든 오빠는 《코스모폴리탄》을 읽지도 않는걸. 걱정할 거 없어. 이렇게 나 자신을 달랬고, 실제로 거의 걱정하지 않았다.

———◆

나는 아르망을 깜짝 방문할 생각으로 그의 아파트로 향하는 길에 작가들과 예술가들이 즐겨 찾는 '레 되 마고' 카페를 지났다. 밝은 녹색 차양이 인도 위로 길게 펼쳐졌고, 복잡한 문양의 철제 발코니가 2층을 레이스처럼 감싸고 있었다. 유리창에 비친 내 모습을 스치듯 지나가며 보다가 언뜻 아르망이 눈에 띈 것 같아 걸음을 멈추었다. 그가 맞았다. 밤색 곱슬머리를 치렁치렁 늘어뜨린 어떤 여자와 기다란 가죽 의자에 나란히 앉아 있었다. 두 사람은 바싹 붙어 있고, 아르망은 그녀의 귀에 무슨 말인가 속삭이는 듯했다. 꼭 그래야 하는 건지, 손끝으로 그녀의 머리칼을 귀 뒤로 넘겨주면서. 벼락이라도 맞은 듯 온몸이 충격에 휩싸였다. 그 충격이 전해지기라도 한 것처럼 바로 그때 아르망이 고개를 들어 자기를 지켜보는 나를 보았다. 무슨 까닭인지 당황한 건 오히려 내 쪽이었다. 나는 무작정 걷기 시작했다. 몇 초 후 그가 내 이름을 크게 부르는 소리가 들렸지만 뒤돌아보지 않았다.

"잠깐만요, 오필린!" 나를 따라잡은 그가 내 팔을 붙잡으며 애원하듯 말했다.

"건드리지 말아요."

"해명하게 해줘요."

그의 해명을 듣고 싶지 않았다. 거짓말 아니면 그보다 불쾌한 진실일 텐데, 어느 쪽도 견딜 자신이 없었다.

"그 여자는 크리스틴이고, 내 오랜 친구예요."

나는 아이처럼 귀를 막고 싶었다. 여자의 이름을 들으니 기분이 더 나빠졌다. 아르망은 몰랐겠지만, 나는 2층에서 땅바닥으로 추락하듯 그에게 빠져들었고, 그만큼 상처도 깊었다. 이런 아픔을 미리 예상했건만, 막상 현실로 닥치니 앞선 각오는 아무 도움이 되지 않았다.

"아르망, 더 이상 날 모욕하지 말아줘요."

그의 표정이 약간 흐려지는 듯하더니 이내 다시 맑아졌다.

"당신 말이 맞아요, 그래요. 내가 당신을 모욕했고 그 점은 미안하게 생각해요. 하지만 이 말만은 믿어줘요. 태어나 지금까지 당신만큼 좋아해본 사람이 없어요."

"나를 순진해빠진 처녀로 아는 모양인데, 그런 뻔하고 저질스러운 말에 안 넘어가요." 나는 그에게서 도망치듯 걸어가기 시작했다.

"거짓말 아니에요!" 그가 소리쳤다. "남자가 감정을 인정하는 게 얼마나 어려운 일인 줄 알아요?"

나는 몸을 돌려 경멸 어린 표정으로 그를 노려보았다.

"영어로 설명하기 힘들군요."

"최선을 다해봐요."

"당신에게 이런 감정을 느낄 수 있어서 아주 좋지만, 골치 아프기도 해요. 마음이 자꾸 약해지는데, 나한테는 낯선 일이라. 그래서 다른 여자들이랑 시시덕거리는 거예요, 증명하고 싶어서…… 뭘 증명하려는 건지는 나도 모르겠지만. 장 세 리앵(아무것도 모르겠어요)."

그는 마지막 말을 프랑스어로 했다.

"그게 무슨 헛소리예요?"

"말로 하니까 이상한데, 내 머릿속에서는 확실히 정리가 됐어요."

어떻게 반응해야 할지 알 수 없었다. 이 형편없는 변명은 틀림없는 진실일 것이다.

"크리스틴과 끝내던 중이었는데, 그 장면을 본 거예요."

나는 그에게 감정을 내보이지 않으려 고개를 돌렸다. 어쨌든 내게도 자존심이라는 게 있었다. 이 남자는 그저 내가 듣고 싶어 하는 말을 떠들어대는 게 아닐까? 인간의 마음은 이런 냉혹한 사실을 따져보지 않는다. 불가능한 일에 희망을 걸고, 욕망밖에 없는 곳에서 사랑을 본다. 도무지 까닭 모를 짓을 한다. 어느새 그의 두 팔이 나를 감싸고 있었다. 이제 중요한 건 당신뿐이라는 그의 보드랍고 매혹적인 말이 계속되는 동안 나는 가만히 서 있기만 했다.

"나랑 같이 갈래요? 내 아파트에서 얘기하는 게 좋겠어요."

나는 물론 거절하지 않았다. 그에게 장단을 맞춰줄 용의가 있었다.

———◆

아르망은 몽마르트르라는 구역에서 지내고 있었다. 파리 전체를 내려다보며 우뚝 서 있는 사크레쾨르 대성당의 하얗게 반짝이는 돔 아래를 지나, 자갈 깔린 거리를 따라가니 북적거리는 작은 광장이 나왔다. 테르트르 광장은 엽서에서 막 튀어나온 듯한 곳이었다. 식당과 카페 들 위로 덧문 달린 우아한 건물들이 솟아 있고, 예술가들이 광장 둘레를 따라 다닥다닥 붙어 앉아 작품을 팔았다. 아르망이 파란 문 하나를 열쇠로 열었고, 우리는 계단을 올라

3층으로 갔다.

막상 집 안으로 들어가자 어찌해야 할지 갈피를 잡을 수 없었다. 광장이 내려다보이는 기다란 창문 앞에 작은 테이블 하나와 의자 두 개가 유혹하듯 놓여 있었다. 아르망이 내게 앉으라고 손짓했다.

"차를 준비할게요."

그가 은쟁반을 들고 테이블로 돌아왔다. 쟁반에는 정교한 무늬가 새겨진 고풍스러운 은제 찻주전자와 아랍어로 보이는 금색 글자가 찍힌 조그만 유리잔이 담겨 있었다. 하지만 가장 놀라운 것은 달콤한 민트 향기였다.

"모로코 차를 마셔본 적 있어요?" 아르망이 물었다.

나는 고개를 젓고, 아르망이 찻주전자 뚜껑을 연 뒤 뜨거운 물에 듬뿍 담긴 두툼한 잎들을 휘젓는 모습을 지켜보았다. 그런 다음 그는 찻주전자를 엄청나게 높이 든 채 유리잔으로 차를 따르는 의식을 시작했다. 그가 든 찻주전자가 유리잔에서 점점 더 멀어지는 모습에 내 두 눈이 휘둥그레지자 그는 웃음을 참았다.

"전통 방식이랍니다." 그는 간단하게 답한 뒤 내게 찻잔을 건넸다.

황금빛 도는 차를 후후 불자 이국적인 향이 코를 가득 채웠다.

광장에서는 몇몇 음악가들이 연주를 시작했다. 리드미컬한 기타 소리와 바이올린의 현란한 기교가 어우러진 보헤미안풍 음악이 흘렀다. 말 대신 음악이 우리의 빈 공간을 채웠다. 나는 눈 둘곳을 찾아 방 안을 이리저리 둘러보았다. 바닥에는 실크 양탄자가 깔려 있고, 문 옆에 놓인 가죽 슬리퍼는 발가락 부분이 뾰족하니 묘하게 생겼고, 조그만 목제 테이블에는 무어풍 문양이 황금빛으로 새겨져 있었다. 결국 그에게로 다시 시선을 돌렸다. 그는 처음부터 나를 빤히 보고 있었던 모양이었다. 그가 내게서 눈을 떼지 않은 채 일어나더니 내 손에서 찻잔을 빼내 자기 옆의 쟁반에 내려놓았다. 그러고는 내 손을 잡아 나를 일으켜 세웠고, 나는 그가 내뿜는 숨을 들이마실 정도로 그와 가까이 섰다. 그가 고개를 숙이자 저절로 내 입술이 벌어졌다. 내 입속에 그의 따스한 혀가 느껴지자 더 느끼고 싶다는 생각밖에 들지 않았다. 우리는 서로를 더욱 힘껏 껴안았지만 나는 성에 차지 않았다. 더 가까워지려면……

"오펄린." 아르망이 쉰 목소리로 나를 부르자, 꼬리를 물고 이어지던 생각이 뚝 끊겼다.

"네?"

"여기 더 있을 건지 떠날 건지 말해줘요." 그의 숨결이 거칠었다. "예의를 차려서 또 물어볼 자신이 없으니."

모든 정신 활동이 멈춰버렸다. 태어나 처음으로 내 관능이 주도권을 잡았다.

"있을게요."

방은 놋쇠 프레임 침대 하나가 겨우 들어갈 정도로 좁았다. 열린 창으로 드는 미풍에 하늘하늘한 커튼이 펄럭였다. 테이블 귀퉁이의 짤막한 양초에서 나부끼는 불꽃 빼고는 어둑했다.

이럴 때가 오면 뭘 어떻게 해야 할지 모르고 허둥지둥할까 봐

사춘기 내내 얼마나 걱정했던가! 애초에 '아는' 건 불가능하다는 걸 진작 깨달았더라면 좋았을 텐데. 그건 오로지 본능이었다. 촛불 속에 그의 몸은 황금빛으로 빛났고, 그의 피부에 맺힌 땀은 최음제였다.

"아팠어요?" 그가 물었다.

"아주 조금요." 내가 답했다. 고통은 쾌락의 대가라고, 어디선가 읽은 기억이 있다. 난 이제 처녀가 아니다. 이 생각에 순간 흠칫했지만, 문턱을 하나 넘은 듯한 강렬한 감각이 그 자리를 대신했다. 우리는 몇 시간이나 함께 누워 이야기를 나누었다. 밤늦게 그가 나를 집까지 데려다주었고, 나는 하숙집 주인에게 들키지 않고 몰래 들어가고 싶었다.

기다란 창문으로 달빛이 은은하게 스밀 뿐, 불은 켜져 있지 않았다. 계단이 삐걱거릴 때마다 마치 대포 소리처럼 들려서, 나는 입술을 깨물며 아무도 듣지 못하기를 빌었다. 내 방에 들어가서는 문을 잠근 뒤 침대로 풀썩 쓰러졌다. 맞은편의 화장대 거울에 비친 내 모습이 달빛을 받아 거의 유령처럼 보였다. 나는 베개를 집어 꼭 껴안았다. 바로 그때 그것이 눈에 들어왔다. 문 옆에 기대어진 오빠의 지팡이.

11장

마서

변기를 북북 닦으며 오후를 시작했다. 보든 부인은 극단에서 함께 활동했던 친구들을 저녁 식사, 아니 그녀의 말로는 '만찬'에 초대했다며, 집이 '반짝반짝' 빛났으면 좋겠다고 했다. 이렇게 날이 선 부인의 모습은 처음이었다. 평소에도 까다로운 편이긴 했지만, 지금은 무엇 하나 트집 잡지 않고 넘기는 법이 없었다. 부인은 미용실에 가더니 잔뜩 화가 나서 돌아왔다. 미용사가 일부러 머리를 뽀글뽀글하게 말아서 더 나이 들어 보이게 만들어놨다는 것이다. 나는 화장대 앞에서 머리를 사납게 빗어 꼬불꼬불한 솜뭉치처럼 만들고 있는 부인을 두고 자리를 떴다.

"마서!" 부인이 앙칼지게 내 이름을 외치자 나는 놀라서 변기용 솔을 떨어뜨렸다. 부인이 방바닥에 쓰러지기라도 한 줄 알았다.

"왜 그러세요?" 나는 숨을 헐떡이며 물었다.

부인은 살색 슬립에 실크 가운을 걸친 채 화장대 앞에 앉아 있었다. 크리스마스용 칠면조 사체처럼 피부가 쭈글쭈글하고 얼룩덜

룩한 그녀의 목과 가슴으로 시선이 절로 갔다. 옛날에 다닌 학교에서 어떤 늙은 수녀가 말했었다. 암퇘지 귀로 비단 지갑을 만들 수는 없는 법이란다. 그 말의 의미를 이제 알 것 같았다.

"내 진주 귀걸이가 없어졌어!" 그녀의 눈빛이 노골적으로 나를 비난하고 있었다.

나는 보석함에서 화장대 위로 쏟아져 뒤죽박죽 섞인 장신구들을 보다가 다시 부인 쪽으로 눈을 돌렸다. 진주 귀걸이 하나는 부인의 귀에 걸려 있고, 다른 하나는 손에 쥐어져 있었다.

"손에 쥐고 계시잖아요, 부인." 나는 덤덤하게 말했다.

"나도 알아, 나머지 하나가 없어져서 이러는 거잖아!"

나는 숨을 크게 한번 쉬었다. 돈이 궁하지만 않았어도, 한마디 쏘아붙여주는 건데.

"그건 귀에 걸려 있고요."

나는 문틀에 기대섰다. 시간은 얼마든지 있었다.

부인은 차가운 진주를 만지더니 민망한 듯한 표정을 지었다. 하지만 어림없는 소리. 콧대가 하늘을 찌르는 그녀가 그럴 리 없다.

"온 김에 옷 입는 것 좀 도와줘. 잊지 마, 출장 뷔페가 4시에 오니까 꼭 거들도록 해. 은식기들은? 꺼내서 한 번 더 살펴봤어?"

나를 도둑으로 본 것에 대한 사과는 없었다. 기대하지도 않았지만. 내가 옷걸이에서 드레스(리버라치*가 입을 법한, 스팽글이 달린 은색 드레스)를 꺼낸 뒤 허리를 굽히자, 부인은 내 몸에 기댄 채 산을

---

* 브와지오 발렌티노 리버라치. 미국의 피아니스트이자 가수, 배우로 화려한 의상과 쇼맨십으로 유명했다.

오르는 말처럼 드레스 속으로 발을 집어넣었다. 그녀의 팔이 바르르 떨려서 내 온몸에 진동이 전해졌다. 입은 거칠고 정신은 빠릿빠릿하지만, 그녀의 몸은 세월에 굴복하고 있구나. 그러자 조금 측은한 마음이 들었다. 이런 모습이 낯설었다. 너무 화려해서 남의 도움 따윈 필요 없을 것 같은 인상을 항상 풍기던 그녀였는데 말이다. 뛰어난 연기력을 발휘하고 있었던 걸까. 결국 아일린 보든도 남들과 똑같은 인간이었다. 두려움 많은.

부인은 만찬 때 내가 진짜 하녀복을 입기를 원했지만, 나는 거부하고 얼마 전 새로 산 블라우스와 마침 부인의 옷장에 있던 통이 좁은 스커트를 입었다. 부인의 옷 중 가장 칙칙해 보이는 옷이었다. 하지만 내게는 너무 커서 내 머리띠와 어울리는 큼직한 빨간색 에나멜가죽 벨트도 빌렸다. 차림새가 마음에 들었는지 부인은 내게 손님 맞는 일을 맡겼다. 아니나 다를까, 연금을 받을 나이의 여자 셋이 늙은 암탉들처럼 문 앞에 서서 수다를 떨며 몸치장을 다듬고 있었다. 그들은 내게 눈길 한번 주지 않고 깃털을 흔들어대며 소란스레 획 들어왔다. 나는 고개를 저으며 빙긋 웃었다. 우울한 부엌에 앉아 들판을 물끄러미 내다보던 시절이 떠올랐다. 가끔 토끼 한 마리가 언뜻 보이거나, 화려한 빛깔의 꿩이 농부가 쏘는 총에 맞을 뿐, 사건이라 부를 만한 일은 일어나지 않았다. 그때를 생각하면, 이렇게 사는 사람들이 있다는 걸 상상하기가 어려웠다. 재미있게 놀고, 잘 먹고, 출장 뷔페를 부르고. 완전히 딴 세상이었다.

나는 딱딱한 미소를 띤 채 서서 인간 옷걸이 노릇을 했다. 누가 아직도 모피 코트를 입는단 말인가? 마침내 식사를 차려낼 시간이 되자 나는 평생 서비스업에 종사해온 사람처럼 눈에 띄지 않게 임무를 수행했다. 그러다 정말 눈에 띄지 않는 사람이 있다는 걸 깨달았다. 보든 부인. 식탁의 부인 자리가 비어 있었다. 손님들은 눈치도 못 챘는지 즐겁게 먹고 마시며 남들을 험담하고 웃었다.

"보든 부인은 디저트 먹기 전에 돌아오실까요?" 나는 조금 머뭇거리며 물었다.

"아닐걸." 목이 너무 굵어서 진주 목걸이에 질식당할 것처럼 보이는 여자가 목걸이를 움켜잡으며 말했다. 그들은 서로 날카로운 시선을 교환하더니, 내가 느끼기에 다소 무례하게 웃기 시작했다. 전에도 이런 일이 있었나? 보든 부인이 자기가 연 파티에 안 나타난다고?

"그런데 그이가 자네를 어디서 찾았지?" 몸에 딱 붙는 검은 원피스가 뼈만 앙상한 어깨에서 곧 흘러내릴 것만 같은 다른 여자가 물었다. 나는 식탁을 치우던 손을 멈칫했다. 수많은 말이 입 밖으로 튀어나오려 했다. '설마 신발 바닥에서 찾았겠어요?' 대체 어디일 거라고 생각하는 걸까?

"신문에 가정부 구한다는 광고를 내서서 제가 찾아왔죠."

"해가 서쪽에서 뜨겠네. 대체 가정부가 왜 필요하대?" 모임의 우두머리가 분명한 또 다른 여자가 말했다. 그녀는 고양이처럼 느긋하게 앉아 가느다란 시가를 피웠다.

"나도 참한 시골 처녀를 하나 구해야겠어. 꿈을 좇는다느니 어쩌니 하면서 달아나버릴 가능성도 별로 없고. 자기 신세에 뭐가 좋은지 잘 아는 거지." 마치 내가 거기 없는 것처럼 여자는 이런 소리를 지껄였다.

나는 쟁반을 떨어뜨릴 뻔했다. 사람들에게 무시당하는 데 이골이 났지만, 그 순간 신데렐라가 된 기분이었다.

"실은 대학 학비를 마련하려고 일하고 있어요." 나는 반항적으로 대꾸했다.

"그래?" 진주 목걸이 여자가 말했다. "뭘 공부하려고?"

뭘 공부하지? 괜히 입을 놀려서는! 손에서 땀이 나기 시작했다. 나는 질문을 못 들은 척하기로 했다.

"식사 마치시면 응접실로 브랜디 가져갈게요."

나는 화가 나고 창피해 속이 부글부글 끓었다. 그 여자는 내가 뭔가 의미 있는 일을 할 만한 인물이 못 된다는 걸 알아본 것이다. 그들 모두 알았다. 난 모든 걸 망쳤고, 늘 잘못된 선택만 하다가 결국 여기, 이 가식적인 할망구들 앞에서 굽실거리고 있었다. 하지만 내가 할 수 있는 건 아무것도 없었다. 이젠 여기가 내 집이다. 아무 계획도 없이 그냥 떠날 순 없다. 그럴 수 있으면 좋겠지만, 수치심이 늘 내 발목을 잡았다. 마치 내 몸에 낙인으로 찍히기라도 한 것처럼, 수치심이 나를 떠나지 않았다. 나는 카드놀이를 하며 곤드레만드레 취해가는 그들을 남겨두고 자리를 떴다.

내 조그만 방으로 내려가 옷을 벗어던진 다음 뜨거운 물로 한참 동안 샤워를 했다. 수건으로 몸을 감싼 채 침대에 드러누워 있자니, 도서관에서 가져와 테이블에 둔 평생교육원 팸플릿이 보였다. 이게 다 무슨 소용인가 싶었다. 그땐 무슨 기운이 솟아서 그랬느지 몰라도, 이제 의욕 따위 몽땅 사라져버렸다. 저 밉살스러운 여자들. 보든 부인이 줄행랑칠 만도 했다. 저런 인간들이 친구라니, 원수가 따로 없겠는걸? 마음속 깊은 곳에서 어떤 감정이 부글부글 끓어올랐다. 누가 나를 좀 안아줬으면. 안기는 느낌이 그리웠다. 더블린에 온 후로 말을 섞어본 사람이라곤 (짜증스러운 고용주를 제외하면) 헨리뿐이었다. 그나마 친구라고 부를 수 있는 사람도 헨리밖에 없었다. 그런 그도 이곳 사람이 아니니 기댈 언덕은 될 수 없었다. 원고든 뭐든 찾고 있는 걸 손에 넣으면 바로 떠나버릴 테니까.

그나저나 왜 그 사람 생각이 날까? 그 수모를 겪고도 남자 생각을 한다는 것이 죄스럽게, 혹은 왠지 잘못된 일처럼 느껴졌다. 하지만 헨리는 셰인과 달라도 너무 달랐다. 내가 이제껏 만났던 어떤 남자와도 달랐다. 무거운 여행 가방을 끌고 국경을 건너와 작가에 대해 이야기하고, 사라졌는지 엉뚱한 곳에 가 있는지 모를 무언가를 찾으려 열심인 모습이 왠지 사랑스러웠다. 그리고 인정하고 싶지 않지만, 그는 정말 매력적이었다. 가끔 그 적갈색 눈동자로 나를 바라볼 때면 숨이 턱 막혔다. 하지만 이런 생각도 들었다. 그 사람이 나 같은 여자에게서 대체 뭘 볼 수 있을까? 그의 관심사는 오로지 서점이다. 그뿐이었다.

나는 몸을 옆으로 굴려 베개를 꼭 안았다. 바로 그때 벽에 갈라진 금들이 눈에 들어왔다. 원래 거기 금이 있었던가? 그랬다면 진작 알아차렸을 텐데. 두께가 서로 다른 삐뚤빼뚤한 줄 세 개가 옷장 뒤에서 시작되어 작은 덩굴처럼 파란 벽으로 쫙 뻗어 있었다.

나는 누운 채로 그 선들을 빤히 바라보았다. 왜 전에는 눈에 띄지 않았을까? 옷장 뒤에서 무슨 일이 벌어지고 있는 거지? 나는 일어나 그 선들을 손가락으로 훑었다. 한동안 그 자리에 있었던 것처럼 꽤 깊고 단단했다. 옷장을 옮겨보려 했지만 옛날 물건이라 무게가 어마어마했다. 순간, 숨결이 느껴졌다. 다른 누군가의 숨결. 획몸을 돌렸지만 아무것도 없었다. 사람을 읽듯 장소도 읽을 수 있을까? 궁금해졌다. 그런 생각을 하니 온몸에 전율이 흘렀다. 여기서 무슨 일이 있었는지 모르는 편이 나을까? 나는 벽에다 대고 '오펄린'이라는 이름을 속삭여보았다. 아무 일도 벌어지지 않았다. 나는 고개를 저었다. 이게 무슨 바보 같은 짓이람. 나는 잠옷으로 갈아입었다.

—◆—

한밤중에 새로운 글귀가 떠올라 잠에서 깨어났다. 이메일 수신함의 알림처럼, 이야기는 가끔 이렇게 날 찾아와 잠재의식에 속삭이곤 했다. 그 원리는 나도 설명할 수 없다. 어떻게든 그 이야기를 꼭 붙들어야 한다는 사실을 알 뿐. 종이에 적어두는 것으로는 부족했다. 그래서 다음 날 문신 시술소를 찾아가 등에 잉크로 새겨두자고 마음먹었다. 그 이야기에는 시작도 끝도 없는 듯했지만, 매번 새로운 문장이 날 찾아왔고, 그럴 때마다 내 살갗에 다른 문장들과 나란히 잉크로 새겨두면 곧장 기분이 좋아졌다. 아무도 몰랐다, 심지어는 셰인도. 그건 소소한 반항이었다. 나만의 무언가를 갖는 것. 이 기묘한 이야기를 용케도 잘 숨겨왔지만, 이야기가 진행될수록 그 의미가 뭔지, 대체 어디서 오는 건지 알고 싶은 마음이 커져갔다.

다시 잠들기는 글렀다는 걸 알고, 그 여자들이 위층에 어떤 아수라장을 만들어놓았는지 보러 발끝으로 살금살금 올라갔다. 아침에 보든 부인에게 귀가 따갑도록 잔소리를 듣느니 이왕 깬 김에 치워두는 편이 나을 것 같았다. 나는 다이닝룸으로 들어가 불을 켰다. 그리고 내 눈을 의심했다. 무엇 하나 제자리를 벗어난 것 없이 완벽하게 정리되어 있었다. 보든 부인의 친구들에 대한 나의 평가는 순식간에 바뀌었다. 이렇게 뒷정리가 깔끔한 사람들의 심성이 나쁠 리 없다. 그들이 떠나는 소리조차 듣지 못했다. 냉큼 부엌으로 가보니, 모든 접시와 유리잔이 깨끗이 씻긴 채 말라 있었다. 더러운 스푼 하나 남아 있지 않았다. 마치 아무 일도 없었던 것처럼.

12장

헨리

초인종을 누를까 고민도 해봤지만, 그래서야 무슨 재미가 있는가? 나는 쪼그리고 앉아 헤이프니 레인 12번지의 지하 방 창문을 똑똑 두드렸다. 지난 며칠 동안 오필린 칼라일에 관한 소식을 찾아 온라인 기록 보관소와 옛 신문을 샅샅이 뒤져봤지만 허탕이었다. 내겐 휴식이 필요했고, 이 핑계를 속으로 되뇌며 그녀의 방문, 아니 창문까지 걸음을 옮겼다. 몇 분 후 블라인드가 휙 올라가더니, 아주 화나고 지친 듯한 마서의 얼굴이 나타났다.

"뭐예요?" 그녀는 창문을 열자마자 쉰 목소리로 말했다.

"좀 이른가요?"

"아침 7시니까, 그래요, 좀 이르다고 할 수 있겠네요."

"아. 미안합니다. 잠깐 산책이나 같이하면 어떨까 싶어서요."

"지금요?"

어젯밤에 잠들지 못하고 이리저리 뒤척이다 떠올렸을 땐 기발하다 싶었던 생각이 이젠 칙칙해 보이기만 했다. 잘 알지도 못하는 여자를 찾아와서 창문을 두드려대고 있다니.

"음, 저기, 시간 날 때 언제든요."

마서는 자기 옷을 내려다보더니 또 그 표정을 지었다. 해답 없는 방정식을 풀려고 머리를 재빨리 굴리는 듯한 표정.

"보든 부인한테 아침 차려드리고 청소도 좀 해야 돼요. 11시쯤이면 시간이 날 것 같기도 한데."

"좋아요!" 나는 좀 지나치다 싶게 의욕적으로 외쳤다. 누군가에게 같이 시간을 보내자고 부탁하는 것이 얼마나 진땀 나는 일인지 잊고 있었다. 어렸을 때야 항상 그런 식으로 친구를 사귀었지만, 나이가 들고 나면 걸리는 게 한두 가지가 아니다. 거절을 받아들이기가 훨씬 더 힘들어진다. "내가 문자 쏠게요." 문자를 쏘다니, 내 평생 써본 적 없는 표현이었다. 어색하게 들리지 않았을까.

"내 번호 모르잖아요."

"맞아요, 전화번호 알려달라고 돌려서 말한 거예요, 마서. 장단 좀 맞춰줘요!"

어색한 침묵이 뒤따랐다. 그녀가 이 상황을 조금 과하게 즐기는 듯했다.

"저기…… 알려줄래요?"

"그러죠 뭐." 마서가 미소 지었다.

유혹하는 건가? 분명 그렇게 느껴졌지만, 그녀의 몸짓은 대부분 방어적 태도를 취하고 있어 정확하지 않았다.

"줘봐요." 마서는 내 휴대전화 쪽으로 손을 내밀더니 재빠르게 번호를 입력했다. "이제 가봐야 해요." 이 말과 함께 그녀는 창문을 탁 닫고 블라인드를 내렸다.

어머니가 볼 법한 로맨틱코미디 영화의 한 장면 같았다. '전송' 버튼 위의 허공에 엄지를 놓은 채 갈등하다가 누나가 자주 쓴다는 수법이 떠올랐다. '다섯부터 하나까지 거꾸로 센 다음 그냥 눌러버려.' 화면을 가볍게 건드리자 쉬익 소리와 함께 내 문자메시지함에 날짜와 시간이 찍혔다.

펜 코너에서 만나요.

애매모호하게 들리지 않을까…… 싶었는데 마서의 답장이 날아왔다.

누구세요?

헨리예요. 이상한 사람 아닌 그 남자요.

아, 그 헨리요. 펜 코너가 어디죠?

그냥 칼리지 그린*과 트리니티 가가 만나는 곳으로 와요. 그럼 보여요.

서점이나 도서관의 적수가 될 만한 곳은 좋은 문구점밖에 없다

* 더블린 중심에 있는 삼면 광장.

고 생각했다. 펜 코너는 아기자기한 필기구의 성지와도 같은 곳이었다. 거리 모퉁이에 눈에 확 띄게 서 있는 에드워드 7세 시대풍의 건물 높이 달린 탑시계를 보고, 내가 촌스럽게 너무 일찍 왔다는 걸 알았다. 검은 바탕에 황금빛 글씨가 쓰인 간판은 진열창 위의 모자이크식 판유리들과 어울려 고요한 도서관의 분위기를 물씬 자아냈다. 밖에서 마서를 기다릴 작정이었지만, 내 의지는 2분을 넘기지 못했다. 진열창 너머의 몽블랑 펜을 발견하는 순간 더 가까이서 봐야겠다는 생각밖에 들지 않았다. 가게 안으로 들어가자마자 어깨 힘이 빠지고, 종이와 가죽과 잉크 특유의 냄새에 사로잡혔다. 유리로 된 상자마다 파커 펜과 크로스 펜 들이 캘리그래피 펜촉과 함께 값비싼 보석처럼 진열되어 있었다. 카운터 뒤의 가죽 손가방을 보니, 행방불명된 헤밍웨이 소설이 떠올랐다. 그 원고는 바로 이런 가죽 가방 속에 있었을까? 문학 석사과정을 밟는 학생들은 똑같이 생긴 복제품을 어깨에 메고 교정을 돌아다니며 다들 그런 상상을 했다.

다른 손님이 두세 명 서성거리고 있었고, 펜을 구경해볼까 하고 몸을 돌리던 나는 문간에 어정쩡하게 서 있는 그녀를 발견했다.

"마서, 잘 찾아왔네요." 왜 나는 누가 봐도 뻔한 사실을 굳이 짚는 걸까.

마서는 그저 미소로 답하며 천천히 등 뒤로 문을 닫았다. "여기서 뭐 해요?"

"역시 실존주의자군요. 그럴 줄 알았어요."

마서가 곁눈질로 나를 힐끔 쳐다보았다.

"그냥 농담한 거니까 신경 쓰지 말아요." 젠장, 왜 그런 괴짜 같은 소리를 지껄였지? 평범한 인간처럼 말하는 능력을 잃어버리기라도 한 거야?

"도와드릴까요, 손님?" 카운터 안쪽에서 누가 말했다.

"네! 네, 부탁드립니다. 진열창으로 몽블랑을 봤는데요."

"아, 르 프티 프랭스* 말씀이시죠?" 그는 내 취향을 짐작해 말했다. 우수한 영업 능력의 증거였다.

"왜 여기로 오라고 했어요?" 우리 목소리가 들리지 않을 만큼 직원이 멀어지자 마서가 물었다.

"멋지지 않아요? 산책할 만한 곳은 아니지만…… 이제 다른 데로 갈 거예요."

"그렇군요."

그녀는 달갑잖은 목소리로 답했다.

"여기 있습니다, 손님. 마이스터스튁 르 프티 프랭스 에디션입니다."

아름다웠다. 클립에 조그만 금빛 별이 그려진 버건디색 몸체의 만년필이었다.

"여기 보면, 그 책의 한 구절이 새겨져 있어요." 나는 소리 내어 읽었다. "옹 느 부아 비앵 카베크 르 쾨르On ne voit bien qu'avec le cœur."

"프랑스어 할 줄 알아요?" 마서가 물었다.

"수박 겉핥기로 배웠죠. 어느 해 여름에 프랑스 남부의 임대 별장에서 일한 적이 있거든요."

---

* Le Petit Prince. 프랑스어로 '어린 왕자'라는 뜻이다.

"그렇군요." 마서는 또 이렇게 말하고는 눈을 휘둥그레 뜨고 자기 발을 빤히 내려다보았다.

"마음으로 봐야 제대로 볼 수 있다는 뜻이에요."

뜻밖에도 마서는 이 말에 깊은 인상을 받은 듯했다. 공원에서 사라진 원고에 대해 듣고 진정으로 감동했던 때처럼. 나는 내 관심사를 떠들어댈 때마다 '일반인들'이 보이는 너그러운 미소와 고갯짓에 익숙했지만, 그녀의 반응에는 진심이 어려 있었다. 나는 가슴을 쑥 내밀며 뽐내고픈 본능과 싸웠다. 앙투안 드 생텍쥐페리의 글은 어떤 언어로 인용하든 인상적이라고 누가 말했지만, 무시하기로 했다.

"포장해드릴까요?" 하필 이런 순간에 가게 주인이 끼어들었다.

"어, 네. 얼맙니까?"

"부가세 포함 799유로예요."

나는 침을 꿀꺽 삼켰다. 마서에게 잘 보이려다가 쪽박 차게 생겼군. 이 난관을 어떻게 지나갈까 고민한 끝에 나는 논문을 완성하면 나에게 주는 선물로 이 만년필을 사겠다고 가게 주인에게 말했다. 그는 내가 다시 돌아오지 않으리라는 걸 아는 무표정한 눈빛으로 나를 빤히 볼 뿐이었다.

"저, 있잖아요, 대신에 몰스킨 노트 한 권 살게요!" 나는 이 한마디로 모든 이의 기억에서 이 사건이 지워질 거라 여겼다. 내 기억만은 생생히 남겠지만.

13장

오펄린

1921년, 파리

나는 곧장 일어나 책과 소지품을 모조리 가방에 쑤셔 넣은 뒤 계단을 달려 내려갔다. 서점까지만 가면 실비아가 어떻게든 도와 줄 거라 생각했다. 아침을 권하는 루소 부인에게 손사래를 치고 바깥문을 열었다가 나를 기다리고 있던 오빠와 정면으로 맞닥뜨렸다. 오빠는 혼자가 아니었다.

"여기 왔군." 오빠는 못 보던 검은색 지팡이를 짚고 있었다. "빙리, 내 누이가 감격한 것 좀 보게."

나는 바보처럼 입을 떡 벌린 채 그 자리에 서서 이 모든 상황을 이해하려 애썼다. 느긋하니 승리감에 도취해 있는 오빠와 열성적인 표정으로 큼직한 꽃다발을 들고 있는 빙리라는 인간.

"이봐, 그냥 서 있지 말고 어서 그 빌어먹을 꽃이나 주라고, 시들기 전에!"

"칼라일 양, 드디어 만났군요." 빙리가 내게 꽃을 건네며 말했다.

나는 아무 대답 없이 가방 손잡이를 꼭 쥔 채 이들보다 더 빨리 뛸 수 있을까 머리를 굴려보았다.

"걱정 마라, 두 잉꼬가 만나기로 한 약속을 네가 어겼지만, 친절한 빙리 씨는 뒤끝 없이 용서해주기로 하셨단다."

나는 오빠의 말투를 간파할 수 없었다. 내 오빠가 아니라 사기꾼의 말투 같았다. 한없이 매력적인.

"어떻게 날 찾았어?" 나는 마침내 물었다.

"어떻게 찾았냐고? 너의 소중한 친구 제인이 잡지에서 네 사진을 봤고, 제인의 남편이 너무 기쁜 나머지 네 자랑스러운 가족한테 알려줬지."

오빠는 내 표정을 봤겠지. 나는 얼마나 어리석었던가.

"자, 자, 이리 와." 오빠는 내 팔을 꽉 붙잡으며 말했다. "우리도 그렇게 꽉 막힌 사람들은 아니란다. 너도 결혼 전에 날개를 훨훨 펼쳐보고 싶었겠지. 마지막으로 한번 크게 소리 질러보고 싶었겠지. 이해하지, 빙리?"

"그럼요, 그럼요." 그는 오빠에게 맞장구치며, 다음 끼니를 살피듯 나를 아래위로 훑어보았다. 그는 키가 훌쩍하고 얼굴이 불그레했으며, 매부리코에 이마가 점점 넓어지고 있었다. 두 사람 모두에게서 브랜디 냄새가 풍겼다. 이렇게 과장되게 행동하는 이유를 알 것 같았다. 모든 것이 터무니없을 정도로 기묘하게 느껴졌다. '나의' 파리에 오빠와 그의 공모자가 나란히 서 있다니. 나는 내가 호텔로 끌려가고 있다는 사실도 깨닫지 못하고 있었다.

"어디 가는 거야?" 내가 물었다. "나 일하러 가야 해."

"일이라니! 우리 중에 사회주의자가 한 명 있군, 빙리!" 오빠는 어울리지도 않는 기묘하고 쾌활한 목소리를 계속 유지했다. 빨간 모자에게 말하는 늑대 같았다. "아 참, 빙리 경이라고 불러야 하는데." 오빠는 우리를 호화로운 호텔 로비로 떠밀며 말했다.

"이건 너무⋯⋯." 내가 입을 떼자 오빠는 또 기운 넘치는 독백으로 내 입을 막아버렸다.

"샴페인으로 축하해야지!"

오빠는 로비에서 어느 노부부에게 커피를 내고 있는 웨이터에게 손짓했다. 오빠의 오만한 태도에 모욕감을 느낀 기색이었지만, 웨이터는 그저 고개를 끄덕이고는 우리가 앉을 테이블에 의자를 놓아주었다.

"오늘 밤 내 누이가 혼자 지낼 방을 예약해야겠군." 오빠는 프런트 쪽을 가리키며 말했다. "두 사람이 가까워질 시간은 결혼식 후에도 충분히 많으니까."

결혼식? 설마 처음 보는 이 남자랑 결혼하란 말인가? 물론 그 많은 사람들 앞에서 소란을 피우고 싶진 않았기에, 자리를 뜨려고 몸을 돌리는 오빠에게 나는 나지막한 목소리로 말했다.

"오빠, 정신 나갔어?"

"위로 올라가서 모든 걸 설명해주지." 오빠는 이렇게 말하고 나를 다시 자리에 눌러 앉혔다.

빙리 경과 단둘이 남자 나는 최선을 다해 말 못 하는 시늉을 했다. 그가 내게 파리에서 즐거웠냐고 묻기에 나는 고개만 까딱하고 입술을 오므려 미소 비슷한 표정을 지었다. 웨이터가 돌아와 우리 옆의 작은 테이블에 얼음 통을 내려놓았다. 샴페인의 코르크 마개를 조심스럽게 딴 뒤 빙리의 잔에 샴페인을 조금 따랐다. 당연히 시음을 먼저 해야 했고, 이 모든 가식적인 제스처에 질려버린 나는 속으로 성마르게 비명을 질러댔다. '그놈의 술, 그냥 좀 따라줘!' 하고 말하고 싶었다. 술 한 잔이 절실했다.

빙리는 내 잔에 자기 잔을 쨍그랑 부딪치며 우리의 미래를 위해 건배했다. 내가 오빠의 손아귀에서 벗어나기만 하면 우리의 미래는 끝이라고 속으로 생각하며 나는 또다시 미소 지었다. 오빠는 아직도 접객 직원과 대화 중이었다. 내 머리가 빠르게 돌아갔다. 둘을 취하게 한 다음 몰래 빠져나가면 되지 않을까.

"당신 오빠는 정말 대단한 사람이에요."

"그렇죠."

"우리는 군 복무를 같이 했답니다."

"아."

"저렇게 집념이 강한 사내는 보기 드물죠."

"그래요?"

"그럼요, 칼라일 양. 오펄린. 오펄린이라고 불러야겠네요."

'그러시든가' 하고 나는 생각했다. 이 가식적인 익살극을 언제까지 참아줘야 하지? 실비아라면 이런 강요된 예의범절을 무조건 조롱할 텐데. 내가 미국인이라면 얼마나 좋을까!

"참호 속에 있다 보면 성격이 드러나는 법이죠. 환영받지 못할 결정을 내려야 할 때도 있고."

나는 이 말의 의미를 잘 알았다. 그 점에 있어서 오빠는 아버지와 달라도 너무 달랐다.

"그래요, 오빠가 겁 많은 부하를 한 명 쏴 죽였다면서요." 더는 억지 미소를 지을 수 없었다. 두려움을 못 이겼다는 이유만으로 자기 부하를 죽이다니 역겨웠다.

"한 명요? 아니, 열 명은 돼요." 그는 거의 자랑하듯 말했다. "사람들을 이끌 땐 모범을 보여야 하니까요."

"모범이라고요?"

"그래서 별명도 얻었죠. '사신死神'이라고." 그가 눈을 크게 뜨자 나는 등골이 오싹해졌다.

바로 그때 오빠가 호텔방 열쇠를 들고 돌아왔다.

"가서 짐을 풀도록 해." 오빠는 내 팔을 붙잡아 나를 일으켜 세웠다.

적당한 탈출 기회가 생기기 전까지는 오빠 말을 고분고분 들어야 할 것 같았다. 우리가 엘리베이터에 오르자 직원이 쇠창살 문을 닫고 상승 버튼을 눌렀다. 아무도 입을 열지 않았고 나는 내 신발을 내려다보았다. 지난밤 찢어진 스타킹이 보였다. 아르망. 오, 내 심장은 버려진 연애편지처럼 구겨졌다. 갑자기 기운이 쭉 빠졌다. 셰익스피어 앤드 컴퍼니의 아늑한 공간에서 실비아와 함께 일하고, 도서 카탈로그를 작성하고, 손님을 맞고 싶었다.

"트루아지엠 에타주(3층입니다)." 직원이 문을 열어주었다.

양쪽에 키 큰 식물들이 늘어서 있는 카펫 깔린 복도를 걸으며 생각을 정리하려 했지만 소용없었다.

"여기다." 오빠가 말했다. "우리 옆방으로 달라고 했지."

나는 방으로 걸어 들어가 침대에 가방을 내려놓으려다 정신이 퍼뜩 들어 몸을 돌렸다. "난 여기 못 있어, 오빠."

오빠는 문간에 딱 버티고 서서 길을 막았다. "그냥 시키는 대로 하렴, 누이야." 그러더니 별안간 나를 반대편 벽으로 세게 밀었고, 나는 이마를 찧어 아찔해진 정신으로 바닥에 털썩 주저앉았다.

그렇게 앉아 있는 나를 혼자 내버려두고 오빠는 차분히 문을 닫고 가버렸다.

———◆

무릎을 끌어안은 채 바닥에 얼마나 누워 있었을까. 20분이었을까, 두 시간이었을까.

"메나주(청소요)!" 밖에서 직원이 소리쳤다.

대답할 기운도 없는데, 직원은 포기를 모르고 문을 연신 두드려 댔다.

"문 좀 열어주세요!"

나는 몸을 일으켜 문을 열었다. "어떻게……?"

아르망이었다.

그가 성큼성큼 방 안으로 들어오더니 내 가방과 코트를 집어 들었다.

"당장 갑시다."

"어디로…… 어떻게요?"

"설명은 나중에 할게요, 서둘러요!" 그는 내 손을 붙잡고 문으로 향했다.

우리는 내가 온 방향을 거슬러 부리나케 복도를 지나 뒤편 계단으로 갔다. 생각할 시간 같은 건 없었다. 그저 들키지 않기만을 속으로 빌었다. 아르망은 내 손을 꽉 쥐었고, 우리는 1층에 도착하자마자 직원용 복도로 들어가 주방을 내달렸다. 요리사들이 호통칠 틈도 주지 않고 재빨리 옆문을 찾아 바깥으로 나갔다. 골목길을 달리고 자갈 깔린 거리를 여럿 건넜다. 아르망은 거리의 부랑자처럼 도시의 지름길들을 이리저리 누볐다. 꽃과 과일을 파는 노점들을 지나고, 다리들 밑을 지나가자 내가 아는 큰 도로가 나왔다. 우리는 셰익스피어 앤드 컴퍼니 쪽으로 가고 있었다.

"잠깐, 잠깐만요!" 나는 숨이 차서 헐떡거리며 말했다. "잠깐…… 기다려요." 나는 쓰러질 것 같아 가로등을 붙잡았다.

아르망은 내내 꽉 붙잡고 있던 내 손을 마침내 놓았다. 그 순간 허전한 느낌이 들었지만, 갈색 눈으로 거리를 훑는 그의 얼굴을 힐끔 쳐다보니 지난밤이 떠오르면서 금세 마음이 놓였다.

"오빠도 그 서점을 알아요." 내가 말했다. "날 찾으러 제일 먼저 거기로 갈 거예요."

"실비아가 당신을 데려오랬어요, 계획이 있다고."

"실비아한테 얘기했어요?"

"오늘 아침에 당신 하숙집에 갔거든요……." 그가 머뭇머뭇 말했다. "빨리 당신을 보고 싶어서." 밝은 미소가 그의 얼굴을 잠깐 스쳤다. "그때 당신이 그 인간들한테 끌려가는 걸 보고 미행했죠."

"내가 몇 호실에 있는지는 어떻게 알았어요?"

"몰랐어요." 아르망은 고개를 저으며 답했다. "그래서 방문을 하나하나 두드렸죠."

"아!" 조금 놀라웠다.

"이제 서두릅시다."

실비아가 뒷문에서 기다리고 있었다. 나를 짧고 강하게 안아주더니 열쇠 하나를 건넸다.

"파리 밖의 투르 근처에 내 친구 집이 있어. 일단 거기서 지내다가……."

"그 정도로는 안 돼요, 여길 떠나야 해요. 영원히요. 이 결혼을 피하려고 내가 무슨 짓까지……."

"결혼?" 아르망이 끼어들었다.

나는 입을 열었지만, 뭐라 설명할 방법이 없었다.

"스트랫퍼드온오데옹*의 여러분, 안녕하십니까?" 조이스가 문밖으로 고개를 불쑥 내밀며 특유의 말투로 물었다. 나는 심장이 덜컥 내려앉았다. 그가 가게 앞문으로 들어와 뒷문으로 나오는 동안 우리 중 누구도 알아채지 못했다.

"설명할 시간 없어요, 제임스. 오펄린이 지금 당장 프랑스를 떠나야 해요." 실비아가 말했다.

그는 아르망 쪽으로 의미심장한 눈짓을 몇 번 보내더니, 더블린

---

* Stratford-on-Odéon. 소설가 제임스 조이스는 실비아 비치의 셰익스피어 앤드 컴퍼니를 '스트랫퍼드온오데옹'이라는 애칭으로 불렀다. 셰익스피어의 고향인 '스트랫퍼드어폰에이번'에서 '에이번'을 서점이 있던 거리 이름인 '오데옹'으로 바꾼 것이다.

으로 바람처럼 도망쳐버리라고 무심히 제안했다.

"아일랜드를 욕하실 땐 언제고." 아르망의 말은 사실이었다. 그의 천재성을 몰라보는 아일랜드가 교양 없고 무지하다는 조이스의 푸념을 우리 모두 들었다.

"그래요, 하지만 난 작가잖소. 예술가. 고국을 욕하는 건 내 의무지. 하지만……." 그는 벽에 기대서서 담배에 불을 붙이며 말했다. "당신한테는 아일랜드가 딱 어울려요."

나는 고민해보았다. 일단, 쓰는 언어가 같다. 게다가, 조약*을 맺기 전까지 아일랜드도 영국의 일부가 아니었던가.

"그러고 보니!" 조이스가 손가락을 탁 튕기며 말했다. "더블린에서 골동품 가게를 하는 친구가 있는데 말이야. 피츠패트릭 씨라고 요즘 시대에 보기 드문 신사지. 내 이름을 대면 일자리를 주는 건 당연하고, 지낼 곳도 알아봐줄 거요."

"그럴 순 없어요." 내가 말했다.

"다른 뾰족한 수라도 있어?" 실비아가 물었다.

그건 그랬다. 조이스가 그 가게의 이름과 주소를 급하게 휘갈겨 쓰면서, 친구에게 전보를 보내 나에 관해 미리 알려두겠노라 약속했다.

그러니까, 실비아에게 그렇게 시키겠다는 뜻이었다.

그 후로는 흐느껴 우느라 정신이 없었다. 산산조각으로 깨어지

---

* 1921년에 아일랜드와 영국이 아일랜드 독립 전쟁을 끝내기 위하여 맺은 조약. 이 조약으로 북아일랜드의 6개 주를 제외한 26개 주로 구성된 아일랜드 자유국이 성립되었다.

는 나를 다시 온전히 붙여줄 사람은 어디에도 없는 것 같았다.

"자, 자, 이러지 마." 실비아는 가게 주소와 내 급료가 든 봉투를 건네며 이렇게 말했다. "자기는 생각이라는 걸 할 수 있고, 성한 두 손으로 책을 들 수 있고, 튼튼한 두 다리로 어디든 갈 수 있는 성인 여성이야."

"오빠가 날 찾으러 여기 오면 어떡하실 거예요?" 내가 물었다.

"어떡하긴, 책을 팔아야지!"

———✦

아르망이 나를 항구까지 데려가 표를 구해주었다. 승선할 시간을 기다리며 함께 서 있을 때 그가 목에서 목걸이를 뺐다. 손바닥 모양의 황금빛 펜던트가 햇빛을 받아 눈부시게 반짝였다.

"'함사'라는 거예요." 그가 설명했다. "우리 문화권에서는 이걸 걸고 있으면 악마의 눈을 피할 수 있다고 믿죠."

"부적 같은 건가요?"

"맞아요. 이걸 걸고 있으면 늘 안전할 거예요."

이제 떠날 시간이었다.

"내 주소 알죠? 그 주소로 실비아와 연락을 주고받는 게 가장 안전해요. 당신 오빠는 나에 관해서는 전혀 모르니까."

나는 고개를 끄덕였다. 내가 울고 있다는 것도 몰랐다. 이제 뺨에서 눈물이 말라가는 것이 느껴졌다. 아니, 어쩌면 바닷바람이 눈물을 증발시켰는지도 모른다. 그는 마지막으로 나를 따스하게 안아주었다. 더는 할 말이 남아 있지 않았다. 그는 뒤돌아보지 않고 거리를 건넜다. 바닥 없는 바닷물 속으로 가라앉는 닻처럼 내 심장이 빠르게 내려앉았다.

14장

마서

왜 그는 내가 살 엄두도 못 내는 펜들이 가득한 가게에 날 데려갔을까? 그리고 기계식 연필이라는 게 정확히 뭐지? 가게 밖의 안내판을 보니 그걸 판다고 적혀 있었는데, 천하의 바보처럼 보일까봐 두려워 차마 묻지 못했다. 입을 열어 모든 의문을 해결하느니 차라리 입 닫고 바보처럼 보이는 게 낫다고 누가 말했던가. 뭐, 어쨌든 그 비슷한 말을 들었다. 그런데 헨리에게는 그런 걱정 따위없었다.

"저 건물은 예전에 의사당이었어요." 고대 로마에서 날아와 이제 막 착륙한 듯 보이는 커다란 크림색 건물을 가리키며 헨리가말했다. "건축 양식이 멋지죠? 아마 팔라디오풍일 거예요."

그는 지극히 평범한 일인 양 이런 말을 아무렇지 않게 내뱉었다. 여기 사람도 아니면서 나보다 더 많이 알았다. 나는 그가 떠들어대는 얘기를 전혀 못 알아들으면서도 그저 고개를 끄덕여 답했다.

"우리, 지금 정확히 어디로 가고 있는 거죠? 난 돌아가서……."
'마님의 저녁을 차려드려야 해요'라고 말할 참이었지만, 너무 평범하고 따분한 말이라 헨리의 이야기와 비교될 것 같아서 그만두었다. "대학 지원서를 작성해야 해요."

"정말 잘됐군요! 그렇다면 우린 딱 적절한 곳으로 가고 있는 겁니다."

딴생각을 할 수 있으니 좋았다. 어제 새 글귀를 이전의 글귀들에 더해 문신으로 새긴 등이 아직 따끔거렸다. 문신이 새겨지는 동안에는 그 단어들에 영원성을 부여하는 것 같아 기분이 좋았지만, 그 후에는 아파 죽을 지경이었다.

길을 건너고 몇몇 대문을 지난 다음 거대한 아치형 나무 문으로 들어가자 더 작은 문이 나왔다. 헨리가 나를 트리니티 칼리지로 데려가고 있다는 사실을 갑자기 깨달은 나는 겁먹은 말처럼 뒷걸음질했다.

"난 못 들어가요!"

"왜요?"

"그야…… 그러니까 등록 같은 거 해야 하지 않아요?"

그는 무슨 이런 바보가 다 있나 하는 표정으로 나를 보았다.

"이런, 당신 말이 맞아요. 그 생각을 못 했네요. 경찰한테 잡히면 어떡하죠?"

"여기 처음 와봐요." 나는 제자리에서 빙글빙글 돌며 캠퍼스를 둘러보다가 사람들과 부딪쳤다. 수백 년의 세월에 반들반들하게 닳은 자갈 바닥은 역사 드라마 촬영장 같았다.

"정말요? 그럴지도 모르겠다고 짐작은 했지만. 나는 더블린에 온 후로 여기서 가장 많은 시간을 보냈어요. 숙소보다 여기에 더 많이 있었죠."

그냥 심심해서 이런 곳을 돌아다니다니. 나와는 전혀 다른 세상에 살고 있는 사람이었다, 확실히. 자기가 이 세상에 속해 있다는 걸 아무런 의심 없이 그냥 아는 것이다. 나는 질투가 나서 속이 뒤틀리는 걸 무시하려 애썼다.

"저쪽에 글럭스먼 도서관이 있어요, 지도학 자료관이죠. 서점이 표시된 지도가 있나 찾아봤는데, 지금까지는 아무런 성과가 없네요."

"지도학 자료관이 있다고요?" 나는 어안이 벙벙해졌다. 이 모든 것이 존재하는데 난 아무것도 모르고 있었다니. "그 영화 같네요…… 나니아!"

"C. S. 루이스의 소설 말이군요."

기어코 사고를 치고야 말았다. 내가 바보라는 걸 내 입으로 확인시킨 것이다.

"맞아요, 바로 그거예요. 딱 그거 같아요." 여기엔 심지어 가로등까지 있었다!*

"그렇게 볼 수도 있겠군요. 50만 점이 넘는 지도와 지도책이 있고, 우리가 길을 잃으면 머리 위의 지도들이 지하의 수호자들처럼 길을 찾아주는 작은 미궁이니까. 그래도 내 서점은 못 찾겠더라고요."

* 《나니아 연대기》에서 가로등은 일상 세계와 나니아를 연결하는 통로 역할을 한다.

"당신 서점요?" 나는 한쪽 눈썹을 치켜올렸다.

"네, 뭐, 오늘은 지도를 찾는 게 아니라 여기에 들어갈 겁니다." 그가 '켈스의 서'*라고 적힌 표지판을 가리켰다. 우리 앞에 사람들이 줄을 서 있었는데, 아주 오래되고 유명한 책 한 권을 보러 온 관광객이 대부분이었다. 살갗에 소름이 돋았다. 내가 책보다 더 무서워하는 것이 딱 한 가지 있다. 정말 오래된 책. 그 책이 어떤 지식을 담고 있을지, 어떤 힘을 휘두를지 누가 알겠는가? 말도 안 되는 생각이었다. 하지만 헨리와 함께 있으니 내 안에서 작은 문이 열린 듯한 느낌이 들면서 나도 모르게 이런 생각이 들었다. '그런 책 한번 본다고 큰일 나지는 않겠지.'

"지금 무슨 생각 하고 있는지 알아맞혀볼까요? '신약성경이 뭐가 그리 중요해.' 맞죠?"

아니, 틀렸다. 나는 다른 생각을 하고 있었다. 셰인과의 첫 데이트를 떠올리고 있었다(오늘의 이 만남이 데이트라는 뜻은 아니다, 당연히). 우리는 영화관에서 카레이서에 관한 영화를 본 다음 와인한 병을 사 들고 그의 집으로 가 싱글베드에서 섹스를 했다.

"난 별로 독실한 사람이 아니라서요." 내가 말했다.

"어디 두고 봅시다."

그는 수백 년 전 수도사들이 쓴 오래된 필사본 몇 장을 보러 간다는 생각에 몹시 들떠 있었다. 이해는 안 갔지만 이런 모습이 조금은 좋았다. 조금은 그가 좋았다. 하지만 그의 마음이 딴 곳에 가

---

* Book of Kells. 8, 9세기 무렵에 라틴어로 제작된 아일랜드의 복음서 필사본.

있다는 걸, 그가 현실 세계로 돌아가기 전 이런 문학적인 즐거움을 탐구하며 소소하게 기분 전환을 하고 있을 뿐이라는 걸 나는 알았다. 그의 곁에 서 있는 기분이 달곰쑵쑵했고, 가슴이 아렸다. 내가 누릴 수도 있었을 삶을 언뜻 엿본 것 같은 느낌에.

———◆

헨리의 말이 옳았다. 일단 안으로 들어가자 다른 모든 것은 잊혔다. 어두컴컴한 방에서 금박 같은 빛이 필사본으로 쏟아져 내려왔다. 중요한 무언가, 이해할 순 없어도 내 영혼 속에서 공명하는 무언가를 목격하는 기분이었다.

'스코틀랜드 아이오나 섬에서 골롬반회 수도사들이 서기 800년에 작성했다.'

나는 입을 떡 벌린 채 내 앞의 사람들을 따라가며, 필사본이 들어 있는 유리 진열장을 들여다보았다.

"이게 어떻게 지금까지 남아 있죠?" 내가 속삭였다.

헨리의 눈부터 입술까지 미소가 번졌다.

"홀릴 것 같죠?"

나는 대답 대신 눈동자를 굴렸지만, 그의 말이 아주 틀린 건 아니었다. 물론 이런저런 책들과 심지어 행주에도 복제된 켈스의 서를 본 적이 있지만, 정교한 그림과 육필 원본을 실물로 보니 그 이야기 속으로 빨려 들어갈 수밖에 없었다.

'1007년, 바이킹족이 켈스에서 필사본을 훔친 일이 있다. 그들

은 표지에서 금을 모조리 벗겨낸 다음 나머지 원고는 아무 가치 없다고 생각해 잔디 뗏장 밑에 버려두었다.'

설명을 읽으니 라틴어로 이 필사본을 쓴 사람들의 삶이 궁금해졌다. 하지만 사람들이 계속 밀려들어 깊이 생각할 틈이 없었고, 이제 롱룸 도서관으로 옮겨갈 시간이었다.

내가 뭘 예상했는지는 알 수 없지만, 도서관을 보자마자 살갗이 붉어지면서 소름이 돋았다. 마치 책들의 대성당 같았다. 바닥부터 천장까지 위쪽으로 아치를 이룬 나무 회랑들에 가죽 장정 책들이 빼곡히 들어차 있었다. 이런 광경은 평생 처음이었다. 우리가 걸어가는 중앙 복도에 대리석 흉상들이 줄지어 서 있었다. 어디선가 이름을 들어본 철학자들이었지만, 무엇으로 유명한 사람들인지는 전혀 알 수 없었다. 이토록 학구적인 분위기라니, 아무리 열심히 공부한들 이 방에 담긴 지식의 눈곱만큼도 얻지 못하리라는 느낌이 드는 건 어쩔 수 없었다.

"장난 아니죠?" 헨리가 말했다. 그가 내 반응을 지켜보고 있는 줄은 몰랐다.

우리를 계속 앞으로 떠밀어대는 사람들을 무시한 채 나는 고개를 돌려 그를 바라보았다.

"날 여기로 데려온 진짜 이유가 뭐예요?"

헨리는 잠깐 뜸을 들이며 주머니에 두 손을 찔러넣더니, 도서 관리자들이 장갑 낀 손으로 작업하는 가장 높은 중이층을 올려다보았다.

"불가능한 건 없다는 걸 보여주고 싶었어요." 그는 소란스럽게 지나가는 미국인 학생들에게 길을 비켜주었다. 그런 다음 내게 조금 더 가까이 다가왔고, 나는 그의 숨결까지 느낄 수 있었다. "도서관에서 만났던 날, 당신이 사람들과 어울리고 싶어 한다는 걸 알았어요. 그래서 그냥, 당신이 혼자가 아니라는 걸 보여주고 싶었어요."

이제 주변 사람들의 목소리가 귀에 들어오지 않고, 그들이 우리 곁을 줄줄이 지나가는 것도 신경 쓰이지 않았다. 헨리처럼 나를 봐준 사람은 이제껏 한 명도 없었다. 설령 있었다 해도 내게 도움의 손길을 뻗어주지 않았다. 나는 할 말을 잊었고, 나 자신에게 결코 허락한 적 없는 슬픔에 잠겨 목이 메었다. 헨리는 지금처럼 고개를 숙일 때마다 어김없이 눈앞을 가리는 머리칼을 손가락으로 빗어 넘겼다.

"어디 가서 맥주 한잔 할래요?"

내가 그저 고개를 끄덕이며 미소 짓자, 그는 뒤로 물러서며 내가 앞장설 수 있도록 길을 터주었다.

———◆

헨리가 작은 골목에서 찾아냈다는 펍은 수백 년 동안 실내 장식 하나 바꾸지 않은 곳 같았다. 겹겹이 니스가 발린 거무스름한 나무 벽은 세월이 흐르면서 반들반들해졌고, 조그만 개별 방에는 낮게 늘어뜨린 유리 등이 켜져 있었다. 카운터에 단골 두어 명이 있을 뿐 꽤 조용해서 우리는 방에 들어가 앉았다. 작은 문을 닫으면 완벽한 프라이버시를 보장받을 수 있는 곳이었다. 우리는 문을 열어둔 채 기네스 맥주 두 잔과 셰퍼드 파이* 두 개를 주문했다. 밖에서 보슬비가 내리기 시작했다. 빗방울이 창유리를 때리고 행인들은 우산을 꺼냈지만, 내 마음에는 참으로 오랜만에 온기가 돌았다. 주문한 파이가 도착하자 우리는 한입 가득 채우고는 그 맛에 감탄하며 앓는 소리를 냈다. 헨리와 함께 있는 것이 한결 편해지기 시작했다. 그가 내 눈을 들여다보면 숨이 턱 막힐 때가 가끔 있지만.

"그런데 어쩌다 이 일에 뛰어든 거예요?" 나는 그에 대해 더 알고 싶어 물었다.

그는 시간을 벌려는 듯 맥주를 한참이나 벌컥벌컥 들이켰다.

"어렸을 때 아버지를 따라 카 부츠**에 가곤 했어요. 멀리 외진 곳의 노는 밭에 거대한 물건들을 놓고 팔았죠. 지금 생각해보면, 아마도 아버지는 그날 하루 나를 억지로 떠맡은 걸 거예요. 펍에 가기도 했죠. 우리는 차를 세워놓고 다른 사람들의 낡은 싸구려 물건을 구경했어요. 아버지는 내 흥미를 돋우려고 보물찾기 놀이라고 했는데, 거짓말은 아니었어요. 가끔은 아주 특별한 물건을 발견하기도 했으니까. 아버지는 훈장 같은 오래된 전쟁 기념품을 좋아했지만 나는 책을 고수했죠."

그는 포크를 집어 들고 파이를 계속 먹었지만, 나는 그에게 뭔가 말 못 할 사정이 있다는 걸 알았다. 전에는 왜 미처 몰랐을까.

---

* 으깬 감자 안에 다진 고기를 넣어 만든 파이.
** Car boots. 사용하지 않는 물건을 자동차 트렁크에 진열해놓고 판매하는 중고 장터.

겉으로 완벽해 보이는 그의 인생에 현혹되어 제대로 보지 못했던 건가. 그의 아버지에게 무슨 일인가 일어났다. 두 사람은 몇 년 동안 대화를 하지 않았다. 이야기를 강요하고 싶지는 않았지만, 충분한 공간을 내어주면 속에 머금고 있던 말을 뱉어내는 사람들도 있다.

"지금은 아버지도 당신을 무척 자랑스러워하실 거예요. 이렇게 전문적인 학자가 됐으니까요."

헨리는 그때까지 내게 보여준 적 없는 표정을 지었다. 아픔과 분노가 어린 표정. 그는 또 맥주를 한참이나 벌컥벌컥 들이켜 잔을 비운 뒤 웨이터에게 손짓해 한 잔 더 주문했다.

나는 아무 말 없이 식사를 마치는 데 온 신경을 집중했다. 양해를 구하고 화장실에 다녀왔더니 분위기가 바뀌어 있었다. 그는 언짢은 기색을 내비쳤던 걸 미안해하고 있었다. 나는 그의 손을 어루만지며 괜찮다고 말해주고 싶었다. 나도 알았으니까. 사랑하는 사람에게 상처받기도 한다는 걸. 무슨 수로도 그 상처를 지울 수 없다는 걸.

"열다섯 살에 헌책방에서 《반지의 제왕》 옛 판본을 발견했어요. 그 무렵 난 이미 장사꾼이나 다름없었죠."

나는 코웃음을 쳤다. 내 인생에서 열다섯 살짜리 장사꾼이란 완전히 다른 의미였다. 나는 계속 말하라는 뜻으로 그에게 고개를 끄덕하고는 두 번째 잔을 마시기 시작했다. 영화를 보지는 않았지만, 소설이 원작이라는 이야기는 들었다.

"희귀한 책일수록 값어치가 높고, 수집가들은 돈을 아끼지 않더군요. 편하고 쉬운 용돈벌이였죠. 시장이나 중고품 가게를 샅샅이 뒤져서 찾은 책들을, 그 가치도 알지 못한 채 부자들을 상대하는 골동품상에 팔았어요. 그땐 돈이 필요했거든요. 아버지가 술독에 빠져서 집안 형편이 별로 안 좋았으니까."

헨리는 시선을 딴 데로 돌렸지만, 그 일을 털어놓고 싶은 눈치였다.

"아무튼, 집에 가져가서 제대로 살펴봤더니 책날개 안에 편지 한 통이 끼워져 있더라고요."

나는 그가 들려주는 보물찾기의 세계에 빨려들어 몸을 앞으로 내밀었다.

"연도는 1967년, 주소는 옥스퍼드, 아래에 서명된 이름은 J. R. R. 톨킨."

"와!"

"그렇죠? 와! 팬레터를 보낸 어린 소녀에게 톨킨이 직접 쓴 짧은 답장이었어요. 내 손에 그게 들려 있다는 게 믿기지 않았고, 그땐 진본 확인을 어떻게 하는지 전혀 몰랐어요. 그래서 아버지한테 누구 아는 사람 없느냐고 물었는데, 그 후로 다시는 그 편지를 볼 수 없었죠."

"어떻게 된 거예요?"

"아버지가 500파운드에 팔았어요."

"뭐, 그 정도면 괜찮게 받은 거 아니에요?"

"열 배는 받았어야 해요. 그뿐만이 아니에요, 사라졌던 뭔가를 찾아서 세상에 되돌려놨으니 명성을 얻을 만한 일이잖아요. 그런데 아버지는 그 기회를 빼앗아버리고, 그렇게 번 돈으로 술을 퍼마셨죠."

그는 눈을 빠르게 깜박이더니 앉은 자세를 바꾸었다.

"유감이네요."

"이게 다가 아니에요. 내 인생의 새로운 장마다 아버지의 알코올 의존증이 주석처럼 달려 있어요. 거기서 영영 못 헤어날 것 같은 기분이 들 때도 있어요."

나는 손을 뻗어 그의 손 위에 살며시 얹었다. 그가 딱딱한 미소를 짓더니 맥주를 한 잔 더 달라고 손짓했다. 둘이 마주 앉아 있자니 시간이 어떻게 흘러가는지도 알 수 없었다. 헨리는 나를 자신의 세계로 안내하고 있었고, 잠시나마 내 세계를 벗어나는 기분이 좋았다. 그는 '사라진 원고'를 주제로 쓰고 있는 논문에 대해 이야기했다.

"책을 읽는 것, 그건 시작에 불과해요. 나는 모든 걸 알고 싶어요. 누가 그 책을 썼는지, 언제, 어디서, 어떻게, 왜 썼는지. 누가 출간했는지, 비용은 얼마나 들었는지, 어떻게 살아남았는지, 그 후로 쭉 어디 있었는지, 언제 팔렸는지, 누가 왜 팔았는지, 어쩌다 여기까지 왔는지…… 책 한 권에 대해 알고 싶은 점이 그야말로 무한해요."

술기운이 올랐는지, 그의 말이 아무렇게나 뭉개지고 있었다. 나도 정신이 알딸딸해졌다. 보든 부인은 내 머릿속에서 완전히 잊혔다.

"그게 책의 매력이죠. 표지 사이의 이야기가 전부가 아니라, 그 책이 어디서 왔는지, 누가 주인이었는지도 하나의 이야기인 겁니다. 책은 거기에 담긴 내용만 배달하는 게 아니에요." 그는 손을 사납게 휘저으며 말을 이었다. 내가 웃고 있는 걸 알아채고야 말을 멈추었다.

"왜요? 내가 너무 주절주절 떠들었나요?"

"아니요, 그냥, 무슨 일에든 이렇게 열을 올리는 사람은 처음이라서요! 하지만 당신이 왜 여기 있는지 이제는 이해가 되네요." 나는 뭔가 마음에 걸리는 게 있어 말을 끊었다. "그런데 이야기는요? 책 내용에는 관심 없어요?"

"물론 있죠. 하지만 수집가한테 책은 그 자체로 하나의 유물이에요. 대부분의 수집가들은 책을 읽지도 않아요."

"음, 그건 좀 아닌 것 같은데요."

"책을 안 읽으시는 분이 잘도 그런 말씀을."

"그건 다르죠!" 나는 톡 쏘아붙였다. 헨리는 내 기분의 변화를 읽지 못하고, 아픈 곳을 신나게 찔러댔다.

"이런 소식을 전하게 되어 유감이지만, 대학생이 되면 책을 끼고 살아야 한답니다." 내 얼굴을 마주한 그의 미소가 흔들렸다. 난 눈물이 없는 사람이다. 더군다나 사람들 앞에서는 절대 울지 않는다. 하지만 상처를 받아 눈이 따끔거렸고, 눈물을 흘리지 않으려 눈썹을 잔뜩 찡그렸다.

"이런, 미안해요, 마서. 내가 말도 안 되게 멍청한 소리를 지껄였네요."

덥고 갑갑하게 느껴져 돌아보니 주변에 사람이 가득 들어차 있었다. 시끌시끌해진 펍에 아늑함은 저 멀리 사라졌다. 여기서 나가야 했다.

"몇 시예요? 이만 가봐야겠어요."

내가 소지품을 챙기자 그가 벌떡 일어났다.

"집까지 데려다줄게요. 당신이 괜찮다면요."

나는 어깨를 으쓱했다. 그런다고 뭐가 달라질까?

—✦

거리로 나가 상쾌한 공기를 마시자, 실제로 마신 술보다 두 배는 취한 것 같은 기분이 들었다. 아까의 훈훈하고 몽롱한 온기는 온데간데없이 속이 메스껍고 짜증이 났다. 어두운 저녁, 퇴근한 사람들은 집으로 향하고, 차량으로 꽉 막힌 길거리에서는 성급한 운전자들이 경적을 울려댔다.

"잠깐만요." 헨리는 이렇게 말하며 내 손을 잡고 더 조용한 골목길로 나를 데려갔다. 그 따뜻한 감촉이 대단한 위력을 발휘했다. 다시는 느끼지 못할 줄 알았던 안정감이 찾아들었다. 모퉁이를 돌고 나서는 그 손을 놓아야 하겠지만, 그러고 싶지 않았다. 그도 같은 마음인 듯했다.

"나 때문에 기분 상했다면 미안해요, 마서." 너무나 부드러운 그의 말투에 나는 가슴이 찢어지는 것 같았다.

처음 만났을 땐 그의 인생이 완벽한 줄 알았다. 하지만 그의 아버지에 대해 들은 후로는, 음……. 마침내 나는 결단을 내리고, 숨을 크게 한번 쉰 다음, 누구에게도 한 적 없는 이야기를 그에게 들려주었다.

"내 기분요? 기분 따위가 무슨 대수겠어요? 더 심한 방법으로 사람을 해칠 수 있는데. 나는 갈비뼈가 두 번 부러졌고, 어깨가 한 번 빠졌고, 신장을 여러 번 다쳤고, 이 네 개가 부러졌어요."

헨리는 겁에 질린 표정이었다. 아버지와 불화를 겪긴 했어도 폭행을 당한 적은 없는 것이다. 직접 겪어보지 않으면 그런 일이 일어날 리 없다고 바보처럼 믿기 쉽다. 그래서 사람들은 나 같은 처지의 인간을 못 본 척할 수 있고, 나는 그렇게 투명인간이 되어버린다. 나의 이야기는 존재하지 않으니까. "몸에 난 상처는 시간이 흐르면 나아요. 완벽하게는 아니더라도 어쨌든 낫기는 하죠. 하지만 그 사람이 내게 남긴 건 끝없는 두려움이에요. 그 상처는 낫지 않아요. 나는 그 사람뿐만 아니라 인생 자체가 두려워요."

"어쩌다⋯⋯." 헨리는 입을 열었다가 다물었다.

어느새 우리는 어느 작은 교회 밖에 있었고, 헨리가 대문 바로 안쪽에 있는 벤치를 가리켰다. 나는 빙긋 웃었다. 고해에 어울리는 장소였다. 죄를 저지른 건 아니지만, 내 안에는 죄책감이 있었다. 왜 그런 일이 내게 일어나도록 내버려뒀을까?

"문제는, 처음엔 무슨 일이 일어나고 있는 건지 잘 모르고, 알았을 땐 이미 늦어서 손을 쓸 수 없다는 거예요. 이번 한 번뿐이라고 생각하죠. 그 사람이 너무 미안해하고 속상해하니까. 하지만 또 그런 일이 일어나요. 그러다 어느새 일상이 되어버리죠."

"힘들면 말 안 해도 돼요."

헨리는 여전히 내 손을 잡고 있었다. 아니, 내가 그의 손을 잡고 있는 건가. 나는 여전히 그의 생각을 그런대로 읽을 수 있었고, 그가 내 이야기를 안전하게 지켜주리라는 걸 알았다.

"시작은 내가 전문대학 1학년이었을 때였어요. 나는 행정관리 과정을 밟기로 하고 다른 두 여자애랑 집을 빌렸죠. 평일은 학교가 있는 골웨이에서 지내고 주말마다 집에 갔어요. 아직 부모님이랑 같이 살 때였는데, 주로 셰인의 집에서 지냈어요. 지금 생각해보면, 집안 분위기가 안 좋아서 달아나려고 그랬던 것 같아요. 둘 다 학교를 다닐 땐 괜찮았어요. 셰인이 가끔 날 의심하기도 했지만, 남자들은 원래 다 그러려니 했죠."

내 이야기를 할 때 가장 힘든 부분은 옛일이 떠오른다는 것이다. 여기 더블린에 있다가도 다음 순간, 쿵! 그곳으로 돌아가 내 몸을 지키려 바닥에 잔뜩 웅크리고 있다. 그 일이 실제로 벌어졌던가? 아니면 내 상상 속의 끔찍한 악몽인가? 그런 학대를 견디며 사는 것이 가능하기나 한가? 룸메이트 둘이 내 방 옷장에 숨어 있는 나를 발견한 그날이 떠올랐다. 떨리는 손을 들키지 않으려 두 손을 청바지 주머니에 찔러 넣으며 옷장 밖으로 나갔다. 나는 셰인을 깜짝 놀래줄 계획이었던 양, 그 일을 장난으로 넘기려 했다. 너무 창피했다. 누가 봐도 뻔한 사실을 어떻게든 거짓말로 무마하려 했다.

셰인은 하룻밤 보낼 예정으로 골웨이에 왔었고, 나는 어서 그에게 이곳저곳 보여주고 싶었다. 하지만 그는 내내 뚱한 표정으로 내 친구들을 조롱하고, 모든 남자 동기를 의심했다. "저 자식들이 네 이름을 어떻게 알아? 쟤들한테 꼬리 쳤어?" 늦은 밤에는 술에 취해 고래고래 소리 지르며 나를 헤픈 년이라 욕했다. 펍에서 집으로 돌아가는 내내 길거리에서 내게 호통쳤고, 집에 도착했을 땐 길길이 날뛰었다. 나는 내게 그딴 식으로 말하지 말라고 소리쳤다. 그다음 내 귀에 들린 소리는 퍽. 그가 손바닥으로 내 얼굴을 때린 것이다. 나는 너무 놀라 아무 말도 할 수 없었다. 그는 내게서 열쇠를 낚아채더니 문을 열었다. 그가 내 곁을 지나가며 했던 말은 평생 잊지 못할 것이다.

"말대꾸하면 어떻게 되는지 가르쳐주지."

나는 어안이 벙벙해 할 말을 잃은 채 그를 따라 들어갔다. 다른 애들을 깨우고 싶지 않았다. 옷도 갈아입지 않고 침대에 그와 나란히 누웠다. 그는 베개에 머리가 닿자마자 코를 골기 시작했다. 잠시 후 나는 일어났지만 어디로 가야 할지 알 수 없었다. 무서웠다. 그래서 다음 날 그가 떠나는 소리가 들릴 때까지 옷장 속에 숨어 있었다. 대학 신입생 생활을 즐겨야 할 한 해가 온통 셰인과 그의 의심증으로 물들어버렸다. 내 룸메이트들은 무슨 일이 벌어지고 있는지 눈치챘다. 화장을 아무리 두껍게 해도 멍 자국이 보였으니까. 최악의 대목은 여기서부터다. 시험 직전 그들은 내게 셰인과 헤어지라고 설득했다. 그래서 나는 그렇게 했다. 두 달 동안은 셰인으로부터 자유로웠다. 하지만 그의 아버지가 세상을 떠나자 그가 너무 안쓰러웠다. 셰인은 자기가 변했다고 맹세하며, 그런 짓을 저질렀던 것이 부끄럽다고 했다. 그땐 제정신이 아니었다는 그의 말을 나는 믿었다. 사실이었기 때문이다. 그때의 그 남자는 평소의 셰인이 아니었다. 내가 사랑에 빠졌던 그 사람이 아니었다. 그래서, 그가 질투심에 잠시 정신이 나갔었고 다시는 그런 일이 벌어지지 않으리라는 이야기를 우리 둘 다 믿었다. 그해 여름 나는 시험에 떨어졌고, 그때를 마지막으로 학교로 돌아가지 않았다. 셰인과 다시 사귀기로 했다고 말했을 때 룸메이트들의 눈빛이 어땠는지 생생히 기억난다. 배신감을 느끼고 당혹스럽기도 했을 것이다. 어떻게 자기를 때린 남자에게서 달아났다가 다시 돌아갈 수 있지? 나는 그들의 비난 어린 눈빛을 견딜 수 없었다. 결국엔 그들이 옳았으니까. 그의 약속은 무의미했고, 그를 믿은 난 더 멍청한 바보였다.

나는 회상에 잠겨 내가 어디에 있는지, 우리가 뭘 하고 있었는지 거의 잊어버렸다. 헨리를 올려다보니 그의 눈빛에 공감이 어려 있었다. 다행히도 동정이 아니었다. 그건 견딜 수 없을 터였다.

"미안해요, 못 하겠어요."

"괜찮아요." 헨리는 이렇게 말하고는 나를 안으려다 우뚝 멈추었다. "음, 포옹하고 싶어요?"

나는 고개를 끄덕였다. 많이요. 그래요, 포옹하고 싶어요. 누군가에게 뭔가를 부탁해본 적은 한 번도 없지만, 내게 필요한 것을 주겠다고 하니 행복한 위로를 받는 느낌이었다.

15장

헨리

그녀를 품에 안고 생각했다. 대체 어떤 남자가 이 여자를 이토록 고통과 두려움으로 산산조각 낸 것일까. 품 안의 그녀가 꼭 그렇게 느껴졌다. 더는 아귀가 맞지 않는 깨어진 조각들. 그녀가 말해주지 않은 이야기가 더 있을까 궁금했지만, 그녀처럼 표정을 읽기 어려운 사람은 처음이었다. 지금까지는. 바로 그때 내 휴대전화가 울렸고, 그녀가 몸을 떼어냈다. 나는 휴대전화를 끄려고 주머니 속을 뒤졌다.

"이 망할 놈의 전화기." 이렇게 중얼거리다 마침내 붙잡은 휴대전화는 손가락 사이로 미끄러져 땅으로 떨어지고 말았다. 그걸 줍겠다고 우리 둘 다 허리를 굽히다 이마를 부딪쳤고 결국 그녀가 휴대전화를 주웠다.

"이사벨이네요." 마서가 이름을 읽고는 휴대전화를 내게 건넸다.

나는 벨 소리가 멎을 때까지 휴대전화 화면을 빤히 보고만 있었다. 이사벨. 그녀는 내 머릿속에서 완전히 지워졌다. 런던에서의 생활은 머릿속에 있는 별개의 시스템에 따로 보관되어 있기라도 한 것처럼. 마서와 함께 멋진 하루를 보내고 나니, 둘이서 난생처음 서로의 과거를 속 시원히 털어놓고 나니, 게다가 다른 나라에 있으니 딴사람이 된 기분이었다. 더는 달아나는 느낌이 아니었다, 적어도 지금은. 지금까지는 계속 무언가로부터 달아나면서, 책에만 매달리면서, 중요한 뭔가가 있어야 할 마음에 커다란 구멍이 뚫린 걸 아무도 눈치채지 못하기를 빌며 살아왔다. 나는 마서를 보았다. 그녀의 눈빛에 어린 연약함에 나를 자극하는 무언가가 있었다. 내 평소 성향대로, 진실보다는 상대가 듣고 싶어 할 말을 늘어놓기가 꺼려졌다. 이사벨은 그냥 친구라고 말할 수도 있었다. 하지만 마서의 시선이 나를 꿰뚫어보는 듯했다.

"이사벨은 내 여자친구예요."

"아."

침묵이 흐르자, 나는 그 공백을 말로 메우겠다는 미련한 선택을 했다.

"약혼자라고 해야 맞겠네요. 떠나기 직전에 청혼했거든요."

"아." 마서가 또 말했다. "음, 축하해요!" 그녀가 억지로 즐거운 척 미소 짓자 내 기분은 훨씬 더 엉망이 되어버렸다.

왜 진작 말하지 않았을까? 처음부터 말했어야 했는데. 정상적인 인간이라면 분명 그렇게 했을 것이다. 엉뚱하게도 마서가 당황스러워했다. 정작 당황해야 하는 쪽은 나인데. 진실을 말하지 않는 것과 거짓말은 서로 다르다는 핑계로 발뺌하려 해봤지만, 나 자신조차 설득할 수 없는 핑계였다. 마서는 야단스럽게 휴대전화로 시간을 확인하더니 집에 가야겠다고 말했다. 혼자. 그 부분을 특히 강조했다. 이렇게 난…… 망했다.

——•

숙소로 돌아오니 노라가 응접실 텔레비전으로 퀴즈 쇼를 보고 있었다. 그녀는 목제 팔걸이가 달린 안락의자에 앉아 있었는데, 한쪽 팔걸이에 재떨이가 아슬아슬하게 올려져 있었다. 노라의 무릎에서 잭러셀 한 마리가 태평하게 코를 골고 있었다. 나머지 두 마리는 어디에 있나 했더니, 코를 킁킁거리며 내 신발 냄새를 맡고 있었다. 내가 어디 다녀왔는지, 얼마나 멍청한 짓을 했는지 알아맞히겠지.

"오, 어서 와요." 노라는 이렇게 말했지만, 나는 그녀에게 알리지 않고 외출했었다. 그녀는 자기 집에 들어오는 모든 사람에게 살갑게 대했다. 우리 모두의 어머니처럼.

"차 한 잔 드릴까? 아니면 샌드위치?" 그녀는 건막류에 걸린 두 발을 슬리퍼에 끼우며 물었다.

"제가 알아서 챙겨 먹을게요. 그냥 앉아 계세요."

그녀는 성인의 얼굴이라도 보는 듯한 표정으로 나를 쳐다보았다. 누군가를 행복하게 만들어주기란 이토록 쉬운데 좀처럼 그 일이 일어나지 않는구나, 하는 깨달음이 찾아들었다. 나는 갈색 티 포트를 헹구고, 쟁반에 찻잔들과 분홍색 웨이퍼 과자 한 통을 담았다.

노라는 찻잔을 쥔 채 담배를 한 개비 더 뽑아 불을 붙이자마자 내게로 주의를 돌렸다.

"어서 말해봐요, 어떤 여자예요?"

"네?"

당황스럽게도 그녀는 텔레비전 볼륨을 줄이기까지 했다.

"표정이 그렇잖아."

"표정이 어떤데요?" 나는 당장 표정을 바꾸려 했지만, 애초에 무슨 표정을 짓고 있었는지도 알 수 없었다.

"딱 보면 알지." 그녀는 재떨이에 담뱃재를 털더니, 취조하기 더 편한 자세로 몸을 틀었다. "손님도 생각이 많은 사람이지. 바깥에 있는 저 양반처럼." 그녀는 남편이 아직 숨어 지내는 듯한 헛간 쪽으로 고개를 까딱했다. "연금을 받으며 살기 전까지 저 양반은 창문 청소를 했더랬죠. 손님 같은 분들한테는 그리 대단치 않은 일처럼 보이겠지만, 청소가 필요한 창문은 늘 넘쳐나잖아요."

나는 고개를 끄덕였다. 이런 논리에 반박하기란 불가능했다. 게다가, '나 같은 분들'은 술고래 아버지를 둔 덕분에 장학금과 학자금 대출에 의지해야 했다고 말한들 무슨 소용인가.

"어쨌든, 몇 년 전에 어떤 친구랑 동업할 기회가 생겼어요. 돌아다니면서 열심히 홍보하면 더 큰 일거리를 따낼 수 있다나 뭐라나. 그랬더니 저 양반이 고민하기 시작하더라고. 고민하고 또 고민하다가 너무 늦어버렸지. 결국엔 딴 사람이 그 기회를 덥석 잡았고, 그치들은 도시에 있는 호텔의 절반과 계약을 맺었어!"

바로 그때 노라의 남편이 러닝셔츠에 바지 차림으로 계단을 쿵

쿵거리며 내려오더니, 복도 테이블에 신문을 털썩 내려놓았다.

"마지막으로 말하는데, 이 여편네야, 나 고소공포증 있다고!" 그는 선언하듯 말하고는 급히 셔츠를 꿰입으며 밖으로 뛰쳐나갔다. 문이 쾅 닫히자, 복도에 걸린 여러 교황들의 사진이 경박하게 흔들렸다. 우리는 그가 사라진 복도를, 입을 떡 벌린 채 멍하니 바라보았다.

"그거 하나 못 이겨서." 노라는 약간 책망하는 투로 말했다. 사람들을 한데 묶어주는 끈은 뭘까? 서로 간의 경멸? 더 나은 아이디어의 부재?

"하여간……." 노라는 꿋꿋이 말을 이었다. "고민만 하고 있어봐야 좋을 거 하나 없다니까."

그럴지도 몰라, 하고 나는 차를 홀짝이며 생각했다. 텔레비전 볼륨이 다시 높아졌다. 대체 고민할 일이 뭐란 말인가? 나는 원고를 찾으러 왔지, 여자를 짝사랑하러 온 것이 아니다. 마서와 함께 보내는 시간은 조사에 방해만 될 뿐이다. 죄책감을 덜어주는 이 생각이 마음에 들기 시작했다. 나는 노라를 내버려둔 채 내 방으로 올라가 랩톱 컴퓨터를 켰다. 이메일이 두 통 와 있었다.

첫 이메일은 이사벨에게서 온 것이었다.

전화 좀 받아!

이사벨다웠다. 직설적이고 간단명료하다. 그녀는 자신과 주변 사람들에게 높은 잣대를 들이댔다. 인생 상담 코치처럼 '하려면 제대로 해', '도전하지 않으면 변할 수 없어!' 같은 말을 자주 하며 의욕을 불러일으켰다. 나는 그녀의 수그러들 줄 모르는 에너지에 조금 주눅 들어 있었던 걸까? 그랬을지도 모른다. 하지만 바로 그 점 때문에 끌리기도 했다. 그녀는 내가 생각하는 이상적인 인간상 그 자체였다.

우리는 2년 전 누나의 결혼식에서 만났다. 당시 이사벨은 웨딩 플래너였다. 이사벨의 표현으로 하자면, 그건 그녀의 '전생'이었다. 그녀는 몇 년마다 직업을 바꾸는 듯했고 무슨 일이든 기가 막히게 해냈다. 믿을 만한 소식통에게 들은 말로는, 그전에는 대단한 요가 강사였다고 했다. 소식통인 누나의 남편은 자기가 아직도 두 다리를 머리 뒤로 넘길 수 있다는 불필요한 정보까지 덤으로 알려주었다. 나는 이사벨의 자신감에 곧장 반했고, 신혼여행을 떠나는 행복한 신혼부부를 배웅하며 손을 흔들 때쯤, 그녀는 내 마음이 어떻든 시험을 거친 후 결정하겠다는 사실을 분명히 했다. 직업을 선택할 때처럼 말이다. 그녀는 멍든 사과를 살지 말지 결정하는 사람처럼 나를 보았다. 그래서 나는 실내용 화초가 그렇듯 적절한 조건만 주어지면 성공할 수 있다는 걸 이사벨에게(그리고 나 자신에게) 증명해 보이려 부단히 애썼다. 내 인생에 이사벨 같은 사람이 있다면 모든 것이 한없이 더 좋아지고, 더 대단해지고, 더 밝아질 줄 알았다. "나한테 이게 있지"라고 자랑스레 말할 수 있을 만한 물건도 사람도 내 인생에는 없었다. 아버지가 어머니에게 자신을 다시 받아달라고 애원하며 눈물을 펑펑 흘리던 밤들, 그때의 아버지 얼굴이 뇌리에서 떠나지 않았다. 하지만 가끔은 그저 지긋지긋했다. 내 능력을 증명하려고 애쓰는 것이 지긋지긋했다. 나 자신도 확신할 수 없는 뭔가가 내 안에 있다고 누군가에게 보여주려 발버둥 치는 것이 지긋지긋했다.

나는 이사벨의 메일 못지않게 박력 넘치는 답을 보내기로 했다.

조사하느라 깜박했어! 내일 연락할게, 알았지?

다음 이메일을 열어보았다. 칼라일 가문의 자료를 훑어보며 오 펄린이 언급된 부분을 찾고 있던 런던의 동료가 보낸 것이었다. 그녀의 스물한 번째 생일 외에는 별다른 것이 없었다. 땅속으로 꺼져버리기라도 한 건가. 반면, 그녀의 오빠와 관련한 기록은 많이 남아 있었다. 그는 제1차 세계 대전 때 군대에서 꽤 높은 지위까지 올랐으며, '사신'이라는 으스스한 별명도 얻었다. 더 파고들 만한 사실은 없었고, 헤이프니 레인의 사라진 서점에 한 발짝도 가까워지지 못했다. 그 옆집에 사는 종잡을 수 없는 젊은 여자에게도. 오펄린의 실명을 찾아준 여자. 꼬집어 말할 순 없지만, 왠지 그녀가 이 모든 일의 열쇠일 것 같은 기묘한 느낌이 들었다. 아니면, 어떻게든 그녀 곁에 머물기 위해 내가 억지로 핑계를 만들고 있는 걸까?

16장

오펄린

1921년, 더블린

"안타깝게도 피츠패트릭 씨는 두 달 전 돌아가셨습니다. 가게를 내놓을 계획이었는데……."

코크*에서 기차를 타고 길고도 불편한 여행 끝에 더블린에 도착하자마자 제일 처음 들은 말이었다. 나는 길쭉한 격자창 너머로 부산한 거리가 내다보이는 조지 왕조풍 저택 응접실에 서 있었다.

"그래도 여기까지 왔는데요." 나는 조금 필사적이었다. "제가 온다는 전보 받으셨어요?"

대화 상대는 내가 자기 인생에 불쑥 끼어든 것이 조금 당황스러운 눈치였다.

"네. 조이스 씨가 파리에서 전보를 보내셨더군요. 당신이 어느

---

* 아일랜드 남서부에 있는 코크 주의 주도.

서점 직원이라고…… 셰익스피어인가?"

"셰익스피어 앤드 컴퍼니예요."

"아, 그렇군요. 그런데 왜 조이스 씨가……." 그는 잠깐 망설이다 말을 이었다. "당신 같은 사람을 제 아버지 밑에서 일하라고 보냈는지 이해가 안 됩니다."

나는 이 말에 담긴 암시를 애써 무시했다.

"피츠패트릭 씨의 아드님이신가요? 고인의 명복을 빕니다." 나는 그의 손을 잡고 흔들며 말했다.

그는 감사 인사를 했고, 우리의 용건은 여기서 끝난 것 같았다.

"죄송하지만 몇 가지 더 여쭤봐도 될까요?"

"그럼요, 뭐든 물어보세요."

"괜찮은 호텔이나, 적당한 가격에 빌릴 수 있는 방이라도 좀 추천해주시겠어요?"

"묵을 데가 없습니까?" 이런 행색에 이런 억양을 쓰는 사람이 난처한 상황을 호소하니 그도 당혹스러웠을 것이다. 묵을 곳도 정해놓지 않고 넉넉지 않은 돈으로 혼자 여행하는 중산층 여성이라니.

"좀 급하게 떠났거든요." 이 해명을 그가 어떻게 받아들일지 모를 일이었다. 법을 어긴 건 아니라고 확실히 해두고 싶었지만, 그랬다가는 의심만 키울 것 같았다.

"뭐, 그 정도쯤은." 그는 문 옆에 달린 고리에서 열쇠 꾸러미를 빼내어 나를 데리고 나간 다음 집앞 계단을 내려갔다. "가게 지하에 조그만 방이 있어요." 그는 이렇게 설명하며 오른쪽으로 꺾어

들어가 가게 밖에 섰다. 나는 설마 하는 마음으로 건물을 바라보았다. 끝으로 갈수록 점점 가늘어지는 그 건물은 양쪽의 두 가정집 사이에 억척스럽게 자라난 잡초처럼 솟아 있었다. 그는 석양 속에 일그러진 내 표정을 알아차렸다.

"애초에 여기 있으면 안 되는 건물인데." 그는 건축 허가에 관해 뭐라고 중얼중얼 말했다.

나도 마찬가지예요, 하고 나는 속으로 생각했다. 내가 나 자신으로부터 기묘하게 떨어져나가는 듯한 비현실적인 느낌이었다. 이번엔 또 무슨 일이 벌어질까 궁금해하는 당황한 구경꾼이랄까. 아일랜드로 건너오는 데 꼬박 하루가 걸렸고 밤늦게야 겨우 도착했다. 여객선이 한 편도 없어서, 우편물과 물품을 나르는 화물선을 타고 코크까지 가야 했다. 또 한 번, 작은 여행 가방을 들고 배에 올라 자유를 향해 달려가는 신세가 된 것이다. 벤치에 얇은 쿠션을 얹어 임시변통으로 만든 침대에 누워 잠을 청했다. 양동이에 구토를 하고 눈물도 흘렸다. 잉글랜드 해협을 건너는 것과는 차원이 달랐다. 이 바다는 거칠고 험했다. 배가 로슬레어 항구에 정박했을 때 비가 퍼붓고 바람은 내 가방을 앗아갈 기세로 세차게 몰아쳤다. 한 승무원의 안내로 근처의 작은 숙소에 가서 몸을 씻고 매무새를 가다듬은 뒤 더블린행 기차를 탔다.

매슈 피츠패트릭은 상냥한 사람으로 말수가 적었고, 그때는 오히려 그 점이 고마웠다. 나는 사근사근하게 남과 대화를 나눌 기분이 아니었다. 피곤하고, 허기지고, 내게 있지도 않은 집이 그리웠다. 친절한 말이라도 들으면 당장에 눈물이 쏟아질 판이라, 형식적인 대화만 오가는 것이 다행스러웠다. 나는 가게의 좁다란 정면을 다시 뜯어보았다. 1층 방에는 바깥쪽으로 굽은 유리 격자창 하나가, 2층에는 똑같은 모양의 더 작은 창이, 꼭대기 층에는 마름모꼴의 조그만 창이 달려 있었다. 위로 갈수록 점점 가늘어지다가 끝이 뾰족한 것이, 마치 마법사의 모자 같았다. 창문 위 간판에 파리에서 크게 유행하는, 아르누보 스타일의 소용돌이치는 장식 서체로 상호가 적혀 있었다. '피츠패트릭 씨의 골동품 가게.'

한숨 같은 소리를 내며 문이 열리더니 한참이나 삐걱거렸다. 매슈는 미안한 듯 내게 미소 지었고, 나는 문턱에 잠깐 서서 그가 불을 켤 때까지 기다렸다. 찰칵 소리와 함께, 노란 전등갓의 포근한 빛을 받은 가게가 처음으로 내 눈에 들어왔다. 골동품 가게의 뒤죽박죽 어지러운 세계로 들어가자, 체크무늬 타일 바닥이 발밑에 기분 좋게 닿았다. 암녹색 벽은 울창한 숲으로 들어가는 듯한 인상을 주었고, 나무 선반들이 나뭇가지처럼 방 전체로 뻗어 있었다. 비누와 손거울부터 장난감 병정과 팔이 여럿 달린 촛대에 이르기까지 온갖 아기자기한 소품과 장식물이 있었다. 내 평생 그런 광경은 처음이었다. 그 선명한 빛깔과 현란한 장식, 은은한 불빛에 아련히 반짝이는 금과 은.

"아름답네요." 나는 진심으로 말했다. "동화 속을 걷는 기분이에요."

그는 나를 이상하게 쳐다보았고, 순간 그에게서 어린 소년의 얼굴이 보였다. 모자와 코트 차림의 근심 어린 남자는 사라졌다. 그 역시 다른 모습으로 위장하고 있는 걸까.

"그렇게 생각하신다니 다행이군요."

그 짧은 한마디에 큰 의미가 담겨 있었다. 내가 모종의 눈에 보이지 않는 시험을 통과한 것 같았다.

"저기, 아버지 밑에서 일하려고 온 건 알지만, 이 가게를 직접 운영해보는 건 어때요?"

"제가요?" 나는 소리를 꽥 내질렀다. 그에게 잘 보이려 노력하던 것도 잊고.

"가게를 빌려서 해봐요. 일단 시험 삼아서. 그 생각을 하긴 했었는데 마땅한 사람이 없더군요. 드디어 오늘 찾았네요."

가게를 둘러보니 흥분이 밀려들었다.

"제가 감당할 수 있을지 모르겠어요, 하숙비도 내야 하는데."

"음, 마침 그 방도 임대료에 포함되어 있어요. 자, 이제 방에 가봅시다." 그는 앞장서서 계단을 내려갔다. 나는 금발이 더 짙게 자란 그의 뒷덜미를 바라보았다. 마지막 계단까지 내려갔을 때 그는 고개를 홱 숙여 들보를 피하더니 뒤로 물러서서 나를 먼저 안으로 들여보내주었다. 침대와 작은 간이부엌을 안내하는 그의 부드럽고 경쾌한 억양에는 내가 파리에서 허둥지둥 여기까지 온 연유에 대한 무수한 의문이 배어 있었다. 그의 눈에는 내가 이상해 보였을 것이다. 분명히. 하지만 그는 오히려 내 존재를 흥미로워하는 것 같았다. 그곳에 함께 서 있으니 갑자기 그와 가까워진 느낌이었고, 그래서 약속이라도 한 듯 우리는 방 구경을 곧바로 끝내기로 했다.

"완벽해요. 필요한 건 다 찾을 수 있을 거예요." 나는 자신 있게 말했다. 아주 가까운 미래에 어디선가 진짜 자신감이 솟아나길 빌며.

"그럴 겁니다. 내가 계약서를 작성할게요."

고광택 니스를 칠해 반짝거리는 좁은 나무 계단을 올라가면서 보니, 각 단의 수직면마다 한 단어씩 페인트로 쓰여 있었다.

발견된다
것들이
기묘한
곳에서
길 잃은

"아버지가 직접 지으신 건물입니다. 별난 구석이 있어도 이해해 주세요." 매슈는 계단 난간을 받치는 기둥에 손을 얹으며 애정 깃든 뿌듯한 표정을 지었다. "이탈리아의 어느 오래된 도서관에서 실어온 목재랍니다. 사실 이상한 이야기예요. 아버지가 신혼여행으로 어머니를 어느 산골 마을로 데려갔는데, 거기서 버려진 도서관을 발견한 겁니다. 철거될 예정이었는데, 아버지는 그렇게 유서 깊은 뭔가가 그냥 썩어가는 걸 못 보는 분이었어요. 그래서 그 건물을 사서 해체한 다음 여기로 가져와 다시 조립하셨죠."

"마을 사람들은 그 도서관을 지킬 마음이 없었나요?"

"그게 말이죠…… 마을 사람들은 대부분 그 도서관에 귀신이 들렸다고 믿었거든요."

"맙소사!"

"물론, 그냥 미신입니다." 그는 나를 안심시켰다.

"아버님을 못 뵌 게 아쉽네요. 정말 재미있는 분이셨을 것 같은데." 나는 퍼즐 조각을 이어 맞춘 것처럼 보이는 가게 내부를 새로운 느낌으로 둘러보며 말했다.

매슈는 혼자 빙긋 웃었다.

"대부분의 사람들은 아버지를 괴짜로 봤을 겁니다." 아버지에 대한 달곰쓸쓸한 추억이 그의 얼굴 표정에 고스란히 드러났다.

"상상력이 아예 없는 사람들도 있잖아요. 그래서 그래요."

매슈는 이 의견에 만족한 눈치였고, 마음이 편해졌는지 조금 더 털어놓았다. "아버지는 사람들이 책을 펼치듯 이 문을 열고 상상 너머의 세계로 들어가면 좋겠다고 말하곤 했어요." 그는 슬픔과 상실감이 뒤섞인 쓴웃음을 지었다.

"우리 아버지랑 조금 비슷하네요."

"그분도 서적상인가요?"

나는 고개를 저었다. 계속 젓다가 눈물이 흐르지 않도록 두 눈을 질끈 감았다. 어쩌자고 아버지 얘기를 꺼냈을까? 현실이 무너지고 있었다. 내게 일어났던 모든 일. 오빠며, 아르망이며, 그 진절머리 나는 배를 타고 탈출한 일이며. 정말이지, 아직도 바다 위에 있는 기분이었다. 난 지금 누구지? 아르망과 보낸 하룻밤이 부끄러웠다. 아버지가 당신 딸에게 얼마나 실망하실까. 그때 별안간 쇼크 상태에 빠졌던 모양이다. 아무리 애써도 억누를 수가 없었고 어깨가 떨리기 시작하더니 급기야 숨이 턱 막혔다.

"칼라일 양, 오펄린! 내가 무슨 말을 잘못 했길래 이래요?"

말이 나오질 않았다. 매슈는 나를 진정시키려는 듯 어깨를 붙잡았지만 나는 그의 품속으로 쓰러져 한참이나 흐느꼈다. 매슈는 나를 꼭 껴안고, 아무 말 없이 모든 슬픔과 고통을 자기 몸으로 빨아들였다. 마침내 진이 빠지고 나 자신의 거친 숨소리만 귓속에 울려대자 나는 허둥지둥 그의 품에서 빠져나왔다.

"죄송해요, 피츠패트릭 씨. 제가 엉뚱하게 울음을 터뜨려서 분위기만 이상해졌네요."

그는 아무 대답 없이 주머니에서 손수건을 꺼내어 내게 건넸다. 나는 눈가를 닦고 코를 푼 다음 손수건을 돌려주려다가 그와 눈이 마주쳤다. 우리 둘 다 웃었다.

"우선 빨아야겠네요." 나는 이렇게 말하고 웃다가 유감스럽게도 콧바람을 내고 말았다. 급작스레 친밀해진 후에 이런 경망스러운 모습을 보이다니.

달리 할 말이 없는 것 같았고, 너무 지쳐서 아무 생각도 나지 않았다. 매슈는 아무 문제도 없었던 것처럼 행동해 내 고민을 해소해주었다.

"며칠 내에 들를 테니까 자세한 얘기는 그때 하죠, 어때요?"

나는 고개를 끄덕이고 그를 문까지 배웅했다.

"고맙습니다, 피츠패트릭 씨, 그리고 정말 죄송……."

"됐어요. 원래 슬픔은 늘 우리 곁에 있는 친구나 마찬가지잖아요?"

그는 모자를 쓰고 몸을 돌렸다.

"역사가 범상치 않은 가게인지라 조금 별난 구석이 있을 테니 이해해줘요." 그는 가게가 장난꾸러기 꼬마라도 되는 양 말했다.

"나랑 잘 맞을 거예요." 내 끈질긴 근성을 증명해 보이리라 결심했다.

나는 낡은 여행 가방을 지하로 가지고 내려가 한 장씩밖에 없는 여별의 스커트와 블라우스를 옷장에 걸었다. 차를 마시려고 스토브를 켜고 조그만 주전자에 물을 끓였다. 그런데 사둔 차가 없었다. 나가서 식료품을 사야 한다는 걸 깨달았다. 갑자기, 내게 일어난 모든 일의 무게와 지금껏 겪은 갖은 고생이 견디기 힘들 만큼 벅차게 느껴졌다. 나는 침대로 풀썩 쓰러졌다가 후회했다. 스프링이 아주 불쾌하게 갈비뼈를 파고들었다. 파리에서 내게 주어진 것이 행운이었는지 용기였는지 몰라도, 둘 다 나를 버리고 떠나버린 모양이었다. 어쩌면 오빠의 말대로, 나는 어린 시절의 환상에 빠져 있는 건지도 모른다. 세상은 그런 식으로 돌아가지 않는데 말이다. 잘해야 이상한 사람으로 비칠 테지. 나는 옆으로 돌아누웠다. 매트리스에는 아무것도 깔려 있지 않았다. 침대보가 없어. 그것도 사야겠구나.

"울면 안 돼." 나는 스스로에게 경고했지만, 소용없었다. 이미 뺨으로 흘러내리는 눈물이 느껴졌다. 나도 실비아나 그녀의 애인인 아드리엔 모니에처럼 될 수 있다고 믿으려 애써봤지만, 그건 사실이 아니었다. 그들은 보통 사람의 범주에서 벗어난 사람들이다. 자신을 받아주지 않는 사회를 신경 쓰지 않는 사람들. 대신 그들은 현재의 안락과 안정보다는 인습에 얽매이지 않는 변화무쌍한 삶을 선택하는 예술가들과 자유분방한 사람들의 세계에서 살았다. 무엇보다 그들에게는 서로가 있었다. 내가 아는 유일한 집에서 멀리 떨어진 나는 그 어느 때보다 외로웠다. 그날 밤, 나는 아무것도 못 먹어 빈속으로 코트를 덮은 채 울다 지쳐 잠들었다.

———•

한밤중에 나뭇가지가 창문을 긁어대는 듯한 소리가 들려 잠에서 깨어났다. 바깥 거리에는 나무 한 그루 없었으므로 소리의 정체를 알 수 없었다. 잠시 일어나 앉아 있다가 위쪽 가게에서 나는 소리라는 걸 깨달았다.

벽의 스위치를 탁 쳤지만 불이 들어오지 않았다. 젊은 피츠패트릭 씨가 경고하기를, 이 건물이 '변덕'을 부릴 수도 있다고 했다. 다행히도, 지갑을 둔 식탁에 놓여 있던 양초가 떠올랐다. 조심조심 방을 가로질러 식탁으로 가서 이리저리 더듬다 양초 옆에 있는 작은 성냥갑을 찾았다. 이내 방은 어둠에서 벗어났다. 계단을 올라가면서, 피츠패트릭 씨가 페인트로 써놓은 단어들을 읽었다. '길 잃은 곳에서 기묘한 것들이 발견된다.' 이상야릇한 위화감이 느껴졌다. 나는 잠깐 멈춰 섰다. 소리의 정체를 발견하면 뭘 어떻게 해야 하지? 강도가 든 거라면? 그때, 바람에 흔들리는 가시덤불처럼, 가볍게 톡톡 두드리는 소리가 또 들렸다. 나는 심호흡을 한번 하고 계단 꼭대기까지 올라갔다.

가게는 고요하고 설렘의 기운이 감돌았다. 마치 나를 기다리고 있었던 것처럼. 선반들을 장식한 진기한 물건들에 촛불 빛이 은은하게 어른거렸다. 그 사이에 있으니 나 자신이 침입자처럼 느껴져 선뜻 어디에 손을 댈 수가 없었다. 회중시계와 무늬가 새겨진 펜던트로 가득 찬 유리 상자 위에는 정교하게 디자인된 오르골이 놓여 있었다. 기다랗고 좁은 서랍이 달린 목제 장식장은 식물 세밀화를 보관하기에 딱 좋을 것 같았지만, 실제로는 오래된 단추들과 우표들이 가득 들어 있었다. 맞은편 벽에서 뻐꾸기시계가 시간을 알리자 나는 움찔했다. 세 번의 뻐꾹. 어렸을 때 재미있어서 여러 번 읽었던 메리 루이자 몰스워스의 소설이 떠올랐다. 그리젤다는 소녀와 시계 속 뻐꾸기가 의외의 우정을 쌓아가는 내용이었다. 나는 그 첫 문장을 소리 내어 읊어보았다. "옛날 옛적, 어느 오래된 마을의 오래된 거리에 아주 오래된 집 한 채가 서 있었습니다."

빨간색과 파란색으로 화사하게 칠해진 러시아 인형 마트료시카 무리가 선반에서 기대감 어린 눈으로 나를 엿보고 있었다. 유혹을 이기지 못하고 하나를 열어봤더니 그 안에서 더 작은 인형이 나타났다. 그것도 열었다. 열고 또 열었다. 크기가 점점 더 작아지는 인형 다섯 개가 가장 큰 인형 안에 꼭 들어맞게 만들어져 있었다. 마치 나 자신 같았다. 다 자란 여성의 몸이지만, 내 안에는 아직도 어린 소녀가 있었다.

묵직한 쿵 소리가 들려 화들짝 놀라며 돌아보았다. 촛불을 앞으로 내밀었다.

"누구세요?" 이렇게 속삭이면서 좀 우습다는 생각이 들었다. 열린 창으로 고양이라도 들어온 모양이었다. 소리가 들린 가게 안쪽으로 걸어가보았다. 수수한 유리 책장이 열려 있고, 바닥에 큼직한 책 한 권이 놓여 있었다. 맨발인 나는 추워서 얼른 책을 주워 책장에 꽂아 넣으려 허리를 굽혔다. 그러다 표지를 언뜻 보고는 심장이 멎을 뻔했다. 브램 스토커의 《드라큘라》. 무시무시한 뱀파이어가 표지에 그려져 있었다. 나는 가게를 둘러보았다. 사방이 고요했다. 책을 제자리로 돌려놓은 뒤 지하로 내려가려 몸을 돌리는데 쿵 하는 소리가 또다시 들려 움찔 놀랐다. 뒤돌아보니 책이 다시 바닥에 떨어져 있었다.

"이상한데." 나는 애써 차분한 목소리로 말했다. 누군가(혹은 무언가)가 듣고 있다고 생각한다는 것 자체가 내 심리 상태를 입증해주었다. 나는 책을 줍고 다시 소리 내어 말했다. "그래, 책을 침대로 가져가야겠어." 약간 어정쩡하게 말한 뒤 책을 가지고 내려갔다. 나는 촛불이 꺼질 때까지 책을 읽었다. 이 책이 경고장인지 초대장인지 알 수 없어 겁이 나면서도 흥분되었다.

17장

마서

벽의 갈라진 틈이 점점 더 벌어지고 있었다. 보든 부인의 아침을 준비하러 올라가기 전, 식탁에 앉아 시리얼을 먹었다. 한입 가득 먹을 때마다, 나뭇가지처럼 벽으로 퍼져가는 거무스름한 선들을 올려다보았다. 회반죽이 부스러지진 않았지만, 아주 또렷한 선이 점점 더 자라나고 있었다. 무언가 거무스름한 게 보여서 천천히 손을 대 만져보았다. 살짝 떨리는 손가락으로 쭉 훑으니, 표면이 나무 같았다. 아니, 나무 같은 게 아니라 나무였다. 지하에서 나뭇가지들이 자라고 있는 것이다. 당장 부인에게 알려야 했다. 집에 좋을 리 없었다. 집의 구조가 튼튼하지 않으면 어쩐다?

"아, 별거 아니야." 내려와서 직접 본 보든 부인이 말했다. "오래된 건물은 원래 좀 별나거든. 오늘 아침엔 크루아상을 준비해줘, 마서. 프랑스 빵을 파는 제과점에 얼른 다녀와." 부인은 이렇게 말하며 이미 몸을 돌리고 있었다.

나는 입을 떡 벌린 채 서 있었다.

"하지만 너무 많이 갈라졌잖아요. 제가 처음 여기 왔을 땐 없었던 금이라고요!" 부인이 상황의 심각성을 제대로 이해했는지 의심스러웠다. "사람을 불러야 하는 거 아니에요?"

부인은 옛 추억에 잠긴 표정으로 갈라진 금에 손가락 끝을 얹었다. 아이의 몰랑몰랑한 뺨을 어루만지듯 벽을 쓰다듬었다.

"여긴 원래 이상야릇한 곳이었어." 부인은 혼잣말하듯 속삭였다. "오, 마서, 걱정하지 말라니까, 그러다 주름살만 생겨."

"주름살요?" 나는 황당해서 (얼굴을 구겨 주름살을 더 만들며) 물었다.

바로 그때 부인이 테이블에 놓인 팸플릿을 발견했다.

"이제 본격적으로 시작하려고?" 부인은 이렇게 물으며, 진주 목걸이에 걸어놓은 돋보기안경을 들어 올려 팸플릿을 들여다보았다.

"대학요? 아, 음, 네. 저번 만찬 때 계셨다면 아셨을 텐데. 그땐 어디 계셨어요?"

부인은 고약한 눈초리로 나를 노려보며, 내가 고용주인 자기 집에 얹혀사는 처지임을 상기시켰다.

"그 여편네들을 견딜 수가 없거든."

"그럼 왜 초대하셨어요?"

부인은 방을 빙 돌아가 실크 숄로 어깨를 감쌌다.

"재미있겠다 싶었거든. 자네가 그 인간들을 어떻게 상대하는지 보면. 듣기로는, 꽤 잘했다더군."

내가 그랬나?

"잠깐만요, 그게 무슨……"

"공부 때문에 여기 일에 차질이 생기지는 않겠지?" 부인이 내 말을 끊으며 물었다.

"그럼요. 일단 단기 과정부터 시작할 거예요." 젠장. 부인에게 어떤 식으로 부탁할지 아직 생각해두지 않았다. 일자리를 지킬 수 있을까? 이 집에 계속 얹혀살 수 있을까? 나는 생각하기를 멈추고 부인의 이야기를 읽으려 애썼다. 대개는 어떤 사람의 과거를 알면 그의 행동을 예측할 수 있다. 사람은 잘 변하지 않으니까. 대개는. 날 빤히 쳐다보는 부인의 시선이 문득 느껴졌다.

"크루아상, 마서. 그리고 갓 내린 커피도. 얼른, 얼른!" 이 말과 함께 부인은 위층으로 올라가버렸다.

———◆

"그럼, 이 집을 언제 사셨어요?" 나는 최대한 자연스럽게 물었다. 어떤 대답을 듣든 별로 상관없다는 듯. 내가 미끼를 던지고 있다고 생각하면 부인은 절대 그 미끼를 물지 않을 테니까. 그녀를 읽기 어려운 건 아마도 그녀의 연기력 때문이리라.

"마서, 나 같은 사람은 집을 안 사, 받지."

나는 의지력을 총동원하여 눈동자를 굴리지 않고 잘 넘겼다.

"아, 네, 그럼 언제 12번지 집을 받으셨어요?"

"글쎄, 답하기 어려운데. 처음부터 쭉 이 집에 있었던 것 같거든. 사실, 딴 곳에서 살았던 기억이 거의 없어."

나는 벽난로 선반 위 액자들의 먼지를 털다가, 결혼식을 찍은 흑백사진을 집어 들었다.

"1965년이었지." 부인은 내가 식탁에 차려준 국적 불명의 아침을 먹기 시작하며 입을 열었다. "난 아름다운 신부였어. 하객들이 그러더군, 그레이스 켈리 같다고. 오, 지금은 그렇게 안 보이겠지만, 난 원래 금발로 태어났어."

거짓말쟁이로 태어나셨겠지, 하고 나는 생각했다. 그녀의 이야기가 사실인지, 아니면 진실을 날조한 것인지, 그러니까 어디서 주워들은 이야기를 자기 사연으로 둔갑시킨 건지 분간하기 어려웠다. 나는 사진 속의 여인을 보았다. 정말이었다, 옛날 헐리우드 신인 배우처럼 보였다. 하지만 그레이스 켈리와는 전혀 닮지 않았다. 남자는 큰 키에 피부가 거무스름한 미남으로, 달이라도 딴 듯한 표정을 짓고 있었다.

"그이는 비행기 조종사였어." 부인은 크루아상에 버터를 듬뿍 바르며 말했다. "나이 차가 너무 많이 났지, 그러니까 내 어머니가 그렇게 말했다고. 하지만 어쩌겠어, 그 사람이 좋아 죽겠는걸. 참 늠름해 보였거든. 그이는 미국인이었고, 20대 아일랜드 여자 눈에는, 뭐, 클라크 게이블이 따로 없었지."

부인은 잠깐 회상에 잠겼다.

"그이는 이 이상야릇한 작은 집을 무척 좋아했어. 하지만 완벽주의자라 늘 여기저기 손보려고 했지. 오래된 집들은 원래 별난 구석이 있거든. 어떤 것들은 흠집이 생길 수밖에 없어. 그래서 아름다운 법이고."

부인은 사람을 홀리는 이야기꾼이었다. 나는 이 집에 기묘한 역사가 담겨 있다는 걸 알았고, 그게 뭐든 간에 보든 부인이 들어오기 오래전에 벌어진 일이 틀림없었다.

"남편분한테 무슨 일이 있었는지 여쭤봐도 될까요?"

"비행기 추락 사고. 결혼한 지 1년밖에 안 됐을 때 그이 비행기가 지브롤터에 추락했어."

"오, 정말 유감이에요."

"그래, 힘들었지. 바로 그때 아치를 만났어."

"아치요?"

"내 두 번째 남편. 코크의 의사였어."

"러시아인이라고 하지 않으셨어요?"

"아, 아니, 그 사람은 세 번째 남편이고."

"아치는 어떻게 되셨는데요?" 내가 상관할 일이 아니라는 건 알았지만, 참을 수가 없었다. 부인의 나이쯤 되면 이런 사소한 부분은 개의치 않는 건지도.

"아치는 아프리카에서 일하다가 말라리아에 걸렸어, 가엾은 양반 같으니."

그럼 러시아 수학자는 어떻게 된 거지? 숫자들한테 살해당하기라도 하셨나?

"왜 이런 걸 물어? 설마 날 제거하고 내 집을 손에 넣으려는 계획은 아니겠지?"

"부인도 참, 제거당할 걱정은 부인이 아니라 제가 해야죠."

부인은 나를 빤히 보았다. 불손 죄로 해고당하겠구나, 하고 확신한 순간 부인이 깔깔 웃었다. 난 정말이지 내 또래 사람들과 어울릴 필요가 있었다.

——◆

그날 하루 종일 집 안 구석구석 대청소를 했다. 난 예전부터 청소를 즐겼다. 집안일이 좋아서가 아니라, 청소라는 체계적인 행위만이 내 생각을 멈춰준다는 사실을 발견했기 때문이다. 이를테면 이런 생각들. 난 한심한 남자와 결혼했고, 인생을 허비했으며, 이제 거기에 새로운 항목까지 추가하게 생겼다. 헨리 앞에서 창피한 꼴을 당했다. 난 왜 이렇게 그의 눈치를 보는 걸까? 그가 약혼자에 대해 말하지 않은 건 내 잘못이 아닌데. 하지만 사실, 난 이미 알고 있었다. 그의 마음이 다른 곳에 있다는 걸 그의 눈에서 읽었다. 그런데 왜 난 그렇게 놀란 척 행동했을까? 그리고 그에게 약혼자가 있든 말든 무슨 상관이란 말인가? 폭력 남편에게서 이제 막 벗어난 주제에 누군가에게 감정을 품는 바보가 어디 있을까? 결혼에서의 탈출로 끝냈어야 했다. 내게 감정은 사치였다.

그날 밤, 녹초가 되어 지하로 내려갔다. 흐리멍덩한 눈으로 욕실에서 이를 닦고 잠옷으로 갈아입었다. 이불을 젖히고 침대에 푹 쓰러지자마자 그것을 보았다. 벽에 금이 가 있던 자리에 선반 하나가 튀어나와 있었다. 그리고 거기에 책 한 권이 놓여 있었다. 꼿꼿이 선 채로. 나는 방을 둘러보았다. 뭘 찾으려는 건지는 나도 알 수 없었다. "이거 보이는 사람 또 없어요?"라고 묻고 싶은 심정이었다. 침대 밖으로 나가기가 무서워 잠깐 얼어붙은 채 가만히 있었다. 아무 일도 벌어지지 않고, 아무 소리도 들리지 않았다. 왜 벽에 이런 게 생겼지? 내가 스팀 청소기로 커튼을 훑고 표백제로 욕실을 닦느라 정신없을 때 보든 부인이 설치했다고밖에는 생각할 수 없었다. 결국 나는 호기심을 이기지 못하고 일어나서 책을 살펴보았다. 책등에 '길 잃은 곳ᴬ Place Called Lost'이라고 적혀 있었지만, 작가의 이름은 없었다. 나는 침대로 돌아가, 클로스로 장정된 아름답고 낡은 표지를 열었다. 스테인드글라스 창문이 달린 고풍스러운 가게 정면의 사진이 실려 있었다. 아직까지는, 책을 닫을 생각이 전혀 들지 않았다.

나는 첫 줄을 소리 내어 읽었다. "옛날 옛적, 어느 오래된 마을의 오래된 거리에 아주 오래된 집 한 채가 서 있었습니다." 내 고용주에게 나와 책의 불편한 관계에 대해, 혹은 내가 책을 읽을 생각만 해도 두드러기가 나는 이유를 얘기한 적은 없다. 보든 부인 나름대로 마음을 표현한 것일 텐데 무시하는 건 예의가 아닌 것 같았다. 게다가 부인이 감상을 물어볼지도 모르니 한번 읽어보기는 해야 할 것이다. 더군다나, 다시 대학을 다닐 마음이 있다면 어떻게든 이 정신적 장벽을 극복해야 했다. 두려움에 맞서야 했다.

18장

헨리

가는 내내 속으로 연습했던 대사는, 그녀의 창을 두드리는 순간 내 머릿속에서 몽땅 날아가버렸다. 공연 첫날의 신인 배우처럼.

"여기서 뭐 해요?" 그녀는 창문을 열고 의자에 올라서서 어렵사리 창밖으로 몸을 내밀며 물었다.

"조심해요." 나는 가져온 커피를 내려놓으며 말했다. 그러고는 그녀의 두 팔을 잡았지만 사실 쓸데없는 짓이었다. 몸집은 가녀려도 상당히 강한 여자였다. 낡은 청바지에 스웨트셔츠를 입고 머리칼을 대충 말아 올린 그녀는 내 기억보다 훨씬 더 매력적이었고, 나는 눈앞의 과제에 집중하려 발버둥 쳤다.

"그…… 그날 일이 영 마음에 걸려서요."

"괜찮아요……."

"아니요, 저기." 나는 솔직히 다 털어놓기로 결심하고 그녀의 말을 끊었다. 그녀가 겪은 일을 생각하면 이 정도 배려는 해야 한다. "기회가 없어서 말 못 했는데 지금 말할게요. 나한테 얘기해줬잖아요…… 남편에 관해서. 얼마나 큰 용기가 필요했을지 상상도 안 돼요. 날 믿고 얘기해줘서 고마워요."

그녀는 약간 안도한 표정으로 나를 보았다.

"그리고 진작 이사벨에 관해 말했어야 했는데, 솔직히, 왜 얘기 안 했는지 나도 모르겠어요." 말은 이렇게 했지만, 그 순간 나는 그 이유를 정확히 알았다. 그녀를 만날수록 감정이 깊어져만 가는데, 우리 둘 다 어쩔 도리가 없었다. 그녀는 상처받을까 봐 두려워 몸을 사렸고, 내게는 미래를 약속한 사람이 있었다. 그걸로 끝이었다.

"앞으로도 계속 친구 사이로 지냈으면 좋겠어요." 제인 오스틴의 소설에나 나올 법한 대사였다. 그래도 내가 할 수 있는 최선의 말이었고 진심이었다. 나 자신도 미처 깨닫지 못하고 있었지만 그녀와의 우정은 내게 큰 의미였고, 다른 관계가 불가능하다면 친구로라도 지내고 싶었다.

"그거, 도넛이에요?"

"네?" 어떤 대답을 들을까 온갖 상상을 했지만, 이런 말이 나올 줄은 몰랐다.

마서는 군데군데 풀과 잡초가 자란 울퉁불퉁한 땅에 책상다리로 앉아, 내가 사온 도넛 상자를 열며 커피를 크게 한 모금 들이켰다.

"물론 친구 사이로 지낼 수 있죠, 바보같이!" 그녀는 입술에 설탕을 잔뜩 묻힌 채 도넛을 베어 물며 말했다.

나는 그녀 곁, 박공벽에 기대앉았다. 달리 있을 곳이 떠오르지 않았다.

"여기 온 후로 사귄 친구가 보든 부인 빼곤 당신밖에 없거든요."

"아, 그러니까, 어쩔 수 없는 선택이다?" 나는 컵의 뚜껑을 열고
는 이미 식은 커피를 후후 불었다.

"거지한테 선택권이 있을 수 없죠." 그녀는 어깨를 으쓱하더니
심술궂은 웃음을 희미하게 지었다.

가벼운 농담이 돌아오니 마음이 놓였다. 우리 관계가 예전으로
돌아간 것에 감사하며 나는 본격적으로 커스터드 크림 도넛을 맛
보기 시작했다. 왜 그녀가 내게 비밀을 털어놨는지, 왜 내가 그녀
에게 내 인생의 가장 어두운 시기를 들춰내 보여줬는지는 알 수
없지만, 이런 의문 자체를 품지 않는 것이 상책이리라. 진부한 표현
일지 몰라도, 그 감정에 정확한 이름을 붙일 필요는 없었다.

"원고 찾는 일은 잘돼가요?"

앞으로는 마서의 창문에 찾아올 때마다 단 음식을 가져와야겠
구나, 하고 나는 머릿속에 새겨두었다. 그녀의 기분이 확실히 좋아
보였다.

"음, 아니, 별로요. 동료가 오펄린의 오빠인 린든에 대해 몇 가지
사실을 알아내긴 했어요. 전쟁에 나갔더군요, 장군이었다던가. 참
이상하죠." 나는 초콜릿 도넛을 반으로 쪼개어 그녀에게 건네며
말했다. "헤밍웨이와 친분이 있고 미국 최고의 서적상과 연락을 주
고받던 정도의 여자라면 조금이라도 흔적이 남아 있어야 정상 아
니에요?"

그녀는 찬찬히 생각하면서 남은 도넛을 만족스럽게 우적우적

씹어 먹고 두 손을 청바지에 쓱쓱 닦더니 내 눈을 똑바로 보았다.

"여자가 목소리를 못 내고, 잊히고, 역사에서 지워지는 게 이상해요? 헨리, 대체 이때까지 뭘 배운 거예요?"

"그러네요. 정말 멍청한 소리처럼 들렸겠지만, 내 말 무슨 뜻인지 알잖아요."

"음, 어쩌면 당신이 남성의 관점에서만 오필린을 보는 게 문제인지도 몰라요. 헤밍웨이, 오빠, 또 그 남자⋯⋯."

"로젠바흐."

"맞아요, 로젠바흐. 차라리 실비아와 파리의 서점 쪽을 알아보는 게 어때요?"

내가 왜 그 생각을 못 했을까?

"당신, 이 일에 정말 제격이에요."

"이 일이라뇨?"

"조사 말입니다. 무슨 공부를 할 계획이었어요?"

자동차 대리점 앞 풍선 인형에서 바람이 빠지듯, 그녀의 기운이 단숨에 꺾였다.

"윽, 그 얘긴 그만 해요." 그녀는 휴대전화로 시간을 확인하더니 일하러 가야 한다고 말했다. 열린 창으로 한쪽 다리를 절반쯤 집어넣었을 때 그녀가 잠깐 멈추었다.

"보든 부인이 해준 얘기가 있는데⋯⋯ 좀 이상해요. 서점에 관한 거였는데."

팔의 털이 쭈뼛 서는 기분이었다.

"아니, 못 들은 걸로 해요, 터무니없는 얘기니까."

"이렇게 궁금하게 만들어놓고 그냥 가버리면 어떡합니까. 말해줘요……." 그녀의 성姓을 부르려다가, 아직 모른다는 사실을 깨달았다.

"사실, 보든 부인은 자기 이야기를 미화하는 경향이 있거든요. 그러니까 곧이곧대로 듣지 말고……."

"그냥 말하라니까요."

그녀는 다리를 도로 창밖으로 꺼내고 다시 내 옆에 섰다.

"부인 친구 중 한 명이, 아마 제법 취해 있었던 모양인데, 서점을 봤다고 했대요. 그냥 본 게 아니라 그 안에 들어갔다고요."

나는 아무 말도 하지 않았다. 감히 입을 열어 말하기도 겁이 났다.

"1960년대 일이었다니까, 뭐…… 환각제 같은 게 판치던 시절이 잖아요. 그래도 당신이 알고 있으면 좋을 것 같아서. 어쨌든, 이젠 진짜 가봐야겠어요."

이 말과 함께 그녀는 방 안으로 미끄러져 들어간 뒤 창문을 닫았다. 나는 서점이 있었어야 할 자리에 남아, 두 다리의 떨림이 멈출 때까지 천천히 몇 바퀴 돌았다. 그녀에게 들려주고 싶은 이야기가 있었지만, 그녀의 말대로, 터무니없었다. 라이언에어 항공사 비행기에서 진토닉을 꽤 많이 마신 후 아일랜드에 도착한 첫날 밤, 나는 택시를 타고 곧장 헤이프니 레인으로 달려왔다. 서점이 있으리라 예상했고, 과연 예상대로 서점이 있었다. 택시 기사도 분명히 봤을 것이다. 아마도. 택시에서 내려 기사에게 돈을 건넨 뒤 문으로 걸어간 기억이 난다. 서점 안에 불이 켜져 있고, 스테인드글라스 창으로 흐트러진 황금빛이 새어 나왔다. 포근하고 아늑한 실내에서는 서점답게 해묵은 표지의 곰팡내와 시나몬 같은 알싸한 냄새가 풍겼다. 온 벽을 둘러싼 진열대에 가득 들어찬 다채로운 책 표지들을 보니, 만져보고 싶어 손가락이 근질거렸다. 하지만 우선 서점 주인과 얘기를 나누고 싶었다. 내가 발견한 편지를 보여주고, 그 내용을 이해하는 데 도움을 받을 수 있을지 알고 싶었다. 문 위에 달린 종이 울려서 내 뒤로 들어온 사람이 누군지 보려고 고개를 돌렸는데, 어느새 나는 다시 바깥의 인도로 나와 있었다. 발을 움직이지도 않았는데 말이다.

상점이 있었던 곳을 돌아보니 밤의 어둠뿐, 아무것도 없었다. 어둠이 가게를 통째로 집어삼키기라도 한 것 같았다. 괜히 내 몸을 톡톡 두드려보았다. 방금 내가 서 있던 가게가 홀연히 사라졌는데 내 몸은 아직 그곳에 있는지 확인하고 싶었나 보다. 자기 꼬리를 쫓는 개처럼 나는 그 자리에서 뒤돌아보고 또 뒤돌아보는 우스운 짓을 했다. 잃어버린 물건이 바로 내 뒤에 있을지도 모르니까. 하지만 어떻게 서점을 잃어버릴 수 있단 말인가. 논리적으로 가능한 설명은 내가 심하게, 아주 심하게 취했다는 것뿐이었다. 지금까지 계속 그렇게 나 자신을 설득해왔다. 술에 취해 몽롱한 상태에서 서점이라는 신기루가 보인 것뿐이라고. 하지만 그전에도 여러 번 술에 취했는데, 환각으로 건물을 본 일은, 하물며 그 안으로 들어간 적은 단 한 번도 없었다. 이제 증인이 생겼다. 그 서점을 본 다른 사람이 있다.

이제 문제는, 서점이 무슨 이유로 사라졌으며, 어떻게 되찾을 수 있을까, 하는 것이었다.

19장

오펄린

1922년, 더블린

피츠패트릭 씨의 골동품 가게에서 보낸 첫 몇 주 동안 간간이 기묘한 일이 일어났다. 이 건물이 두 팔 벌려 나를 반기는 느낌은 아니었지만, 나는 내가 제법 괜찮은 관리인임을 증명해 보이리라 마음 먹었다. 진열할 공간이 없는 물건들을 따로 보관해둔 다락방을 살피려고 나선계단을 올라갔다. 꼭대기에 조그만 문이 있어 몸을 조금 숙이며 밀었더니 나무 문짝이 나를 도로 튕겨내는 것 같았다. 나는 뒤로 물러선 다음 문으로 달려들었고, 세 번째 시도 끝에 문을 뚫고 들어가 앞으로 고꾸라졌다.

"좋아." 나는 소리 내어 말했다. "이렇게 나오겠다 이거지?"

나는 일어나 옷을 털며, 낡은 건물의 별난 성격을 덤덤히 받아들이려 애썼다. 유일하게 빛이 들어오는 동그랗고 조그만 유리창은 푸르스름한 이끼가 끼어 흐릿했다. 나는 빅트롤라 축음기를 보자마자 아래층으로 가져가려고 따로 빼두었다. 언뜻 보기에도 이 다락방은 반짝이는 보물들이 먼지막이 천 밑에서 밖을 빼꼼히 내다보는 오래된 박물관 같았다. 고가구 몇 점과 수많은 상자들 뒤로 보이는 구석에 망원경 한 대가 처박혀 있었다. 한 선반에 놓인 인부용 바지가 보였다. 나는 먼지를 뒤집어쓰고 군데군데 해진 내 비실용적인 스커트를 내려다보았다. 결단을 내린 나는 스커트를 훌훌 벗고 황갈색 바지를 입었다. 못 봐줄 정도는 아니었다. 고리에 벨트를 꿰어 허리를 단단히 죄었다. 피츠패트릭 씨는 다소 마른 체격에 성실한 남자였던 것이 틀림없었다. 옷이 이렇게 깔끔하게 관리되어 있는 걸 보면 말이다. 하지만 길이가 조금 길어서 바짓단을 한 번, 그리고 두 번 접은 후에야 내 부츠 굽이 보였다. 재미있게도 깃털 목도리들이 걸려 있는 전신 거울에 내 모습을 비춰 보며 나는 빙긋 웃었다.

"안녕, 칼라일 양." 나는 좌우로 몸을 돌리며 말했다. 두 손으로 머리칼을 쓸어서 뒤로 넘기니, 여자 같지도 남자 같지도 않았다. 바지 속으로 밀어 넣은 블라우스가 아주 멋져 보였는데, 목에 타이가 없어서 파리의 콜레트* 같은 패션을 완성하지 못한 것이 아쉬웠다. 나도 성은 빼고 이름만 알리면 내 정체를 숨길 수 있지 않을까. 하지만 오펄린은 그리 흔한 이름이 아니다. "안녕……." 먼지투성이 바닥에 놓인 책 한 권이 눈에 들어왔다. 《도리언 그레이의 초상》. "안녕, 그레이 양." 그래, 나쁘지 않았다.

---

* 시도니 가브리엘 콜레트. 프랑스의 작가이자 배우, 언론인.

더블린의 희귀 서적상들을 알아보고 어떤 괜찮은 책이 있나 조사하고 싶은 마음에 나는 밖으로 나가, 램프로 장식된 고래 등뼈처럼 중앙이 불룩하게 솟은 헤이프니 다리를 건너 부두에 있는 웹스 서점을 찾아갔다.

떠나기 전 실비아에게서 들었던 그 이름을 기억하기 위해 머릿속에 거미줄^{web}을 그려두었다. 나는 잠깐 철제 난간에 기대어 성당과 포 코츠*의 초록빛 돔들을 올려다보았다. 내 시선은 리피 강을 따라, 바로 얼마 전 아일랜드공화국군의 손에 전소된 세관으로 흘러들었다. 조이스는 내게 이곳으로 피신하라 제안하면서 이 나라가 한창 내전 중에 있다는 정보는 알려주지 않았다. 여우 피하려다 호랑이를 만난 격이랄까.

남자 바지를 입고 가명을 쓰자니 배역을 맡은 배우가 된 듯한 기분이었다. 웹스 서점의 해나 씨는 특이한 사람이었다. 내 겉모습에는 눈곱만큼도 관심을 보이지 않고, 그의 표현대로라면 '꾸준히 잘 팔릴' 책들로 한 상자 가득 채워줄 뿐이었다. 제임스 조이스와의 인연 하나로 나는 간단히 그의 신뢰를 얻었다. 혹시 아버지의 소장본이었던 《데이비드 코퍼필드》가 있을까 싶어 디킨스 컬렉션을 얼른 훑어보았다. 이 작은 습관은 아버지를 언제나 마음 한편에 두고 잊지 않으려는 나만의 노력이기도 했다. 그 희귀본은 언뜻 봐도 그곳에 없었다. '괜찮아.' 나는 속으로 중얼거렸다. '언젠가는 꼭 찾을 테니까.'

도움을 구할 수 있는 배급업자 명단과 새 책을 얻은 나는 다짐

---

* Four Courts. 대법원, 상소법원, 고등법원, 더블린 순회 재판소가 모여 있는 더블린의 법원 건물.

을 새로이 하며 헤이프니 레인으로 돌아왔다. 진녹색 벽, 피츠패트릭 씨가 사망한 후 가게 문이 다시 열리기를 고대하며 숨죽인 보물들에 형형색색의 광채를 드리운 작은 티파니 램프들을 둘러보았다. 잠자는 숲속의 공주가 있는 탑 속 방처럼 느껴졌고, 공주를 깨워줄 주문을 얼른 찾아내야 할 것만 같았다. 얼마 안 되는 내 책만으로는 가게가 휑해 보일 테니 피츠패트릭 씨의 재고품을 그대로 두기로 했지만, 어떻게 이 두 가지 아이디어를 합칠 수 있을지 묘안이 떠오르지 않았다. 우선 가게가 닫힌 뒤 한 번도 바뀌지 않은 진열창부터 살펴보았다. 손님들을 가게 안으로 꾀려면 상상력을 발휘해야 했다. 놀이공원에 어울리는 쾌활한 음악이 태엽장치로 연주되고 말들이 우아하게 빙빙 도는 회전목마가 있었다. 보석함에는 진주 목걸이 하나와 모조 장신구들이 맵시 있게 걸쳐져 있고, 바구니 달린 색색의 다양한 열기구가 천장에 매달려 있었다. 바로 그때 퍼뜩 영감이 떠올랐다.

해나 씨에게서 받은 책 상자를 열자 찾고 있던 것이 바로 눈에 띄었다. L. 프랭크 바움의 〈오즈의 마법사〉 시리즈. 그야말로 마법 같은 그 책들은 열기구와 완벽하게 어울렸다. '피츠패트릭 씨의 진기한 물건들을 활용해서 책들의 줄거리를 구현해보는 거야!' 이런 생각을 해낸 나 자신이 너무도 기특해서, 시간 가는 줄도 모르고 마치 놀이를 하듯 책들과 소품들을 짝지었다. 아이들에게 항상 인기가 많은 베아트릭스 포터*의 책도 여러 권 받았는데, 목에 나

---

* 영국의 작가이자 일러스트레이터, 자연과학자로,《피터 래빗 이야기》처럼 동물을 주인공으로 한 동화로 유명하다.

비넥타이를 맨 작은 벨벳 토끼 인형 두 개를 마법처럼 찾아냈다. 이제 진열창은 보물 상자처럼 매혹적으로 변신했다. '어린 고객에 게 편향된 감이 있긴 하지만 괜찮아' 하고 나는 생각했다. 아이들 이야말로 모든 가족의 탐험가이고, 마음속 소망을 이루기 위해서라면 어떤 거리로든 숲으로든 부모를 이끌고 갈 테니까. 언제든 행인들을 유혹할 수 있도록 가게 밖에 가판대를 두고 값싼 헌책들을 진열했다. 빠진 것이 하나 있었다. 안내판. 보드지를 찾아보니, 당연하게도 문구 코너에 진한 크림색의 모조 피지가 있었고, 대리석 조각 위에 놓인 아름다운 캘리그래피 펜도 보였다. 그때, 책상이 없다는 사실을 깨달았다. 나는 완벽한 녀석을 발견했다. 모양도 크기도 포즈도 각양각색인 도자기 개구리들이 엄청나게 많이 모여 있는 짙은 색 콘솔형 호두나무 탁자. 이것이 수집의 재미다. 어떤 것이 누구에게 가치를 지닐지 알 수 없다는 것. 우리는 특정 물건을 사랑하도록 미리 운명 지어지는 걸까? 어린 시절의 한순간이 기억에서 잊히더라도 영혼에는 지울 수 없는 표식으로 각인되는 걸까? 이 게임의 매력은, 내가 찾고 있는 줄도 몰랐던 무언가를 발견해낼 거라는 기대였다.

볕이 잘 들고 가게 전체를 바라볼 수 있는 창가 구석으로 책상을 끌고 갔다. 등받이에 세로대가 질러진 튼튼한 카버 의자도 하나 찾았다. 역시 거무스름한 목재로 만들어졌고, 짙붉은 색과 황금색의 양단이 씌워져 있었다. 그러고 보니 나는 무심결에 셰익스피어 앤드 컴퍼니처럼 가게를 꾸미고 있었다. 그곳에서의 추억이 떠올라 가슴이 아렸다. 실비아와 이야기를 나눌 수 있다면, 그녀에게 조언을 구할 수 있다면 얼마나 좋을까. 하지만 실비아가 뭐라고 말할지 이미 알고 있었다. '직감을 믿어.' 그리고 내 직감에 따르면, 나의 첫 희귀본 카탈로그를 만든다는 꿈은 결코 허황한 것이 아니었다. 하지만 우선 손님이 들어야 한다. 장사를 시작했다는 걸 사람들에게 알려야 했다.

그래서 처음으로 책상에 앉아 보드지를 앞에 놓고 펜을 집어든 나는, 아직 가게 이름조차 짓지 않았다는 사실을 깨달았다.

"그레이 북스?" 이렇게 중얼거려보았다. 지독히 따분하게 들렸다. "제발 들어와서 칙칙한 회색 책들 좀 사주세요!" 혼자 떠들어보니, 나의 새 이름은 가게와 영 어울리지 않았다. 그래서 내가 좋아하는 책 제목을 떠올려 보았다.

"워더링 북스?"* 이런 음울한 이름으로는 손님을 끌 수 없다. 문득 에밀리 브론테의 필명이 떠올랐다. 엘리스 벨. 벨 북스? 아니면, 프랑스풍으로 멋스럽게 '벨르 북스'?

"완벽해!" 나는 뿌듯해하며 정성껏 새 이름을 적고, 그 밑에 더 작은 글씨로 '희귀본과 중고 서적 팝니다'라고 덧붙였다. 안내판을 진열창 안에 두고 흐뭇하게 고개를 끄덕였다. 어찌 됐든 내겐 책들이 있었고, 고요한 아침 공기 속에 책들의 끈기 있고 차분한 숨소리가 들렸다. 연주된 후에도 오랫동안 허공에 울림을 남기는 피아노 선율처럼.

＊ 에밀리 브론테의 《폭풍의 언덕(Wuthering Heights)》에서 착안한 이름.

문 위에 달린 종이 쩌렁쩌렁 울려서 움찔 놀라며, 첫 손님을 보려고 고개를 돌렸다.

"책 한 권 사러 왔습니다, 괜찮으시다면요."

매슈였다. 갑자기 울음을 터뜨리며 그에게 안긴 기억이 떠올라, 순간 나는 얼굴을 붉혔다. 이웃인데도 그날 이후 그를 보지 못했다.

"어머, 제대로 찾아오셨네요!" 나는 조금 야단스럽게 반겼다. 그는 가게 안을 돌아다니며, 새로 단장된 부분이 보일 때마다 고개를 끄덕였다. 그는 키가 컸고, 푸른 눈동자는 사람을 꿰뚫어보는 듯했으며, 금발 끄트머리가 동그랗게 말려 있었다. 모자를 내려놓기가 두려운 듯 손가락 사이로 모자챙을 붙들고 있었다. 모자를 내려놓으면 떠나기 싫어질까 봐 그런 걸까.

"평소 어떤 책을 즐겨 읽으세요?" 나는 문구류를 다시 정리하느라 수선을 피우며 물었다.

"아, 보통 논픽션을 읽어요." 매슈는 잠깐 나를 돌아봤다가 내 옷차림을 알아챘다. "혹시 그거…… 아버지의 작업용 바지인가요?"

나는 얼굴을 붉혔다. 그가 알아볼 줄은 몰랐다. 내가 바지를 입고 있다는 사실(이건 가게를 들어오는 누구나 알아차렸다)이야 당연히 알겠지만, 내 옷이 아니라는 것까지 알아챌 줄은.

"다락방에 있더라고요. 혹시 기분 상하셨나요?"

"전혀요." 매슈는 이렇게 말하면서도, 당혹스러운 표정을 감추지 못했다.

"논픽션 신간이 몇 권 있는데……." 나는 화제를 바꾸었다.

"내가 읽을 게 아니라, 아들 올리한테 사주려고요."

나는 매슈로부터 힘겹게 정보를 캐내야 했다. 그가 정보를 주는 데 소극적이었기 때문이 아니라, 내가 관심이 없을 거라 여기는 듯했기 때문이다. 내가 관심이 있나? 그래야 할 것 같았다. 어쨌든 여자는 아이들에게 관심이 많다고들 하니까. 하지만 내가 느끼기에, 여성이 된다는 건 차라리 연기하는 것과 비슷했다. 신호와 대사를 익혀야 하는. 나는 내가 어떻게 행동하고 무슨 말을 해야 할지 알고 있었지만, 그렇게 하고 싶은지는 확신할 수 없었다.

"상상력이 풍부한 아이예요." 매슈의 말은 짧으면서도 어떤 암시가 잔뜩 깔려 있었다.

"그게 나쁜 일인 것처럼 말씀하시네요, 피츠패트릭 씨."

"매슈라고 부르세요."

"오즈 시리즈는 읽었나요?"

나는 창으로 가서 선반에 꽂힌 시리즈 첫 권을 뽑았다.

"무슨 내용입니까?"

"음, 에메랄드 도시에 사는 어느 위대한 마법사의……."

"그건 안 될 것 같군요, 칼라일……."

"오펄린이라고 부르세요."

"오펄린. 아이 엄마는 아이가 가업을 잇기를 바라요."

또다시 일자리와 집을 잃게 되리라는 생각에 나는 잠시 공황 상태에 빠졌다.

"그러니까, 아내 쪽 가업 말입니다. 은행업요."

"아……." 나는 소년 은행가에게 어울릴 만한 책을 찾아 가게를 두리번거렸다. 한 권도 없었다. 불편한 정적이 흐르는 가운데 뻐꾸기시계가 시간을 알리자 우리 둘 다 움찔 놀랐다.

"차 드실래요?" 왜 이런 말이 튀어나왔을까. 아마도 그가 거절하리라는 확신 때문이었던 것 같은데, 놀랍게도 그는 내 제안을 받아들였고, 그 자신도 놀란 듯 보였다. 나는 아래층으로 내려가 쟁반에 몇 가지를 담았다.

"그래서, 잘돼가요?" 매슈가 아래층으로 소리쳤다.

그가 걱정하는 것이 가게인지, 아니면 나의 임대료 지불 능력인지 알 수 없었다.

"그런대로요." 나는 큰 소리로 답했다.

"아버지의 골동품에 당신의 책들을 잘 접목한 것 같군요. 아주 기발해요."

문밖을 살짝 내다보니, 그는 해양 코너에 서 있었다. 인어들과 배들이 터무니없이 작은 병 속에서 노니는 파란 모슬린 바다 위에 《모비 딕》과 《로빈슨 크루소》가 떠 있고, 《피터 팬》의 귀퉁이를 악어 인형이 덥석 물고 있었다.

"정말 환상적이에요!" 마침내 현실로 돌아온 그가 말했다. "어쩐지 가게가…… 더 커 보이는군요."

나는 부엌으로 돌아가 수도꼭지를 틀었지만 물이 나오지 않았다. 소화 불량에 걸린 사람처럼 배수관은 꺼억꺼억 트림만 해댔다.

그냥 내버려두자 캑캑거리고 쨍그랑대다가 다시 조용해졌다. 나는 뒤로 물러나 두 손을 허리춤에 짚었다. 다락방 문도, 책장에서 떨어진《드라큘라》도, 이 배수관도 말이 되지 않았다. 나는 주전자를 여전히 손에 든 채로 계단을 올라갔다.

"오늘, 집주인 노릇 한번 해주실래요?" 나는 주전자를 들어 올리며 물었다. "배관공을 불러야 할 것 같거든요."

"내가 한번 보죠." 남자들이 으레 그러듯, 자기가 손쉽게 해결할 수 있는 단순한 문제일 거라 짐작하며 매슈가 답했다. 어느새 그는 재킷을 벗고 바닥에 엎드려 싱크대 밑 배수관과 씨름하고 있었다. 있는 줄도 몰랐던 스패너는 어디서 튀어나왔을까. 설마 들고 다니진 않을 텐데. 나는 뭘 알기나 하고 건드리는 거냐는 말을 삼키고 문제가 뭔지 알겠느냐고 물었다.

"좀 막힌 것 같군요." 그가 힘겨운 목소리로 말했다. "바로 고칠 수 있어요. 먼저 수도꼭지를 잠그……."

그가 말을 채 끝맺기도 전에 수도꼭지가 배수관 꼭대기에서 휙 날아가더니, 간헐천처럼 물이 뿜어져 나오기 시작했다. 나는 얼른 달려가, 수도꼭지가 있던 자리에 생긴 구멍에 낡은 헝겊을 쑤셔 넣어 물을 막았고, 매슈는 배수관을 잠갔다.

"그냥 배관공을 부를걸 그랬네요." 그는 바닥에서 일어나 헐떡거리며 젖은 머리칼을 이마 뒤로 쓸어 넘겼다.

우리는 서로를 보았다. 둘 다 물에 홀딱 젖어 있었다. 나는 가슴에서부터 서서히 터져 나오려는 웃음을 애써 억눌렀다……. 그런데 그가 셔츠 끝자락을 쥐어짜는 것이 아닌가. 그 모습이 너무도 우스꽝스러워 나는 어깨를 떨며 웃기 시작했다. 그는 나를 올려다 보았고, 시무룩하던 표정이 환한 미소로 변했다.

"재미있어요?" 내가 배를 쥐고 웃자 그가 말했다.

"미안해요." 나는 웃음을 멈추려 그를 등지고 돌아섰다. 다시 몸을 돌렸더니 그는 젖은 셔츠를 벗어 싱크대에 대고 제대로 비틀어 짜고 있었다. 속옷 역시 흠뻑 젖어 있었다.

"잠깐 난로 앞에 걸어놔도 될까요?"

"그럼요." 나는 이렇게 답하고는 얼른 난롯불에 장작을 더 집어넣었다. 의자 등받이에 그의 셔츠를 널어 난로 가까이 가져갔다. 그는 이웃에 사니까 그냥 집으로 돌아갈 수도 있겠지만, 그의 아내에게 그리 쉽게 해명할 수 있는 일이 아니라는 암묵적인 합의가 오갔다. 내 옷도 젖었지만 그가 있는 동안에는 갈아입을 수 없으니 그저 어깨에 숄을 두른 채 그의 곁에 서서 불길을 지켜보았다.

"내일 아침 일찍 사람 불러서 고치게 할게요."

매슈의 말투가 다시 변해 있었다. 나만의 착각이 아니었다. 그가 우리 사이에 다시 벽을 쌓기 전 잠시 허락한 이 친근하고 은밀한 분위기. 이 어리석은 끌림에서 벗어나야 했다. 그것은 향수병과 외로움이 뒤범벅된 감정이었다. 내 복잡한 심정이 초점을 잘못 맞춘 것이다. 내게 위로가 필요할 때 친절을 베풀어준 사람이지만, 이 위험한 감정을 멈추어야 했다.

"고마워요, 피츠패트릭 씨."

잠시 후, 멀리서 그를 부르는 소리가 들리기라도 한 것처럼 매슈는 아직 마르지 않은 셔츠를 와락 움켜잡아 입었다. 나도 덩달아 움직이며 바닥에 놓인 재킷을 주워 그에게 건넸다. 그가 내 손에서 재킷을 받을 때 우리의 손끝이 서로 스쳤다. 나는 그의 눈을 바라보지 않고, 그의 목과 가슴 사이의 움푹 파인 곳에만 시선을 두고 있었다. 그를 만질 생각은 없었건만 어느새 내 손은 이미 그의 가슴에, 그의 심장 위에 놓여 있었다. 그의 호흡이 점점 거칠어지더니 그가 단숨에 나를 끌어당겼고 우리의 입술이 맞부딪쳤다. 어설펐던 키스는 점차 열정적으로, 절박하게 변해갔다. 그의 입술은 부드러우면서도 열성적이었다. 나에 대한 그의 감정을 갑작스레 깨닫고 나니 눈꺼풀 속에서 불꽃이 터지는 느낌이었다. 안된다는 걸, 다시는 이런 일이 벌어지면 안 된다는 걸 알면서도 우리는 끝낼 생각이 없었다. 얼마나 오래 그렇게 껴안고 서 있었는지 모르겠다. 우리는 아무 말도 하지 않았다. 그는 가끔 내 목덜미를 어루만지기는 했지만, 대부분은 그저 나를 안고 있었다. 점점 더 가까이, 더 단단히 나를 감싸안을 뿐이었다. 나는 움직이고 싶지 않았다. 생각하고 싶지 않았다. 이 행동의 의미를 알고 싶지도 않았다. 오로지 그와 친밀감을 나누고 싶었다. 그러다 끝났다. 어떻게, 누가 먼저 몸을 떼어냈는지 모르겠지만, 우리의 몸은 떨어졌다. 그는 재킷에 두 팔을 꿰고 단추를 채웠다. 잠깐 나와 눈이 마주쳤을 때 그의 얼굴은 두려움에 질려 있었다.

"미안해요."

나는 말하려고 했지만 아무 말도 떠오르지 않았다. 입술은 '난'이라고 말하고 있었지만, 아무 소리도 나오지 않았다. 그는 종을 울리며 떠나버렸다. 나는 작은 탁자에 앉아 몸서리를 쳤다. 내가 무슨 짓을 한 거지? 매슈는 아이가 있는 유부남이다. 나는 그의 정부가 될 수도, 될 생각도 없었다. 하지만 우리 사이에 뭔가 있었고, 그 감정을 억누른 채 살아갈 수 있을지 확신이 서지 않았다.

파리에서는 아르망이 내 마음을 찢어놓을 남자라는 걸 처음부터 알고 시작했지만, 매슈는 내 결심을 무너뜨릴 사람이기에 훨씬, 훨씬 더 나빴다.

———◆

다음 날 아침 우체부와 함께 해결책이 날아들었다. 봉투 뒷면의 황금빛 딱지에 발신인 주소가 찍힌 편지를 받자마자 나는 한껏 들떴다. 혼리스필드 도서관. 그곳에 소장된 방대한 자료, 특히 브론테 자매에 관련된 서류와 원고, 편지를 열람할 수 있도록 허가해달라는 신청서를 보냈었다. 도서관 주인인 앨프리드와 윌리엄 로는 자수성가한 기업가 형제로, 브론테 자매의 생가 근처에서 자랐으며 문학 판매상에게서 자매의 원고 일부를 구했다. 나는 문학 탐정으로서의 첫발을 조심스레 내딛고 있었다. 셰익스피어 앤드 컴퍼니에서 실비아가 에밀리 브론테의 두 번째 소설을 찾고자 하는 내 열정에 불을 지펴준 덕분이었다. 딱 한 가지 문제가 있었다. 조사를 진행하려면 잉글랜드로 돌아가야 한다는 것.

위험한 일이었지만, 이젠 이곳에 머무는 것이 훨씬 더 위험해 보였다. 매슈와 어느 정도 거리를 두어야 했다. 내 모든 에너지를 또 다른 비운의 정사에 쏟을 것인가, 아니면 일에 집중할 것인가? 나는 단호하게 고개를 끄덕였다. 일이 먼저다. 내 진정한 열정이 향하는 곳은 일이었다. 머릿속으로 계획을 세워보았다. 혼리스필드 도서관은 로치데일에, 로 형제의 공장 근처에 있다. 런던에서 300킬로미터 넘게 떨어진 곳이니, 아는 사람과 마주칠 확률은 거의 없었다. 에밀리 브론테의 시 〈내 영혼은 비겁하지 않네^{No Coward Soul Is Mine}〉를 떠올리며, 나는 나도 모르는 사이 떠날 결심을 굳혔다.

이제야 오필린 칼라일이라는 소녀를 영원히 떠나는 기분이었다. 그레이 양은 내가 늘 원했던 여성이 될 것이다. 힐끔 거리를 내다보니, 스테인드글라스 무늬가 변해 있었다. 물결처럼 굽이치는 광막한 황무지에서 어느 으리으리한 농가로 이어지는 오솔길.

"폭풍의 언덕." 나는 가만히 속삭였다.

20장

마서

나는 밤에 책을 읽기 시작했다. 그 고요하고 어둑한 시간에는 특별함을 더해주는 신성한 기운 같은 것이 있었다. 나는 보든 부인의 거듭된 경고를 무시한 채 촛불을 몇 개 켜고 바닥에 쿠션들을 놓았다. 앉아서 책을 읽기 전까지는 벽에서 계속 이상한 소리가 났기 때문에 무슨 영매 의식 같은 느낌이 들기도 했다. 벽을 따라 퍼져가는 나뭇가지들은 이제 회반죽에서 벗어나 있었고, 금방이라도 이파리들이 보일 것만 같았다. 대신에 새 책 한 권이 나타났다. 도서관에서 봤던 샐리 루니의 《노멀 피플》.

보든 부인이었다. 어떻게 하는지는 알 수 없어도, 배우였던 사람이니 무엇이든 가능하리라. 이런 별난 방식으로 내게 독서를 권하다니, 무척 다정하지 않은가. 내 피부에 다른 누군가의 이야기가 새겨져 있다는 걸 부인이 알면 좋을 텐데. 그날 아침 바닥을 닦고 있을 때 새로운 글귀가 또 찾아왔다. 그걸 내 살갗에 영원히 새겨두기 전까지는 마음이 편안해질 수 없다는 걸 알았다. 그 이야기의 의미가 뭔지, 언제까지 계속될지, 누구의 이야기인지 도통 알수 없지만, 가장 큰 미스터리는 왜 하필 내게 들려주는 걸까, 하는 것이었다. 누구에게도 털어놓을 수 없는 일이었다. 환청이 들린다고 하면 다들 뒷걸음질할 테니까. 하지만 바로 그것이 문제였다. 환청이 들리는 것이 아니라, 글이 그냥 나타났다.

《길 잃은 곳》은 이야기가 훨씬 더 단순해서 이해하기가 쉬웠고, 동화 같아서 나 같은 사람에게는 딱이었다. 적어도 동화에서는 끔찍한 일이 벌어지지 않고, 벌어진다 해도 마지막에 늘 해결되니까. 이탈리아의 어느 외딴 마을에 있는 오래된 도서관에 관한 이야기였다. 어찌나 외진 곳인지, 사람들이 많이 다니는 길을 벗어나 헤매다가 완전히 길을 잃고 나서야 비로소 발견될 정도였다. 나무로 지어진 매력적인 건물 안에는 바닥부터 천장까지 오래된 책들이 이렇다 할 순서 없이 쌓여 있었다. 도서관 관리인은 그가 그곳에 없었던 때를 기억하는 이가 아무도 없을 만큼 늙은 노인이었다.

그러던 어느 날, 늙은 관리인이 저물녘에 도서관 문을 잠그는데 난데없이 맹렬한 폭풍이 불어닥치고, 가엾은 노인은 벼락에 맞고 말았다. 하지만 이야기는 여기서 끝이 아니었다. 그 후로도 남들이 가지 않는 길을 가려는 고집불통 여행자들이 그 머나먼 도서관을 우연히 발견했고, 관리인이 없는데도 어떤 특정한 책으로 이끌려, 그 책을 읽고 나서 인생의 행로가 완전히 바뀌어버렸다. 흡사 도서관이, 그 구조가, 어떤 책이 길 잃은 영혼에게 진정한 인생길을 찾아줄지 직감적으로 아는 것처럼. 하지만 그곳 주민들은 불가해한 일들을 두려워했고, 도서관을 없애버리고 싶어 했다. 그 건물에 귀신이 들렸다고 믿었다. 귀신들이 책 속에 갇힌 채, 사람들이 책을 펼쳐 풀어주기만을 기다리고 있다고 생각했다. 그렇게 책들은 도서관에서 꺼내어져 뿔뿔이 흩어졌다. 하지만 건물을 무너뜨리기 전, 신혼여행을 온 젊은 남자가 한 가지 제안을 했다. 그 목재를 가져가 자신의 가게를 짓겠다는 것이었다. 아일랜드에.

나는 이 이야기가 내게 찾아온 것이 그저 우연만은 아니라는 걸 알았다. 책장마다 적힌 매혹적인 문장들을 공들여 천천히 읽노라니, 내 인생 전체가 이곳의 사람들과 이 맥락 속에서 의미가 통하는 어떤 정교한 줄거리처럼 느껴졌다. 사람. 헨리. 그를 읽기가 점점 어려워지고 있었다. 그 의미를 나는 알았다. 더는 감당할 수 없는 한 가지 감정에 내 판단력이 흐려지고 있는 것이었다. 사랑.

촛불을 끄기 전, 한 문장을 읽고 나는 마음을 정했다. 이야기에는 자신의 진정한 집에서 아득히 먼 도서관으로 찾아가는 한 젊은 여자가 등장한다. 그녀는 갈림길에서 잘못된 결정을 내릴까 봐 두려운 나머지 나무 구멍 속에 몸을 옹송그려 숨는 한 소녀의 이야기를 읽는다. 며칠 후 한 노파가 와서 소녀에게 수수께끼를 낸다. "아무것도 하지 않고도 할 수 있는 게 뭘까?" 정답은 '선택'이었다. 아무것도 하지 않겠다는 선택 역시 선택이니까.

난 너무 무서워서 대학에 등록하지 않기로 선택했었다. 내가 미처 깨닫지 못했던 건, 제자리에 틀어박히겠다는 이 결정이 내 능동적인 선택이라는 점이었다. 이 사실이 훨씬 더 무서웠다.

다음 날 아침 대학 입학처에 전화를 걸어 바로 그다음 날 면접을 보기로 약속을 잡았다. 어떤 힘을 얻은 것처럼 기운이 솟고 두려우면서도 흥분되었다. 이제 결코 되돌아가지 않아, 하고 각오를 다졌다. 그런데 보든 부인에게 아침을 차려준 후 그 문제를 거의 생각하고 있지 않을 때 초인종이 울렸다. 문을 열면서 나도 모르게 띠었던 미소는, 그곳에 서 있는 그를 보는 순간 사라져버렸다.

달아나기엔 너무 늦었다. 게다가 그는 또 그 표정을 짓고 있었다. 내게 새 출발을 약속하는, 깊이 뉘우치는 표정. 그의 손에 꾸깃꾸깃한 꽃다발이 들려져 있었다. 그 꽃들마저 금방이라도 꺾여버릴 것처럼 심드렁해 보였다. 익숙한 수작이었다. 전에도 몇 번이나 겪은 일이었다. 그와 함께 있다는 압박감이 벌써부터 나를 짓뭉개는 듯해 점점 더 무거워지는 몸으로 나는 그에게 다가갔다.

"안녕." 그는 고개를 숙인 채 수줍게 말했다. 천진하기 그지없는 얼굴로.

"여기서 뭐 하는 거야, 셰인?"

그가 말하려고 입을 열 때 가장 중요한 의문이 떠올랐다. "어떻게 나를 찾았어?"

"내 친구가 마누라랑 쇼핑하러 나갔다가 널 봤다잖아."

"어디서?"

"그래프턴 가에서."

"그래서……." 나는 열심히 머리를 굴려보았다. "내가 사는 곳은 어떻게 알았어? 날…… 날 미행한 거야? 미치였어?" 굳이 물을 필요도 없었다. 미치가 분명했다. 내 뒤를 밟는 것쯤은 예사로 생각했을, 셰인의 가장 절친한 친구.

"이봐." 셰인이 한발 다가오자 나는 뒤로 물러났다. 그러자 그는 심사가 뒤틀린 기색이었다. 자기를 두려워하는 내 반응이 지나치다는 듯이. "마서, 내가 널 어떻게 찾았는지가 그렇게 중요해?"

"중요하지. 양아치 같은 네 친구들이 나를 미행하고 다니는 게 정상이라고 생각해?"

"미치가 무슨 양아치야. 돌겠네, 진짜."

한 커플이 지나가다가 경계하는 눈빛으로 우리를 힐끗했다.

"안으로 들어가면 안 될까?" 그가 물었다. "그냥 얘기 좀 하자고."

나는 답하지 않았다. 안 돼, 꺼져, 다시는 돌아오지 마, 날 잊어, 나를 아예 없었던 사람으로 생각해, 하고 말하고 싶었지만 한마디도 나오지 않았다. 나는 그저 고개를 돌려 거리를 바라보았다.

"네 어머니가 편찮으셔."

나는 고개를 획 돌려 그를 쳐다보았다.

"그래서 온 거야. 어머니가 널 찾으셔서."

"어디가 안 좋은데? 심각해?"

"꽤 심각해, 입원하셨어."

"세상에." 나는 손을 가슴에 댔다. 몸 안의 산소가 몽땅 빠져나간 기분이었다. 정신이 몽롱해지면서 모든 것이 비현실적으로 느껴졌다. 건물들도, 길거리도, 더블린에서의 이 비루한 생활도. 그가 내 팔을 붙잡는데도 나는 움츠러들지 않았다. 셰인이었다. 그는 나를 알고 나는 그를 알았다. 우리 사이에 무슨 일이 있었건 간에 그는 나를 돕겠다고 여기까지 찾아왔다. 그의 눈을 들여다보니, 그의 아버지가 세상을 떠났을 때와 똑같은 슬픔이 보였다. 그는 내 감정을 알았다. 그는 나를 돕고 싶어 했다.

"알았어, 들어와." 나는 지하로 내려가는 계단을 향해 복도를 걸었지만, 뒤돌아보니 셰인이 따라오고 있지 않았다. "난 지하 방에서 지내고 있어." 나는 계단을 가리키며 말했다.

"와, 집 좋은데?" 그는 꽃다발을 콘솔 테이블에 내려놓더니 슬그머니 거실로 들어갔다.

"거긴 들어가면 안 돼."

그는 내 시야 밖으로 사라졌다. 잠시 후 나도 그를 뒤따라 들어갔다. 보든 부인은 외출하고 없으니 괜찮을 거라 생각했다.

"사고가 났어, 아니면 병에 걸린 거야?" 내가 물었다.

"어? 아, 암이래."

나는 다리가 후들거려 소파에 털썩 주저앉았다. 믿기지 않았다. 대낮에 꾸는 악몽 같았다.

"엄만 나한테는 왜 말 안 했대?" 대답을 바라고 던진 질문은 아니었다. 그저 상황을 이해하려 애쓰고 있었다.

"무슨 수로 말해? 네가 어디에 있는지도 모르는데. 쪽지 한 장 안 남기고 떠나버렸잖아, 마서. 내가 얼마나 걱정했는데."

"그래?" 괜한 말을 했다는 걸 알았다. 날씨처럼 훤히 읽히는 그의 얼굴에 분노한 기색이 역력했다. 그에게 대걸레로 맞던 기억이

뜬금없이 떠올라, 나도 모르게 두 팔로 가슴을 감싸안았다. 그는 내게서 등을 돌리더니 느릿느릿 방을 돌아다녔다.

"그나저나 혼자서 잘도 살고 있었네. 가족 생각은 안 날 만도 했겠어."

"그런 게 아니야."

일이 꼬였다. 험악한 사태가 벌어지지 않도록, 내가 아직도 그를 사랑하고 있다는 걸 증명해 보여야 할 것 같았다. 하지만 난 그를 사랑하지 않았다. 죽도록 그가 미웠다. 나는 일어나 복도로 나가는 문을 향해 걸었다.

"어디 가?"

"짐 챙겨야지. 엄마가 어느 병원에 입원했어?"

"리지널 병원."

한 박자 늦은 그의 대답은 의심을 불러일으키기에 충분했다.

"이 양반은 누구지?" 우리 뒤에서 보든 부인의 고압적인 목소리가 들렸다. 부인은 응접실로 이어지는 문간에 서 있었다. 그녀가 들어오는 소리를 듣지 못했던 나는 이 완벽한 타이밍이 너무도 고마워 당장이라도 그녀를 껴안고 싶었다. 부인은 지팡이를 버팀대가 아닌 언제라도 휘두를 수 있는 무기처럼 들고 있었다.

"자네의 또 다른 '친구분'이신가?"

제발 그렇게 말하지 말아요.

"이, 이 사람은 제 남편이에요, 보든 부인." 내 온몸이 오들오들 떨리고 있었다. 부인이 있는 동안에는 나쁜 일이 벌어지지 않을 것 같았지만, 확신할 수 없었다.

"남편? 맙소사, 그런 말 없었잖아!"

그 입 좀 다물었으면. 그녀 때문에 상황이 더욱 꼬이고 있었다. 나는 옴짝달싹할 수 없었다. 과거와 현재가 거실에서 충돌하고 있었고, 그게 얼마나 끔찍한 일인지 아무도 이해하지 못하는 듯했다. 그들은 가시 돋친 인사치레를 주고받았고, 나는 생각이라는 걸 할 수 없어 그저 우두커니 서 있었다. 나도 모르게 헨리가 여기 있었으면, 하고 바라고 있었다.

"저, 우리는 이만 가자고." 셰인은 내 쪽으로 걸어와 내 팔을 붙잡았다. 기억났다. 그의 손가락이 내 피부를 파고드는 걸 아무도 볼 수 없으니 이 광경이 얼마나 평범해 보이는지.

"오, 어디 가려고? 좋은 데 찾으시나? 뷸리스 카페의 점심 메뉴가 정말 괜찮은데……."

"슬라이고*로 돌아가요. 마서의 어머니가 병원에 입원하셔서 마서를 데려갈 겁니다."

보든 부인의 표정이 진심으로 슬퍼 보였는데, 내가 가여워서인지, 아니면 이제부터 직접 아침을 차려 먹어야 한다는 사실 때문인지 분간할 수 없었다. 부인은 기분이 좋을 때도 변덕이 심한 사람이어서, 상냥하고 온화하게 굴다가도 갑자기 차갑고 무신경하게 돌변하곤 했다. 이런 부인이 나를 곤경에서 구해주리라 기대하는 건 무리였다.

"그거 유감이군." 부인은 내 팔을 붙든 셰인의 손으로 시선을 내

---

 * 아일랜드 서북부에 있는 항구 도시.

리며 말했다.

"먼저 짐 좀 챙기고." 나는 갈라지는 목소리로 침울하게 말했다.

"그럴 시간 없어, 차 막히면 어쩌려고."

"내가 유감이라고 말했잖나. 왜냐하면 마서는 오늘 떠날 수가 없거든. 오늘 저녁에 아주 중요한 만찬이 있어서 마서가 꼭 필요해. 내일 아침에 마서가 알아서 찾아갈 거야. 여기 대중교통 시스템은 아주 믿을 만하니까." 부인은 자신이 끼어들자 셰인이 눈에 띄게 우물쭈물하는 모양새를 즐기는 것 같았다.

"마서네 어머니가 위독하시다니까요. 만찬인지 뭔지보다 그게 더 중요하지 않겠어요?"

나는 두 사람을 번갈아 보았다. 어떡해야 할지 알 수 없었다.

"난 마서의 의견을 듣고 싶은데, 그쪽이 괜찮으시다면."

부인은 내게 숨 돌릴 틈을 주고 있었고, 나는 그 기회를 붙잡아야 했다. 적어도 상황을 직접 파악하기 전까지는.

"음, 아무래도 오늘 밤은 여기 있어야겠어." 애원하는 듯한 내 말투를 경멸하며 나는 이렇게 말했다. 셰인과 함께 있는 5분 동안, 옷장 속에 숨어 있던 그 겁먹은 여자로 되돌아가버렸다. 나를 이런 꼴로 만든 그가 미웠지만, 나 자신도 미웠다. 난 왜 더 강해지지 못할까?

셰인은 못 믿겠다는 듯 눈을 휘둥그레 뜨고 고개를 저었다. "네가 뭘 더 중요하게 생각하는지 잘 알겠다."

"이건 내 일이야, 셰인. 오늘 밤에 집에 전화하고 내일 아침 첫 버스를 타고 갈 거야."

"자, 이제 대답 들으셨지?" 보든 부인이 내 앞을 가로막고 서서 말했다.

"집에 전화하지 마, 해봤자 아무도 없을 테니까." 그는 체념한 듯 보였다. 부인이 떡 버티고 있는데 달리 뭘 할 수 있겠는가? 셰인은 마지막으로 집 안을 한번 둘러보더니 입안 가득 침을 모아 바닥에 퉤, 뱉은 뒤 나가며 현관문을 쾅 닫았다. 나는 숨을 훅 내쉬었다. 얼마나 오래 숨을 참고 있었는지 모를 일이었다. 셰인이 떠났다는 안도감도 잠시, 고용주 앞에서 보인 추태가 너무나 민망했다.

"제가 치울게요." 나는 행주를 찾아 앞치마 주머니로 손을 집어넣으며, 눈물을 감추려 얼른 몸을 돌려 걷기 시작했다.

"마서 윈터, 거기 서!" 부인이 명령했다. "대체 이게 무슨 난린지 나한테 말해줄 때가 된 것 같은데."

21장

헨리

"새로운 단서를 쫓는 중이야."

전화선 반대편에서 들려오는 한숨 소리의 의미는 명확했다.

"그냥 궁금해서 그러는데, 이게 그렇게까지 고생할 만한 가치가 있는 일이야?" 이사벨이 말했다.

나는 나대로 불만스러운 한숨을 푹 내쉬었다. 그녀는 아무것도 모른다. 어떻게 알겠는가? 그 오랜 시간 동안 내 조사에 관해 속 시원히 말한 적이 없으니. 이사벨도 어느새 흥미를 잃고 더 묻지 않게 되었다.

"나한테는 그럴 만한 가치가 있어."

"좋아. 그럼, 내가 당신이 그립다고 말해봐야 아무 소용 없겠네. 그러든 말든 당신한텐 별로 중요하지 않을 테니까."

"당연히 중요하지, 나도 정말 보고 싶어, 이사벨." 나는 처음으로 거짓말을 하고 말았다. 아니, 처음으로 뼈저리게 의식한 거짓말이라고 하는 편이 옳겠다. 태양을 응시하며, 가려져 있던 내 가장 못

난 면을 본 것 같았다. 상대가 듣고 싶어 하는 말만 하는 그런 인간은 되고 싶지 않았지만, 나도 이제 진실이 뭔지 알 수 없었다. 아니, 알면서도 어떻게 해야 할지 몰라 망설이는 건지도 모른다. 난 그저 시간을 끌고 있었다. 이런 나는 나쁜 인간일까?

"당신 어머니한테서 전화 왔었어."

"뭐? 우리 어머니가 당신한테 전화를 했다고?"

"그래, 헨리. 내 시어머니가 되실 분이잖아. 우리가 결혼한다면 말이지만."

나는 침을 꿀꺽 삼켰다.

"당신 아버지가 재활원에 들어가셨대."

몇 초나 지났을까.

"헨리? 끊은 거 아니지?"

나는 목청을 가다듬었다. 목구멍으로 잔뜩 차오른 무언가를 힘겹게 눌렀다.

"응, 안 끊었어."

"뭐, 아무 말도 안 할 거야?"

과연 어머니다웠다. 내게 직접 알려야 하는 소식을 다른 사람을 통해 전하다니. 이런 어머니가 미우면서도 안쓰러웠다. 항상 누군가 혹은 무언가의 뒤에 숨는 사람이었다. 아무래도 이 모든 것이 수치스러울 테지. 나는 그랬다.

"할 말이 뭐가 있겠어? 감동이라도 해야 하나? 2주, 길면 3주 정도는 멀쩡한 정신으로 있다가, 이제 정말 달라졌구나 싶은 어느 날 밤, 집에 안 들어오겠지. 그 후로 몇 년 동안 감감무소식. 항상 그런 식이야."

"아, 그렇구나. 유감이야."

나는 주먹으로 내 이마를 한 대 쥐어박았다. 대체 무슨 생각으로 이런 얘기를 이사벨에게 떠들어대고 있는 거지?

"아니, 미안해. 당신을 이런 일에 끌어들여서. 내가 어머니한테 연락해볼게. 그리고 곧 돌아갈게. 약속해."

———◆

나는 20분 동안 프린스턴 대학의 문서 보관 담당자와 전화로 수다를 떨며 그를 어떻게든 구슬리려 애썼다. (그러니까, 내가 중요한 사람처럼 느껴지도록 영국식 억양에 과도하게 의존했다는 뜻이다.) 결국, 나의 화술은 사용 부족으로 녹슬었거나 혹은 지나치게 과대평가된 것으로 밝혀졌다.

"선생님, 여기 열람실은 언제든 이용하실 수 있습니다. 먼저 예약을 하시고……."

"네, 알고 있습니다만, 지금은 제가 재정적 여유가 없어서 거기까지 직접 찾아가기가 어렵습니다." 이 말만 세 번째였다. 뉴욕으로 가고픈 마음이야 굴뚝같지만, 숙박비가 부담스러웠다. "저기, 혹시 실비아 비치가 오펄린 칼라일이란 사람과 주고받은 서신이 있는지 한번 알아봐주실 수 있을까요?"

"그러니까 제가 지금 하는 업무를 멈추고 선생님 대신 조사를 해달란 말입니까? 제가 제대로 이해한 게 맞습니까, 필드 씨?"

"그렇게 말씀하실 것까진……."

"말씀드렸다시피, 특별 소장 문서 열람을 온라인으로 신청하시면 됩니다. 다들 그렇게 하니까요."

"그렇죠, 그런데 시간이 없어서 말입니다."

"그렇습니다, 필드 씨. '저도' 시간이 없어요. 그리고 이 통화에 쓸 시간은 다 쓴 것 같군요. 안녕히 계십시오."

나는 휴대전화를 노려보았다. "이 정도면 좋게 끝난 거지." 혼자 중얼거린 뒤 침대에 놓인 지갑을 휙 집었다.

———◆

대학 정문에 도착했을 때 그녀를 보았다.

"여기서 만나네요!" 이런 진부한 인사라니. 다행히도 그녀는 별로 신경 쓰지 않는 듯했다. 그녀의 얼굴은 평소보다 더 창백했고 눈은 충혈되어 있었다. 울었나?

"괜찮아요?"

"음, 네. 괜찮아요."

그녀가 정문 앞에 가만히 서 있으니 사람들이 자꾸 몸을 부딪히며 지나갔다.

"안 들어가요?"

그녀는 불안한 표정으로 이리저리 둘러보더니 고개를 저었다.

"솔직히 내가 지금 뭘 하고 있는지 모르겠어요."

"일단 길을 비켜줄까요?" 나는 그녀에게 팔짱을 끼고, 사각형

뜰 안쪽의 조용한 구석으로 그녀를 데려갔다.

"여기서 뭘 하고 있는지 모르겠어요. 마음이 바뀐 것 같아요." 그녀는 덫에 걸린 짐승처럼 휘둥그레진 눈으로 주위를 두리번거렸다.

"내가 도와줄까요?"

내 말도 듣고 있지 않은 것이 분명했다. 그녀의 마음은 딴 곳에 가 있었다.

"엄마가 편찮으신 줄 알았어요. 엄마랑은 통화 못 하거든요, 아빠는 내 전화를 안 받을 테고. 그 일 때문에……." 그녀는 말을 끊었다.

폭력 남편과 헤어져서? 무슨 이런 가족이 다 있담?

"남동생한테 문자메시지를 보냈는데, 엄마는 괜찮다네요. 무슨 오해가 있었나 봐요."

"그건 다행이군요."

무슨 일인지는 몰라도 그녀는 분명 심란해하고 있었다.

"잠깐 걸을래요? 도서관에서 따분한 오후를 보내지 않게 날 좀 구해줘요."

뻔뻔스러운 거짓말이었다. 내게 도서관은 따분함과는 거리가 먼 곳이었지만, 그렇게 말하는 사람들도 있다고 들었다. 다행히도 그녀는 고개를 끄덕였다. 갈 곳이 마땅히 떠오르지 않았지만, 그녀에게는 큰 문제가 아닌 것 같았다. 조용한 곳이기만 하면 괜찮으리라. 우리는 큰길에서 벗어나, 개인 점포와 소박한 카페 들이 모여 있는 한산한 거리를 걸었다. 그러다 적합한 곳이 눈에 띄었다.

위층에 찻집이 있는 헌책방, 톰스 앤드 티. 나는 그녀가 자기 앞에 놓인 차를 마시고 스콘에 잼을 발라 먹을 때까지 기다렸다가 다시 입을 열었다.

"우리, 친구 맞죠?"

그녀는 스콘에 저지방 크림을 한 스푼 얹으며 어정쩡하게 고개를 끄덕였다.

"그리고 친구끼리는 못 할 얘기가 없죠? 눈치 볼 필요 없으니까."

"헨리, 난……."

"물론 입 닫고 다른 사람한테 의지해도 괜찮아요. 원한다면. 그러니까, 내가 이렇게 역사상 가장 서툰 방식으로 떠들어대는 말이 뭐냐면, 나한테 말하든 아니든 당신 뜻에 맡기겠다는 겁니다. 하지만 어느 쪽이든, 내가 여기 있다는 걸 알아줘요."

"원고를 찾을 때까지만요."

"그래요, 뭐……." 그녀는 나를 꿰뚫어보았다. 내가 그녀에게 줄 수 있는 건 아무것도 없다. 이 평온한 우정마저 실은 내 진짜 감정의 엉성한 대체물에 불과하다.

"솔직히 말하면, 청혼한 사람까지 있는 당신이 왜 있는지 없는지도 모를 뭔가를 찾겠다고 이 먼 곳까지 날아왔는지 이해가 안 돼요."

내가 기대했던 솔직함은 이런 게 아니었는데.

"당신이 내 연애에 이러쿵저러쿵 훈계할 입장은 아닌 것 같은데요." 이렇게 쏘아붙이자마자 후회가 밀려왔다. "아니, 내 말은……."

그녀는 끼익하고 의자를 밀며 일어났다. 상처 입은 그녀의 눈빛에 증오마저 서려 있었다. 나 자신이 미웠다. 그런 멍청한 말을 내뱉다니. 나는 그녀를 따라 계단을 뛰어 내려가며, 사람들의 눈길을 끌고 싶지 않아 나지막한 목소리로 그녀에게 기다려달라고 부탁했다. 서점을 나가려던 그녀는 대기실로 잘못 들어갔고, 그곳엔 우리 둘뿐이었다.

"마서, 정말 미안해요. 무심결에 그런 멍청한 말이 튀어나왔어요."

그녀는 눈물이 떨어지지 않도록 천장을 올려다보고 있었다.

"괜찮아요, 내가 먼저 그런 말을 하지 말았어야 했어요. 내가 무신경했어요."

"당신이 틀린 말 한 건 아니에요." 나는 더 다가서며 말했다. "난 이사벨한테서 도망쳤어요. 의식적으로 그런 건 아니겠지만, 어떻게든 그곳을 떠날 길을 찾았죠. 나도 모르겠어요." 나는 머리칼을 쓸어 넘겼다. "청혼하고 싶어서 해놓고는 덜컥 겁이 나더군요."

우리를 에워싼 책장이 바깥세상의 소리를 막아주었다. 금발 몇 가닥이 그녀의 얼굴로 흘러내렸고, 뺨은 감정의 소용돌이 속에 붉게 물들었다. 그녀는 입술을 깨물며 책장에 기대서서 말을 골랐다. "사랑은 무서워요."

"책 제목으로 딱인데요."

그녀는 빙긋 웃더니, 어떤 결정을 내리려는 듯 내 눈을 똑바로 들여다보았다. "지금 누군가를 사랑하고 있나요?"

무척 단순한 질문이었지만, 이런 상황에서, 다른 사람도 아닌 그녀가 던진 질문이라니. 나는 그 답을 알 수 없었다. 사랑이라는 걸하면 어떤 느낌인지 내가 알고 있을까? 내가 사랑을 한 적이 있기는 했나? 처음의 끌림 다음엔 일종의 편안함이 찾아들고, 그 후엔…… 뭐지? 불쾌감. 내가 가장 합리적인 길을 택했다는 걸 처음부터 알았으면서, 그 길에서 한 발짝 뗄 때마다 분개하게 되는 것이다. 대학에서 맞지 않는 과정에 등록한 뒤 날이 갈수록 덫에 걸린 기분이 되어버리는 것처럼. 내가 누렸어야 할 인생을 어깨 너머로 찾으며 현재의 삶을 즐기지 못하는 것처럼.

그녀는 더 대답을 기다리지 않았다.

"사랑은 무서우면 안 되는 거라는 생각이 들기 시작했어요. 어쩌면 난 셰인을 전혀 사랑하지 않았는지도 몰라요. 사랑인 줄 알았지만, 그게 함정이잖아요? 제대로 처신 못 한 내 잘못이라고 억지로 믿게 되죠. 하지만 그게 진짜 사랑이 아니라는 걸 알았더라면 더 빨리 떠났을 거예요."

그녀가 거의 혼잣말처럼 중얼거리는 말들이 내 가슴에 와닿았다. 그녀 자신과 여러 번 이런 대화를 나눠본 듯했다.

"그런 게 사랑인 줄 알았죠. 무슨 일이 있어도 곁에 붙어 있는 것. 내가 사랑에 빠졌던 그 사람으로 돌아오길 기다리면서."

나는 두 팔을 뻗어 그녀를 안아주고 싶었지만, 그게 옳은 일인지 확신이 서지 않았다.

"어떻게 당신한테 상처를 줄 수가 있어요?" 나는 그녀 안의 어린 소녀를 보며 속삭였다. 그저 사랑받기를 원하는, 시퍼렇게 멍이 들도록 맞지 않기만을 원하는 소녀. 그녀는 경계심이 완전히 풀린 표정으로 나를 올려다보았다. 나는 이번에는 별다른 고민 없이 손을 뻗어 그녀의 뺨을 쓰다듬어 눈물을 닦아주었다. 그녀는 내 손에 얼굴을 기댔고, 나는 내게 녹아드는 그녀를 느꼈다. 어느새 그녀는 내 품 안에서, 내 어깨와 가슴 사이의 공간에 머리를 묻고 있었다. 우리는 더 이상 아무 말도 하지 않았다. 책들이 우리를 지켜주는 듯했고, 나는 헝클어진 그녀의 머리칼에 손가락을 묻은 채 그녀의 목덜미를 어루만지며 이 순간이 영원하기를 빌었다.

"젠장." 나는 결국 한마디를 뱉었다. 그 소리가 입 밖으로 나갔는지도 몰랐는데, 그녀가 몸을 떼더니 나를 올려다보았다.

"왜 그래요?"

그녀가 겁먹지 않을, 혹은 내가 바보처럼 보이지 않을 말을 해야 하는데. "당신이 정말 좋아요. 정말 많이. 그런데 어떻게 해야 할지 모르겠어요."

그녀의 진지한 표정이 서서히 미소로 변하더니 이윽고 그녀는 웃음을 터뜨렸다.

"오, 고맙네요. 정말 고마워요." 나는 여전히 그녀를 껴안은 채 비꼬듯 말했다.

"나도 당신이 정말 좋아요. 그리고 나도 어떻게 해야 할지 모르겠어요."

이 말은 사실이 아니었다. 왜냐하면 어떻게 해야 할지 알고 있었으니까. 마서는 천천히 고개를 들더니 내 눈을 계속 들여다보며 내 얼굴로 점점 더 가까이 다가왔다. 우리의 입술이 닿을 때까지. 팡팡 터지는 폭죽이 보였다고 하면 과장이겠지만, 몸속의 모든 혈관에서 폭죽이 터지는 느낌이었다는 건 100퍼센트 사실이다. 나는 고개를 숙여, 인생의 첫 키스인 것처럼 그녀에게 키스했다. 전혀 새로운 느낌이었다. 우리는 서로에게 완벽하게 들어맞았다. 그녀의 손가락들이 내 가슴을 타고 올라와 턱선을 훑다가 내 머리칼 속을 헤집고 들어왔다. 내가 그녀의 엉덩이를 내 쪽으로 끌어당기자 그녀의 한숨 소리가 들렸다.

나는 잠깐 멈추고, 배리 화이트*의 허스키한 저음으로 뚝 떨어진, 내 것 같지 않은 목소리로 물었다. "괜찮아요?"

그녀는 고개를 끄덕이고는 다시 내 입술에 자신의 입술을 겹쳤다. 얼마나 오래 그렇게 서 있었는지 모르겠다. 20분이었을까, 20초였을까. 그때 한 손님이 들어와 큰 소리로 헛기침을 했다. 저 인간이 잘 때 찾아가 쥐도 새도 모르게 죽여버리리라 속으로 생각하며 나는 마서의 손을 찾아 감싸 쥐었다.

"내 숙소로 갈래요?"

"먼저 할 일이 있어요." 그녀는 이렇게 말하며 다급하게 나를 가게 밖으로 끌고 나갔다.

"어디 가요?"

"트리니티 칼리지요. 등록 마감까지 5분밖에 안 남았어요!"

---

* 미국의 가수 겸 프로듀서. 풍부한 저음으로 부르는 로맨틱한 사랑 노래로 유명하다.

22장

오펄린

1922년, 잉글랜드

나는 계획대로 브론테 소사이어티*부터 방문했다. 브론테 자매
들이 서 있던 곳에 서서, 에밀리의 글쓰기에 영감을 준 황야를 바
라보는 것만으로 큰 감동이 밀려왔다. 생가 자체는 잿빛 벽돌에
커다란 내리닫이창이 달린 요새 같은 건물이었다. 그곳에서의 삶
이 어땠을까 상상해보았다. 그토록 억척스러운 야생의 풍경 속에
서 신앙심 깊은 남자의 딸들로 살아가는 삶이란. 온 마음과 열정
을 집필에 쏟아부었지만, 남성들과 문학의 세계로부터 무시당하
며 커러, 엘리스, 액턴 벨이라는 남성의 이름을 필명으로 삼았던
젊은 여성들, 나 같은 독신 여성. 나 역시 성별의 제약에 맞서 피
츠패트릭 씨의 바지에 긴 코트를 입은 채 그곳에 서 있었다. 오빠

---

* Brontë Society. 브론테 자매의 생가였던 하워스 사제관을 소유하고 박물관으로 운
영하는 단체로 1893년에 설립되었다.

가 사람들을 풀어놨을 경우에 대비한 변장이기도 했다.

자매들의 아버지인 패트릭 브론테가 사망한 후, 브론테 집안의 모든 물건은 경매로 처분되거나 하워스의 사제관에서 일했던 사람들에게 증여되었다. 브론테 소사이어티는 운 좋게도 그중 대부분을 입수하여 가히 압도적인 분량의 기록을 소장하고 있었다. 언니 샬럿이 주석을 붙인 에밀리의 시들도 만났는데, 읽자마자 자매 간의 힘겨루기가 느껴졌다. 물론 거기에도 애정이 어려 있었지만. 샬럿이 동생의 대표작에 비판적이었다는 사실은 널리 알려져 있다. 마침내 에밀리가 저자로 이름을 올린《폭풍의 언덕》1850년 판의 서문에 샬럿은 다음과 같이 썼다.

히스클리프 같은 인물을 창조하는 것이 과연 옳은 일인가, 혹은 권할 만한 일인가, 나는 모르겠다. 별로 그런 것 같지 않다. 《폭풍의 언덕》은 야생의 작업장에서 소박한 재료를 단순한 연장으로 베어 만든 작품이다.

샬럿은 세 자매 중 유일하게 결혼했다. 아버지의 보좌 신부로 마을 사람들에게 그리 사랑받지 못한 아서 벨 니콜스와. 내가 읽은 바로는, 결혼 아홉 달 만에 샬럿이 죽은 후 니콜스가 그녀의 모든 소유물을 상속했다고 했다. 어쩌면 결혼이 그녀에게 전혀 맞지 않았는지도 모른다. 훗날 니콜스는 자신의 고향인 아일랜드로 돌아가 사촌과 결혼했다. 혼리스필드 도서관은 그의 수중에 있던 원고와 소지품을 다수 인수했으니, 다음 날 그곳을 찾아가면 실마리를 찾을 수 있지 않을까 하는 한 가닥 희망이 있었다.

나는 숙소에서 조금만 걸어가면 되는 선술집에서 저녁을 해결하기로 했다. 큼직한 셰퍼드 파이를 주문하고 창가 자리에 앉아, 작은 잔에 담긴 진을 식전주로 마셨다. 나는 브론테 자매에 빠삭해 보이는 선술집 주인과 잠깐 얘기를 나누었다. 사제관을 찾아오는 사람들 덕분에 상당한 수입을 올리기 시작한 그들은, 박물관 큐레이터가 빠트린 내용을 메우는 것이 자신들의 도리라고 여겼다. 나는 거기 앉아, 엘리자베스 개스켈이 쓴 샬럿 브론테의 전기를 읽었다. 안타깝게도, 에밀리에 관해 알려진 내용은 다 긁어모아도 한 페이지가 못 되었다. 하지만 마서 브라운이라는 이름이 언급되어 있었다. 사제관에서 일한 하녀. 주인 아들이 내 접시를 치우고 테이블을 닦을 때 나는 진을 한 잔 더 주문하면서 같은 지역 출신인 마서 브라운의 가족에 대해 아느냐고 물었다.

"아, 네, 교회지기의 딸이었죠. 평생 혼자 살았지 뭡니까." 그는 그것이 끔찍이 쓸쓸한 일인 양 말했다.

나는 진을 한 모금 꿀꺽 삼켰다. 왜 다들 결혼을 행복의 열쇠로 여기는 거지?

"그래서 병에 걸렸을 때 돌봐줄 가족 한 명 없었어요." 그는 미혼 여성에 대한 인신공격을 꿋꿋이 이어나갔다. "아마 조그만 오두막에서 혼자 죽었을걸요."

나는 진을 또 한 모금 삼켰다. 갑자기 내 미래가 암울해 보였다.

"여기 이 책에는 그 여자가 브론테 가족의 유품을 많이 증여받았다고 적혀 있는데요. 그걸 물려받았을 친척은 없을까요?"

"마침 우리 존 삼촌이 마서의 조카들 중 한 명이랑 같은 학교에 다니긴 했어요."

나는 손뼉을 쳤다. 마침내 단서를 찾은 느낌이었다.

"그분과, 삼촌분과 얘기 좀 할 수 있을까요?"

"작년에 돌아가셨는데."

"아, 정말 유감이네요." 나는 그의 명복을 비는 것처럼 양손을 깍지 꼈다.

"두 형제가 런던에서 서점을 하고 있다고 삼촌한테 들은 기억이 나네요. 한 명은 아직도 거기 살아요. 거기 가서 물어보실래요?"

"오, 잘됐네요. 그 서점 이름을 아세요?"

그는 위를 올려다보며 기억을 더듬었다.

"브라운스 서점이던가?"

"그렇겠네요." 나는 밥값으로 동전 몇 닢을 건넨 뒤 숙소로 돌아갔다.

———◆———

오전 9시에 혼리스필드 도서관의 자료를 열람하기로 예약이 되어 있었다. 출장으로 자리를 비운 로 씨 대신 몹시 성실한 비서인 프리쳇 양이라는 젊은 여성이 나를 맞아주었다. 어마어마한 규모의 사유지만 봐도 로 씨의 재산이 어느 정도인지 짐작할 수 있었지만, 저택은 실용적으로 설계되어 있었다. 뛰어난 영국 문학 작품들만 모아놓은 부속 건물에는 로버트 번스, 월터 스콧 경, 제인 오스틴의 원고들이 소장되어 있었다.

"브론테 컬렉션을 보고 싶다고 편지에 쓰셨죠?" 프리쳇 양이 작은 곁방으로 들어가는 큼직한 나무 문을 열며 말했다. "찾으시는 건 여기 다 있을 거예요." 그녀는 도서관 장서 목록과 부드러운 흰 장갑 한 켤레를 내게 건넸다. "로 씨는 모든 방문객에게 장갑을 껴 달라고 요청하세요. 종이를 온전하게 보존해야 하니까요."

"지당한 말씀이세요." 나는 그녀의 말에 동감하며, 온갖 보물이 발견되기만을 기다리고 있는 서가들을 쭉 둘러보았다. 분명 환상적인 내력을 지녔을 《오만과 편견》과 《노생거 사원》 초판이 눈에 띄었지만, 눈앞의 과제에 오롯이 집중해야 했다. 《폭풍의 언덕》 초판 한 권을 아주 조심스럽게 서가에서 뽑아 탁자로 가져갔다. 거기에는 책을 기댈 수 있는 이젤 같은 것이 있었다. 원래의 클로스 표지 그대로인 초판본은 마치 새 책처럼 깨끗했다. 첫 장을 펼치자마자, 패트릭 브론테 신부가 집안의 소중한 일원이었을 가정부 마서 브라운에게 이 책을 헌정했다는 흥미로운 사실을 발견했다. 내 호기심이 발동했다. 마서는 또 무엇을 증여받았으며, 경매에서 팔리지 않았다면 그것은 어디로 갔을까?

자매들과 엘런 너시* 사이에 오간, 재미있지만 별로 중요치 않은 편지들, 샬럿 브론테와 그녀의 전기 작가인 엘리자베스 개스켈이 주고받은 좀 더 흥미로운 편지들이 수많은 상자에 담겨 있었다. 그러고 나서 일이 재미있어지기 시작했다. 샬럿이 자신의 책을

* Ellen Nussey. 샬럿 브론테의 평생 친구로 500통 이상의 편지를 주고받았다.

내준 출판사에 보낸 편지가 한 통 있었는데, 에밀리의《폭풍의 언덕》과 앤의《애그니스 그레이》를 낸 토머스 코틀리 뉴비에 대해 불만을 표하는 내용이었다. 자매에게 50파운드를 선금으로 요구하고 벨이라는 필명을 둘러싼 혼란을 제대로 이용한 그는 어느 모로 보나 악당이라 할 만했다. 당시에 세 작품 모두 한 남성이 쓴 것이라는 억측이 떠돌았다. 물론 사실과는 거리가 멀었고, 샬럿과 앤이 직접 런던까지 가서 확인해주었다. '우린 세 자매입니다.' 하지만 에밀리는 필명의 익명성을 고수하고 싶었는지 집에 남아 있었다. 다른 두 자매와 달리 에밀리는 런던 문학계의 인정을 바라지 않았고, 코틀리의 탐욕스러운 행동에도 크게 동요하지 않은 것 같았다. 그녀가 자신의 본성에 충실하듯 코틀리 또한 그의 본성에 충실한 거라고 이해했을지도 모른다.

그러다가 아무 주소도 없는 편지 한 통이 눈에 띄었는데, 텅 빈 배가 꼬르륵거리는 통에 얼른 훑어보았다. 그 내용을 읽자 시간이 멈추는 듯했다.

런던

1848년 2월 15일

작가님께

작가님의 친절한 서신에 대단히 감사드리며, 작가님의 다음 소설을 함께 준비할 수 있어 정말 기쁘게 생각합니다. 탈고를 재촉하지는 않겠습니다. 작가님 말씀대로 미흡한 글을 세상에 내놓는 건 옳지 않고, 작가님의 새 작품에 많은 것이 달려 있으니까요. 데뷔작보다 낫다면 일류 소설가로서 입지를 굳힐 수 있겠지만, 그에 미치지 못하면 평론가들은 작가님이 첫 소설에 재능을 소진했다고 쉽게 떠들어댈 겁니다. 그러므로, 시간을 들여 찬찬히 탈고하셔도 좋습니다.

진심입니다, 작가님.

T. C. 뉴비 드림

나는 가만히 앉아, 내 앞에 놓인 글을 보며 눈을 깜박였다. '작가님의 다음 소설.' 에밀리, 즉 엘리스 벨이 두 번째 작품에 착수했었다는 반박 불가능한 증거가 여기 있었다. 에밀리가 보낸 '친절한 서신'은 남아 있지 않지만, 분명 성급한 출간을 주저하는 내용이 담겨 있었을 것이다. 이때 이미 건강이 안 좋아 집필을 감당할 수 없다고 느꼈을까? 아니면, 완벽주의자라 작품 완성에 더 많은 시간을 들이고 싶었을까? 흥분되어 머리가 어찔어찔했다.

나는 장서 목록에 기재된 정보를 읽어보았다.

T. C. 뉴비의 편지는 액턴 벨이라는 수신인 이름만 적힌 봉투와 함께 에밀리의 책상에서 발견되었다.

하지만 앤 앞으로 온 편지일 리 없었다. 앤의 두 번째 소설은 이미 출판사에 보내졌기 때문이다. 이 편지는 《폭풍의 언덕》의 후속

작과 관련하여 에밀리에게 보내진 것이 분명했다! 나는 의자에 등을 기대고 앉아, 길쭉한 내리닫이창 너머로 정원을 내다보았다. 만약 에밀리가 세상을 떠난 뒤 샬럿이 에밀리의 기록을 없애버렸다면 원고를 영영 찾을 수 없으리라. 내 속에서 서로 다른 두 개의 주장이 충돌하면서 희망이 샘솟았다 꺾이기를 반복했다.

그때, 꿈에도 생각 못 했던 무언가가 보였다. 다시는 못 볼 줄 알았던 한 남자가 진입로를 따라 저택으로 걸어오고 있었다. 아르망 하산.

——◆

"여기서 뭐 하는 거예요?" 나는 입구 홀에 서서 프리쳇 양을 가로막으며 말했다.

"오필린."

그가 내 이름을 부르기만 했을 뿐인데 그 모든 기억이 홍수처럼 밀려들었다. 파리, 그의 아파트, 그의 입술이 내 살갗에 닿던 감촉, 그의 머리에서 풍기던 헤어 왁스 향. 약에 취한 듯 황홀해졌다. 그는 내 눈을 깊숙이 들여다보았다. 내가 시선을 돌려버릴 때까지. 그에 대한 감정을 완전히 정리했다고 생각했는데, 이렇게 다시 그를 보고야 여태 마음을 숨기고 있었을 뿐이라는 사실을 깨달았다. 그 모든 갈망과 상처는 여전히 그 자리에, 그때만큼이나 강하게 존재하고 있었다. 아르망은 내 손을 잡아 손목에 입을 맞추더니, 손을 여전히 붙잡은 채 가까이 다가와 내 양쪽 뺨에 키스했다.

내 뒤에서 프리쳇 양이 헛기침을 했다.

"하산 씨?" 그녀가 물었다. "보고 싶어 하신 책들을 응접실에 준비해뒀습니다."

나는 그들의 용건이 끝날 때까지 기다리며 뒤로 물러나 있었다. 내 시선이 절로 그에게 향했다. 크림색 리넨 바지에 감색 스포츠 재킷을 입은 그의 옷차림은 언제나처럼 완벽했다. 그의 피부는 건강해 보였고, 분명 여행 때문일 테지만 예전보다 더 까무잡잡했다. 오닉스처럼 반짝이는 머리칼은 손을 뻗어 만져보고 싶을 정도였다.

"어떤 의뢰를 받고 삽화를 보러 왔어요. 그리고 당신이 관심 있을지 모르겠지만, 내일 오후에는 소더비 경매에 참석할 예정이랍니다."

"소더비!" 나는 참지 못하고 흥분한 목소리를 뱉고 말았다. 아무래도 내겐 무리였다. 런던에 가는 건 너무 위험했다. 미소 지었던 내 얼굴이 일그러졌다.

"안 돼요, 난 아일랜드로 돌아가야 해요."

아르망은 내 눈빛에서 추억을 찾는 듯한 표정으로 나를 바라보았다. 나는 고개를 돌려버렸다.

"내 목걸이를 아직 하고 있군요."

파리에서 떠날 때 그에게서 받은 황금빛 함사 펜던트를 나도 모르게 어루만졌다. 절로 내 입술에 미소가 스쳤다.

물론 그를 무시하고 자리를 떴어야 했다. 하지만 파리와 실비아의 소식을 들어야 하지 않겠냐며 나 자신을 설득했다. 그는 내가 떠나온 몇 안 되는 친구들 중 한 명이고, 그의 도움이 아니었다면 지금쯤 나는 런던에서 중매결혼의 덫에 빠져 있을 거라고 말이다.

"뭐, 손해 볼 건 없으니까요." 내가 대꾸했다.

이 얼마나 큰 착각이었던가.

———✦

아르망이 번쩍이는 검은 차의 문을 열어주었다. 보아하니 돈을 제법 번 모양인데, 그런 저속한 질문을 던질 수는 없었다.

"의뢰인 차예요." 그는 내 무언의 질문에 답했다. "무척 너그러운 숙녀분이시라."

'숙녀.' 나는 가슴 저릿한 질투심을 숨기며 창밖을 바라보았다. 파리에서 헤어진 지 몇 달이나 지났는데 어떻게 아직도 이런 감정이 남아 있을까?

"이렇게 보니 정말 좋군요, 오펄린. 당신 소식이 많이 궁금했는데."

하지만 그는 편지 한 통 보내지 않았다.

"아직 더블린에 있어요?"

"그럼요." 나는 퉁명스레 답했다. 내가 더블린 말고 어디 있겠어요? 내가 자기처럼 세계를 여행하면서 항구마다 애인을 만들고 다닐 줄 알았나? 왜 성가시게 같이 가겠다고 했을까, 생각하며 나는 계속 뚱하게 있었다.

차는 18세기에 지어진 집과 상점 들로 가득한 분주하고 지저분한 거리에 멈춰 섰다. 거리의 한쪽 끝에서는 전차들이 시끄럽게 굴러가고, 반대쪽 끝에서는 하이 홀본 도로의 버스들이 달리고 있었다.

"소더비 경매장에 가는 줄 알았는데." 나는 주변을 두리번거리며 모자를 푹 눌러써 얼굴을 가렸다. 큼직한 코트로 몸매를 가리고, 머리끝부터 발끝까지 남장을 하고 나온 참이었다.

"잠깐 들르려고요, 당신이 좋아할 것 같아서."

"항상 이렇게 수수께끼 같은 짓을 해요?" 나는 그에게 매료되지 않은 척 물었다. 그는 사람을 유혹하는 법을 알았다. 특히 여자를.

우리는 평범한 먼지투성이 손수레에 안 팔리는 재고품을 쓸어 담아 밖에 내놓은 조그만 서점 앞에 섰다. 고물상 옆의 이 서점에는 구식 격자창이 달려 있고, 이런 안내판이 붙어 있었다.

우리 서점에 음란 서적은 이것뿐입니다.
다른 거 찾느라 시간 낭비하지 마세요.

"이게 무슨……."

올려다보니 문 위에 서점 이름이 찍혀 있었다. 프로그레시브 서점. 레드 라이언 가 68번지.

"들어가볼까요?" 아르망이 문을 열어주었다.

우리가 어떤 죄악의 소굴로 들어가고 있는지는 알 수 없어도, 범상치 않은 물건을 발견할 수 있으리라는 좋은 예감이 들었다.

우리 또래의 남자가 긴장된 표정으로 바닥에 무릎을 꿇고 앉아 판지 상자 속에 얼굴을 절반쯤 처박은 채 뭔가를 찾으며 낮게 욕설을 중얼거리고 있었다.

"영국 외설 금지법에 위배되는 작품을 유통하고 계시군요." 아르망은 그런대로 통할 만한 런던 억양으로 말했다.

남자가 벌떡 일어나더니 뻣뻣한 몸을 우리 쪽으로 휙 돌렸다. 내가 놀라서 뒷걸음질 칠 정도로 다급한 동작이었다(여유롭게 움직일 공간도 없는 좁아빠진 가게에서 그런 몸놀림이라니, 그것도 재주라면 재주였다).

"아르망 하산, 이 나쁜 자식!" 그가 소리 지르자 아르망은 환하게 미소 지었고, 두 남자는 오랫동안 헤어졌다가 재회한 형제처럼 끌어안았다.

"너일 줄 알았어." 그는 웃으며 독일 억양이 약간 섞인 영어로 말했다.

"헤어* 라르, 내 동료를 소개할게, 마드무아젤 오펄린……"

"그레이예요." 나는 끼어들었다. "그레이 양이라고 불러주세요." 이렇게 말하며 나는 손을 내밀었다.

그가 독일어로 대답했다. 정확히는 몰라도 반갑다는 말인 듯했다.

그가 커피를 끓여주겠다고 했지만, 아르망은 곧 경매장에 가야 한다며 거절했다.

"부탁한 책 여기 있어. 가격은 합의한 대로. 만에 하나 나중에

---

* 독일어에서 남자에 대한 경칭.

걸릴 경우에 대비한 거니까 이해해줘."

"물론." 아르망이 말했다. "내 의뢰인이 너무 갖고 싶어 해서 말이야."

나는 그게 무슨 책인지 궁금해 미칠 지경이었다!

서점 주인이 갈색 포장지에 싼 작은 물건을 건네고 아르망이 지폐를 세기 시작했을 때 나는 포장을 풀어봐도 되느냐고 물었다.

"얼마든지요." 아르망이 말했다.

천천히, 감질나게 포장을 풀었더니 제목이 보였다. 《채털리 부인의 연인》.

"D. H. 로런스." 아르망이 확인해주었다.

"천재 작가의 작품을 이렇게 불법으로 팔아야 하다니." 헤어 라르의 의견이었다.

나도 한 권 갖고 싶은 마음이 간절했다. 스무 권 정도는 갖고 싶었다. 하지만 이런 논란 많은 작품을 팔았다간 내 조그만 서점에 달갑지 않은 관심이 쏟아질지도 모른다. 그래도 읽어봐야겠다 싶어서 그와 가격을 협상해 한 권을 손에 넣었다. 이렇게 나와 아르망은 금서를 뒷자리에 싣고 소더비 경매장으로 향했다.

───◆

우리는 어두한 통로를 따라 널찍한 경매장으로 우르르 몰려가는 흥분한 인파에 휩쓸렸다. 아르망이 내 손을 잡아끌어 방 한쪽의 오목한 공간으로 향했고, 좁아터진 그곳에서 우리는 찰싹 붙어 서 있었다. 그 아찔한 순간, 아르망의 향기를 들이마시자 그의 몸이 뜨겁게 달아올랐던 그날 밤으로 되돌아가는 기분이었다. 나는 정신을 딴 곳으로 돌리려고 여러 번 헛기침하며 경매장에 있는 사람들의 수를 세어보았다.

"와, 정말 대단하네요! 대체 경매에 나온 게 뭐길래."

"카탈로그 못 봤어요? 루이스 캐럴의 《이상한 나라의 앨리스》 원본 원고잖아요."

"세상에!"

아르망은 우리 옆에 앉은 남자에게서 팸플릿을 빌려 내게 건넸다.

"어느 여름날을 추억하며 사랑하는 아이에게 선사하는 크리스마스 선물." 어린 시절 그의 책을 좋아하긴 했지만, 옥스퍼드 대학의 수학자인 찰스 도지슨(루이스 캐럴)이 1864년에 리들 가족에게 선물하려고 그 작은 책을 정성 들여 집필하고 삽화까지 그렸다는 사실은 무척 놀라웠다. 그는 학과장인 헨리 리들의 딸들과 함께 템스 강에서 뱃놀이를 하던 중 처음으로 이 초현실적인 이야기를 들려주었다. 그러고는 작품을 출판해보라는 권유를 결국 받아들였고, 그 후의 일은 우리 모두 알고 있는 그대로였다.

"멋지네요!" 방금 전의 애틋한 생각은 머릿속에서 완전히 지워졌다.

"경매가가 1만 파운드를 넘길지도 모른다는 소문이 있어요."

검은 드레스를 입은 몸집이 작고 나이 지긋한 여인은 수많은 사람들 속에 묻혀 눈에 잘 띄지도 않았다. 아르망이 그녀를 가리키더니 앨리스 리들 하그리브스라고 했다.

나는 그를 쳐다보며 말했다. "설마…… 그럴 리가!"

그는 속사정을 아는 사람 특유의 흡족한 표정으로 고개를 끄덕였다.

"저 여자가 바로 진짜 '앨리스'랍니다. 원고를 잘 간수하고 있다가, 남편이 죽은 후에 세금을 못 내서 고생이 많았죠."

"남편이 레지널드 하그리브스 아니었어요? 크리켓 선수?" 그들은 런던 사교계의 유명 인사였다. 원고를 경매에 내놓아야 하는 상황이 앨리스에게는 못내 고통스러웠으리라. 맨 앞줄에 앉은 그녀는 도도하게 고개를 꼿꼿이 들고 있었다.

구매자들이 서로를 가늠하는 사이 응찰은 흔히 그러듯 머뭇머뭇 시작되었다. 경매장에서는 어느 정도 눈치 싸움이 있기 마련이라, 누구도 선뜻 먼저 손을 들려 하지 않았다.

"벽감에 계신 남자분, 8,500파운드 부르셨습니다." 아르망의 손이 올라가는 듯하더니 경매 진행자가 발표했다.

"응찰할 거라는 얘기는 없었잖아요." 내가 속삭였다.

"의뢰인을 대리해서 하는 거예요." 늘 수수께끼 같은 사람. 또 부자 의뢰인이라니. 봄에 스노드롭을 따듯 그런 의뢰인만 수집하기라도 하는 건가.

경매가가 높아질수록 작은 키에 옷차림이 훌륭한, 상당한 위엄을 풍기는 한 남자에게 관심이 집중되었다.

"1만 5,000파운드." 그는 이 가식적인 연극을 끝내려는 듯 강한 미국식 억양으로 선언했다.

"저 사람 누구예요?" 내가 물었다.

"젠장! 저 인간이 누구냐면, 오펠린 양, '경매장의 공포'랍니다."

망치 소리가 단호하게 탕탕 울리자, 긴장된 침묵은 목소리들의 불협화음으로 산산이 부서졌다. 일부는 경탄했고, 대부분은 영국 문학의 정수를 미국에 빼앗겼다는 사실에 경악했다. 남자가 안경을 닦는 동안 몇몇 사람들이 다가가 축하의 말을 건넸다.

"올해는 매번 저 인간한테 졌다니까요." 시기심 어린 감탄처럼 아르망의 말투에 가시가 돋쳐 있었다. 경매장에서 나가며 그를 지나칠 때 두 남자는 서로 고개를 끄덕였다.

"하산 씨, 남작 부인께 다음번에는 힘 좀 더 쓰시라고 전해주시게."

아르망은 그의 득의양양한 태도에 발끈하며 나를 얼른 밖으로 데리고 나가려 했다.

"동행은 누구신지? 소개해주지 않겠소?"

"에이브 로젠바흐, 이쪽은 마드무아젤……."

"그레이예요." 나는 이번에도 그의 말을 끊었다. "아일랜드에서 서적상으로 일하고 있어요." 이 말을 하는 기분이 어찌나 좋은지!

"그래요? 자, 내 명함을 드리지요." 그가 주머니에서 명함을 꺼내며 말했다. "같이 일하게 될 날이 올지도 모르니까." 다른 뜻이 담긴 듯한 은근한 미소를 나는 애써 무시했다.

"낙찰받으신 거 축하드려요, 로젠바흐 씨."

"고맙소, 그레이 양, 하지만 그저 단순한 낙찰이 아니랍니다. 아주 오래전부터 갖고 싶었던 원고라서 말이오. 내가 수두에 걸려 누워 있을 때 돌아가신 어머니가 읽어주셨던 책이거든. 열이 나서 정신이 없으니 어머니가 당신의 어릴 적 이야기를 들려주는 줄 알았지. 어머니가 앨리스인 줄 알았지 뭐요. 얼마 후에 어머니가 돌아가셨고 그 후로는 매일 밤 이 책을 읽었답니다."

심금을 울리는 사연에 나는 눈물이 날 뻔했다. 아르망마저도 감동한 듯했다.

"하, 참 나!" 로젠바흐가 쩌렁쩌렁한 목소리로 말했다. "감상적인 이야기로 판단력을 흐려놓는 서적상은 절대 믿지 마시오. 세상에 단 하나뿐인 원고니까 어떻게든 손에 넣어야 했을 뿐, 그게 다요. 내 손에 들어오면 다른 인간은 가질 수 없으니까. 책 한 권 얻겠다고 재산 거덜 내고, 지구를 반 바퀴 돌고, 친구 따윈 나 몰라라 하고, 심지어 남을 속이고, 사기 치고, 도둑질까지 하는 인간들이 얼마나 많소?"

"로젠바흐 씨, 날 완전히 속였군요!" 그의 거짓 이야기에 속은 것이 분했다.

"미안하게 됐소, 참을 수가 있어야지. 사랑 다음으로 세상에서 제일 짜릿한 게임이 바로 서적 수집이라오."

"무슨 저런 인간이 다 있죠?" 경매장을 빠져나가며 내가 속삭였지만, 아르망은 대꾸하지 않았다. 로젠바흐와 아르망, 두 사람은 같은 부류의 인간들이었다. 원하는 걸 손에 넣기 위해서라면 무슨 짓이든 저지르고, 자책하지도 뉘우치지도 않을 인간들. 불길에 너무 가까이 서 있으면서 그 열기에 타버리지 않기를 바라는 사람처럼, 나는 두려움과 매혹을 동시에 느꼈다.

23장

마서

"무슨 일이 있었길래 그렇게 세상 다 얻은 표정이지?" 침대를 정리하는 내게 보든 부인이 물었다. 늘 이런 식이었다. 따분하기 그지없는 일을 하다가도 문득 헨리와의 키스를 떠올리면 뺨이 아릴 정도로 미소가 지어졌다.

"그냥 기분이 좋아서요." 내가 답했다.

"헛소리는. 여자 얼굴이 그렇게 빨개지는 이유는 남자뿐이거든. 그 학자라는 남자 맞지?"

서점에서 나온 후 헨리는 나를 그의 숙소로 데려갔지만, 하필 주인 여자의 생일이라 건물 전체가 깜짝 파티로 시끌벅적했다.

"오늘은 안 되겠네요."

헨리가 나를 집까지 바래다줬지만, 나는 그를 안으로 들이지 않았다. 아직은 이런 상황이 조금 낯설었고, 생일 파티로 우리의 계획에 차질이 생긴 것이 관계를 성급하게 진전시키지 말라는 계시처럼 느껴졌다. 그래도 그에게 작별 키스는 했다. 그 키스를 생각할 때 뺨이 제일 심하게 아렸다. 내 인생에서 가장 낭만적인 키스였기 때문이다. 가로등 불빛 아래, 내 코트 주머니에 들어와 있는 그의 두 손, 그의 스웨터 밑으로 들어가 있는 나의 두 손, 내 목선을 따라 쇄골까지 천천히 훑어 내려오는 그의 입술. 앞으로 더 많은 것이 기다리고 있다고 말하는 듯한, 그렇게 부드러우면서도 유혹적인 키스는 평생 처음이었다. 아랫배에 느껴지는 간질간질한 감각 때문에 정신이 나가버릴 것만 같았다. 뭔가 따분한 일에 집중해야 했다.

"뭐 세탁할 거 없으세요?" 나는 부인이 내내 짓궂은 웃음을 띤 채 나를 쳐다보고 있었다는 걸 깨달으며 물었다.

나는 빨랫감을 모아서 부엌 바로 옆 다용도실로 가져갔다. 흰 옷과 짙은 색 옷을 분리하다 문득 엄마가 생각났다. 손 하나 까딱하지 않는 남자들로 가득한 집에서 늘 우리 둘이 함께 집안일을 했다. 그럴 때 나는 엄마를 상대로 수화와 사람 읽기를 연습하곤 했다. 하지만 엄마는 내가 엄마를 많이 읽는 걸 좋아하지 않았다. 딸이 엄마의 인생을 너무 많이 아는 건 옳지 않다고 했다. 나는 한 번도 그 이유를 묻지 않았지만, 더 나이가 들어서는 그 규칙을 깨보려고 했다. 그러나 내가 만나는 다른 사람들과 달리 엄마는 이 같은 침범에 대비되어 있었고 경계심을 늦추지 않았다. 엄마가 내게 무언가 감추고 있는 것만은 확실했다. 그래서 나도 엄마에게 이것저것 감추기 시작했다. 내가 셰인을 만났을 무렵, 서로 서먹해진 엄마와 나 사이에는 다른 종류의 침묵이 감돌고 있었다. 엄마는 내가 실수하는 거라고, 셰인은 믿을 만한 남자가 아니라고 말했지만, 그땐 이미 돌이킬 수 없었다. 나는 내가 옳다는 걸 증명해 보이려고, 혹은 엄마(혹은 나 자신)를 벌하려고, 달려오는 차 앞으로 나가는 몽유병 환자처럼 결혼으로 걸어 들어갔다. 그리고 내가 탓할 사람은 나 자신밖에 없었다.

——◆

거실에 불을 지피는데 창문 쪽에서 인기척이 느껴졌다. 헨리일지도 모른다는 생각이 얼른 들어 현관문으로 급하게 달려가다 속도를 늦추었다. 그리고 문을 열면서 깨달았다. 헨리가 현관문으로 올 리 없다는 걸. 그는 항상 지하 방 창문을 두드렸다. 이미 늦었다. 대처할 시간도 없이 광대뼈를 세게 얻어맞고는 벽에 몸을 부딪혔다. 세인이었다. 올려다보자 그가 종이 쪼가리를 거리로 내던진 뒤 문을 쾅 닫고 들어왔다. 얼굴을 만져보니 물기가 느껴지고 곧이어 피가 보였다. 그의 굳은 표정과 앙다문 입만 봐도 알 수 있었다. 이제 나를 자기 뜻대로 휘두를 생각이라는 걸.

"기억 상실증에 걸렸나 봐, 마서?"

"무, 무슨 소리야?"

"네가 유부녀라는 걸 잊은 모양인데."

"아니……."

"씹할, 다 봤거든?"

"무슨 소리 하는 거야?"

"어젯밤. 헤픈 년처럼 그 자식한테 찰싹 붙어 있던데. 내 은혜를 이런 식으로 갚아?"

은혜? 무슨 은혜? 그의 몸에서 술내가 풍겼다. 그가 어떻게 나올지 종잡을 수 없었다. 나는 가장 안전한 길이 뭘까 머리를 굴리기 시작했다. 지금 그와 함께 가서 무슨 벌이든 감내한다면 다시 탈출을 시도할 수 있을지 모른다. 그럴 힘이 남아 있다면. 어쩌다 또 이런 처지가 되고 말았을까? 셰인은 내 다리를 걷어찬 뒤 복도로 들어갔다. 돌연, 이 남자와 안전하게 살 수 있는 방법을 가늠하며 조심스레 계획을 짜는 내 미래가 선명히 보였다. 내 인생은 셰인의 폭력에서 살아남는 생존 게임으로 전락하고 말았다.

"어젯밤에 그 자식이 너한테 키스하는 걸 봤을 때 미치가 내 옆에 없었다면, 맨주먹으로 그 자식을 죽여버렸을 거야."

"헨리? 설마 그 사람한테 해코지한 건 아니지?" 어젯밤 숙소로 돌아가던 헨리가 셰인에게 공격당하는 모습이 눈앞에 보이는 것만 같았다.

"헨리? 무슨 이름이 그따위야?"

셰인이 내 팔을 붙잡아 나를 일으켜 세우려 했지만 나는 바닥에서 몸을 떼지 않았다.

"넌 내 마누라야, 마서. 내 거라고!"

"난 내 거야." 그를 달래는 것도 이제 지긋지긋했다. 어차피 소용없는 짓이었다. 내가 무슨 말을 하든 항상 이렇게 성을 낼 테니까. 그 원인이 내가 아니라는 걸 이젠 알 것 같았다.

"난 들어오라고 한 기억이 없는데." 우리 뒤에서 누군가가 말했다. 맙소사, 보든 부인이었다. 이렇게 당하는 꼴을 부인에게 보이느니 차라리 죽는 편이 나았다.

"저번에 말했잖아요, 마서 어머니가 암에 걸려서 딸을 보고 싶어 한다고."

"이 거짓말쟁이!" 나는 목소리를 다시 찾았다. "어떻게 그런 거짓말을 해? 그리고 설사 엄마가 곧 죽는다고 해도 난 안 돌아가."

셰인은 아주 잠깐 망설였다.

"지금 널 데려가야겠어."

"마서가 무슨 화분인가?" 보든 부인은 상황에 어울리지 않게 비꼬는 투로 말했다. 이러다 우리 둘 다 죽게 생겼다.

"난 안 가." 나는 허둥지둥 뒤로 기어가 보든 부인 앞을 가로막았다. 두 다리로 반듯이 설 자신이 없었다.

셰인은 기가 막힌다는 듯 고개를 절레절레 저었다.

"이 배은망덕한 년…… 내가 그렇게 잘해줬는데." 그가 내 쪽으로 성큼성큼 걸어와 내 머리끄덩이를 잡아당기기 시작했고, 나는 계단 난간을 붙들고 늘어졌다.

"대체 왜 이러는 거야, 셰인? 왜 날 데려가겠다는 거야? 우린 같이 있으면 불행해. 네가 날 해치는 것만 봐도 알잖아." 나는 내 얼굴에 묻은 피를 가리키며 말했다.

그에게 이렇게 묻는 건 처음이었다. 그럴 용기가 없었으니까. 목소리와 몸이 따로 노는 느낌이었다. 이 말이 먹혔는지, 셰인이 내 손목을 움켜쥔 채 잠깐 멈칫했다.

"네가 날 몰아붙이니까 그렇지, 마서, 너도 알잖아."

셰인은 그의 꼬인 인생을 전부 내 탓으로 돌렸다. 그러면 자기는 그 무엇도 마주할 필요가 없으니까. 지금도 내게 온갖 죄를 뒤집어씌우며 나를 탓하고 있었다. 나는 보든 부인을 돌아봤지만, 그녀는 내 뒤에 없었다.

"네가 자꾸 날 몰아붙……."

바로 그때 무언가가 그를 밀었다. 세게 떠밀린 그는 지하로 이어지는 목제 난간동자들을 뚫고 지나갔다. 총성이 울리듯 나무가 탁탁 부러지더니, 털썩, 투두둑 하는 끔찍한 소리가 뒤따랐다.

"어떻게 된 거야?" 나는 물었다. 복도는 어두컴컴했고, 갑자기 나 혼자인 것 같은 느낌이 들었다. 정적이 무서웠다. 꼼짝도 할 수가 없었다. 눈앞이 흐려졌다.

"죽었어?" 이 말이 나오자마자 나는 얼른 손으로 입을 막았다.

마침내, 부인의 지팡이가 바닥을 짚는 소리가 들렸다. 부인은 계단통을 한참이나 내려다보다가 고개를 돌려 내게 괜찮냐고 물었다. 마치 꿈을 꾸는 것 같았다. 바깥에서 사람들 소리가 들리는 걸 보면 세상은 여전히 돌아가고 있는 모양이었지만, 나는 세상이 끝난 느낌이었다. 부인 뒤로 기어가 그녀의 어깨 너머로 내려다보았다. 아래, 저 아래에 그가 있었다. 바닥에 뻗은 그의 몸뚱이 밑에 한쪽 다리가 기이한 각도로 꺾인 채 깔려 있었다. 뼈가 피부 밖으로 튀어나와 있었다. 나는 토할 것 같아서 손으로 입을 덮었다. 그의 눈 쪽으로 시선을 돌려보니 머리도 정상이 아니었다. 뭔가 잘못됐는데, 그게 뭔지 알 수 없었다.

"코트 입고 가게 좀 다녀와."

"뭐, 뭐라고요? 그게 무슨……."

보든 부인은 심하다 싶을 정도로 차분했다.

"오늘 저녁에 먹을 사태 고기랑 내가 좋아하는 보졸레 와인 한 병 사와."

"그런 농담이 나오세요? 저 꼴을 보고도?"

나는 셰인을 다시 내려다보았다. 우리의 역할이 이렇게 뒤바뀌다니, 기분이 묘했다. 다친 그를 내려다보며 서 있는 나. 그의 눈빛에 의식이 있는지 살펴보았다. 아직 살아 있을지도 모른다. 하지만 거기엔 아무것도 없었다. 내 온몸이 오들오들 떨리기 시작했다.

"마셔." 부인이 내 어깨에 한 손을 얹으며 다시 말했다. "당장 나가서 내가 시키는 대로 해. 자네가 돌아왔을 땐 전부 말끔히 해결되어 있을 테니까."

—✦

나는 멍하니 거리를 걸었다. 밖으로 나오니, 아무 일도 없었던 건 아닐까 하는 생각까지 들었다. 잠깐 발작이 일어나, 처음부터 끝까지 환각을 본 거라고. 나는 부인이 시킨 대로 했다. 정육점에 가서 사태 고기를 샀다. 주류점에 가서 부인이 좋아하는 와인을 찾았다. 하지만 내 머릿속에서는 똑같은 생각만 계속 맴돌았다. '부인이 셰인을 밀어버린 걸까?'

장바구니가 손가락을 파고드는 것도 느끼지 못한 채 헤이프니 레인을 몇 번이나 왔다 갔다 했다. 어떻게 그 집에 다시 들어가지? 그리고 '전부 말끔히 해결되어 있을 테니까'라는 보든 부인의 말은 또 무슨 뜻이지? 의사나 응급차를 부르려던 건가? 거리에는 그런 기미가 전혀 보이지 않았다. 그냥 떠나버리면 그만이야, 나는 속으로 생각했다. 지금 도망가서 다시 돌아오지 않는 거야. 하지만 헨리는? 그가 괜찮은지 연락해봐야 하는데, 내 휴대전화는 집 안에 있었다.

나는 열쇠로 문을 열고 들어갔다. 복도는 아까보다 밝았다. 화병의 꽃들은 활짝 피었고, 부서졌던 계단은 말끔히 수리되어 있었다. 나는 장바구니를 바닥에 내려놓고 억지로 걸어가 계단통 아래를 내려다보았다. 셰인은 사라지고 없었다.

———◆———

"어젯밤에 남편분이 강에 빠진 것 같습니다." 한 형사가 내 앞에서서 조그만 검은 수첩을 펼쳐놓은 채 펜을 쥐고 있었다. "일주일 전에 남편분 어머니가 실종 신고를 하셨더군요. 그간 아무 연락도 없었습니까, 윈터 부인?"

"없었어요." 난 배우가 아니다. 여전히 쇼크 상태에서 벗어나지 못했다.

"얼마 전부터 두 분이 별거 중이셨다고요?"

나는 고개를 끄덕이고, 자꾸 떨리는 입술을 깨물었다.

"알았습니다." 형사는 내 뒤의 복도를 바라보았다. "그럼 마지막으로, 목요일 오후에 어디에 계셨는지 여쭤봐도 될까요?"

"네, 음, 목요일 오후에는 늘 장을 봐요."

"부인을 본 사람이 있을까요?"

"그럼요, 있어요." 나는 그날 내가 들른 모든 가게의 이름과 주소를 알려주었다.

현관 거울에 비친 내 모습을 언뜻 보았다. 뺨에 화장품을 덕지덕지 발랐지만, 언제까지 버틸 수 있을지 모를 일이었다.

"집에 전화해서 가족한테 알려야겠어요." 내가 이렇게 말하자 형사는 친절하게도 수첩을 닫았다.

나는 형사 뒤로 문을 탁 닫고는, 부인이 나를 기다리고 있는 거실로 돌아갔다. 문틀에 기대서서 부인의 눈을 똑바로 쳐다보았다.

"어떻게 하신 거예요?"

"내가 한 건 없어. 문제가 잘 처리되도록 중간에서 손을 좀 썼을 뿐. 그리고 그 비난하는 말투 좀 집어치우지 그래."

"우린 법을 어겼어요! 아마 그럴 거예요."

"무슨 법? 폭력적인 남자의 시신을 지하실에서 끌어내서 다른데로 옮기면 안 된다는 법이라도 있나? 내 덕분에 우리 둘 다 성가신 일을 덜었잖아. 고맙다는 인사는 못 할망정."

"남편들도 전부 이렇게 처리했어요?" 나는 소리를 버럭 질렀다. 누구에게 혹은 무엇에 화가 났는지 나 자신도 알 수 없었다.

"감정이 격해지셨군." 보든 부인은 천천히 의자에서 일어나며 말했다. "이 이야긴 못 들은 걸로 하지." 이 말과 함께 부인은 위층의 자기 방으로 올라가버렸다.

나는 소파에 털썩 주저앉았다. 그날 이후로 부인이 나를 돌봐줬다. 식사를 차려주고, 식욕이 없는 내게 뭐든 먹이려 했다. 셰인에게 일어난 일은 내 잘못이 아니라 사고였다며 나를 달랬다. 경찰에게 사실대로 말해봐야 의심만 살 테고 내게는 동기가 있으니 용의자가 될 거라고 설득했다.

"우리 둘 다 여기 있었어." 부인은 내 손을 쓰다듬으며 말했다. "무슨 일이 있었는지 우리 둘 다 알지. 그건 사고였어."

"네, 사고였죠." 나는 계속 앵무새처럼 그녀를 따라 말했다. "우리 둘 다 거기 있었어요."

24장

헨리

히스로 공항에서 영영 못 빠져나오는 줄 알았다. 전 세계에서 몰려든 여행객들이 나를 방해하려 작정한 모양이었다. 아니면, 평소와 달리 분명한 목적이 있어서 마음이 다급했는지도 모른다. 지하철에 앉아서 이사벨에 대해, 그리고 그녀에게 할 말에 대해 생각했다. 몇 주 전만 해도 여생을 함께할 계획이었던 여자가 아니라 오랜 지인을 떠올리는 기분이었다. 어쩌다 이렇게 됐을까? 내가 아는 거라곤, 이 관계를 끝내야 한다는 것, 그리고 얼굴을 직접 보고 이야기해야 한다는 것뿐이다. 마서와 키스했을 때 모든 의구심이 사라졌다. 나는 모든 걸 설명하는 편지를 써서 집 앞 계단의 우유병들 옆에 봉투를 두고 왔다. 그녀를 깨우기에는 이른 시간인 데다 내 마음을 글로 표현하는 편이 더 수월했다. 앞으로의 일을 알수는 없지만, 이사벨과 내가 서로의 짝이 아니라는 것만은 분명한 사실이었다. 평생 갈망해왔지만 두려워서 애써 외면해왔던 감정을 느껴버린 지금은 더더욱 그랬다.

핌리코 역이라는 안내방송을 듣고 부리나케 계단을 뛰어올라 거리로 나갔다. 러시아워가 끝난 거리는 한산했고, 공원에서는 부모들이 정글짐에서 독립심을 시험하는 아이들을 지켜보고 있었다. 나도 무언가를 시험 중이었다. 내 직감을 믿고. 드디어 텐비 가의 화려한 연립주택 앞에 도착했다. 2층에는 발코니 난간이 달려 있고, 위의 두 층은 연노란색의 런던 스톡 브릭*으로 지어져 있었다. 초인종을 누르자 명치가 울렁거리면서 구역질이 날 것 같았다.

불이 탁 켜지고 발소리가 들리더니 그녀가 문을 열었다.

"헨리!"

그녀는 나를 끌어안았고 나는 엉거주춤했다. 내가 여기 온 용건을 듣고 나면 이렇게 안아주고 싶지 않을 텐데.

"왜 온다고 말 안 했어? 캐시랑 제임스한테 한잔하러 오라고 했는데, 괜찮지?" 그녀는 흠 하나 없이 아름다운 모습이었다. 윤기 흐르는 적갈색 머리칼은 전문가 뺨치는 솜씨로 말아 올려졌고, 크림색 새틴 원피스는 그녀의 탄탄한 몸매를 타고 보기 좋게 흘러내렸다.

"음, 할 얘기가 있어. 당신이랑 단둘이."

내 얼굴에 속내가 그대로 드러난 모양이었다.

"왜 그래? 무슨 일 있어?"

난 아직 문 앞 계단에 서 있었다. 맙소사, 평생을 이렇게 문간에 선 채로 살아오지 않았던가. 완전히 안으로 들어가지도 밖으로 나

---

* London stock brick. 20세기 초 기계로 만든 벽돌이 주가 되기 전까지 런던과 사우스이스트잉글랜드에서 쓰이던 수제 벽돌. 백토를 더해 노란색을 띤다.

오지도 못한 채, 어딘가에 속한 느낌 없이 어정쩡하게. 그녀가 문을 당기며 밖으로 나왔다.

"감기 걸리겠어." 내가 말했다.

"괜찮아. 보아하니 대화가 금방 끝날 것 같으니까."

나는 그녀를 올려다보았다. 그녀는 항상 나보다 직감이 뛰어났다. 내가 만나본 여자 중에 가장 똑똑했다. 있지도 않은 '적절한' 말을 찾아봐야 헛수고였다.

"당신은 정말 대단한 여자……."

"미치겠네."

"응?"

"'당신이 아니라 내가 문제야', 제발 이런 대사는 꺼내지 마. 낯간지러우니까."

"하지만 사실이 그래! 나야, 내가 문제야."

"나도 알아. 그래서 왜 헤어지려는 건데?"

젠장. 이래서 사람들이 거짓말을 하는 것이다. 무신경한 말에 상대가 상처받는 걸 보느니 차라리 거짓말을 하는 쪽이 훨씬 편하니까.

"난 내가 사랑이 뭔지 아는 줄 알았거든. 내가 그걸…… 감당할 수 있을 줄 알았어. 당신과 나, 우리는 그럭저럭 잘 지냈지. 좋은 파트너였어. 하지만 솔직히 당신 생각도 같을 거야. 우리 사이에……." 나는 영감을 얻기라도 하려는 듯 하늘을 올려다보았다. "불꽃이 튀지는 않았지."

"와." 그녀는 한쪽 눈에서 흘러내린 눈물을 닦아냈다.

"당신도 우리 관계에 확신이 없었을 거야, 이사벨." 바보같이 나는 그녀의 생각도 같을 줄 알았다.

"내가 쉽게 헤어져줄 거라는 기대는 하지 마, 헨리. 사실을 말하자면, 난 당신을 사랑하거든. 공교롭게도, 아주 많이. 그리고 난 우리가 불꽃 튀는 연애를 하고 있는 줄 알았는데."

마음이 훨씬 더 무거워졌다. 그녀는 단단히 팔짱을 끼고 있었다. 무슨 말을 해야 좋은 이별을 맞을 수 있을까?

"정말 미안해, 이사벨. 진심이야. 당신한테 상처 주고 싶지 않았는데."

그녀는 아무 말이 없었다. 나와 눈을 마주치지도 않았다.

"나도 가슴이 아파." 내가 말했다.

"가슴이 아파? 반지 하나 못 골라보고 약혼자한테 문간에서 차이는 기분이 어떨 것 같아? 이거 기록적인 사건 아니야?"

내 입에서는 형편없는 말만 튀어나왔다.

"내가 없는 편이 당신한테도 더 나을 거야."

"드디어, 동감할 만한 말씀을 하시네."

이 말과 함께 그녀는 안으로 다시 들어가 내 면전에 대고 문을 쾅 닫았다. 나는 두 손에 얼굴을 묻고 있느라 문이 다시 열리는 것도 몰랐다.

"여기 당신 쓰레기 다 가져가." 그녀는 검은 비닐봉지를 건네며 말했다. "그 여자랑 잘해봐." 문이 다시 쾅 닫혔다.

해 질 무렵에야 집에 도착했다. 비계가 설치된 옆집은 석양빛에 물들자 마치 금빛 우리에 갇힌 것처럼 보였다. 우리 집 진입로를 걸어가다 보니, 어머니의 낡은 폭스바겐 골프가 있던 자리에 전기 자전거가 세워져 있었다. 열쇠로 문을 열고 들어가자 반가운 닭구이 냄새가 훅 끼치면서 배가 고파졌다. 이사벨을 만난 후 식욕이 다시는 돌아오지 않을 줄 알았는데. 내가 누구인가 하는 고민이 그 어느 때보다 깊어졌고, 이런 고민이야말로 내가 어떤 사람인가를 여지없이 알려주었다. 평생을 남의 의견에 휘둘리며 살아온 인간. 속이 텅 빈 기분이었다.

"헨리!" 어머니가 부엌에서 복도로 뛰어나와 나를 꼭 껴안았다. 나는 우두커니 서서 생각했다. 왜 어머니가 물감 범벅이 된 기다란 흰색 셔츠를 입고 머리에 스카프를 두르고 있을까? 우리에게 여전히 돈이 있고 아버지가 술꾼이 아니라는 환상에서 깨어나지 않으려는 듯 카디건 세트에 진주 목걸이를 하는 것이 어머니의 평소 차림새였는데.

"좀 달라지셨네요." 내가 말했다.

"다시 그림 그리기 시작했거든! 옆집의 애니가 목요일마다 듣는 수업이 있는데……."

"그냥 젊은 누드모델 보면서 눈요기하는 거야." 틀림없는 누나의 단조로운 목소리였다. 누나와 매형 닐이 묵직한 닥터마틴 부츠를 신고 쿵쿵거리며 계단을 내려왔다.

"루신다, 너도 참!" 어머니는 화난 척 눈동자를 굴리며 소리쳤다.

누나는 눈에 검은 아이라이너를 칠하고, 칠흑 같은 머리를 허리께까지 길렀는데, 앞머리를 일직선으로 곧게 잘라서 딱딱한 인상을 풍겼다. 우리는 장애물 코스를 통과하듯 복도를 요리조리 빠져나가 부엌으로 들어갔다. 어색하면서도 친숙한 그 느낌이 좋았다.

"왜 온다고 말 안 했어? 전화라도 하고 오지." 어머니는 오븐 장갑을 끼고 허리를 굽혀 닭고기와 구운 감자를 꺼냈다. 누나와 매형이 단둘이 있는 양 연신 키스를 해대는 사이 나는 식탁을 차렸다.

"갑자기 결정한 거라서요."

"이사벨을 깜짝 놀라게 해주려고?"

괜히 쓸데없는 대꾸를 하게 될까 봐 나는 접시와 날붙이를 요란스레 내려놓았다.

"이사벨이랑 난…… 실수였어요." 기어코 이 말을 뱉으며, 정말 그렇다는 생각을 새삼스레 했다. "우리 둘 다 알고 있었어요. 헤어지는 게 나아요." 바로 이거다. 이러쿵저러쿵 말이 나오지 않도록 싹을 잘라버려야지.

어머니는 '오'라고 말하듯 입술을 오므린 채 잠깐 돌처럼 굳어 있었다.

"하여간 요즘 젊은것들은." 누나가 내 팔을 주먹으로 퍽 때려 분위기를 조금 풀어주었다.

"이런, 누나가 임신을 하다니." 그러고 보니 누나의 배가 크게 부풀어 있었다.

"그래, 지난 몇 주 사이에 이렇게 풍선처럼 커지더라니까." 매형은 이렇게 말했다가 정강이를 차였다.

"2주는 더 있어야 돼." 누나는 앓는 소리를 냈지만, 괴로운 쪽은 매형 같았다.

———✦———

저녁을 먹는 동안 가족들이 신나게 떠들어대는 앞으로의 계획을 들어보니, 내가 잠깐 집을 비운 사이 많은 변화가 일어난 모양이었다. 그러니까, 좋은 방향으로. 어머니는 환경 지킴이 겸 과격한 자전거 애용자가 되어 있었고, 누나는, 뭐, 행복해 보였다.

"그래, 아일랜드는 어땠어?" 빗질을 반대로 해 일부러 부스스하게 만든 머리칼 사이로 검은 눈동자를 빛내며 매형이 물었다. "루신다가 그러는데 무슨 옛날 서점을 찾는다면서? 멋져."

나는 남은 와인을 쭉 들이켠 뒤 답했다.

"일이 생각대로 잘 안 풀리더라고요. 그래도 다른 좋은 걸 찾은 것 같아요." 나는 씩 웃으며 말했다.

"뭔데?" 어머니는 조리대에서 밀푀유 아이스크림을 얇게 썰며 물었다. 어머니는 고전적인 디저트를 좋아했다.

"누군가를 만났어요. 아일랜드에서. 가장 빠른 비행편으로 돌아가려고요."

모두가 내 쪽으로 고개를 돌렸다. 내가 이런 말을 하다니, 나 자신도 믿을 수 없었다. 하지만 그만큼 확신에 차 있었다.

"조카 기저귀 갈아주기 싫어서 딴 나라로 가버리겠다고?" 누나는 입을 떡 벌린 채 말했다.

"그건 좀 지나친 억측인데, 여보." 매형이 끼어들었다.

어머니는 아이스크림을 또 한 조각 잘랐다. 자신이 나서야 할 문제라고 결론 내린 듯했다.

"헨리, 애야, 네가 그쪽으론 좀 늦되다는 건 알지만, 그렇다고 늦바람이 들지는 않았으면 좋겠구나."

난 그저 웃을 수밖에 없었다. 뭘 모르신다니까.

"그럼 이사벨을 보러 온 거구나. 아빠는?"

누나는 항상 아버지 편이었다. 아버지가 술에 취해 최악의 추태를 부릴 때마다 어째서인지 누나는 그 자리에 없었고, 아버지는 누나에게는 절대 화풀이하는 법이 없었다.

"아버지가 왜?"

"뵈러 안 갈 거야? 아빠가 너 어떻게 지내는지 궁금해하시던데."

"누나는 갔어?"

"당연하지." 누나는 이렇게 말하고는 어머니를 힐끔 쳐다보았다.

"어머니도요?" 내가 물었다.

어머니는 고개를 저었다.

"아니. 나 살기도 바쁜데. 이젠 나 자신부터 챙길 생각이야. 너희 둘 다 이제 어른이니까 알아서들 결정해. 그 양반은 앞으로도 계속 네 아버지겠지만, 네 뜻대로 해, 헨리."

내 뜻대로 되는 거였다면, 그는 더 나은 아버지였을 것이다. 내가 결정할 일이 아니었다. 아버지의 결정에 달린 일이었다.

25장

오펄린

1922년, 잉글랜드

다음 날 아침, 우유를 배달하는 트럭 소리에 잠에서 깨어났다. 탁한 분홍색 커튼으로 햇빛이 막 스며들기 시작했지만, 그의 어깨선과 베개에 흐트러진 검은 머리칼이 눈에 들어왔다. 푹 잠든 아르망을 보니, 나는 왜 끊임없이 나 자신을 의심할까 하는 의문이 들었다. 나 자신, 나의 선택, 나의 욕망, 나의 능력이 늘 의심스러웠다. 오, 자신에게 확신을 가진 남자는 어떤 기분일까! 이 세상에 자신의 자리가 있음을 자신하는 남자.

그레이 양이 되면서 나는 오빠뿐만 아니라 세상 모든 것과 모든 사람들로부터 숨었다. 세상이 내 성별에 거는 기대와 달리 나는 더는 순수하고 소심하고 수동적인 인간이 아니었다. 우리가 여전히 파리에 있다면 얼마나 좋을까. 평범함을 거부하고 규칙을 깨는 것을 당연하게 여기는 그곳에.

나는 푹 자지 못했다. 아니, 실은 한숨도 자지 못했다. 불현듯 매슈가 생각났다. 내가 떠나기 전, 그가 잠깐 서점에 들렀었다. 그날 밤 있었던 일, 우리가 껴안은 채 벌였던 일 때문에 민망해하는 기색이었다. 임대료를 받을 필요가 없었다면 아예 찾아오지도 않았을 테지만, 워낙 예절 바른 사람이라 거래만 끝내고 휑하니 나가버리기가 뭣했는지 이런저런 이야기를 하기 시작했다. 가게에 대해, 그리고 어릴 적 품었던 마술사의 꿈에 대해.

"마술사요?" 나는 깜짝 놀라 물었다. 그는 사실을 증명해 보이려는 듯 내 귀 뒤로 손을 뻗었다가 뺐다. 그의 손에 조그만 유리구슬이 들려 있었다. 내가 그의 손바닥에 놓인 구슬을 집으려 손을 뻗자, 어찌 된 일인지 구슬이 흔적도 없이 사라져버렸다.

"어떻게 한 거예요?" 나는 환하게 미소 지으며 물었다.

"아, 그건 비밀입니다."

내 감정도 그렇게 쉽게 사라져버리게 만들 수만 있다면. 그가 찾아오는 날에는 온 세상이 더 밝고 화창하고 행복하게 느껴졌다. 하지만 그가 가족에게 돌아가면 비참해졌다.

"나의 오팔." 아르망이 내 목에 코를 비벼대며 프랑스어로 속삭였다.

나는 그가 나를 감싸안도록 내버려두며 외로움을 몰아냈다. 그의 방에 올 생각은 아니었지만, 요크셔에서 마주친 순간 이미 이런 결말이 정해졌는지도 모른다. 하지만 내가 그의 수많은 잠자리 상대 중 한 명에 불과하다는 생각이 드는 건 어쩔 수 없었다. 하긴, 나도 내가 그를 좋아한다는 인상을 줄 생각은 없었다. 그러면 상처받을 일도 없을 테니까. 멍청한 논리이긴 하지만, 사랑을 하면 눈이 먼다고들 하지 않는가.

"이만 가야겠어요." 나는 그의 뺨에 가볍게 키스하며 말했다.

"아니, 그냥 있어요."

"안 돼요. 오늘 저녁 배편을 타야 하는데, 그 전에 처리할 일이 있어요."

"처리할 일?" 아르망은 팔꿈치로 침대를 짚고 옆으로 누워, 내가 옷 입는 모습을 지켜보았다. 맙소사, 너무 멋지잖아! 아도니스* 같아. 나는 그를 등진 채 블라우스 단추를 채웠다.

"책요."

"물론 책이겠죠. 말해줘요."

나는 그를 돌아보았다. 그는 대단히 아름다웠으며, 서적 거래의 세계에서 귀중한 연줄이었다. 게다가 내가 파리에서 탈출할 수 있도록 도와준 사람이 아니던가. 하지만 소더비 경매장에서 실감했듯, 그는 로젠바흐와 같은 부류의 인간이었다. 무자비하고 탐욕스러운 외골수. 책에 관해서라면 나 역시 그럴지도 모른다. 바로 그 순간, 도둑들끼리는 의리가 있을지 몰라도 서적상들 사이에 그런 건 존재하지 않는다는 사실을 깨달았으니까.

"조금 더 있다 가도 될 것 같아요." 나는 그의 옆에 무릎을 꿇고 앉아, 그가 내 블라우스 단추를 다시 풀게 내버려두었다. 외로움은 판단력을 흐리게 한다. 사실, 부적절한 상대일수록 숙명론적인

---

* 그리스 신화에서 아프로디테의 사랑을 받는 미소년.

내 연애관에 잘 어울렸다. 왠지 평생 사랑을 못 찾을 것 같은 예감
이 드는데, 굳이 몸을 사릴 필요가 있을까?

———◆

시간이 별로 없었다. 문에 붙은 번지수를 훑으며 보도를 급하게
달려가자 구두 굽 소리가 귓가에 울려댔다. 조사 결과에 따라 나
는 소호로 가서, 리전트 가 뒤편에 미로처럼 얽힌 골목길들을 돌
아다녔다. 에밀리 브론테의 두 번째 소설에 관해 조사하고 있다는
사실을 아르망에게 절대 알리지 않겠다는 나 자신과의 약속을 끝
내 지켰다. 그날 아침 나는 죽을 때까지 지킬 한 가지 결심을 했
다. 언제나 일을 최우선으로 둘 것. 하지만 폐업한 서점을 알 만한
서적상이 있느냐고 아르망에게 물었다. 메이페어에서 흥미로운 아
침을 보낸 후 나는 브라운스 서점의 주소를 손에 넣었다.

이제 그곳은 변호사 사무실이 되었지만, 전 주인들이 위층 아파
트를 계속 소유하고 있다는 신뢰할 만한 정보를 얻었다. 얼마 동
안 문을 두드리자, 머리끝부터 발끝까지 검은 옷차림을 한 중년
여자가 나왔다.

"브라운 부인 되세요?" 나는 과감하게 추측해보았다.

"그런데요." 그녀는 이렇게 답하며, 고개를 살짝 들어 코 밑으로
미끄러져 내려온 안경 너머로 나를 바라보았다. "나를 아시나요?"

"아니요, 그건 아니고, 폐를 끼쳐 죄송하지만, 남편분과 잠깐 얘
기를 나눌 수 있을까요? 옛 서점과 마서 브라운 고모님에 관한 일

때문에 그러는데요."

그녀는 서글픈 미소를 지었다. "아, 이런 사람 참 오랜만이다, 그렇지, 레지널드?"

그곳에 아무도 없으니 레지널드가 위층에 있겠다 싶어 나는 위를 올려다보았다.

"이런 사람이라뇨?"

"브론테의 팬요. 들어와요." 보슬비가 살짝 내리기 시작하자 그녀가 나를 집 안으로 들였다. 계단을 올라가니, 거리가 내려다보이는 무척 작은 응접실이 나왔다. 모든 표면이 레이스 도일리*로 뒤덮여 있을 뿐, 책은 한 권도 눈에 띄지 않았다. 시작이 좋지 않았다. 나는 그녀가 권하는 대로 난롯불 앞의 조그만 원탁에 앉았다.

"차 마실 거야." 그녀는 또 눈에 보이지 않는 누군가에게 말했다. 몇 분 후 뚱한 표정의 젊은 여자가 찻잔과 받침 접시와 은제 찻주전자를 쟁반에 담아 왔다.

"고맙습니다." 나는 이렇게 말했지만 아무런 답도 듣지 못했다.

"뭐, 표정이 안 좋을 만도 하죠. 곧 저 아이를 해고하고, 동생이 있는 콘월로 가야 하거든요. 더는 여기서 살 형편이 안 된답니다." 브라운 부인은 슬픈 표정으로 사정을 알려주었다.

얼마의 시간이 지나 이 정도면 예의를 지켰다 싶었을 때 나는 브라운 씨와 얘기를 나눌 수 있겠느냐고 물었다.

"아, 그런데 어쩌나, 2주 늦으셨는데. 내 사랑하는 레지널드가 바

---

*   케이크나 샌드위치를 놓기 전, 접시 바닥에 까는 작은 깔개.

로 저 의자에서 죽었거든요." 그녀는 구석에 있는 안락의자를 가리키며 말했다. "그래서 동생네로 가야 해요."

"아, 그렇군요." 엇갈린 타이밍이 원통했다. "고인의 명복을 빕니다, 브라운 부인. 바보 같은 탐정 노릇으로 부인의 시간을 더 빼앗지 않을게요."

그녀는 비가 잦아들 때까지만이라도 있으라고 했다. 이제 비는 억수같이 퍼붓고 있었다.

"우리의 옛 서점에 대해 얘기를 하는 것도 오랜만이네요. 전 거기서 일하는 게 정말 즐거웠답니다."

"책들은 어떻게 됐는지 여쭤봐도 될까요? 다 파셨나요?"

"안타깝게도, 당신 같은 사람이 좋아할 만한 책은 전부 다 팔렸어요. 브론테 가족과 관련된 거라면 뭐든 손에 넣으려고 혈안이 된 서적상들이 참 많았죠. 그 가족이 소장하고 있던 새들에 관한 책까지!" 그녀는 부드럽게 속삭였다. "정말이지 너무 심해서 선을 그어야 하는 지경까지 오고 말죠."

누구 앞에서 그런 말씀을! 책 발굴에 선 같은 건 없었다. 어떤 작가나 그들의 생애에 관련된 거라면 무엇이든 흥미가 동했다. "지금 뭐라도 팔 게 남아 있다면 기꺼이 내주겠어요. 내 나이엔 돈 나올 구멍이란 구멍은 모조리 찾아야 하니까."

혼자 사는 여성의 인생이란 참 고달프구나. 나는 더블린에 있는 내 가게에 대해 이야기했고, 한심하게 들릴지도 모르지만, 남에게 의지하지 않는 내가 대단하다는 그녀의 칭찬을 즐겼다.

"아쉽지만 이제 정말 가봐야겠어요, 브라운 부인." 나는 시간을 확인하며 말했다. 기차로 리버풀까지 가서 저녁 배편을 타야 했다.

"이런, 여기까지 왔는데 내가 아무런 도움도 못 돼서 어떡하죠?" 그녀는 나를 배웅하려 힘겹게 일어나며 말했다. "잠깐만요, 당신이 좋아할 만한 게 있을지도 모르겠어요." 그녀는 이렇게 말하더니 다른 방으로 사라졌다. 다시 나올 때는 조그만 양철 상자처럼 생긴 것을 들고 있었다. "서점에 뒀는데 끝까지 안 팔리더군요." 그녀가 상자를 건네며 말했다.

"이게 뭐예요?"

"옛 반짇고리예요. 샬럿이 쓰던 거죠."

내 두 눈이 휘둥그레졌다. 샬럿의 소소하지만 개인적인 물건, 그녀가 매일 사용했을 물건을 내 손에 쥐고 있다는 사실이 믿기지 않았다. 뚜껑을 열어보니, 어두운 색조의 실들이 단정하게 한 줄로 정리되어 있고, 자수 놓인 바늘겨레에 바늘들이 아늑하게 꽂혀 있었다.

"마서 고모님한테 이걸 직접 받은 남편 말이, 브랜웰*이 샬럿에게 준 선물이라더군요. 대단한 선물은 아니죠! 브랜웰은 술독에 빠져 살았잖아요."

그가 알코올뿐만 아니라 약물 중독에도 시달렸다는 사실을 나는 조사를 통해 알고 있었다. 《폭풍의 언덕》에서 도박과 술에 빠지는 힌들리 언쇼의 모델이 바로 브랜웰이 아닐까 하는 생각이 종종 들었다. 브랜웰은 술을 끊으려 시도할 때마다 섬망 증상을 보이

---

* 브론테 가의 네 남매 중 둘째였던 브랜웰 브론테. 화가이자 작가로 활동했다.

곤 했다.

"2파운드에 가져가요." 그녀가 말했다.

다른 상황이었다면 진품이라는 증거를 요구했겠지만, 이번에는 그냥 믿기로 했다. 설령 부인이 자신의 반짇고리를 소장 가치 높은 브론테 가의 소유물로 속여 파는 사기꾼이라 해도, 이 또한 재미있지 아니한가!

내가 돈을 건네자 부인은 노후 자금에 보태겠다고 말했다. 나는 내 정체를 아무도 모르는 더블린으로의 귀환 길에 올랐다. 지나치게 예민한 반응인지는 몰라도, 런던에서는 감시당하는 듯한 불쾌한 느낌을 떨쳐버릴 수가 없었다.

———◆

잉글랜드에 다녀온 지 석 달이 지났다. 아르망에게서 연락이 오리라 기대하진 않았지만, 매일 아침 우체부가 이런 내 생각을 확인해줄 때마다 속이 쓰린 건 어쩔 수 없었다. 그래도 나의 경이로운 작은 서점을 잘 꾸려나가면서 충만한 성취감을 얻고 있었다. 들여놓는 책의 수가 점점 늘어나는데도 어떻게든 공간이 생겨나는 듯했다. 내가 이해할 수 없는 무언가가 작동 중인 건 아닌가 하는 의심이 오래전부터 들었다. 피츠패트릭 씨가 가게에 무슨 주문이라도 걸어놓은 걸까. 잠이 소실점처럼 저 멀리 달아나버리는 밤이면 담요를 두른 채 코코아 한 잔을 들고 가게 바닥에 앉았다. 그러면 어릴 적부터 들어왔던 그 숨소리에 금세 마음이 편안해졌다. 종잇장 사이사이로 내려앉는 이야기들. 그런데 이제 다른 소리도 들렸다. 나는 조금 바보가 된 기분으로 발을 질질 끌며 한쪽 벽으로 다가가 거기에 귀를 대보았다. 살랑살랑 부는 바람에 나뭇가지가 살짝 구부러지는 것처럼, 나지막이 삐걱거리는 소리. 나는 혼자 빙긋 웃고는 암녹색 벽들의 구석에서 그렇게 잠들었다. 머리 위의 나무 서가에서는 책장들이 희미한 빛을 뿜으며 팔랑거렸다.

———✦

깨어났을 땐 아직 새벽이었고 창으로 복숭앗빛이 스며들었다. 간밤에 너무도 생생한 꿈을 꾸었다. 그 뜻을 이해할 수 없을 것 같은 느낌만 잔뜩 남겨놓는 그런 꿈. 아버지가 책들의 소리에 귀를 기울이며 미소 짓다가 내게도 들어보라 말했다. 책 한 권을 귓가에 대자 심장박동이 한 번, 두 번 들렸다. 두 번째는 더 가볍고 더 빨랐다. 그리고 사과가 땅으로 떨어지듯 갑작스레 깨달음이 찾아들었다. 배에 손을 얹자 태동이 느껴졌다. 돌아온 후 월경이 없었는데, 여독 때문이거나 다른 일 때문이려니 했다. 봉긋한 배가 느껴지는 걸 보니 진짜였다. 뺨으로 눈물 한 방울이 흘렀다.

"쉽진 않을 거야." 나는 속삭였다. 나 자신에게 하는 말인지 가게에게 하는 말인지는 몰라도, 내 안에서 보글보글 끓어오르는 기쁨을 부인할 순 없었다. 아기, 아기라니! 모순된 감정들이 한꺼번에 밀려들었다. 두려움, 흥분, 불안, 감사함. 엄마가 되기에는 나 자신이 너무 어리고 너무 무능하게 느껴졌지만, 나만의 가족을 갖는다는 생각이 마음에 들기도 했다.

아주 다르게 펼쳐질 미래를 마냥 아름다운 모습으로 상상하느라 시간 가는 줄도 몰랐다. 그날은 늦게 서점 문을 열었지만, 인생의 첫날을 맞는 기분이었다. 모든 것이 장밋빛으로 빛났고, 모든 것이 의미 있게 느껴졌다. 손님이 들어올 때마다 이 사람은 옛날에 어떤 아이였을까, 앞으로 어떤 부모가 될까, 하는 생각만 들었다. 우리 모두 하나의 우주적 가족으로 연결된 것 같았다. 손님이 뜸한 시간에는 내 안에서 조그만 장미꽃 봉오리처럼 자라고 있는 생명을 머릿속에 그려보았다. 그 존재만으로 세상을 더 밝은 곳으로 만들어줄, 비할 데 없이 아름다운 생명체. 그러다 밤이 찾아오고, 한껏 들떴던 내 마음은 가라앉기 시작했다. 임대료를 받으러 올 매슈를 생각하면 현실 감각이 돌아왔다. 그에게 말해야 했다. 한 달 후부터는 티가 날 것이다. 여섯 달이 더 지나면 이곳에 두 사람이 살게 되리라. 갑자기 내 몸이 제법 무겁게 느껴졌다. 이제 매슈는 나를 어떻게 생각할까?

나는 이 서점이 우리를 감싸안아 바깥세상으로부터 안전하게 지켜주기를 빌었다. 이 벽들 속에 영원히 숨어 있을 수 있기를.

26장

마서

검시가 끝나면 몇 주 안에 가족이 시신을 넘겨받아 매장할 터였다. 의심을 피하려면 나도 장례식에 참석해야 한다는 결론이 나왔다. 물론, 내가 아닌 보든 부인의 결론이었다. 너무도 차분한 부인을 지켜보며, 자신의 남편들도 이런 식으로 처리한 건 아닐까 하는 의심이 들기 시작했다. 한 수 앞을 내다보고 내 알리바이를 확실히 만들어준 것도 얼마나 치밀한가.

"왜 저를 위해서 이렇게까지 하시는 거예요?" 그날 밤늦게 부인에게 물어보았다. 녹초가 됐는데도 잠이 오질 않았다. 눈을 감을 때마다 그 광경이 재생되는 통에.

"내가 뭘? 그저 정의를 실현하고 있을 뿐인데."

"그게 아니잖아요." 무슨 일이 있었던 건지 아직도 확신할 수가 없었다. 셰인은 술에 취해서 발을 헛디뎌 떨어진 걸까? 그 광경을 머릿속으로 떠올릴 때마다 떠밀리는 그가 보였지만, 대체 누구에게 혹은 무엇에 떠밀린 걸까? 보이지 않는 어떤 힘에? 보든 부인은 그저 평범한 할머니가 아닌 걸까? 그녀가 나의 수호천사인지, 아니면 인간으로 변장한 악마인지 헷갈렸다. 보든 부인은 쉽게 읽을 수 있는 사람이 아니었다. 한 사람의 생애라기엔 너무도 많은 이야기가 켜켜이 쌓여 있어 집중할 수 없었다. 배우로서 캐릭터들을 구현해야 했다는 말을 부인에게 들은 적이 있다. 어쩌면 그들이 아직도 유령처럼 그녀 안에 살아 있는지도 모른다.

"마서, 이렇게 된 거야. 셰인이 술에 취한 상태로 와서 자네한테 폭력을 휘둘렀어. 죽음을 자초한 거지. 그날 일에 대해서는 이 사실만 기억해둬."

무척 그럴듯하게 들렸고, 어둠 속에 침몰하는 기분이 들 때마다 부인의 이 말을 구명 튜브처럼 꼭 붙들었다. 내가 장례식을 무사히 넘길 수 있을까? 어떤 얼굴로 가족을 봐야 하지? 헨리에게 같이 가달라고 부탁해볼까 고민했지만, 여러모로 부적절한 일이었다. 게다가 아직 그에게 연락하지 않았다. 셰인의 죽음으로 인한 충격에 감각이 마비되어버린 탓이었다. 문자메시지를 보내려 해도 마땅한 말이 떠오르지 않았다. 직접 만나야 했다.

버스를 타고 리알토로 가서, 헨리가 나를 데려갔었던 숙소를 찾았다. 그 일이 전생처럼 느껴졌다.

"아, 어서 와요, 방 찾으시나?"

옆머리를 올려 빗어 대머리를 감춘 키 작은 남자가 문을 열어주며 한 발을 문턱에 올려놓자, 개 한 마리가 멍멍 짖으며 밖으로 달아나려 했다.

"아니요, 여기서 묵고 있는 사람을 만나러 왔어요. 헨리 칼라일이라고, 잉글랜드 사람이에요." 그가 헨리의 이름을 모르는 것 같아 마지막 말을 덧붙였다.

"아, 헨리, 알지. 그런데 어쩌나, 집으로 돌아갔는데."

"집요?"

"잉글랜드 말이오."

나는 총이라도 맞은 것처럼 뒤로 조금 비틀거렸다. 이해가 되질 않았다.

"괜찮아요? 실례되는 말이지만, 얼굴빛이 안 좋으신데."

나는 고개를 끄덕이고는 조리 있게 말하려 애썼다. "언제 떠났어요?"

"아, 이틀 정도 됐나?"

"저, 저……"

"미안한데, 지금 축구 경기 보는 중이라." 그는 어느 팀인가 골을 넣은 소리가 들리는 곳을 향해 갈망 어린 눈길을 던졌다.

"아, 죄송해요."

내가 무슨 말을 더 꺼낼 틈도 없이 문은 닫혀버렸다. 충격은 다른 감정으로 바뀌었다. 굴욕감. 휴대전화를 확인해보았다. 그가 보낸 메시지는 없었다. 이제 확실해졌다. 나와 키스한 후 실수라는 걸 깨닫고 그 일을 후회하고 있는 것이다. 왜 아니겠어. 나는 손목 안쪽으로 눈을 꾹 눌렀다. 그는 그저 내가 안쓰러웠으리라. 바로 그거다. 그는 나를 동정했고, 나는 그 이상의 감정으로 오해했다. 어쩌면 그에게는 아무런 의미도 없었을지 모른다. 아니면, 실수였다는 걸 너무 늦게 깨닫고, 나에게 어떻게 말해야 할지 몰라 난처해진 걸지도. 나는 떨리는 손가락으로 휴대전화 화면에 그의 연락 정보를 띄우고 차단 버튼을 누른 다음 휴대전화를 주머니에 도로 찔러 넣었다.

비틀비틀 다시 거리로 나갔다. 이렇게 가슴 아플 줄은 몰랐다. 그가 언젠가 떠나리라는 걸 처음부터 알고 있었지만, 이렇게 잔인하게 한마디 인사도 없이 사라져버릴 줄이야. 나는 걸음을 멈추고 숨을 크게 한번 쉬었다. 또다시 남자에게 휘둘려 상처받을 생각은 없었다. 내가 잘하는 한 가지가 있다면, 혼자 있는 것이었다. 이젠 그 무엇도 나를 상처 입힐 수 없었다.

———◆

시간은 괴상하게 흘러갔다. 하루 종일 지난 일을 되새기며 시간을 흘려보내다 불현듯 현실로 돌아오면 이게 진짜 현실인가 싶어 어리둥절해졌다. 이렇게 마을로 돌아가게 될 줄은 몰랐다. 하물며 남편의 장례식 때문이라니. 초현실적으로 느껴졌다. 사람들은 늘 나를 조금 '어긋난' 인간으로 여겼다. 나는 평범하게 행동하려 애썼지만, 남들처럼 자연스럽게 주변에 녹아들지 못했다. 항상 겉도는 느낌이었다.

남편이 죽은 후 혼자 힘으로 슈퍼마켓을 운영해온 셰인의 어머니는 공동체의 기둥으로 평가받는 사람이었다. 조금 쌀쌀맞은 구석이 있기는 해도 언제나 내게 잘해주었다. 나의 남다른 면모도 알고 있었다. 아니면, 겉으로 인정하지는 않았지만 자기 아들의 됨됨이를 잘 알고 있었는지도 모른다. 나보다 더. 내 몸에 든 멍을 보고도 내가 입 닫고 있기를 바랐을 것이다. 그런 추문으로 자신의 평판이나 장사를 망칠 수는 없으니. 그리고 나는 묵묵히 장단을 맞춰주었다. 일을 키우고 싶지 않았고, 이 모든 일에 내 탓도 조금은 있다고 믿었기 때문이다. 내가 뭔가 잘못했다고 생각했다. 그녀를 읽으면, 맹목적으로 가족을 사랑하는 한 여자가 보일 뿐이었다.

보든 부인이 같이 가주겠다고 했지만 부인에게 그곳을 보여주고 싶지 않았다. 마을도 마을 사람들도 창피했다. 그저 그날 하루를 잘 버티면 모든 것이 끝날 터였다. 그렇게 나 자신을 타일렀다.

나는 셰인의 어머니와 함께 검은 차 안에 있었다.

"그래, 더블린에서 참 대단한 일을 하고 있는 모양이구나."

"네?"

"대체 어떤 아내가 일 때문에 남편을 나 몰라라 하니?" 앞쪽의 길만 노려보고 있던 그녀가 충혈된 눈을 내 쪽으로 돌렸다.

"전 그런 적 없어요."

"우리 불쌍한 셰인은 네 꿈을 이루어주고 싶다면서, 몇 달 정도는 혼자 지내도 괜찮다고 했어. 오, 속으로는 얼마나 널 데려오고 싶어 했는데."

셰인은 내가 떠났다는 사실을 어머니에게 알리지 않은 것이다. 나는 숨을 크게 들이마셨다. 당연히 아무한테도 말하지 않았겠지. 어떻게 설명하겠는가. 그녀는 폭력에 대해 전혀 몰랐거나, 아니면 눈앞에 떡하니 보이는 것을 애써 외면했다. '내 아들이 그럴 리 없어.'

243

"사고가 아니었다면⋯⋯." 그녀는 말을 삼키며 손수건으로 코를 눌렀다. "넌 왜 거기에 없었니, 마서?"

"전⋯⋯." 내 목소리가 갈라졌다. "죄송해요."

그녀는 내 손을 잡더니, 뼈가 부러져라 꽉 쥐었다.

"사람들은 자살이라고 떠들어대지만, 난 그렇게 생각 안 한다."

나는 고개를 끄덕였다. 죄책감과 안도감이 뒤섞이며 온몸에 전율이 일었다. 아무도 의심하지 않는다니.

그날 하루는 어떤 전위적인 영화처럼 몇몇 장면들이 번쩍번쩍 스쳐 지나갔다. 교회에서 추도사를 읊는 셰인의 삼촌. 아이처럼 천진난만해 보이는 셰인의 차갑고 하얀 얼굴. 묘지에서 관이 땅속으로 내려갈 때 셰인의 어머니가 울부짖는 소리. 나중에 호텔에 가서 셰인과 내가 처음 만난 사연을 떠들어대는 그의 친구들. 첫눈에 반한 사랑. 맥주잔으로 건배하며, 셰인이 얼마나 견실한 남자였는지 이야기하는 나의 두 형제. 늘 저렴한 가격에 차를 고쳐줬지. 나는 눈물 한 방울 흘리지 않았다. 사람들이 이상하게 볼까 봐 걱정했지만, 슬픔을 표현하는 방법은 저마다 다르다며 신부님이 나를 안심시켜주었다.

———◆

부모님이 나를 집까지 태워다주겠다고 했다. 거의 나를 죽이려 했던 남자와 함께 살았던 아파트로. 지금은 죽어서 땅속에 묻힌 남자. '그건 끔찍한 사고였어.' 이 대사를 주문처럼 속으로 수없이 되뇌었다. 무언가를 많이 말하면 진실이 된다. 아니, 내 계획대로라면 그럴 것이다. 열쇠로 문을 열고 집 안으로 들어서자마자 더는 그곳에서 지낼 수 없다는 걸 알았다.

어느 쪽으로 눈을 돌려봐도 그가 나를 위협하고, 소리 지르고, 때리던 일이 떠올랐다. 시작도 끝도 없는 단편영화들. 어디서부터 다툼이 시작됐는지 알 수 없었다. 어떤 논리적인 시작점을 찾으려 해본 적도 있지만, 그런 건 없었다.

무엇이든 셰인의 화를 돋울 수 있었고, 그의 심기를 건드리지 않으려 움츠러들수록 나 자신은 점점 사라졌다. 난 오로지 그의 세계 안에서 그의 뜻대로 존재하며, '첫눈에 반한 사랑'에서 살아남으려 애썼다.

엄마를 돌아보자, 엄마는 말 한마디 없이도 내 부탁을 이해했다. 나는 부모님과 함께 돌아갔다.

잠이 오질 않았다. 어릴 적 침대에 드러누운 채, 어쩌다 여기까지 왔을까 생각했다. 첫 아침 햇살이 얇은 커튼으로 스미기 전, 몇 가지 결단을 내렸다. 다시는 이 마을에 돌아오지 않으리라. 무슨 일이 있었건 간에, 처음부터 다시 시작할 수 있는 두 번째 기회를 얻었다. 나는 얼른 옷을 입고 발끝으로 살금살금 걸어 뒷문으로 갔다. 걸쇠를 올리는 순간, 뒤에서 믿기 힘든 목소리가 들렸다.

"그놈이 죽어서 기뻐."

돌아보니, 낡은 가운을 입고 팔짱을 단단히 낀 엄마가 서 있었다. 내 평생 처음 들어본 엄마의 목소리였다. 속삭이는 듯한 쉰 목소리는 내가 오래전부터 품어왔던 의혹을 입증해주었다. 엄마는 고의로 입을 닫고 살아온 것이다. 대체 왜? 그때, 그동안 내 속에 고여 있던 모든 눈물이 뿜어져 나왔고 우리는 한참이나 서로 껴안고 있었다.

"나랑 같이 가요." 마침내 내가 말했다.

엄마가 아빠를 떠나지 않으리라는 건 나도 알고 있었다. 아빠는 좋은 사람이었다. 다만, '좋다'의 정의가 사람마다 다를 뿐.

엄마는 내게, 떠나서 자유롭게 내 인생을 즐기라고 수화로 말했다. 엄마가 예전부터 내게 바란 건 그거 하나였다.

"내가 그놈한테서 널 구했어야 했는데."

엄마의 얼굴은 새하얗게 질려 있었다. 엄마가 얼마나 스스로를 책망했는지 이제야 알 것 같았다.

"그럴 수 없었을 거예요. 셰인이 나를 모두에게서 떼어놓고, 모든 게 내 잘못이라고 느끼게 만들었으니까. 너무 창피해서 아무한테도 말 못 했어요."

"오, 애야, 난 네가 날 창피해하는 줄 알았어! 그래서 거리를 뒀는데."

나는 엄마를 다시, 있는 힘껏 껴안았다. 셰인이 어떻게 날 조종했는지, 이제 분명히 알았다. 그를 용서하지 않을 것이다. 죽을 때까지.

27장

헨리

펠리시티 그레이스 필드는 두 주 일찍 세상에 나오기로 마음먹었다. 나는 누나의 설득에 넘어가 런던에 며칠 더 머물면서 매형과 함께 아기방을 꾸미기로 한 차였다. 오전 3시, 방 밖에서 허둥지둥하는 목소리가 들렸다. 어머니는 매형에게 작은 가방을 챙기라며 소리 지르고, 매형은 차 열쇠를 어디 뒀는지 모르겠다며 소리 지르고, 누나는 아기한테 스트레스 주지 말라며 둘 다에게 소리 질렀다. 침대에서 뛰쳐나가 복도로 나가보니 누나가 액체 웅덩이 속에 맨발로 서 있었다.

"무슨 일이야?" 나는 바보 같은 질문을 던졌다.

"아기가 나올 것 같네." 누나의 말투는 평소처럼 냉소적이었다.

"뭐, 지금?"

"그래, 지금." 누나는 얼빠진 듯한 내 목소리를 흉내 냈다.

그때 어머니가 슬리퍼와 코트를 들고 나타났다. 누나가 어머니의 도움을 받아 힘겹게 옷을 입는 동안 나는 우두커니 서서 보고만 있었다.

"헨리! 그렇게 가만있지 말고 뭐라도 좀 해." 어머니는 이렇게 호통치고는 내게 매형을 도와 차 열쇠를 찾으라고 했다. 어머니가 시키는 대로 열쇠를 찾아 나섰는데, 식탁에 보란 듯이 놓여 있었다. 매형은 몇 번이나 그걸 못 보고 지나친 것이다.

"환장하겠네." 매형은 공황 상태에 빠져 눈을 휘둥그레 뜬 채 말했다. "난 아직 준비가 안 된 것 같아."

"괜찮아요. 뭐, 이 단계에서 그게 뭐가 중요하겠어요?"

"망할, 운전은 또 어떻게 하지? 눈앞이 뿌연 게 잘 보이지도 않는다고. 이게 정상이야?"

운전은 내가 했다. 누나의 양 옆에 앉은 어머니와 매형은 실성한 복어 두 마리처럼 두 뺨을 잔뜩 부풀렸다가 오므린 입술 사이로 숨을 뱉었다. 그게 도움이 됐는지 어땠는지, 누나의 얼굴을 보아하니 차 안에 흐르는 정적이 마음에 드는 모양이었다. 다 같이 소리를 질러대던 난리통보다는 나았다. 나는 이 상황에서 든든한 의지가 되어주는 나 자신을 속으로 칭찬하며 응급실 밖에 차를 세웠다.

"자, 도착했습니다." 나는 스페인 해안으로 2주간의 휴가를 떠나는 사람들을 공항에 내려주듯이 말했다.

"여긴…… 산부인과가…… 아니잖아!" 누나는 위협적인 목소리로 아주 나지막이 말하더니, 암소의 포효와 비슷하다고밖에, 달리 표현할 수 없는 소리를 내질렀다. 나는 액셀러레이터를 세게 밟고 표지판을 따라 산부인과로 가서 다시 문 앞에 차를 세웠다. 식구들을 내려준 뒤 주차장에 차를 세우고 병원으로 들어갔을 땐 모든 것이 끝나 있었다.

"딸이야." 어머니는 눈물을 흘리며 속삭였고, 나는 머리 위에서 깜박이는 고장난 형광등 아래에서 어머니를 꼭 껴안았다. 네 명이 왔다가 다섯 명으로 집에 돌아가다니, 그저 신기할 따름이었다. "지금은 태반을 빼내는 중이야."

"엄마, 자세한 내용은 됐어요."

"어머, 얘 좀 봐." 어머니는 내 팔을 가볍게 툭 쳤다. "언젠가는 네 차례도 온다고."

그런가? 나는 아버지가 되고 싶은지 어떤지 확신이 서지 않았다. 내가 겪은 고통을 다른 누군가에게 안기고 싶지는 않았다.

"이제 들어와도 돼요." 매형이 문 밖으로 고개를 삐죽 내밀었다. 마치 자기가 아기를 받기라도 한 양, 옷 위에 비닐 앞치마를 두른 채로 울고 있었다. "기뻐서 그래요." 나는 그저 매형을 안아줄 수밖에 없었다. 연약한 모습의 매형이 사랑스러웠다.

방금 중요한 일이 벌어졌음을 알려주듯 병실 안에는 진중한 분위기가 흘렀다. 그러다 누나를 보았다. 땀에 젖은 채 뒤로 넘겨진 검은 앞머리, 이불 한 장에 덮인 알몸, 누나의 팔에 기대어 있는 조그만 검은 머리.

"펠리시티, 이제 헨리 삼촌을 만날 시간이야."

그리고 난 울었다. 이젠 아기도 울고 있어서 큰 문제가 되지는 않았다. 우리 모두 울고 웃다가 간호사에게 쫓겨났다. 누나에게 '모유 수유' 법을 가르쳐야 한다고 했다. 보아하니 누나는 쉬지 못

할 모양이었다. 어쩌면, 영원히.

————◆————

우리는 그날 밤을 병원에서 함께 보냈다. 우리가 만들어낸, 아니, 정확히 말하면 매형과 누나가 만들어낸 작은 기쁨을 깨뜨리고 싶지 않았다. 새로운 가족이 생겼고, 다들 입 밖으로 내진 않았지만, 그 아이가 우리보다는 나은 삶을 경험하리라 확고히 믿는 듯했다. 아이를 위해 우리도 더 나은 사람이 되어야 하리라. 그 여정이 이미 시작되었다. 아마도 이래서 새 생명을 기적이라 부르나 보다. 모든 걸 바꿀 힘을 지녔으니까.

갑자기 마서를 보고 싶어 견딜 수 없었다. 무슨 일이 있었는지 전부 말해주고 싶었다. 그녀가 여기, 내 가족과 함께 있으면 얼마나 좋을까. 가족의 일부가 된다면. 나는 아침을 사러 나와서 누나에게 필요한 물건들도 조금 골랐다. 틈이 난 김에 마서에게 전화해봤지만, 발신음조차 울리지 않았다. 휴대전화를 껐구나, 속으로 중얼거렸다. 그렇게 단순히 생각했다. 커피를 기다리는 사이, 나답지 않게 아기 이모티콘을 연달아 보냈다. 그녀는 내가 납치당해서 내 위치를 힌트로 알려주고 있다고 생각하겠지? 하지만 몇 시간이 지나도록 답이 없자, 뭔가 잘못됐다는 느낌이 들기 시작했다. 편지로 모든 걸 설명했지만, 그녀의 마음이 바뀐 건지도 모른다. 내가 너무 강하게 밀어붙였나. 이런저런 어림짐작을 하며 병실로 돌아가다가 누군가와 부딪칠 뻔했다. 어떤 남자였다. 아버지.

"저 사람이 왜 여기 있어?"

"헨리, 괜찮아." 누나가 말했다.

괜찮지 않았다. 전혀 괜찮지 않았지만, 막 아기를 낳은 사람의 감정이 다른 누구의 감정보다 중요했다.

"밖에서 기다릴게." 나는 포장해 가져온 음식을 남겨두고 나왔다.

———✦

나는 바깥의 흡연 구역을 빙빙 돌았다. 왜 누나는 아버지에게 연락했을까? 왜 여기로 불렀을까? 그를 볼 때마다 옛 상처가 한꺼번에 수면 위로 떠올랐다. '약해빠진 놈은 내 아들이 아니야.' 내가 처음 자전거에서 떨어져 울었을 때 아버지가 한 말이었다. 그러고는 나를 주먹으로 때려 다시 쓰러뜨렸다. '이 험한 세상 살아가려면 강해져라.' 그런 인간을 아버지로 둔 아이라면 확실히 강해질 필요가 있었다. 그는 어떤 할아버지가 될까? 이런 생각을 하자 더욱 화가 치밀었다. 아마도 완벽한 할아버지가 되겠지. 내게 저질렀던 그 모든 실수를 만회하면서. 누나는 아버지에게 큰 상처를 받은 적이 없다. 딸이어서 그랬을지도 모른다. 그런 누나를 원망한 적도 있었지만, 누나가 나 같은 시련을 겪지 않아 다행이다 싶을 때가 더 많았다.

또 마서가 생각났다. 나는 돌이킬 수 없을 정도로 망가져버린 듯한 내 일부를 너무 오랫동안 숨겨왔다. 하지만 내 모자란 점을 감춘 채 남들에게 호감을 사려 몸부림치는 나의 미약한 시도를 마서는 알아챘다. 나는 아버지에게서 배운 것이 아무것도 없었다. 아버지 덕에 내가 부족한 인간임을 깨달았을 뿐. 이 공허한 유산이 우리 가문의 남자들 사이에 대물림된 것을 이제는 알 것 같았다. 우리는 강한 남자로 보이려 갖은 애를 쓰며 인생을 허비했다. 건설 현장의 비계처럼, 그건 임시 조처에 불과했다. 내면의 무언가가 고쳐져야 했다. 하지만 그러지 못했다. 그런데 어쩐지 마서는 그 망가진 부분을 보았고, 그럼에도 개의치 않았다. 그녀는 완벽함이 아니라 그저 솔직함을 원했다. 친절함. 그 모진 일을 겪고도 내 안의 친절함을 기꺼이 찾으려 했다. 누군가에게 또 애정을 품기를 두려워하지 않았다. 나는 다시 휴대전화를 확인해보았다. 여전히 답이 없었다. 마서와 함께하려면, 먼저 내가 그럴 자격이 있는 인간으로 거듭나야 했다.

28장

오펄린

1922년, 더블린

크리스마스가 얼마 남지 않았다. 매슈가 가게를 장식할 호랑가
시나무 가지들과, 햄이며 비스킷이며 케이크를 싼 조그만 꾸러미
들을 들고 찾아왔다. 그는 자신의 집에 필요한 무언가를 살 때마
다 내 몫을 따로 챙겼고, 이런 친절함이 내 가슴을 아프게 했다.
나는 그의 너그러운 도움을 거절할 처지가 아니었다. 내가 만든
도서 카탈로그는 아일랜드뿐만 아니라 심지어 미국에서도 잘 팔
렸지만, 생활은 여전히 빠듯했고 미래를 위해 작은 액수라도 저축
하려 애쓰고 있었다. 매슈가 가게에 발을 들이자마자 스테인드글
라스 창에 겨우살이가 가득 피어나기 시작했다.*

"그만해!" 내가 말했다.

---

* 서양에는 크리스마스에 겨우살이 장식 아래에서 키스하는 풍습이 있다.

253

"뭘 그만해요?" 매슈는 호랑가시나무 가지를 높이 들어 올리며 물었다.

"아, 아무것도 아니에요." 나는 얼굴을 붉혔다. "아기가 발로 차서."

매슈는 호랑가시나무 가지를 탁자에 내려놓고는 한쪽 입꼬리를 올려 빙긋 웃었다.

"뮤리얼이 올리를 임신했을 때가 기억나네요. 녀석은 밤마다 곡예를 하다시피 했죠."

정말로 아기가 발길질을 한 것이 아니라 그냥 핑계를 댄 것뿐인데, 매슈가 한발 다가오더니 내 배를 만져봐도 되겠느냐고 물었다. 그가 그래 주기를 원했지만, 말이 나오지 않아 그저 고개를 끄덕였다. 그가 내 봉긋한 배에 손바닥을 살며시 대자마자 아기가 움직이기 시작했다.

"하! 여기 있군요." 매슈가 씩 웃었다. "정말 마법 같다니까요."

내가 임신 소식을 알렸을 때 그는 비난하지 않았다. 아이 아버지가 누군지, 혹은 어디에 있는지에 대한 해명도 요구하지 않았다. 그저 자신이 도울 일이 있는지만 물었다.

"왜 직접 가게를 물려받지 않았어요?" 내가 물었다. "더 젊었을 때 분명 그러고 싶었을 텐데."

그가 배에서 손을 떼자, 갑자기 허전함이 밀려들었다.

"철이 든 거죠." 그는 이렇게만 말하고 어깨를 으쓱하더니 촉촉해진 눈으로 가게를 둘러보았다. "게다가 지금은 적임자가 맡았고요."

"글쎄요." 나는 두 손으로 선반을 훑으며 말했다. 책등이 삐걱거리고 종잇장들이 한숨 쉬는 소리가 그에게도 들릴까?

"아버지는 항상 가난했어요, 오필런. 적어도 경제적으로는요. 하지만 힘든 시기에도 절대 흔들리는 법이 없었죠. 아마도 가게가 다시 도서관이 되기를 기다리고 있나 보다, 이렇게만 말씀하셨어요. 그런데 당신이 가져다 놓은 책들을 보니, 아버지 말씀이 옳았나 봐요. 이 가게는 골동품 가게도, 마법의 가게도 되기 싫었던 겁니다." 그는 손을 뻗어 나무 벽을 톡톡 쳤다. "자신의 뿌리로 돌아간 거예요."

매슈가 떠난 뒤 나는 정적을 메우기 위해 계절에 어울리는 차이콥스키의 〈호두까기 인형〉을 빅트롤라 축음기로 틀어놓고, 발레곡의 원작인 E. T. A. 호프만의 《호두까기 인형과 생쥐 왕》을 뽑아 들었다. 요크셔의 도서관에서, 에밀리 브론테가 호프만의 작품들을 좋아했다는 기록을 읽은 기억이 났다. 내 기억이 틀리지 않는다면, 에밀리는 호프만의 《모래 사나이》를 독일어 원전으로 읽었다. 이렇게 생각의 타래를 이어가노라니, 런던에 다녀온 후 구석에 처박아두었던 물건이 하나 떠올랐다. 반짇고리.

브라운 부인에게서 산 그 조그만 물건은 너무도 소박하고 시시해서 대충 한번 보고 그냥 치워버렸다. 정말 브론테 가족이 쓰던 물건이었는지도 의심스러워, 화장대의 맨 밑 서랍에 아무렇게나 넣어두고는 손도 대지 않았다.

나는 몸을 숙여 반짇고리를 꺼낸 뒤 책상에 올려두었다. 그리고 진위를 가려내기라도 하듯 손가락으로 표면을 훑으며 눈을 감았다. 그것은 양철로 만들어진 낡은 동전 상자일 뿐, 제대로 된 반진고리라 할 수도 없었다. 안에는 실패, 바늘, 골무, 실이 들어 있었다. 리버풀에서 배를 타고 올 때 했던 것처럼, 그것들을 하나씩 꺼내보았다. 뭔가 놓친 것이 있을지도 모른다. 금속에 어떤 이름이 긁혀 있다거나 모종의 단서가 있을지 누가 알겠는가. 하지만 아무것도 없었다.

멀리 우르릉거리는 천둥소리가 들리더니, 고개를 들자 굵은 빗방울이 창유리를 때리기 시작했다. 나는 배를 쓰다듬으며 살며시 말했다. "걱정 마, 아가야, 신들이 구름 속에서 장난치고 있는 거란다." 난 원래 폭풍우를 싫어했지만, 이 감정을 아기에게 물려주지 않기로 마음먹었다. 게다가, 뭔가 신나는 일이 벌어질 것만 같은 신비로운 기운이 감돌고 있었다.

나는 일어나 덧창을 닫고, 모직 숄로 어깨를 감쌌다. 반진고리를 두 손에 쥐고서 어떻게든 과거를 느껴보려 애썼다. 물건을 만지면 전 주인의 환영이 보이는 사람들이 있다고 읽은 적이 있었다. 물론 터무니없는 소리겠지만, 눈을 감고 반진고리를 뒤집다가 무언가를 발견했다. 내 촉각이 부정확하다는 사실만 증명될까 봐 감히 눈을 뜨기가 두려웠지만, 분명 거기 있었다. 상자 아래에 보일락 말락 하게 파인 홈. 그때 가게를 지나가다 내 얼굴을 본 사람이 있다면, 고대 이집트 무덤 입구에 선 보물 사냥꾼 같다고 생각했을 것이다!

겉덮개를 천천히 뒤로 벗겨낸 뒤, 트럼프 카드만 한 조그만 검은색 노트를 살짝 꺼냈다. 나는 헉 숨을 몰아쉬었다. 내가 뭘 찾아낸 거지? 이 노트는 언제부터 이 비밀스러운 공간에 숨어 있었으며,

누가 여기에 넣어놨을까? 머릿속에서 온갖 가능성이 서로 충돌하는 통에 나는 돌처럼 굳어 꽤 오랫동안 미동도 하지 못했다. 내가 고동치는 심장 위를 손으로 짓누른 채, 노트가 내게 말을 걸기라도 하는 것처럼 책상으로 고개를 푹 숙이고 있었다는 것도 몰랐다.

미지의 사실을 알기 직전의 순간이 달콤하긴 했지만, 더 미룰 수가 없었다. 호기심이 절정에 달했다. 머뭇머뭇 손을 뻗어 노트를 조심스레 펼쳤다. 건조한 나무 냄새가 풍겼다. 난롯가에서 글을 갈겨 쓰는 젊은 여성의 모습이 단번에 떠올랐다. 그곳의 향기가 여전히 노트에 배어 있는 것 같았다.

1846년

이 비참한 곳에서 달아나려 평생을 발버둥질했건만, 그럴수록 뒤틀린 뿌리에 얽혀들고 무시무시한 탑에 짓눌릴 뿐이었다. 이제는, 이 땅에 태어난 그 누구도 발뒤꿈치에서 그 흙을 털어낼 수 없다는 사실에 만족한다.

나는 상기된 두 뺨에 손바닥을 댔다. 이게 바로 그건가? 내가 몇 년 동안 찾아다니던 그것?

렌빌 홀은 망령처럼 우리 가문을 대대로 괴롭히며……

감히 종이에 손을 댈 수도 없었다. 오랜 세월을 살아남은 이것이 내 손 안에서 부서질지도 모른다는 비이성적인 두려움 때문이었다. 나는 서랍을 뒤져 돋보기를 찾았다. 종이에 꾹꾹 눌러 쓴 글씨가 너무 작아서 알아보기 힘들었다. 탁상용 스탠드를 더 가까이 끌어당긴 뒤 조그만 책으로 고개를 숙였다. 검은 잉크가 엉망으로 번져 있고, 썼던 글을 북북 그어 지우고 새로 쓴 글은 여백으로 밀려나 있었다. 하워스에서 세 자매의 일기 원본을 봤기 때문에 에밀리의 글씨라는 확신이 있었지만, 그래도 감정이 필요했다. 그런데…….

바로 그때 눈에 띄었다. 작디작은 서명. EJB.

핏속에서 폭죽이 터지는 느낌이었다. 아기가 발길질을 하고, 허공이 갈라지고, 휙 하는 소리가 귓속을 뚫고 지나갔다. 에밀리의 두 번째 소설, 아니면 적어도 그 초고? 머리가 어찔해지고, 두 발은 춤추듯 바닥을 두드려댔다. 나는 두 눈을 감고, 환희에 찬 얼굴을 손가락 끝으로 더듬으며 기억에 새겨두려 애썼다. 심장은 창가에 노니는 새처럼 흉곽을 때려대고 있었다. 나는 계속 읽어나갔다.

아버지가 돌아가시고 런던의 채권자들에게 억지로 빚을 청산한 뒤 나는 이제 아일랜드로 돌아가고 있다…… 그 저주받은 나라 구석구석에 꿰뚫을 수 없는 암울함이 스며들어 있었고, 일주일 동안 휘몰아친 비는 땅을 흠뻑 적시다 못해 진창으로 만들어놓았다. 기근이 땅을 유린하여……

여기서부터는 글씨를 알아볼 수 없었고, 다음 단락은 시간을 훌쩍 뛰어넘은 것처럼 보였다.

이것은 나의 속죄, 이 지옥 같은 곳으로의 유배가 될 것이다. 나는 두 개의 거대한 기둥을 지나, 렌빌 홀까지 길게 뻗은 가로수길로 들어섰다. 양쪽에 주목들이 드높이 솟아 있는 거리에는 공포감을 띤 기묘한 적요가 흘렀다. 어린 시절 이곳에 딱 한 번 머물렀을 때, 저 너머 숲속에 유령들과 시체 먹는 악귀들이 산다는 이야기를 늙은 하인에게 들은 기억이 났다. 저택은 어둑한 하늘을 배경으로 짙은 윤곽을 드러낸 채 서 있었다. 잿빛 요새 같은 저택의 앞쪽에서는 가고일 석상들이 기분 좋은 공포감 속에 오후의 연무 사이로 아래를 내려다보고 있었다……

　밤이 되자 다이닝룸에 촛불을 켜놓고 그런대로 괜찮은 가자미 요리를 혼자 먹었다. 밖에서 맹렬한 폭우가 몰아치며 억수 같은 비를 창문에 뿌려대더니 별안간 번개가 번득였고, 그때 창밖으로 그녀의 얼굴이 보였다. 나는 부리나케 달려가 걸쇠를 풀었다. 불타는 듯 붉은 머리의 여자. 빗물에 홀딱 젖어, 무늬 없는 흰색 원피스가 마치 수의처럼 가녀린 몸에 찰싹 들러붙어 있었다. 죽은 사람처럼 파리한 여자는 내가 그녀를 창 안쪽으로 끌어당겨도 저항하지 않았다. 우리는 물에 빠진 강아지 두 마리처럼 바닥으로 털썩 떨어졌다. 그녀의 살갗은 악귀나 흡혈귀처럼 허옇게 질려 반투명했지만, 그녀의 얼굴은 신의 창조물이라 말하기 어려울 만큼 아름다웠다.

　마스티프*가 사납게 짖어댔다. 아버지가 키우던 그 늙은 개가 방으로 달려 들어오더니, 눈을 번득이고 송곳니를 드러낸 채 그녀를 바

---

*　영국에서 전투 및 맹수 사냥용으로 개량된 개.

닥에 짓눌렀다.

"헬시그!"

내 명령에 사냥개는 물러났지만, 여자에게 험악하게 짖어대기를 그치지 않았다.

"당신은 누구지?" 내가 물었다. "당신은 사유지에 무단으로 침입했어."

이 말에 여자는 격정적으로 돌변해서 자기 나라 말로 떠들어대기 시작했다. 신기하리만치 감정 전달이 잘되고 어감이 사나운 그 말을 들으며 나는 정확한 의미까지는 아니더라도 그 메시지를 명확히 이해했다. 말을 마친 그녀는 팔짱을 끼더니, 자신의 처지에 어울리지 않게 도도한 태도로 난롯가에 앉았다.

난롯불 불빛에 두 뺨이 붉게 물든 여자는 축 늘어지면서 설핏 잠이 들었다. 나는 잠깐 거기 앉아서, 잠든 여자의 얼굴을 찬찬히 뜯어보았다. 파리에서 쫓기듯 떠나온 후 처음으로 붓을 들어 그림을 그리고 싶어졌다. 괴로울 정도로 예술을 사랑하지만 예술로 성공할 만큼의 재주는 없어 이제껏 재산만 축내고 있었다. 그런데, 지금, 내 안에서 이 여자의 영혼이 자기를 화폭에 담아보라며 부추기는 듯했다. 잠든 여자가 내뿜는 야성적인 아름다움은, 그녀가 태어난 풍경과 마찬가지로, 천국인 동시에 지옥이기도 했다. 나는 좀 더 박진한 초상을 그려내기 위해 광적으로 작업에 매달렸다. 밑그림이 한 장 한 장 늘어날수록, 그 오랜 세월 이젤 앞에서 내가 가지지 못했던 무언가에 가까이 다가가는 기분이었다. 나는 그녀에게 혼을 빼앗겼다.

붓의 뻣뻣한 털들은 내 열정을 원동력 삼아 리넨 화폭을 정신없이

할퀴어댔다. 시간이 얼마나 걸리든, 그녀를 소유하고픈 이 갈망이 날뛰는 동안 나의 걸작을 완성해내리라. 온몸이 쑤셨다. 밤은 아침이 되고, 다시 밤이 돌아왔다. 드디어 나는 뒤로 물러나 그림을 보았다. 화폭에 나의 로즈가 활짝 피어 있었다. 그제야 나는 그녀가 쥐 죽은 듯이 조용하다는 걸 알아챘다. 끔찍한 진실이 믿기지 않아 그녀에게 달려가 얼굴을 만져보았다. 대리석처럼 차가웠다. 그녀는 죽었다.

나도 모르게 블라우스의 가슴께를 꼭 움켜쥐고 있었다. 진짜였다. 내가 찾아낸 것이다. 나는 의자에서 벌떡 일어났다가 다시 앉았다. 비명을 꽥 내지르자마자, 이게 과연 가능한 일일까 하는 의문이 들었다. 에밀리의 소설 발췌문일까? 당장이라도 터질 풍선처럼 심장이 부푸는 느낌이었다! 나는 입술 위로 두 손을 탁 맞부딪치고 거기다 신나게 숨을 불어넣었다. 이게 가능한 일이야? 내가, 내 작은 가게에서, 현대 문학계의 가장 위대한 발견일지도 모를 작품을 읽고 있다고? 가슴에 한 손을 얹어 날뛰는 심정이 진정되기를 기다렸다가 다시 읽어나가기 시작했다.

아일랜드 대기근* 시대, 잉글랜드계 아일랜드인 지주 에거턴 탤벗이 소작인인 로즈와 사랑에 빠진다는 줄거리였다. 토지 관리인은 로즈를 '사탄처럼 악하기 그지없는 간사하고 교활한 인간'으로 묘사하며, 그녀가 그의 나리에게 어떤 마법을 부렸다고 말한다. "오싹한 행동을 하는 와중에도 사람을 홀린다니까요!"

---

* 1845년부터 1852년까지 아일랜드에서 발생한 대기근. 아일랜드 감자 기근으로도 불리며, 100만 명 이상이 사망했다.

흥미롭고 매혹적이며 그야말로 충격적인 작품이었다. 훼손될까 봐 종이에 손을 대기도 무서웠다.

에밀리는 어디서 영감을 얻어 이런 이야기를 썼을까? 고통에 시달린 화가였다는 자신의 오빠 브랜웰을 바탕으로 에거턴이라는 인물을 만들어냈을까? 그러고 보니 브랜웰은 그 시기에 대기근을 피해 온 난민들이 굶어 죽어가고 있던 리버풀을 방문한 적이 있었다. 《일러스트레이티드 런던 뉴스》에 실린 그 그림들, 비쩍 마른 몸에 누더기를 걸친 채 굶어 죽어가는 사람들의 이미지를 에밀리도 알고 있었을 것이다. 몇몇 학자들은 '못 알아들을 말을 횡설수설'하는 '지저분하고, 누더기를 걸친, 검은 머리 아이' 히스클리프가 아일랜드인이라고 주장하며, 그를 미개인, 악마로 낙인찍기까지 했다.

존 에버렛 밀레이가 모델 엘리자베스 시덜이 차가운 욕조 속에서 거의 죽어가는 줄도 모르고 그렸다는 그림 〈오필리어〉가 내 머릿속에 빙빙 돌았다. 죽음과 젊음, 두 세계의 경계처럼 보이는 오스카 와일드의 그림도. 영국 귀족들이 대기근으로 굶어 죽어가는 아일랜드인들을 못 본 체했듯, 살짝 정신 나간 에거턴도 자신의 뮤즈가 죽어가는 걸 보지 못한 건 아닐까.

내 메모와 날짜를 확인해보니, 에밀리가 출판업자인 코틀리에게 보낸 편지 내용과도 부합하는 듯했다. 성공이다. 내가 20세기 문학계의 가장 중요한 미스터리 중 하나를 해결한 것이다!

이 발견을 한시라도 빨리 세상에 알리고 싶었다. 책상으로 돌아가 수화기를 들었다가 조용히 내려놓았다. 수천 번 생을 거듭해도 한번 얼을까 말까 한 귀한 순간이었다. 오롯한 나만의 순간. 그 기분을 만끽하고 싶었다. 그래서 의자에 등을 기대고 앉아 원고를 필사하기 시작했다. 어릴 적 자주 하던 일이다. 좋아하는 책을 처음부터 끝까지 베껴 쓰며, 그런 글을 쓰는 기분이 어떤지 느껴보는 것이다. 그리고, 원본이 적절한 자리―공공 박물관이라면 좋겠는데―를 찾고 나면 나만의 필사본도 한 권 필요할 터였다. 경매에 부치면 얼마에 팔릴지 감도 잡히지 않았다.

나는 애써 현재에 집중하기 시작했다. 조그만 노트에 휘갈겨 써진 열다섯 페이지를 내 글씨로 옮겨 적자 그 분량이 거의 두 배로 늘어났다. 에밀리도 아일랜드에 와본 적이 있을까? 이 발견으로 더 많은 의문이 생겼다! 바로 이런 까닭에 학자들이 그녀의 작품을 아무리 치열하게 분석해도, 그토록 열정적이고 맹렬하게 글을 썼던 여성―소설을 통해 인간 마음의 심연과 초자연적 환경의 외곽으로 우리를 이끌고 가는 용감한 작가―을 제대로 이해하지 못하는 건지도 모른다. 페이지마다 활력 넘치는 존재감이 느껴졌다. 마치 그녀가 말없이 마음을 전하고 있는 것처럼. 어떤 일들은 도무지 설명이 불가능하다. 에밀리 브론테도 그중 하나였다.

29장

마서

"싫어요. 거기랑 엮이기 싫어요."

주택 담보 대출 회사에서 편지가 한 통 왔다. 엄마가 이쪽으로 다시 보내주었다. 더블린에 돌아온 나는 부엌 찬장을 청소하는 중이었고, 보든 부인은 높은 의자에 앉아 나를 지켜보며 허브 차를 홀짝이고 있었다. 한 모금 마실 때마다 움찔움찔 얼굴을 찡그리면서.

"하지만 자네 집이잖아."

"내 집은 여기예요!" 나도 모르게 소리를 버럭 질러버렸다. "아니, 그러니까, 부인이 날 쫓아내지 않으신다면요."

부인은 다 안다는 듯 빙긋 웃었다. 뭘 아는 거지? 나는 부인의 얼굴을 읽었다. 그녀는 내가 죽을 때까지 여기 있을 거라 믿고 있었다. 뭐, 난 확신할 수 없지만.

"그 아파트가 어떻게 되든 상관없어요. 은행더러 가지라고 해요. 태워버리든 말든 마음대로 하라고 해요. 난 거기서 못 사니까."

"이 사람아, 은행은 지금도 돈이 넘쳐나요. 그러면 팔지 그래?"

나는 이 대화가 불편했다. 셰인이나 그 일을 생각하고 싶지 않았다.

"글쎄요."

"지금은 별문제 아닌 것 같아도, 두고 봐, 얼마 안 가서 정당한 자네 몫을 챙기지 않은 걸 후회하게 될 테니까. 보상금 받는다고 생각해." 부인은 엄연한 사실인 양 마지막 말을 덧붙였다.

하지만 나는 소름이 끼쳤다. 그 무엇도 그가 저지른 짓을 보상해줄 수 없고, 그 무엇도 그의 죽음에 대한 내 책임을 지워줄 수 없다. 하지만, 옳고 그름을 떠나, 엄마의 말―평생 처음 엄마의 목소리로 들었던 말, "그놈이 죽어서 기뻐"―을 떠올릴 때마다 기분이 그리 나쁘지 않았다. 난 마침내 자유의 몸이 되었고, 보든 부인의 말대로 이 기회를 허비할 순 없었다.

———✦

저녁이 가장 힘들었다. 헨리와 이야기하고 싶은 욕망을 주체하지 못해 밖으로 나가서는 그 충동이 가라앉을 때까지 계속 걸었다. 주변에서 온갖 일이 벌어지는데도 생각은 항상 그에게로 돌아갔다. 그냥 떠나버린 그에게. 그의 번호를 차단해버린 건 반사적인 행동이었지만, 나 자신을 지키기 위한 것이기도 했다. 그가 떠난 이유를 듣고 싶지 않았고, 다정하게 나를 거절하는 말을 가만히 듣고 있기도 싫었다. 더는 그를 읽을 수 없었고, 그래서 죽을 만큼 두려웠다. 안전망 하나 쳐놓지 않고 줄타기를 하는 기분이었다. 난 그와 사랑에 빠졌고, 이것이 얼마나 위험한 일인가를 누구보다 잘 알았다. 같은 실수를 되풀이할 수도, 그럴 생각도 없었다.

헨리와 함께했던 곳으로 제멋대로 향하는 발걸음도 문제였다. 문득 정신을 차리고 보니 펜 코너 밖에 서 있었고, 한쪽 입꼬리를 비뚜름히 올린 그의 미소, 프랑스어를 말하는 목소리, 내 목에 닿던 포근한 숨결이 떠올랐다. 늦은 시간이라 가게는 닫혀 있었다. 나는 창에 이마를 댄 채, 진열되어 있는 펜들과 노트들을 바라보았다.

그때 그 일이 벌어졌다. 창문이 황금빛으로 반짝이면서 그 모든 단어들이 내게 밀려들었다. 검은 실로 바느질한 것처럼 정갈하고, 깨알처럼 작은 손 글씨를 마음의 눈으로 읽을 수 있었다. 기묘하게 어두운 이야기의 글귀들이 한 줄 한 줄 내 마음속으로 쏟아져 들어왔다. 숨이 턱 막혔다. 흥분을 주체하지 못하고 나는 문신 시술소를 향해 있는 힘껏 달려갔다.

———◆

"저기, 화요일밖에 시간이 안 돼요." 그녀가 말했다.

팔뚝에 호랑이 몸뚱이의 절반이 눈부시게 새겨진 젊은 남자가 의자에 앉아 있었다.

"지금 당장, 최대한 빨리 해야 할 것 같아서 그래요."

"이해해요." 호랑이 남자가 말했다. "쇠뿔도 단김에 빼라잖아요."

"맞아요." 나는 약간 숨을 헐떡이며 말했다. "저분은 이해하시네요."

"알겠어요, 이 손님 끝나면 시작할게요. 하지만 오늘 다 완성하지는 못할 거예요."

나는 괜찮다고 답한 뒤 기다리는 동안 펜과 종이를 집었다. 잊어버릴까 봐 걱정스러웠다. 하지만 이번만은 잊을 수 없을 것 같았다. 그 단어들은 내 뇌에 또렷이 새겨져 있었다. 바늘 움직이는 소리가 계속 들리더니 드디어 내 차례가 돌아왔다. 나는 스웨터를 벗어, 어느 방향으로 새길지 알려주었다. 내게 나타났던 모습 그대로 글씨를 조그맣게 새겨두고 싶었다. 그래서 그녀는 돋보기를 사용해야 했다.

"음, 잠깐만요, 마지막 줄이 뭐라고요?"

"대리석처럼 차가웠다. 그녀는 죽었다."

"이미 새겨져 있는데요."

"네? 그럴 리가 없는데."

그녀가 전신 거울을 가져오더니 내 손에 더 작은 거울을 쥐어주었다. 내 등이 온통 글로 뒤덮여 있었다. 이야기 전체가 이미 내 피부에 잉크로 새겨져 있었다.

"이상하네." 그녀가 말했다.

이상한 정도가 아니라 불가능한 일이었다. 하지만 떡하니 눈앞에 있지 않은가.

"멋진 이야기네요." 그녀는 내 놀란 표정을 완전히 무시해버리고 현실에 집중함으로써 상황을 덜 이상하게 만들려고 했다. 나도 그렇게 하려 애썼다.

"그래요." 내가 할 수 있는 말은 이 한마디뿐이었다.

"약간 고딕풍 이야기네요."

그녀는 시술할 게 없으니 이제 가게 문을 닫고 싶다는 뜻을 넌지시 알렸다.

———◆

집까지 어떻게 걸어왔는지 기억도 나지 않았다. 최대한 소리를 내지 않고 집 안으로 들어왔다. 보든 부인은 쓰지 않을 거라던 텔레비전을, 죽은 사람도 깨울 법한 볼륨으로 시청하고 있었다. 지하의 내 방으로 걸어가는 느낌이 새로웠다. 모든 것이 더 밝고 선명했다. 재킷을 벗어 고리에 걸어둘 때 내 몸이 다르게 느껴졌다. 보이지 않는 사슬에 묶여 있던 근육이 풀려나기라도 한 것처럼, 더 강해지고 더 자유로워진 기분이었다. 내 깔끔하고 아담한 침대, 그 위에 아치형으로 자라나는 나뭇가지들, 그냥 파란색인 줄 알았는데 이제 보니 작은 꽃무늬가 들어간 어여쁜 타일이 벽에 붙어 있는 간이부엌을 바라보았다. 내가 이곳에서의 생활을 좋아한다는 사실을 깨달았고, 묘하게도, 보든 부인의 얼굴에서 읽었듯, 이곳을 떠나고 싶지 않다는 생각이 불현듯 들었다. 내가 이 집에 속한 사람인 양. 하지만 왜?

나는 어릴 적에 엄마가 해주던 대로, 냄비에다 우유와 누텔라 두 스푼을 섞어 작은 가스레인지로 데워서 따뜻한 음료를 만들었다. 그런 다음 누비이불과 베개를 바닥에 놓고, 마음을 진정시키려 애썼다. 완성되어 있는 문신을 발견한 뒤라 쉬운 일이 아니었다. 그 이야기는 어디에서 왔으며, 무슨 의미일까? 아주 오래된 이야기인 것만은 분명했다. 언어가 예스러웠다. 그리고 왜 하필 내게로 왔을까? 그때, 돌아온 후로 쭉 외면해온 또 다른 의문이 끼어들었다. 엄마는 원래 말을 할 수 있었을까? 그렇다면 무슨 이유로 계속 침묵을 지켰을까? 도무지 이해가 되지 않았다. 내가 어렸을 때 엄마는 말을 못 하는 대신 더 잘 들을 수 있으니 특별한 선물을 받은 거라고 말하곤 했다.

음료를 마시자 그 진한 헤이즐넛 맛에 절로 옛 추억이 떠올랐다. 그러다 다시, 생각을 멈추고 그저 귀를 기울였다. 나뭇가지들이 벽을 따라 뻗어나가며 삐걱거리고 우지끈하는 소리는 이제 익숙했다. 하지만 지금은 또 다른 소리도 있었다. 부드러운 숨소리처럼…… 들이쉬고 내쉬는. 어쩌면 내 숨소리일 수도, 아닐 수도 있었다. 이 장소엔 뭔가 있었다. 설명할 순 없어도, 정확히 내가 있어야 할 곳에 있는 느낌이었다.

나는 《길 잃은 곳》을 집어 들었다. 이탈리아의 오래된 도서관을 아일랜드로 가져온 남자의 이야기가 계속 이어졌다. 그는 돈이 별로 없었지만, 자갈 깔린 좁은 길에 버려진 작은 땅에 맨손으로 가게를 지어 올리기 시작했다. 그는 상상력이 가장 위대한 연장이라고 믿는 사람이었다. 그의 현명한 아내는 사랑이 모든 걸 이긴다고 믿었고, 이런 두 사람이 힘을 합쳐 신비로운 이탈리아 도서관으로부터 추억과 꿈의 가게를 만들어냈다. 흔한 전개대로, 그들이 가게에 들이고 싶어 한 물건들이 속속 손에 들어왔다. 한때 책들의 무게에 짓눌려 찌그러졌던 선반들에 세계 곳곳의 보물이 채워지기 시작했다. 건물은 이 새로운 환경에 만족했지만, 방문자들을 제대로 된 방향으로 인도하려는 타고난 욕망을 잃고 말았다. 물건들이 선반에서 떨어지기도 했다(피츠패트릭 씨가 스노볼을 쭉 진열해놓기를 즐기는 겨울철에는 특히 위험했다).

곧 부부에게 첫 아이, 아들이 생겼다. 피츠패트릭 씨는 아들이 가게를 물려받을 날을 상상했지만, 그런 일은 일어나지 않았다. 바지 차림에 남자처럼 머리를 깎고 잉글랜드 억양을 쓰는 여성이 예상 밖의 주인이 되었다. 그녀는 이 발견의 문을 지키도록 특별히 선택받은 문지기의 기나긴 대열에 자신이 합류하고 있음을 전혀 알지 못했다. 다행히도 그녀는 책을 사랑했고, 머지않아 피츠패트릭 씨의 골동품 가게와 그녀는 사이가 아주 좋아졌다.

책을 사랑하는 잉글랜드 여성? 이 책은 이곳과 오펠린에 관한 이야기였다. 헨리의 말이 옳았던 것이다. 무엇이 그를 이곳으로, 이이야기로 이끌었을까? 나는 행방불명된 원고에 대해, 그리고 헨리의 말대로라면 이웃한 서점의 주인이었다는 여자, 오펠린에 대해 생각했다. 뜨개질 패턴처럼 모든 것이 연결되어 있다는 걸 이제 알았지만, 어쩌다 왜 그렇게 되었는지, 어떤 결말이 날지는 전혀 알수 없었다.

30장

헨리

그는 웨일스에서 찾아낸 웬 신통찮은 공동체에서 지내고 있었다. 병원에서 아버지를 보게 될 줄은 미처 예상하지 못했지만, 손주를 보고 싶은 마음이야 당연하지 않은가. 나도 그 사실을 부정할 순 없었다. 하지만 누나는 그냥 넘어가려 하지 않았다. 아버지가 많이 변했다고, 이번만은 자기 자신을 위해 프로그램에 충실히 임하고 있다고 계속 말했다. 마침내 어머니가 떠났을 때 인생의 바닥을 맛본 사람이니까.

"너한테도 좋을 거야." 누나는 누나의 검지를 꼭 감싸 쥔 펠리시티를 품에 안고서 살살 앞뒤로 어르며 말했다.

"아기를 키워본 사람처럼 능숙하네."

"호르몬 때문인가. 모성애가 하늘을 찌르네. 걱정 마, 금방 옛날의 독불장군으로 돌아갈 테니까."

"어련하시겠어."

우리는 어머니의 소파에 앉아, 담요로 요새를 짓고 놀던 우리가

271

언제 이렇게 나이를 먹었을까 하며 신기해하고 있었다. 문제가 있다면, 내가 아직도 어린아이처럼 느껴진다는 것이었다. 내가 어떤 인생을 살고 있는지 도무지 감을 잡을 수 없었다.

"난 아무래도 아버지를 용서 못 할 것 같아." 나는 남매가 허심탄회하게 속내를 터놓는 흔치 않은 순간을 틈타 말했다.

"꼭 용서하라는 게 아니야, 헨리. 이건 아버지 문제가 아니야. 너를 위해서야. 그래야 앞으로 나아갈 수 있어."

"그러니까, 내가 과거에 얽매여 산단 말이야? 누나가 잘못 알았네. 난 아버지 생각도 거의 안 하거든."

"네 선택에 달렸지만, 아버지를 있는 그대로 받아들이는 게 내게는 도움이 됐어. 모든 게 거기서 시작되는 거야. 내 심리치료사는 그 과정을 수용이라고 부르더라만."

"누나 심리치료 받아?" 의도치 않게 너무 충격받은 목소리로 말해버렸다.

"엄마도 받고 있어."

"아."

"우린 혼자 힘으로 모든 걸 감당하겠다는, 그런 마초 같은 생각 안 하거든."

"알아둘게. 하지만 내 평생 마초 소리는 처음 들어보는 것 같은데."

누나는 눈동자를 굴렸다. 남을 설득하는 재주 하나는 대단한 사람이었다. 넘어가는 척이라도 해줄걸 그랬나.

"이사벨하고는 어떻게 된 거야?"

"아, 그거."

"둘이 잘 어울린다고 생각한 적은 한 번도 없지만."

"지금이야 그렇게 말하기 쉽지."

"야." 누나는 아기를 다른 쪽 팔로 옮기며 말을 이었다. "아일랜드에서 만난 여자랑 잘되려면, 우선 마음의 응어리부터 풀어야 할 거 아니야."

"참 나, 그러니까 내가 엄청 형편없는 남자 같잖아! 이번 상담의 결론은 정해진 것 같네."

—◆

그리하여 나는 아버지를 만나러 웨일스의 시골 마을로 찾아갔다. 다 허물어져가는 오래된 저택의 주소를 어머니에게 받았다. 어느 자선단체가 그곳을 중독 치료 센터로 개조했다고 했다. 채소를 재배하는 시민 농장인데, 명상부터 도예까지 다양한 활동을 소개하는 게시판에서 목가적인 분위기가 물씬 풍겼다. 아버지와 어울리지 않는 의외의 장소였고, 그래서인지 나를 만나러 낡은 돌계단을 총총히 내려와 잔디밭으로 나오는 그의 모습은 아주 좋아 보였다. 통통 부은 얼굴과 불그레한 피부는 사라지고, 햇볕에 그을리고 염소수염이 나기 시작한 건강한 남자로 변해 있었다.

"헨리, 아들아." 그는 나를 안으려 두 팔을 벌리다가 생각을 고쳐먹었다. 나는 손을 내밀어 악수를 청했다. "잘 왔다."

기나긴 기차 여행에다 오랜 세월 가슴에 맺힌 응어리, 그리고 펠리시티 덕분에 하룻밤을 거의, 아니 꼴딱 새운 피로감이 겹쳐 할 말이 생각나지 않았다. 뭐, 적어도 애틋한 말은 나오지 않았다.

"오고 싶어서 온 거 아니에요." 나는 '명상의 강'이라는 표지판이 있는 오솔길을 따라가며 말했다.

내 차가운 표정 아래에서 두 가지 마음이 싸우고 있었다. 아버지가 잘 지내고 있다는 안도감, 그리고 왜 좀 더 빨리 정신 차리지 못했느냐는 원망. 아버지의 행복한 모습을 보니 그의 얼굴을 후려갈기고 싶기도 하고, 차라도 한잔하면서 어떻게 변했는지 이야기를 듣고 싶기도 했다.

"곧 아일랜드로 돌아가요." 내가 외국에 나갔었다는 걸 아버지가 알 리 없는데도 이렇게 말했다. "어떤 원고를 찾으려고요."

"넌 어렸을 때부터 책 수집하는 걸 좋아했지." 아버지는 우리가 태평스러운 추억 여행이라도 하고 있는 듯 말했다. 마침내 시간이 났으니, 한 번도 못 나눈 추억담이나 나누자는 듯.

"중요한 기록 같은 것도 수집했었죠. 내가 톨킨이 쓴 편지 찾았던 거 기억나요?" 나도 어쩔 수 없었다. 아버지 노릇이라곤 제대로 해본 적 없는 인간이 어떻게 감히 내 인생을 아는 것처럼 말한단 말인가. 고개를 돌려 쳐다보니 그는 부끄러운 듯 고개를 푹 숙였다. 불쌍한 척 청승 떨어보라지, 절대 안 넘어갈 테니까.

우리는 어느덧 걸음을 멈추고 강기슭에 서서 천천히 흘러가는 고요한 강물을 바라보고 있었다. 그늘에서 한가로이 노니는 물고기 몇 마리가 보였다. 아버지의 옆모습을 슬쩍 훔쳐봤더니, 한 남자를 여실히 드러내는 표정, 더 정확히 표현하자면 솔직함이 엿보였다. 이때까지 아버지는 내게, 어쩌면 아버지 본인에게도 캐리커

처 같은 존재였다. 그는 상처받은 얼굴을 하고 있었다. 나는 그 기분을 잘 알았다.

"내가 무슨 말을 해도 바뀌는 건 하나도 없겠지."

예상치 못한, 평소와 다른 반응이었다. 대개는 애원하고 핑계를 대면서 내 감정을 조종하려 드는 사람이었다. 하지만 지금은 자기 행동의 여파를 이해하는 것처럼 보였다.

"너희한테 필요한 아버지가 되어주지 못해 정말 미안하다. 너희에게 저지른 짓을 생각하면 창피해 죽겠고, 그래서 또 술을 퍼마셨다."

"그래서, 이번엔 뭐가 다른데요?" 나는 다른 데로 데려가달라고 비는 것처럼 내 신발만 내려다보았다. 어떤 까닭인지 그 자리에 뿌리라도 내린 듯 꼼짝할 수가 없었다.

"솔직히 말하면, 헨리, 이번엔 다르다고 약속은 못 하겠다. 그래도 여기서 도움을 많이 받고 있어. 중독이 병이라는 걸 여기서 처음 알았으니까. 그걸 아는 것만으로도 도움이 되더라고."

병이라. 그런 식으로 생각해본 적은 나 역시 없었다. 그저 아버지가 제멋대로 즐기고 그 대가를 우리가 치르는 느낌이 들었을 뿐. 나는 그가 가족보다 술을 더 좋아한다고 생각했다.

"알코올의존증이라고 해서 술 마시는 걸 꼭 즐기는 건 아니다." 아버지는 내 생각을 읽기라도 한 것처럼 말했다. "눈만 뜨면 술 생각뿐인데, 꼭 독을 삼키는 것 같지."

처음으로 나는 아버지 역시 힘겹게 싸우고 있다는 걸 알았다. 이때까지 내 눈에 비친 그는 괴물이었지만, 여기 서 있는 그는 너무도 인간적이었다. 우리가 잃어버린 모든 것이 애통해 눈물이 나는 걸 참느라, 그의 가슴을 때리며 아버지를 잃어서 정말 가슴 아팠다고 말하고 싶은 걸 누르느라 용을 썼다.

"내가 이런 말할 자격도 없고 해준 것도 하나 없지만, 넌 정말 잘 컸다. 헨리. 아들아."

나는 그의 말을 알아들은 척 고개를 끄덕였지만, 뭘 어떻게 해야 할지 갈피를 잡을 수 없었다. 감당하기 힘든 감정이 북받쳐 얼른 자리를 뜨고 싶어 기차 시간에 늦을 것 같다고 했다.

"한 번 더 올래? 네 누나랑 펠리시티 데리고?"

"글쎄요, 한번 물어볼게요."

아버지는 내 손을 잡고 흔들며 원고를 찾기를 빈다고 말했다. 아버지가 내 말을 귀 기울여 들었고 내 삶에 관심이 있다는 사실을 아는 것만으로 마음이 흔들렸다. 내 진짜 아버지를 처음 만난 기분이었다. 내가 어릴 적 겪은 그 폭군은, 아버지를 흉내 내며 모조리 틀린 대사만 읊어댔던 가짜였단 말인가. 이 남자야말로 아빠라 부를 만한 사람이지만 나는 그를 잘 알지 못한다. 낯이 익은 타인에 불과했다. 그곳을 떠나면서, 내 인생이 2막짜리 연극이며, 관객들이 이제 막 로비에서 술잔을 비우고 2막을 보러 돌아올 참이라는 느낌이 선명히 들었다.

———◆

휴대전화를 백만 번도 더 확인했다. 마서에게서는 여전히 답이 없었다. 대신, 프린스턴 대학교에서 보낸 이메일이 한 통 와 있었다. 클릭해서 쭉 훑어보는데, '그녀의 개인사와 관련된 파일들', '죽기 직전 받은 편지' 같은 구절들이 여기저기 눈에 띄었다. 하지만 내 가슴을 설레게 만든 단어는 '오펄린 칼라일'이었다. 첨부 파일을 열어보니, 1963년 9월에 홍차 색깔의 편지지에 쓴 편지를 스캔한 이미지가 나왔다.

실비아에게

지난달 더블린에서 건강한 모습을 봐서 정말 기뻤답니다. 마텔로 탑*에 박물관이 열렸다는 사실을 알면 조이스 씨도 아주 기뻐하실 거예요. 우리의 인생이 빙 돌아 제자리로 돌아온 느낌이었어요⋯⋯ 상황은 아주 다르지만, 우리 둘 다 갇혀 있었잖아요.** 당신이 제리*** 놈들을 혼쭐내줬다고 믿어요!

마서의 말이 옳았다. 난 여태 엉뚱한 곳에서 헤매고 있었다. 오펄린에게만 해당하는 이야기가 아니었다. 나는 몇 번의 클릭으로 당장 아일랜드행 비행편을 예약했다.

---

* 19세기 프랑스 혁명 전쟁 때부터 영국에 건설된 작은 방어 요새를 마텔로 탑이라고 부른다. 그중 더블린 근교 샌디코브에 있는 마텔로 탑은 제임스 조이스의 소설 《율리시스》에서 주인공 스티븐 디덜러스가 지내는 숙소로 등장한다. 실비아 비치는 1962년 6월 그 탑에 제임스 조이스 박물관을 열었다.

** 1941년 나치 장교에게 책을 팔기를 거절했다는 이유로 셰익스피어 앤드 컴퍼니는 폐점되었고, 실비아는 프랑스 비텔에 6개월 동안 억류되었다가 1942년 풀려났다.

*** Jerry. 제2차 세계 대전 동안 연합국, 특히 영국군과 영국 민간인들이 독일인을 부르던 별명.

31장

오펄린

1923년, 더블린

그날 오후, 오퍼 오먼드 키 6번지의 베네트 앤드 선스 경매회사에서 웹스 서점의 해나 씨와 만나기로 약속이 되어 있었다. 나는 짙붉은 문을 지나 건물 안으로 들어갔다. 내부는 소박했지만, 조지 왕조풍의 커다란 창들이 리피 강 쪽으로 나 있어 밝았다.

"첫인상이 어떻소?" 젊은 남자가 건네주는 카탈로그를 받은 뒤 자리에 앉으면서 해나 씨가 물었다.

"뭐, 소더비랑은 많이 다르네요." 나는 메리 여왕이라도 되는 양 깐깐하고 도도하게 말했다.

"그렇지, 그래도 흑맥주는 더 맛있다오." 그는 이렇게 말하고는 한쪽 눈을 찡긋했다.

모든 경매장을 돌다 보면 값이 꽤 나갈 숨은 보물을 찾을 수 있지 않겠냐는 그의 제안으로 여기 온 참이었다. 런던에서 온 거래상이 한두 명 눈에 띄자, 순간 아르망도 여기 와 있을까 궁금해졌다. 바보 같은 생각이었다. 내가 아는 한 그는 아일랜드에 온 적이 없고, 내 새로운 삶의 터전을 나쁘게 말하고 싶은 생각은 없지만, 아르망처럼 다방면에 취미를 가진 사람이 오고 싶을 곳은 아니었다. 흰 턱수염을 멋지게 기른 키 큰 남자가 연단에 서서 우리 모두를 맞았다. 내가 카탈로그를 보자마자 눈독 들였던 품목이 공교롭게도 제일 처음 나왔다.

"제527호 품목, 바이런 경이 1823년 6월 2일 제노바에서 블레싱턴 백작부인*과 헤어질 때 부인에게 선물한 아르메니아어 문법책입니다."

턱수염을 기른 남자의 조수인 짙붉은 머리의 젊은 여성이 장갑 낀 손으로 책을 들어 올려, 다소 시큰둥한 분위기의 청중에게 보여주었다.

"백작부인이 1834년에 집필한 불후의 작품 《바이런 경과 블레싱턴 백작부인의 대화》를 상기시키는, 기념품 같은 책이지요."

나는 고개를 살짝 돌려 경매장 분위기를 살폈다. 사람들은 별로 흥미가 없어 보였다.

"블레싱턴 백작부인이 누구예요?" 나는 팔꿈치로 푹 찌르며 해나 씨에게 물었다.

"내가 무슨 백과사전도 아니고." 그는 장난스럽게 눈동자를 굴렸다.

---

* 아일랜드의 소설가이자 저널리스트였던 마거리트 가디너(Marguerite Gardiner). 제노바에서 바이런 경과 알게 되었고, 훗날 그와의 대화를 책으로 펴냈다.

"오, 시치미 떼지 마세요, 모르는 게 없으시면서." 나는 아첨하 듯 말했다.

"신데렐라 스토리라 할 수 있지. 티퍼레리*에서 태어나⋯⋯."

"아일랜드 사람이었어요?" 내가 끼어들었다.

"그러면 안 될 이유라도 있소?"

"아, 아니요."

"함부로 넘겨짚으면 안 되지." 누군가가 5파운드를 부를 때 해나 씨가 점잔을 빼며 말했다. "어쨌든, 여차여차해서 블레싱턴 백작 인 찰스 가디너와 결혼해 엄청나게 부유하고 교양 있는 부인이 됐 다, 뭐 그런 이야기라오. 여행기나 소설을 썼고, 하이드 파크의 저 택에서 연 문학 살롱이 아주 유명했지."

또 다른 응찰자가 7파운드를 부를 때 나는 휘둥그레진 눈으로 해나 씨를 보았다.

"어떻게 전 지금껏 이 여자를 전혀 모르고 있었을까요?"

"뭐, 한물가는 것도 있으니까."

"여자들 말이군요? 여자들은 한창때가 지나면 꺾인다, 이런 말 이죠?"

"8파운드 없습니까?" 해나 씨에게서 알게 모르게 힌트를 얻었 는지, 경매 진행자는 로열 앨버트 홀을 짓기 위해 철거되었던 블레 싱턴 백작부인의 유명한 고어 하우스에 대해 이야기했다. "문화와 정치를 논한 선도적인 살롱 중 하나로, 디킨스, 새커리, 디즈레일리

---

* 아일랜드 중남부의 내륙 주.

가 자주 드나들었습니다."

그 후의 품목들은 소장 가치가 떨어졌다. 내가 알지도 못하는 오래전 죽은 사람들의 편지들, 머리 타래, 섬뜩한 초상화들. 한 남자가 내 옆에 앉더니 나와 해나 씨에게 고개를 끄덕였다. 그에게 카탈로그가 없어서 내 것을 건네주었다. 점차 흥미가 떨어져가던 와중에 시드니 모건 부인의 이름이 들렸다.

"이 책은 시드니 모건 부인이 《아이리시 피플》에 기증한 대표작 《아일랜드의 야생 소녀》로, 자필 서명이 들어가 있습니다."

나는 엉덩이를 의자에서 떼다시피 하고 몸을 앞으로 쭉 내밀었다. 책 자체가 아름다웠다. 붉은 판지 표지, 금박 테두리를 두른 제목, 왼쪽 상단에서 급강하하는 제비 한 마리, 위로 자라나는 예쁜 양치식물, 오른쪽 바닥에 그려진 나비 한 마리. 정원 같은 분위기의 이 책을 꼭 갖고 싶었다.

"격정적인 민족주의 소설로……." 진행자의 말이 아직 끝나지도 않았는데 나는 손을 번쩍 치켜드는 큰 실례를 범하고 말았다! "아일랜드 민족주의를 논할 때 기초가 되는 텍스트죠. 아일랜드에서 이 소설이 큰 논란에 휩싸인 탓에 모건 부인은 정부의 감시까지 받았습니다."

돈이 얼마가 들든 상관없었다, 어떻게든 그 책을 가져야 했다. 해나 씨가 나를 진정시키려는 듯 내 팔을 건드렸지만, 조언은 필요 없었다. 게다가, 바스의 인쇄업자가 뭐랬더라? '여성의 문학은 남성의 문학보다 가치가 떨어진다…….'

"빨간 모자를 쓴 젊은 숙녀분에게 6파운드에 낙찰되었습니다."

"하!" 나는 허공에 주먹질을 했다. 웃음거리가 될 만한 행동이지만, 상관없었다.

해나 씨가 내 등을 탁 쳤고, 나는 경험해보지 못한 전율을 느꼈다. 소더비 경매장에서 로젠바흐 씨가 이런 기분이었겠구나 싶었다.

"축하합니다, 마드무아젤." 뒤쪽에서 들려오는 목소리에 나는 움찔 놀랐다. 돌아보니, 눈매가 또렷한 금발의 젊은 남자가 있었다. 내 심장박동이 규칙적인 리듬을 되찾았다.

"메르시(고맙습니다), 성함이……."

"라벨입니다. 프랑스어를 할 줄 아십니까?" 나와 악수를 나누며 그가 말했다.

"작곡가 모리스 라벨이 생각나네요! 프랑스어는 조금밖에 할 줄 몰라요. 아일랜드 문학에 관심 있으세요?"

"그럼요. 아일랜드 흡혈귀에 관한 글을 쓰고 있거든요." 그는 이렇게 말하며, 당혹스럽게도 천진난만한 미소를 지었다.

"세상에!" 나는 팔꿈치로 해나 씨를 쿡 찔렀다. "그런 건 없었으면 좋겠는데요."

"아니, 우리의 브램 스토커*가 있잖소."

"네, 저도 알아요. 정말 재미있더라고요."

하지만 프랑스인은 고개를 저었다. "브램 스토커만이 아니에요. 셰리던 르 파뉴**도 있죠. 하지만 오늘은 더 오래된 책을 찾으러

* 《드라큘라》(1897년)를 쓴 아일랜드 소설가(1847~1912년).
** 카밀라라는 여성 흡혈귀를 회상하는 내용의 소설 《카밀라》(1872년)를 저술한 아일랜드의 소설가.

왔어요. 브램 스토커가 그 책에서 영감을 얻었다고 하더군요."

"어머, 무슨 책인데요? 제발 말해줘요!"

바로 그때, 턱수염을 기른 남자가 거무스름한 큰 책을 들어 우리의 주의를 끌었다.

"그리고 여기, 찰스 매튜린의 작품《방랑자 멜모스》희귀본이 있습니다."

"아, 저거예요!" 프랑스인이 말했다.

흡혈귀가 경매장에 우리와 함께 있다 해도 그보다 더 흥분되지 않았을 것이다. 이것이 바로 책과 작가와 이야기의 묘미다. 마지막에 어떻게 될지 모른다는 것! 프랑스인이 그 책을 쟁취했을 때 나역시 기뻐서 그에게 축하 인사를 건넸다.

"스토커가 이 매튜린이라는 작가한테서 영감을 얻었다면서요. 그 사실은 어떻게 알았죠?" 경매가 끝나고 의자가 바닥을 긁어대는 소리로 시끄러워지자 내가 물었다.

"마시 도서관에서요. 아일랜드 최초의 공공 도서관이죠. 아니, 왜 내가 이걸 당신한테 말해주고 있죠? 당신이라면 이미 알고 있을 텐데."

나는 고개를 저었다. 더블린에 온 지 한참이나 됐으면서 아일랜드의 문학 전통에 대해 여전히 지독하게 무지한 나 자신이 한심했다. 작품을 쉽게 수출하는 유명한 영국계 아일랜드 작가들 말고는 아는 것이 없었다.

"그런데 르 파뉴도, 매튜린도 아일랜드식 이름이 아니잖아요?" 나는 걸어 다니는 백과사전인 해나 씨에게 다시 고개를 돌렸다.

"위그노* 후손이 아닐까 싶은데, 맞소?"

"네, 맞습니다." 프랑스인이 대답했고, 나는 마시 도서관에 함께 가자는 그의 초대를 얼떨결에 받아들였다.

—◆

화창한 날이었다. 한참이나 앉아 있다가 걸으며 다리를 움직이는 기분이 상쾌했다. 해나 씨가 '젊은 사람들끼리 다녀오라'며 떠난 뒤, 우리는 리피 강을 건너 피샘블 가를 걸으며 신나게 수다를 떨었다. 라벨 씨는 파리에서 왔고, 트리니티 칼리지에서 아일랜드 문학을 공부하고 있다고 했다. 내가 셰익스피어 앤드 컴퍼니에서 일했었다고 말하자 그는 당연히 놀라워했다. 어떻게 파리에서 한 번도 마주치지 않았을까.

"거기 정말 자주 갔었는데! 커피 마시러요, 바로 맞은편에서."

"인생이란 참 묘하지 않아요?"

"조사를 하면서 이런 경우를 많이 봤어요. 예를 들어, 바로 얼마 전에 알아낸 사실인데, 찰스 매튜린이 오스카 와일드의 종조부였다지 뭡니까."

"정말요?" 세인트 패트릭 대성당의 위풍당당한 정면에 다다랐을 때 나는 걸음을 우뚝 멈추며 물었다. 회색 첨탑이 짙푸른 하늘을 향해 쭉 뻗어 있었다.

* 16~17세기경 프랑스의 개신교 신자들을 일컫는 말.

"네, 정말요. 매튜린의 조카가 오스카의 어머니인 제인 와일드였 대요. 제인 와일드의 작품은 당연히 읽어봤겠죠?"

"유감이지만, 아일랜드 문학에 대한 내 지식은 라벨 씨 발끝에 도 못 미쳐요. 하지만 정말 흥미롭네요!"

"미리 경고해두지만, 제인 와일드의 글은 상당히 반^反 영국적이 에요."

나는 성당 경내의 난간들을 지나며 웃었다.

"난 그런 건 상관 안 해요."

그는 도서관의 철문 앞에 멈춰 서서 나를 먼저 들어가게 했다. 아일랜드에서 가장 오래된 공공 도서관치고는 참 소박한 입구였 다. 붉은 벽돌로 지어진 건물은 수수함이 매력이라면 매력이었다. 주랑도, 웅장한 조각상도 없었다. 개관 시간을 알리는 안내판뿐이 었다.

"겉보다는 속이 중요한 법이죠." 내 생각을 읽기라도 한 듯 라벨 씨가 말했다.

안으로 들어가 도서관의 전경이 한눈에 들어오자 숨이 턱 막혔 다. 보기 좋게 거무스름한 나무 서가에 줄지어 꽂힌 책들, 미풍에 흔들리는 이파리처럼 속삭이는 고서들. 벽면을 오목하게 파서 만 든 조그만 공간마다 벤치가 놓여 있고, 공기 중에 뜨거운 학구열 이 감돌았다. 나는 놀라서 할 말을 잃고 말았다.

"자, 짐승 우리를 보러 갑시다." 이번에도 그는 무시무시한 단어와 어울리지 않는 다정한 미소를 지으며 말했다. "매튜린은 바로 요 근 처에 살아서 날마다 여기에 들러 16세기의 책들을 탐독했대요."

우리는 '짐승 우리'로 갔다. 실은 목재와 금속 격자판이 반반씩 섞인 좁은 칸으로, 문을 닫아놓고 책들로 둘러싸인 공간에서 혼자 공부할 수 있도록 만들어놓은 곳이었다.

"공공 도서관이지만, 책 대출은 안 돼요. 대단히 귀중한 원고들을 많이 도난당해서⋯⋯."

"그래서 '우리'를 만들었군요. 감금당한 채로 읽으라는 거겠죠?"

바로 그 순간, 누군가 내 이름을 부르는 소리가 들린 것 같았다. 하지만 나는 뒤돌아보지 않았다.

"나의 오팔."

내 온몸이 굳었다. 감히 기대도 하지 않고 있었는데.

"안녕하세요." 라벨 씨는 우리 뒤에 서 있는 사람에게 말했다.

고개를 돌리자 아르망이 있었다. 내 기억 속 미남보다 더 멋졌다. 그의 가무잡잡한 얼굴은 여기서 훨씬 더 아름다워 보였다. 당장 그의 품속으로 뛰어들고 싶은 걸 겨우 참았지만, 라벨 씨가 곁에 없었다면 결국엔 참지 못했을 것이다. 대신에 우리는 포옹하며 서로의 뺨에 키스했다.

"라벨 씨, 이쪽은 내⋯⋯ 동료 서적상, 하산 씨예요."

두 남자는 악수를 나누었고, 나는 이 상황을 어떻게 수습해야 할지 막막하기만 했다. 나도 모르게 손이 배로 향했다. 배 속 아이의 아버지가 바로 곁에 서 있었지만, 예의상 한마디도 입 밖에 낼 수 없었다. 친절하고 정중하게 대해준 라벨 씨에게 어떻게 자리를 피해달란 말을 할 수 있겠는가.

"라벨 씨, 죄송하지만, 사업상 긴히 할 얘기가 있어서 그러는데,

저와 마드무아젤……."

"그레이!" 내가 큰 소리로 끼어들었다.

두 남자가 나를 쳐다보았다.

"하산 씨가 항상 발음을 틀려서요." 나는 바보가 된 기분으로 더듬더듬 말했다.

"아, 그럼 전 이만." 라벨 씨가 고개를 살짝 숙여 정중하게 인사하자, 나는 그를 저버린 것 같아 미안해졌다.

"제 가게에 들러주세요." 나는 그가 꼭 그러기를 바라며 말했다.

그는 상냥하게 미소 짓고는 가버렸다.

아르망이 내 손을 잡더니, 열려 있는 우리로 나를 데리고 들어갔다. 높은 서가에 꽂힌 책을 꺼내는 용도로 놓인 사다리에 내가 기대서자 그는 내 몸을 짓누르며 흡혈귀처럼 내 목에 입을 댔다. 우리는 아무 말도 하지 않았다. 우리의 숨소리와 바깥에서 사람들이 가끔 책장 넘기는 소리가 들릴 뿐이었다.

"잠깐, 잠깐만. 그만해요." 나는 조금 숨을 헐떡이며 말했다. "왜 여기 있어요?"

그는 나를 올려다보며 빙긋 웃었다. 짙은 갈색 눈동자에 오후 햇살이 비치자 그 속에 흩어진 호박색 반점들이 보였다. 그때 난 내가 그를 사랑한다는 걸 알았다. 미치도록 그를 사랑했다. 하지만 과연 그가 날 사랑할 수 있을지, 그럴 마음이나 있는지 확신이 서지 않았다.

"물론 책을 찾으러 왔죠." 그는 씩 웃고는, 가슴골이 드러나도록 내 블라우스를 끌어내렸다.

'그럼 나를 찾아온 게 아니구나.' 그가 내게 키스했고, 나는 잠깐 넋을 잃었다.

"아니, 왜 아일랜드에 왔어요? 왜 전보를 보내지 않았죠?"

아르망은 살짝 물러나더니, 오래된 책 몇 권이 펼쳐진 맞은편 책상에 앉았다. 그의 태도가 변했다. 펜을 집어 들어 만지작거리며 나를 쳐다보는 그의 눈빛에는, 괜한 질문으로 분위기를 망쳐버린 나에 대한 실망감이 어려 있었다. 이렇게 열심히 그를 관찰한 적이 있었던가 싶었지만, 전엔 배 속에 그의 아이가 없었으니까. 처음 고개를 든 불편한 진실에 명치가 울렁거렸고, 대답 없는 그를 보니 내 생각이 틀리지 않은 듯했다.

"여기 왔다는 걸 내게 알리지 않을 작정이었군요?"

아르망은 아주 매력적인 몸짓으로 다시 일어났다.

"그런 게 아니에요, 오펠린. 단서를 따라가다 보면 별일 다 생긴다는 거 당신도 알잖아요. 여기 올 계획이 아니었는데, 한 수집가가 특정한 원고를 요청하는 바람에……."

이 정도만 들어도 충분했다. 내가 블라우스를 정돈하고 우리 문을 힘겹게 열고 있을 때 그가 두 팔로 나를 껴안았다.

"이러지 말아요, 나의 오팔. 이렇게 신경질적으로 나올 필요 없어요. 어쨌든 내가 여기 있잖아요. 분위기 망치지 말아요."

나는 한숨을 푹 내쉰 뒤 몸을 돌려 그를 마주 보았다.

"당신한테 할 말이 있어요." 어떻게 말해야 할지는 모르지만.

"잘됐군요, 오늘 저녁에 만나서 식사나 같이합시다. 지금은 나도 할 일이 있어서."

그는 아주 흡족한 표정이었고, 나는 내가 그를 행복하게 만들어주고 싶어 한다는 사실을 깨달았다.

어쩌면 그도 아기를 원할지 모른다.

———✦

나는 식사를 하러 가기 전에 가볍게 한잔하자며 아르망을 가게에 초대했다. 그를 맞을 준비를 하는 동안 너무 흥분한 나머지 머리가 어쩔하고 손이 떨려, 술잔을 떨어뜨리고 아끼는 레코드판 하나를 긁고 말았다. 아르망이 아일랜드에 있다니, 감정을 주체할 수가 없었다. 나처럼 그도 아일랜드를 사랑하게 되기를, 그래서 모든 일이 잘 풀리기를 속으로 빌었다.

뻐꾸기시계가 8시를 알리고 얼마 지나지 않아 문이 열리고 그의 구두가 타일 바닥을 밟는 소리가 들렸다. 어머니가 항상 말하기를, 약속 시간을 얼마나 잘 지키는지 보면 그 사람의 됨됨이를 알수 있다고 했다. 나는 머리칼을 귀 뒤로 넘기고 가게로 올라갔다.

"오펄린?"

"네, 나가요!" 오랜만에 말해보는 프랑스어가 이상하게 들려서나는 얼굴을 붉혔다. 계단을 다 오르자, 검은 정장을 입고 서 있는그가 보였다. 내리는 비 때문에 머리가 축축하게 젖어 있었다. "어서 와요." 이미 들어와 있는 그에게 나는 이렇게 말했다. 너무 긴장돼서 이리저리 분주히 돌아다니며 호들갑스럽게 술과 의자를 챙기고, 서가에 꽂힌 책들과 피츠패트릭 씨의 골동품에 대해 실없는 소리만 늘어놓았다. 바보같이, 내가 이루어낸 결실을 그가 자랑스러워해주기를 바랐던 것 같다.

마침내 그가 내 손을 잡더니 자기 곁에 앉으라고 했다. 나는 우리 둘이 완전한 남인 양 조금의 틈이라도 생기지 않도록 시시한 이야기를 떠들어댔다.

"그래서, 어디서 묵고 있어요?"

"셸번 호텔요."

당연했다. 아르망은 최고만 선택하는 사람이니까. 아니, 그의 고용주들이라고 해야 하나.

"무슨 일 있어요? 정신이 없어 보여요."

나는 심호흡을 했다. 더는 미룰 수 없었다.

"당신한테 할 중요한 얘기가 있는데, 어떻게 설명해야 할지 모르겠어요."

그가 빙긋 웃었다.

"당연히, 말로 해야죠."

나도 그에게 미소 지었지만, 왠지 의구심이 싹트기 시작했다.

"잉글랜드에서 만났을 때부터, 당신이 큰 비밀을 감추고 있다는 느낌을 받았어요."

"정말이에요? 오, 아르망."

이미 알고 있는 건가? 그래서 나를 보러 아일랜드에 온 걸까?

"딱 보면 알죠." 그는 자신 있게 말했다.

"그래요?" 나는 두 손으로 배를 덮었다.

"그럼요! 당신이 찾고 있던 원고를 찾은 거죠? 브론테 자매와 관련된 원고. 아닌가요?"

나는 가슴이 철렁 내려앉았지만 얼굴에서 미소를 지우지 않았다.

"아, 네, 맞아요. 당신은 나를 너무 잘 아네요."

내가 가만히 앉아 얼빠진 듯 웃자 그는 정중한 미소로 답했다.

"그래서요?"

"그래서라뇨?"

"나한테 안 보여줄 거예요?"

안 보여줄 거야? 나는 머릿속으로 이 말을 되뇌었다. 누구에게든 말하고 싶어 못 견디지 않았던가? 내 발견의 중요성과 천운을 진정으로 이해해줄 몇 안 되는 사람 중 한 명, 유럽 최고의 책 사냥꾼이 바로 눈앞에 있잖아! 하지만 망설여졌다. 바로 그 순간, 그를 처음 만난 순간부터 외면해온 진실이 드러났다. 나는 그를 신뢰하지 않는다. 동시에 나는 그에게 아기와 원고 중 어느 쪽을 알려줄 것이냐 하는 선택의 기로에 서 있었다. 어떤 위험을 감수할 것인지 결단을 내려야 했다.

나는 원고를 선택했다.

"잠깐만 기다려요." 나는 서랍에서 반짇고리를 꺼냈다. 내가 고집을 피워 둘 다 면장갑을 꼈고, 그가 노트를 살피는 동안 나는 런던에서 브라운 부인을 만난 일이며, 막판에 이 반짇고리를 산 일, 에밀리의 원고를 발견한 경과를 자세히 들려주었다. 아르망 자신은 모르겠지만, 그가 어떤 반응을 보이느냐에 따라서 내 결정이 달라질 터였다.

"아니, 이거 정말 굉장한데요!"

"그렇죠." 나는 의자를 끌어당겨 그에게 다가앉으며, 함께하는 순간의 기쁨을 만끽했다. "혼리스필드 도서관에서 서신들을 봤어요. 이건 에밀리의 글씨가 확실해요."

"드디어 해냈군요, 내 사랑." 그가 이렇게 말하며 내 입술에 키스하자 나는 구름에 올라탄 기분이었다.

내 평생 가장 행복한 순간이었다. 그래서 그에게 말하기로 했다. 지금 당장.

"아르망……."

"나한테 맡겨요." 그는 내 말을 잘랐다.

"뭐라고요?"

"내가 아는 수집가들에게 연락해봐야겠어요. 경매회사에도 괜찮은 연줄이 있고. 이런, 맙소사! 어디서부터 시작해야 하나?" 그는 한껏 들떠서 웃음을 터뜨렸다.

나는 그의 손에서 노트와 반짇고리를 빼앗았다.

"그럴 필요 없어요. 내가 알아서 할 테니까."

그가 의아한 듯이 나를 보았다.

"희귀본 쪽으로는 나도 인맥이 있어요." 가볍게 말할 생각이었지만, 내 목소리에는 조금 가시가 돋쳐 있었다.

"이건 보통 중대한 일이 아니에요, 나의 오팔. 최고가를 받아내야 한다니까요. 그럼 우린 그날부터 유명 인사가 되는 거예요."

갑자기 '우리'라니, 어이가 없었다. 미꾸라지 같은 아르망이 이렇게 쉽게 일을 떠맡으려 하다니. 나는 일어나서 반짇고리를 책상 서랍에 돌려놓고 서랍을 잠근 뒤 열쇠를 바지 주머니에 집어넣었다. 김샌다는 말이 무슨 뜻인지 이제 정확히 알 것 같았다.

"아르망, 마음은 고맙지만, 보다시피 지금까지 혼자 힘으로 가게를 잘 꾸려왔어요. 원고를 찾은 사람은 나고, 그걸 어떻게 할지도 내가 결정해요. 더군다나, 그걸 개인이 갖고 있어도 되는지 모르겠어요. 박물관이 더 어울릴지도 몰라요."

"답답한 소리 좀 그만해요. 이런 구멍가게로 큰물에서 놀겠다니. 오펠린, 정신 차려요. 이런 말까진 안 하려고 했는데, 어쩔 수가 없군요. 어떤 제대로 된 수집가가 여자를 상대합니까. 당신이 내놓으면 진품이라고 인정받지도 못할뿐더러, 설사 인정받는다 해도 제값을 못 받는다니까요."

아르망은 본색을 화려하게 드러냈다. 내가 여자이기 때문에 그 일을 해낼 능력도 자격도 없다는 것이 그의 생각이었다.

"난 우리가 동등한 줄 알았는데요." 내가 말했다.

그가 일어나 내 쪽으로 걸어와 내 손을 잡으려 했지만, 나는 몸을 뒤로 뺐다.

"바보같이 굴지 말아요."

"바보라고요?"

"당신 능력을 문제 삼는 게 아니라, 현실이 그렇다는 거예요. 우리가 사는 세상이 이따위로 생겨먹은 걸 어떡하겠어요."

"이런 세상을 바꿀 생각은 없군요? 하긴, 당신한테는 지금 이대로가 더 좋겠죠. 그래야 내 공을 가로채 당신이 해낸 일인 양 뻐길 수 있으니까!" 나는 이제 소리를 질러대고 있었다. 갑자기 그가 추해 보였다. 나를 이용해먹고 있다는 의심은 늘 들었지만 그럼에도 지금까지 흠모해온 이 남자가.

"왜 그날 호텔에서 날 구해줬죠? 왜 당신답지 않게 날 도와줬는지 도무지 이해가 안 돼서 그래요."

"무슨 소리예요?"

"아무런 사심 없이 남을 도운 적이 있기는 해요?"

그는 금방이라도 한 대 칠 것 같은 표정으로 나를 쳐다봤고, 아직 완성되지 못한 내 안의 여성 자아가 그에게 턱을 치켜들었다. 그는 눈을 이글거리며 입을 앙다물었다.

"나랑 인연을 만들어두면 써먹을 데가 있을 거라고 생각했겠죠."

그의 번질번질한 겉모습 아래 숨은 불안감이 처음으로 엿보였다. "왜냐하면, 사실 당신은 혼자 힘으로 뭐든 이뤄낼 자신이 없으니까, 안 그래요? 그래서 사람들을 홀려 비밀을 털어놓게 만드는 거예요. 그걸 훔쳐서 자기 걸로 만들려고."

"닥쳐, 더러운 년."

나는 프랑스어 욕을 거의 몰랐지만, 창녀를 의미하는 단어는 알고 있었다. 이 말과 함께 그는 휙 몸을 돌려 나갔고, 다시는 돌아오지 않았다.

32장

마서

동트기 전 잠에서 깨어났다. 밤새도록 몸을 뒤척였는데, 소리를 들어보니 집도 그랬던 모양이었다. 어둑한 여명 속에 무언가 눈에 띄었다. 천장. 손을 뻗어 침대 옆의 스탠드를 켜고 위를 올려다보았다. 전등이 매달려 있던 한가운데에 이제 나무뿌리가 있었다. 작은 넝쿨손처럼 뒤얽힌 뿌리가 천장을 뚫고 나온 모습이, 꼭 샹들리에 같았다. 한동안 가만히 바라보고 있자니, 그 복잡한 구조가 그저 아름답게만 보였다. 각각의 뿌리는 더 작은 뿌리들로 이어지고, 작은 뿌리들은 더 작은 잔뿌리로 갈라졌다. 뿌리 하나하나가 중요한 역할을 하고 있었다. 그렇게 매달린 채, 영양분을 얻을 만한 것을 찾아 허공을 탐색하는 것처럼 보였다. 뿌리를 만져보고 싶었는데, 알람이 울려 움찔 놀랐다.

"토할 것 같아요." 나는 화장대 앞에 위엄 있게 앉아 있는 보든 부인 뒤에 서서 그녀의 머리를 빗고 있었다.

춥고 흐린 아침이라 커튼을 쳐놔서 방이 어둑했다. 오늘은 트리니티 칼리지에 문학 수업을 받으러 가는 첫날이었고(야간 수업이긴 하지만), 솔직히 긴장돼 죽을 것 같았다.

"버터 안 바른 토스트를 먹어봐."

"그건 입덧할 때 먹는 거 아니에요?"

"맙소사, 설마 임신한 건 아니지?"

"당연히 아니죠!" 나는 거울에 비친 부인을 힐끔 훔쳐보았다. 거울 속 모습이 이토록 달라 보일 수 있다는 게 신기했다. 태양의 움직임에 따라 그림자가 바뀌듯, 거울 속에서 이목구비가 변하는 것 같았다.

"내 말 잘 들어, 마서. 두렵지 않으면, 살아 있는 게 아니야."

이런 별난 격려는 굳이 안 해줘도 되는데. 나는 입을 오므리며 부인을 한번 노려보고는, 집을 나서기 전에 둘이 먹을 토스트를 구우러 황급히 아래층으로 내려갔다.

신경이 곤두서고 이런저런 의문이 들었다. 아무것도 몰라서 창피를 당하면 어쩌지? 친구 한 명 못 사귀면 어쩌지? 학기 내내 혼자 앉아 있으면 어쩌지? 어쩌지, 어쩌지, 어쩌지…… 생각이 끊이지 않았다. 며칠 전 밤에 느꼈던 그 강인함은 어디로 사라져버렸을까? 왜 내 인생은 늘 두 발 전진에 세 발 후퇴 같을까? 복도에 걸린 재킷과 새 백팩을 챙기다가, 셰인이 난간 너머로 떨어졌던 지점 근처에서 우뚝 멈춰 섰다. 손을 뻗어, 난간을 받친 나무 기둥을 만져보았다. 매끄럽고 단단했다. 유튜브 영상 속 요가 강사가 말한 것처럼, 숨을 깊이 들이쉬었다. 불안한 마음이 가라앉는 것 같기도 했다.

속으로 숫자를 세어보았다. 하나…… 둘…… 셋.

집이 나지막이 삐걱거렸고 나는 잠시 눈을 감았다. 나뭇가지에 얹어진 요람이 살살 흔들리는 이미지가 보였다. 보든 부인의 말이 떠올랐다. '두렵지 않으면, 살아 있는 게 아니야.' 지금까지는 두려움을 긍정적인 의미와 연결해 생각해본 적이 없다. 하지만 다른 종류의 두려움이 있을지도 모를 일이었다.

"알아내는 방법은 하나뿐이야."

나는 두 눈을 번쩍 떴다. 어느샌가 부인이 다가와 있었다.

"네?"

"이러다 버스 놓치겠어. 얼른 나가라고!"

나는 움직이지 않고 애원하는 눈으로 부인을 쳐다보았다. "내가 할 수 있을까요? 나보다 똑똑한 사람들밖에 없으면 어떡해요?"

"여기서 일할 땐 항상 자신감 넘쳐 보이던데, 솔직히 말하면 처음엔 그저 그랬어."

"고맙네요. 정말 위안이 돼요." 나는 심드렁하게 대답했다.

부인은 입을 오므리더니 한숨을 푹 쉬었다.

"말해봐, 내가 보는 줄도 모르고 부엌에서 자네가 읽고 있던 그 책……."

《노멀 피플》요?"

"그래, 그거. 그 책 마음에 들어?"

나는 고민해보았다. 전혀 예상치 못한 질문이었다. 내가 그 책을 좋아하는지는 알 수 없지만, 읽는 걸 멈출 수가 없었다. 코넬과 메리앤이 현실에 존재하는 사람처럼 느껴지기도 했다. 나는 그들의 삶에 완전히 몰입했다.

"벽에 붙은 파리처럼, 소설 속에서 일어나는 사건을 지켜보는 느낌이 좋아요. 시골 출신인 코넬이 트리니티 칼리지에 지원하는 것도 좋고요." 나는 빙긋 웃었다.

"그러니까, 인물들에 공감한다는 얘기로군."

"맞아요! 바로 그거예요. 그런데 메리앤은 정말 짜증나요. 왜 사람들이 함부로 대하는데 당하고만 있는 거죠?"

"자기는 당해도 싸다고 생각하나 보지."

냉혹하고도 명백한 깨달음이 찾아들었다. 자신이 사랑스럽지 못하다는 자격지심에 학대를 받아들이는 그녀를 나조차 이해하지 못했다니. 그녀의 이야기를 읽는 내내 마음이 불편했지만, 다른 한편으로는 나와 같은 일을 겪는 사람이 또 있구나 하는 느낌이 들기도 했다. 부잣집 딸인 데다 똑똑한 메리앤 같은 사람에게 그런 일이 벌어질 수 있다면, 누구에게든 가능한 일이었다.

"젊을 땐 사랑이 뭔지 제대로 알기 힘든 것 같아요. 소설 제목이 의미하듯, 우리는 인간관계에서 나쁜 행동을 정상으로 여기기도 하고, 무조건 정상적이어야 한다고 생각해서 자기한테 일어나는 안 좋은 일을 숨기잖아요. 하지만 노멀 피플이, 정상적인 사람이라는 게 대체 뭐죠?"

"축하해. 자네의 첫 서평 잘 들었어. 이제 나가봐, 헛짓거리 집어 치우고."

헤이프니 레인 12번지의 계단을 내려가다 뒤를 돌아보니, 거실 유리창에 비친 부인의 모습이 점점 희미해졌다. 그녀를 읽으려 할 때마다 벌어지는 일이었다. 언제나 빛은 그녀를 밝히기보다는 가려버렸다. 과다 노출된 사진을 보는 것 같았다. 그녀는 내가 이제껏 만났던 그 누구와도 달랐고, 어쩌면 그건 좋은 일일지도 몰랐다.

33장

헨리

오코널 가에 도착해 버스에서 내리니 왠지 공기가 다르게 느껴졌다. 똑같은 강도 두 번째 들어갈 때는 다르다더니, 나라도 마찬가지인 모양이었다. 거리를 가득 메운 사람들은 저마다 목적을 가지고 분주히 움직이고 있었다. 나 역시 그랬다.

12번지의 계단을 올라가면서 재킷을 매만지고, 출력한 편지가 든 봉투를 꽉 쥐었다. 한시라도 빨리 마서에게 오펄린, 실비아, 책에 관해 얘기하고 싶어 견딜 수 없었다. 나는 단호하게, 하지만 너무 고집스럽지는 않게 문을 톡톡 두드렸다. 이런 소소한 부분들이 중요한 법이다.

"앗."

"왜, 노크하셨잖아." 보든 부인이 답했다. "그럼 다시 문 닫고 없던 일로 할까?"

"아니요, 죄송합니다, 그냥……."

"그냥 뭐?"

"마서가 나올 줄 알았거든요."

"아, 바로 댁이었군. 말 한마디 없이 떠난 주제에, 여자가 오매불망 기다려줄 줄 알았나? 손수건으로 눈물이나 찍으면서?"

"아뇨, 당연히 아니죠." 나는 쩔쩔매며 얼른 대답했다.

"그럼 왔던 길로 돌아가구려. 그 얘기는 관두고."

"아니, 잠깐만요, 편지를 남겼는데요. 마서가 못 받은 겁니까?" 조금 당황스러웠다. "아직 여기 살기는 해요?"

노부인은 내가 그녀의 카펫을 더럽히는 강아지라도 되는 양 한숨을 내쉬며 눈동자를 굴렸다.

"그럼 들어오시든가. 이왕 예까지 왔으니."

그녀가 뒤로 물러서자 나는 집 안으로 들어갔다. 살짝 짜증스러웠다, 모든 것이. 내 계획은 이런 게 아니었는데.

"차 마시고 싶거든 알아서 끓여 마셔요." 그녀는 양쪽의 작은 테이블에 얹어진 꽃장식을 경호원들처럼 거느린 채 크림색 소파에 앉아 말했다. "아니면 우아 떨지 말고 브랜디로 직행하시든가." 그녀는 벽난로 옆의 거치대에 꽂혀 있는 작은 술병들로 고개를 끄덕했다. 나는 호박색 액체를 두 잔 가득 채웠다.

"그래, 왜 돌아오셨나?"

"잠깐만요, 제가 누군지 어떻게 아시죠?"

"나 원 참, 어떻게 알겠어? 마서한테 들었으니까 알지. 사라진 서점을 찾아다니는 학자 양반이시라고. 마서가 댁의 뭘 보고 좋아하는지 몰랐는데, 이제 직접 볼 수 있게 됐군." 그녀는 안경을 고쳐 쓰며 말했다. "확실히 소년다운 매력이 있어. 약혼자가 거기에 반했나, 필드 씨?"

맙소사, 정말 전부 다 말했구나.

"댁 같은 남자들은 자기가 남의 인생 들락거리면서 상처 주고 있다는 걸 알려나? 아니, 모르겠지. 그것도 웬만큼 똑똑해야 가능한 일이거든."

내 반응은 딱히 필요치 않은 듯했다. 난 방금 만난 여자가 내 인성을 인정사정없이 헐뜯는 광경을 지켜보고만 있었다. 최악은, 그녀가 정곡을 콕콕 찌르고 있다는 거였다. 한 가지만 빼고.

"난 마서를 사랑해요."

"그걸 어떻게 알지?"

"네?"

"마서를 왜 사랑하는데? 댁의 기를 살려줘서? 마서가 댁의……." 여기서 그녀의 시선이 밑으로 내려갔다. "축 처진 자아를 일으켜 세워주기라도 하나? 그래서 양다리 걸치면서 재미 좀 보고 계신 가? 난 댁 같은 부류를 잘 알아, 필드 씨. 내 장담하건대, 우리 마서가 댁보다 열 배는 나은 사람이야."

"아니, 저기요, 제가 마서한테 하고 싶었던 말이 바로 그겁니다. 마서와 키스한 그날 밤, 이사벨하고 끝내야겠다고 생각했어요. 하지만 전화 한 통으로 약혼을 깰 순 없잖아요. 곧장 런던으로 돌아가서 설명할 수밖에 없었어요." 처음 보는 사람에게 이런 해명을 늘어놓는 내 꼴이 우습게 느껴졌다. 하지만 마서를 아끼는 그녀의 마음이 보였고, 그것만으로도 우리 사이에 통하는 것이 있었다. "그 후로 계속 마서한테 연락했는데, 제 번호를 차단한 것 같더라고요. 누나가 며칠 전에 아기를 낳는 통에 며칠 늦어졌지만, 그래도 최대한 빨리 돌아온 겁니다."

그녀는 내 말을 듣고 고민하는 듯하더니, 한참이 지나서야 다시 입을 열었다.

"댁이 떠난 후로 많은 일이 있었거든. 마서가 댁을 보고 싶어 할지 모르겠어."

"부탁입니다, 보든 부인. 부인 말씀이 옳아요. 저는 사랑한다는 게, 사랑받는다는 게 어떤 의미인지 이제껏 알지도 이해하지도 못했어요. 제 과거 탓으로 돌리고 싶지는 않지만, 누구에게나 과거가 있고, 감옥처럼 졸졸 따라다니는 그 과거 때문에 우리는 진정으로 되고 싶은 인간이 못 되는 거잖아요. 그런데 마서는 제가 만난 사람 중 가장 용감하고, 마서 덕분에 저도 미약한 용기나마 내어 제 마음을 제대로 들여다볼 수 있었어요. 제가 마서를 사랑하는 건, 그저 같이 있으면 즐거워서가 아닙니다. 마서가 내 인생에 들어오고 나서 마치 불이 켜진 것 같았어요. 갑자기 모든 일에 의미가 생겼고, 아마 마서도 마찬가지일 거예요, 아니 그랬으면 좋겠어요. 누구에게나 쓰레기 같은 부분도 있고 좋은 부분도 있지만, 다 괜찮다고 느끼게 만들어주는 사람을 만나면, 내가 무슨 덕을 쌓아서 이런 행복을 누리나 싶은 생각마저 들죠. 저는 지금까지 숨겨진 보물을 사냥하면서 멀리 있는 행운만 찾아다녔습니다. 그런데 마서는 제 안의 보물을 발견해줬어요. 어느 모로 보나 전 완벽한 사람이 아니지만, 여생을 마서와 함께하면서 마서가 미소 짓게 만들어주고 싶어요. 그러니까 싸워보지도 않고 마서를 포기할 순 없습니다."

그녀는 소리가 들리도록 침을 꿀꺽 삼켰다.

그 순간 나는 확신에 차 온몸에 전율이 일 지경이었다. 난생처음으로 솔직히 털어놓은 속내가 맑고 영롱한 종소리처럼 들렸다.

잠시 후 그녀는 잔을 들더니 씩 웃으며 내 잔에 부딪쳤다.

"예감이 나쁘지 않은데."

"고맙습니다. 마서가 아직 이혼하진 않았지만……."

그녀의 표정을 보고 나는 술잔을 들어 올리다 말았다.

"잠깐 내 얘기 좀 들어보게."

34장

오펄린

1923년, 더블린

비밀이야 좋지만, 가짜 이름에 남모르는 임신, 발굴된 원고, 금단의 감정까지……. 모든 게 합쳐진 내 인생은 복잡하고도 외로웠다. 언젠가 오빠가 찾아와 이 모든 걸 앗아갈지도 모른다는 두려움이 깔려 있어 고립감은 더욱 심해졌다. 가면을 쓴 채 반쪽짜리 인생을 사는 기분이었다. 툭하면 에밀리의 원고를 꺼내 살펴보았다. 그럴 때마다 내 처지가 참 딱하다 싶었다. 인생 최고의 순간을 함께 나눌 사람 한 명 없다니. 해나 씨라면 믿어도 될지 모르지만, 그가 엉뚱한 사람에게 비밀을 흘리지 않으리라는 보장이 없었다

순간의 외로움을 이기지 못한 나는 경솔한 짓을 저지르기로 했다. 서랍에서 종이 한 장을 꺼내어 파리의 실비아에게 다급히 편지를 쓴 것이다. 평소처럼 아르망을 통해 연락하기는 싫었다. 내 소식을 직접 전하는 기분은 경이로우면서도 신났다. 실비아라면

305

내 동의 없이 그 누구에게도 내 비밀을 발설하지 않을 터였다. '난 엄마가 될 거예요!' 편지의 끝머리에 이렇게 덧붙였다. 실비아에게 는 브론테의 원고 쪽이 더 궁금할 테니까. 나는 곧장 답을 달라며 내 전화번호를 적었다. 그러고는 봉투를 봉해 책상에 두고, 우체통 을 찾아갈 틈이 생길 때까지 기다리기로 했다. 내 소식에 실비아 가 흥분하리라는 사실을 아는 것만으로도 하루하루 버티며 앞으 로의 일을 찬찬히 생각할 힘이 생겼다.

---◆

오후를 바쁘게 보냈더니 평소보다 더 쉽게 지쳤다. 학생 한 무리 가 가게에 들어와 선구적인 작가 버지니아 울프의 책을 찾았다. 낮 은 칸에 꽂혀 있는 《밤과 낮》을 꺼내려고 몸을 숙이자 현기증이 일었다.

공기가 후텁지근하더니, 가게를 닫으려 할 때 굵은 빗방울이 후 드득 떨어지켜 잿빛 인도가 시커메졌다. 책 몇 권을 제자리에 돌 려놓고 선반을 정리하고 있는데 종소리가 울렸다. 비에 젖어 반짝 이는 코트를 입은 채 문간에 서 있는 라벨 씨를 보고 나는 깜짝 놀랐다.

"라벨 씨, 어서 와요!"

반가운 깜짝 방문이었지만, 아르망이라면 얼마나 좋을까 하는 마음이 드는 건 어쩔 수 없었다. 그간 무슨 일이 있었건 나는 여전 히 아르망이 찾아와주기를, 큰 실수를 저질렀다며 함께하자고 말해주기를 원하고 있었다. 하지만 아주 좋은 남자가 이렇게 눈앞에 있으니 과거를 잊고 앞으로 나아가는 척이라도 하자고 마음먹었다.

서로의 양 뺨에 입을 맞추며 인사한 뒤, 그는 사전에 말도 없이 들렀는데 괜찮으냐며 다소 장황하게 물었다.

"물론 괜찮죠. 손님들도 예고 없이 들르는걸요." 나는 그를 가게 안으로 들였다.

그는 잠깐 가게 공기를 들이쉬더니 의미심장한 표정으로 나를 쳐다보았다.

"마드무아젤 그레이, 가게가 꼭 보물상자 같군요."

평소에 나는 어떤 칭찬을 들어도 마음이 동하지 않아 가볍게 넘겨버렸다. 하지만 그 순간 라벨 씨의 말은 여러모로 의미 깊었다. 나는 차를 끓여 오겠다며 그에게 서가를 둘러보라고 했다.

—✦

쟁반을 들고 부엌에서 계단을 올라오며 나는 그에게 소리쳤다.

"완벽한 타이밍에 잘 왔어요, 라벨 씨. 아주 흥분되는 소식이 몇 가지 있거든요."

차보다는 샴페인을 마셔야겠다는 생각이 들어 그의 의견을 물으려는데, 문이 활짝 열린 채 비가 들이치고 라벨 씨는 그림자도 보이지 않았다. 쟁반을 책상에 내려놓은 뒤 거리를 이리저리 훑어봤지만 어디에도 그는 없었다. 나는 문을 닫고, 어리둥절해져서 고

307

개를 저었다. 그러다 문득 책상 쪽을 힐끔 쳐다보았다. 심장박동이 느려지다가 빨라졌다. 실비아에게 썼던 편지가 사라지고 없었다. 혹시 떨어졌나 싶어 바닥을 살펴봤지만, 어디에도 보이지 않았다. 나는 손으로 입을 막고는 거친 숨을 몰아쉬었다. 내가 뭐라고 썼더라? 책. 아기.

라벨 씨의 정체가 뭐지? 이제 누구도 믿을 수 없는 건가? 그들 모두 오빠가 고용한 사람들일까?

떠나야 했다, 한시라도 빨리.

사소해 보이는 대화도 다른 시각으로 보면 갑자기 운명과 숙명처럼 느껴지는 건 참으로 묘한 일이다. 부부의 일상과 여행에 관해 재미있는 칼럼을 신문에 기고하는 메이블 하퍼라는 여성과 유쾌한 편지를 주고받고 있었는데, 알고 보니 그녀의 남편은 다름 아닌 라스롭 콜게이트 하퍼—성공한 희귀본 거래상이자 중세 필사본의 권위자—였다! 메이블은 여러 번 내게 뉴욕의 악명 높은 북 로*에 가보라고 권했다. 이젠 돈도 있겠다, 꾸물거릴 시간이 없었다.

나는 덜리어 가에 있는 여행사로 급히 달려갔고, 문을 닫기 직전 도착했다. 이틀 후 코브**에서 뉴욕으로 건너가는 화이트 스타 라인 승선권을 샀다. 다음 날 아침 코크로 가 그곳에서 하룻밤을 보낸 뒤 미국행 증기선에 딸린 부속선을 탈 계획이었다. 수표에 서명하는 내 손이 바르르 떨리자 카운터 뒤에 앉은 남자가 괜찮

* Book row, 뉴욕 시 맨해튼의 고서점 거리.
** 아일랜드 남서부 코크 주의 항구도시.

으냐고 물었다. 창에 비친 내 얼굴을 보니 사냥꾼에게 쫓기기라도 하는 양 파리했다. 이번에는 직감을 무시하지 않기로 했다. 오빠가 날 찾아냈다. 지금껏 내 편지를 중간에서 가로채고 있었을지도 모른다. 어쨌거나, 아르망을 기다린들 무슨 소용인가? 의리라곤 없는 인간인데. 나는 여행사에서 나와 곧장 은행으로 향했다.

——◆

"어떻게 된 일입니까?" 매슈는 비서를 물리고 나를 사무실로 데리고 들어가며 물었다. 나와 아기에게 신경 써주는 그의 배려가 무척 감동적이라 나는 또 속절없이 그에게 끌렸다. 그는 내가 살면서 겪어온 남자들과는 너무도 다르게 친절했다. 하지만 구원의 손길을 바라며 연약하게 굴 수는 없다. 나 스스로 헤쳐나가야 한다.

"이걸 안전하게 지켜주세요." 나는 등으로 손을 돌려 반짇고리를 꺼냈다. 그 안의 내용물은 아직 온전했다.

"그게 뭐죠?"

그가 모르는 편이 더 나을까 고민했지만 어쩔 수 없었다. 나는 숨을 고른 뒤 최대한 천천히 말했다.

"시간이 별로 없어요. 내가……." 나는 숨을 훅 들이쉬었다. "에밀리 브론테의 두 번째 소설을 찾은 것 같아요. 음, 책은 아니고 원고예요. 그 일부라고 할 수 있죠."

나는 화살이 과녁에 명중하기를 기다리는 활처럼 서 있었다. 하지만 명중에 실패했다.

"내가 한 말 들은 거예요?"

"들었어요. 하지만 에밀리 브론테는 소설을 한 편만 쓴 걸로 아는데요. 《폭풍의 언덕》이었나요?"

나는 한숨을 쉬었다. 일반인을 상대하는 건 항상 어렵다.

"맞아요, 매슈. 다들 그렇게 알고 있죠. 하지만 에밀리가 소설을 한 편 더 집필하고 있었다는 증거를 내가 찾은 것 같아요. 우리가 알고 있는 문학사가 바뀔 수도 있다고요!"

그는 그제야 발견의 중대함을 이해하기 시작했다.

"맙소사, 오펄린, 이거 굉장한데요!"

"맞아요!" 나는 고개를 힘차게 저으며 동감했다. "당신한테 처음으로 말하는 거예요. 그리고 한 가지 더……."

"왜 그걸 나한테 줍니까?" 매슈가 물었다.

"잠시 떠나 있을 텐데, 이렇게 귀한 걸 가게에 남겨두고 갈 수 없어서요."

"아, 그렇군요." 그는 걱정스럽게 나를 보았다. 의심의 여지 없이 내 표정을 읽은 것이다.

"믿을 수 있는 사람이 당신밖에 없어요."

"떨고 있군요." 그가 내 두 손을 붙잡으며 말했다.

"그냥 추워서 그래요." 나는 떠나야 했다. 매슈에게는 지켜야 할 그의 가족이 있다. 나는 내 가족을 지켜야 했다. 나는 살며시 손을 빼내며 최대한 환하게 미소 지었다.

"금방 돌아올게요. 그때까지만 맡아줘요." 나는 이렇게 말하고 사무실에서 뛰쳐나간 뒤 울기 시작했다. 그 순간, 너무나 외로웠다. 외로웠지만 강해져야 했다.

——◆

　가게로 돌아왔을 때 뭔가 잘못된 느낌이 들었다. 책들이 숨을 참고 있는 것처럼 정적이 흘렀다. 나는 힘겹게 내 집으로 내려갔다. 집이 더 좁아진 건가? 아니면 내가 더 뚱뚱해진 건가? 사방에서 건물의 뼈대가 줄어든 듯한 느낌이었다. 졸음이 몰려왔다. 너무 피곤했다. 그래도 짐을 싸야 했다. 잠깐만 누워 있기로 하고 아기에게 콧노래를 불러주다 잠이 들어버렸다. 깨어났을 땐 얼굴에 밝은 햇살이 비치고 있었다.

35장

마서

2월 1일. 성 브리지드의 날.* 집 밖으로, 더블린 밖으로 떠나고 싶었다. 대도시에서 살다 보면 시골의 드넓은 하늘이 그리워지는 법이다. 하지만 내가 가장 그리운 건, 서부 해안의 대서양에서 불어와 머릿속 고통스러운 목소리를 모조리 휩쓸어가는 폭풍이었다. 해변에 놀러 갈 만한 날씨는 아니었다. 어찌나 추운지 깨어났을 때 창에 서리가 잔뜩 끼어 있었다. 그래도 떠나기로 마음먹었다. 보온병에 핫초콜릿을 챙긴 뒤 전철을 타고, 샌디코브의 편자 모양 해변으로 향했다.

마텔로 탑을 지날 때, 해가 뜨면서 온 사방이 분홍빛으로 물들었다. 아름다웠지만 지독하게 춥기도 했다. 다행히 바람은 불지 않아서 수면은 잔잔했다. 물 위를 걸을 수도 있을 것 같았다. 고향 앞바다에서 곧잘 헤엄치곤 했지만, 셰인과 결혼하면서 그만두었다.

---

* 고대 켈트 달력에서 봄의 시작을 알리는 날. 우리나라의 입춘에 해당한다.

내 인생의 많은 부분이 그렇듯, 있든 없든 상관없는 일인 양 그냥 사라져버렸다.

나처럼 봄의 첫날을 바닷물 세례로 기념하려는 사람은 많지 않았다. 적어도 켈트족 달력으로는 겨울에서 봄으로 넘어가는 날이었다. 나는 잠시 서서 지켜보았다. 어떤 사람들은 망설임 없이 당차게 물속으로 들어갔고, 어떤 사람들은 조금씩 움직였다. 어느 방법이 더 나을지 고민되었다. 어느 쪽이든 차가운 바닷물의 충격과 통증을 피할 방법은 없다. 어려운 부분을 얼른 해치운 뒤, 내 감각과 어려운 환경을 이겨낸 상쾌함을 맛보는 편이 더 나을지도 모른다. '다들 바로 그 맛에 이러는 거 아니겠어?' 자신에게 무언가를 증명해 보이려고. 육체적으로 힘든 무언가를 해내고 나면 강해진 느낌이 드니까. 적어도 그 비슷한 느낌이라도.

이제 셰인이 사라졌으니 더 강해진 느낌이 들어야 마땅했다. 하지만 그렇지 않았다. 오히려 감각이 무뎌졌다. 죄책감이 들었다. 권선징악의 느낌도 없었다. 승자는 없고, 그저 상처 입은 사람들이 망가진 인생의 파편들을 주워 모을 뿐이었다. 왜 셰인이 내 인생에 들어왔는지, 왜 내가 그런 일을 겪어야만 했는지 영영 알 수 없을 터였다. 내가 무언가 잘못을 저질러서 벌을 받은 걸까, 하는 생각이 들기도 했다. 하지만《길 잃은 곳》을 쓴 사람은, 삶의 모든 시련이 더 큰 깨달음으로 이어지는 열쇠이며, 그 열쇠로 미래를 여느냐 아니면 문에 빗장을 지르느냐는 본인의 결정에 달려 있다고 했다.

나는 숨을 크게 들이쉬고 멀리 수평선을 바라보았다. 잿빛 구름의 끄트머리가 복숭앗빛으로 빛나고, 수은의 은백색을 띤 차디찬 바닷물에 황금빛 띠 한 줄이 햇살에 반짝였다. 나는 빗장을 지르고 싶지 않았다. 문을 열고 싶었다. 코트 단추를 끄르고 한쪽 부츠를 벗어던진 다음 다른 쪽 부츠도 벗었다. 눈앞의 광경에 홀린 듯 계속 옷을 벗으며, 저 당찬 사람들처럼, 얼음장같이 차가운 물로 곧장 걸어 들어갔다. 망설이지 않았다. 계속 걸어가면서, 이따금 꺅 하고 작은 비명을 내질렀다. 믿기지가 않았다. 바닷물이 이렇게 차가울 수 있단 말이야? 꺅! 내가 정말 이런 짓을 하고 있다고? 꺅! 계속할까 말까? 꺅! 물이 엉덩이께에 닿았을 땐 밴시* 같은 비명이 터져 나올 것 같았지만, 어쩐 일이지 그 소리는 내 속에서만 울려퍼졌다.

위기의 순간이 지난 것이다. 나는 기세를 몰아 푸른 바다 속으로 뛰어들어, 두 팔을 힘차게 젓고 두 다리를 차며 앞으로 나아갔다. 귓속이 쿵쿵 울려댈 때까지 계속 헤엄쳐 가다 보니, 살인적인 한기가 조금 덜해지는 느낌이었다.

"와!" 결국 소리를 내지르는데, 근처에서 헤엄치고 있는 나이 든 남자가 보였다.

"그래, 좀 춥기는 하죠." 그가 한쪽 눈을 찡긋하며 말했다.

"조금요." 선헤엄을 치며 작은 만을 돌아보니, 사람들이 더 와서 옷을 벗고 있었다. 그중 한 명이 내 눈길을 사로잡았다. 그는 머리칼을 넘기며, 언 발을 동동 구르고 있었다. 나는 주저하지 않았다.

---

* 아일랜드 민화에 나오는 여자 유령. 구슬픈 울음소리로 가족의 죽음을 알린다.

헤엄쳐 돌아가 헨리에게로 성큼성큼 걸어가서 곧장 그의 품으로 파고들었다. 그가 재킷의 지퍼를 열더니 나를 끌어당겨 꼭 감싸안았다. 내가 기억하는 한 평생 처음으로, 정확히 있고 싶은 곳에 있는 느낌이었다. 나는 고개를 들고 눈을 뜨지도 않은 채 그의 입술에 입을 맞추었다. 그 입술의 포근함이 너무도 매혹적이고 부드러워, 우리가 공공 해변에 있다는 사실도 거의 잊어버렸다. 그저 그 순간, 그곳에서 그와 함께 있고 싶었다.

"짠맛이 나요." 그가 말했다.

나는 그저 미소 지으며 그의 턱으로 손을 올려, 까칠하게 돋은 수염과 뺨에 팬 보조개를 손가락으로 훑었다. 새 집의 지도를 그리듯. 그에게 한 번 더 키스하고 눈을 떴을 때 눈이 내리고 있었다.

"눈 내리는 바닷가는 처음이에요." 나는 갑자기 다시 추위를 느끼며 말했다. "너무 아름답네요."

"아름답죠." 헨리는 내게서 눈을 떼지 않고 말했다.

그가 어색하기 그지없는 동작으로 내 몸에 타월을 둘러주는 사이, 나는 축축한 수영복을 벗어버리고 옷에 팔다리를 억지로 끼워넣었다. 등에 꽂히는 그의 따가운 시선이 느껴졌지만, 그는 아무 말도 하지 않았다.

"내가 여기 있는 줄 어떻게 알았어요?"

"보든 부인한테 들었어요, 당신이 조이스의 탑에 있다고."

"조이스의 탑요?"

헨리는 우리 뒤에 있는 원형 탑을 가리켰다. 돌탑은 온통 눈송이가 내려앉아 잿빛으로 변해 있었다.

"당신한테 말해주고 싶었어요, 실비아 비치가 여기 왔었다는 걸. 저 안에 제임스 조이스 박물관이 있는데, 실비아가 더블린에 와서 개관했죠. 그때 오필린을 만난 거예요!"

그의 흥분한 모습에 나는 가슴이 무너지는 것 같았다. 이것 때문에 돌아온 거야? 오필린과 그 망할 원고 때문에?

나는 헨리에게서 물러나 고개를 저었다. 기가 막혔다. 바보같이 그가 나 때문에 돌아왔다고 생각하다니. 나는 타월을 가방에 쑤셔넣고는, 기차를 타려고 돌계단 쪽으로 힘껏 달렸다. 마침 기차가 도착하자 그에게 따라잡히기 전에 얼른 올라탔다. 기차가 출발할 때 소리를 지르며 손을 흔드는 헨리가 보였지만, 그런 그를 이해할 수 없었다. 하긴, 거절당하는 기분을 나만큼 잘 아는 사람도 드물긴 할 테지만.

36장

헨리

나는 심하게, 아주 심하게 취했다.

꿈에 이사벨이 나왔다. 왜인지 지독하게 짜증을 부리며 내게 일어나라고 자꾸 소리를 질러댔다. 나는 못 들은 척했다. 깨어나고 싶지 않았다. 그때 그녀의 말투가 심한 더블린 사투리로 변했다.

"저기, 괜찮아요?" 내 앞의 여자가 말했다.

그녀가 바닥에 무릎을 꿇고 있는 걸 보니, 나 역시 바닥에 있는 모양이었다. 나는 눈을 비벼 크게 떠보았다. 아니, 꿈이 아니다. 모르는 여자였다. 검은 머리에 이상하게 생긴 푹신푹신한 재킷을 입고 있었다. 내가 기절했었나? 그때 자동차 소리가 들렸다. 나는 거리의 쓰레기 더미 속에 누워 있었다.

"여기가 어디예요?" 내가 물었다.

"다행이다. 응급차 불러줘요?"

"네? 아니, 아니에요." 나는 일어나려 해봤지만, 움직이자마자 오른쪽 눈 위로 끔찍한 두통이 느껴졌다. 본능적으로 거기를 만져보자 손끝에 물기가 느껴졌다. 피였다.

"이 사람 어지간히 얻어맞았나 봐, 마리."

끝내준다. 관객까지 있다니. 무슨 일이 있었는지 되짚어봤지만, 여백밖에 없었다. 왜 이리 죽을 것처럼 아프지?

나는 옆에 있는 계단에 기댄 채 몸을 똑바로 일으켰다.

"어휴 술 냄새." 여자의 목소리가 들렸다. "술독에 빠졌다 나온 사람 같네."

맙소사. 바로 그때 모든 일이 떠오르기 시작했다. 펍. 위스키. 어떤 녀석들이 친구에게 총각 파티를 열어주겠다고 오고. 그들과 술 마시기 내기를 하고. 위스키를 마시고. 다 함께 노래를 부르고. 내가 〈몰리 말론〉*을 불렀던가? 의자 위에 서서? 돌겠네. 거리에서 누군가와 마리화나를 피우고. 그러다가 그 인간한테 받을 돈이 있다는 사람들이 다가오고. 나는 이 남자를 방금 만났을 뿐이라고 해명하다가 주먹으로 얼굴을 한 방 맞고 쓰레기통을 뒤집어썼다. 몇 번이나.

"고마워요, 숙녀분들, 조금만 있으면 괜찮아질 겁니다. 여기가 어딘지만 알면 돼요." 나는 끙끙 앓는 소리를 내며 난간을 붙잡고 휘청휘청 일어섰다. 햇빛이 눈부셨다.

"정말 괜찮겠어요?"

나도 알 수 없었다. 숙소로 돌아갔을 때, 마서가 나를 찾아왔었다는 얘기를 노라의 남편인 배리에게서 전해 들었다. 그런데 마서

＊　Molly Malone. 영국 식민지 시절의 한을 담은 아일랜드 민요. 군가로도 불렸다.

에게 내가 짐을 챙겨 잉글랜드로 돌아갔다고 말했다는 게 아닌가! 이 멍청한 양반! 노라였다면 내가 돌아올 거라고 말해줬을 텐데. 마서는 이제 나와 더 얽히기를 원치 않았다. 그녀와 함께하려고 내 인생 전체를 뒤집었는데, 그녀는 나를 보려고도 하지 않았다.

나는 시험 삼아 움찔움찔 몇 걸음 뗐다. 위를 올려다보니 표지판이 보였다. 헤이프니 레인. 마서의 집 바로 밖이었다. 어떡해야 하나. 이런 꼴로 마서 앞에 나타날 수도 없을뿐더러, 그녀는 이미 자신의 감정을 확실히 밝히지 않았던가. 하지만 그녀가 앞창의 커튼을 걷으면서 결정은 내 손을 떠났다. 그녀는 긴가민가하며 내다보다가 더 잘 보려는 듯 몸을 내밀었다. 그러더니 손으로 입을 막았다. 나는 성한 손을 힘겹게 흔들었다. 그녀는 어둠 속으로 사라졌다가 잠시 후 현관에 나타났다.

"대체 어떻게 된 거예요?"

"음, 누구랑 좀 다툰 것 같아요."

그녀는 딱하다는 표정으로 나를 보았고, 나는 상황이 상황이니만큼 그 연민을 흔쾌히 받아들이기로 했다.

마서는 나를 데리고 들어가 집 뒤편의 부엌으로 내려갔다. 내게 식탁 의자를 빼준 다음, 찬장에서 구급약을 찾았다.

"어쩌다 여기까지 왔어요?"

"솔직히 모르겠어요. 조금 취했었나 봐요."

마서는 따뜻한 물 한 그릇, 탈지면, 냄새가 이상한 크림, 반창고를 가지고 식탁으로 돌아왔다. 그녀가 열심히 손을 놀리는 동안 우리 둘 다 입을 다물고 있었다. 나는 눈을 감고, 적어도 이 순간은 모든 게 괜찮다고 생각하기로 했다. 그녀가 아직은 내게 호감이 있다고. 어떻게든 잘될 거라고.

"죽진 않겠죠?" 그녀가 물건들을 치우기 시작하자 나는 겸연쩍게 물었다. 레깅스에 티셔츠만 입고 있는 나긋나긋한 몸을 보니, 해변에서 그녀를 안았을 때의 좋았던 기분이 떠올라 고통스러웠다. 다시 안고 싶어 견딜 수 없었다. 그녀가 싱크대에서 나를 돌아보며 환하게 웃었다. "그럴 거예요."

"고마워요, 전부 다."

"별거 아니에요. 워낙…… 익숙한 일이라."

그녀 남편의 죽음에 대해 무슨 말을 해야 할지 알 수 없었다. 아무리 머리를 짜내도. 그래서 우리 필드 가 남자들의 특기를 발휘하여, 화제를 바꾸었다.

"실은, 당신이 이 집에 들어오기 전에, 저기서 몇 시간이고 서 있곤 했어요." 부엌창 너머로 겨우 보이는 휑한 땅뙈기를 가리키며 나는 말했다. "단서를 찾을 줄 알았거든요, 건물이 있었던 흔적이라든가. 여름에 가뭄이 들면 농부들이 밭에서 미스터리 서클*을 발견하는 것처럼요. 왜 그랬을까요? 너무 확신에 차 있었어요."

"사람도 그럴까요?" 그녀가 식탁에 앉으며 말했다.

나는 어리둥절해져서 고개를 저었다.

"그러니까, 한 사람의 과거가 어땠는지 그 윤곽이 고스란히 보이

---

* 곡물 밭에 나타나는 원인 불명의 원형 무늬. 외계인이 만든 것이라고 주장하는 사람도 있다.

는 거예요."

"와. 글쎄요. 그러면 좋겠네요."

내가 그녀의 손을 잡자 그녀는 잠시 그대로 있다가 손을 빼냈다.

"미안해요, 헨리, 안 되겠어요."

"하지만 당신이 내 편지를 봤거나, 숙소의 그 멍청한 양반이 내가 돌아올 거라고 말해줬더라면……."

"상관없어요. 편지 얘기는 보든 부인한테 전해 들었어요. 문제는 그게 아니에요. 난 그냥, 이런 위험을 감수할 수 없어요." 그녀는 우리 사이의 공간을 가리켰다. 그게 뭔지는 모르겠지만. "난 나만의 미스터리 서클을 찾아야 해요."

나는 미소 지었다. 이렇게 매혹적인 말로 내 가슴을 찢어놓을 수 있는 사람은 그녀뿐이었다. 그녀의 뜻을 존중해주어야 했다. 그녀의 남편과 똑같은 짓을 저지를 수는 없지 않은가. 하지만 일어나서 그녀 없이 혼자 걸어 나갈 힘이 내겐 없었다.

"당신은 당신의 원고를 찾겠죠." 그녀는 슬픈 목소리로 말했다. "찾으면 알려줄 거죠?"

"그럼요." 오필린이 쓴 편지를 출력해서 주머니에 넣어 온 사실이 떠올랐다. "안 그래도, 당신한테 보여주고 싶었어요." 나는 편지를 꺼내며 말했다. 그녀가 제안했던 대로, 프린스턴 대학에 연락해 실비아 비치와 관련된 기록을 샅샅이 뒤져봤다고 설명했다. "당신 덕분에 찾은 거예요."

나는 편지를 마서에게 건넸다.

그녀가 마지막 단락을 소리 내어 읽었다. "'내 책을 받아주셔서 다시 한번 감사드려요. 셰익스피어 앤드 컴퍼니의 서가를 채우는 일을 했었는데, 이제 내 책도 거기에 꽂힐 거라 생각하니 재미있네요. 언젠가 내 책과 재회할 날이 오겠죠.' 오펄린이 책을 썼어요?" 잠시 후 마서가 물었다.

"아무래도 그런 것 같죠? 하지만 진짜 문제는, 오펄린에게 무슨 일이 있었느냐 하는 거예요."

37장

오펄린

1923년, 더블린

몇 시간이나 달린 듯했다. 낯선 도로를 달리며 자동차 뒤쪽이 덜컹거리자 내 몸도 덩달아 흔들렸다. 나는 배를 감싸안으며, 본능적으로 배 속 아이를 지켰다. 그가 나를 침대에서 끌어냈을 때는 아직 어두웠다. 무슨 일이 벌어지고 있는지 알면서도, 이런 날이 오리라는 걸 오래전부터 예상하고 있었으면서도, 마치 유체 이탈을 체험하는 기분이었다. 다른 누군가에게 벌어지는 일처럼 여겨졌다.

"어디로 가는 거야?" 나는 다시 물었지만, 이번에도 오빠는 내 질문을 무시했다. "어머니한테 데려가는 거야?" 임신한 사실을 들키면 가문에서 공식적으로 제명되는 처벌을 피하지 못할 터였다.

"모를까 봐 하는 말인데, 난 가게를 운영하고 있어. 날 미행하라고 시킨 사람한테 들었을 텐데? 편지 훔친 사람 말이야. 라벨 씨. 가게를 내팽개치고 한가롭게 잉글랜드로 놀러 갈 수는 없어."

"잉글랜드로 가는 거 아니야."

차라리 고함을 질러대는 편이 나았을 텐데, 이 차분한 말투가 훨씬 당혹스러웠다. 눈에 보이는 거라곤, 운전대를 꽉 붙잡고 있는 오빠의 장갑 낀 손과 옆얼굴뿐이었다. 망가져서 밑으로 흘러내린 것처럼 보이는 오른편 얼굴. 배를 타러 남쪽으로 가고 있겠거니 했는데, 집중해서 도로 표지판을 보니 우리는 서쪽으로 달리는 중이었다.

"날 어디로 데려가는 거야?" 나는 몸을 돌려 뒤창을 내다보았다. "오빠, 당장 세워. 내려줘!"

여전히 오빠는 아무 소리도 내지 않았다.

"오빠!" 나는 그의 팔을 흔들었다.

그때 미처 예상치 못한 일이 벌어졌다. 오빠가 순식간에 팔을 뒤로 휘둘러 팔꿈치로 내 얼굴을 쳤다. 엄청난 통증에 나는 아무 소리도 낼 수 없었다. 피가 흐르기 시작하는 코를 싸쥐었다. 휴지가 없어서 옷소매로 피를 닦아야 했다.

"거의 다 왔어." 오빠는 가벼운 일상 대화라도 나누듯 말했다.

그 후로 나는 입을 열지 않았다. 떨리지 않는 목소리로 말할 자신이 없었다. 내 두려움을 오빠에게 보이고 싶지 않았다. 바깥 풍경은 칙칙한 갈색을 띠었다. 헐벗은 나무들, 도로변에서 죽어가는 풀밭. 그러다 난데없이, 돌기둥 두 개와 연철 대문이 나타났다. 나무들 속에서 한 남자가 나타나는가 싶더니 문을 열었다. 자동차는 캐틀 그리드*를 덜컹거리며 지난 뒤, 짧은 진입로를 급하게 달려 정사각형 회색 건물 앞에 도착했다. 왼편에 작은 교회가 딸려 있어서 꼭 수도원처럼 보였다. 입구 근처에 검은 차 두 대가 세워져 있었고, 오빠는 그 옆에 차를 댔다. 오빠가 내리더니 문을 열어주었다. 나는 꼼짝도 하지 않았다.

오빠가 내 팔을 붙잡아 나를 밖으로 끌어냈다. 간호사복을 입은 여자가 문에서 우리를 기다리고 있었다. 나는 여전히 내 팔을 붙들고 있는 오빠를 흘깃 보았다. 미혼모와 아기를 수용하는 시설이 아일랜드에 있다는 얘기를 들은 적이 있다. 가족이 미혼모를 그곳에 보내 비밀리에 아기를 낳게 한다고 했다. 대개의 경우 아이는 번듯한 집안으로 입양 보내졌다. 내가 오빠에게서 벗어나려 하자 이를 본 간호사가 내 반대쪽 팔을 붙잡았다.

"싫어, 싫어!" 나는 비명을 질렀다. 내가 할 수 있는 말은 그게 전부였다. 탈출해야겠다는 마음뿐이었다.

나는 어떤 방으로 끌려갔다. 거대한 마호가니 책상 뒤에 한 남자가 앉아 있었다. 상냥한 인상의, 아니 그런 것처럼 보이는 그에게 나는 곧장 애원하기 시작했다.

"제발 제 말 좀 들어주세요, 전 경제력이 있는 여자예요. 제 가게도 있고요. 아기 아빠가 남겨준 돈도 있어요. 오빠가 강제로 절 여기로 끌려왔어요."

"오필린, 연극은 그만두렴. 선생님, 이 사생아는 혼외 관계로 생

＊ Cattle grid. 소나 양이 지나가지 못하도록 도로에 구덩이를 파고 그 위에 쳐놓은 쇠 격자망.

겼고, 남편 이야기는 순전히 지어낸 겁니다."

나는 망연자실해서 할 말을 잃었다. 남자가 책상 안쪽에서 걸어 나오더니 내 손을 정중하게 잡고 흔들었다.

"자, 칼라일 양, 앉아서 좀 쉬어요. 폴리, 두 분께 차 좀 드리지? 여기까지 오느라 고생하셨는데."

간호사가 사라지자, 오빠는 등이 꼿꼿한 의자에 앉았다. 당장 달아나고 싶었지만, 내 앞을 가로막을 두 남자 때문에 승산이 없으니, 나도 앉았다.

"오빠분 말씀으로는, 최근 몸이 안 좋고 정신이 오락가락한다면서요. 맞습니까?"

"절대 아니에요. 몇 년간 서로 보지도 못했어요. 오빠는 순전히 악의와 질투로 내 일에 간섭하는 거예요."

"보셨죠. 선생님, 동생은 아직도 이런 망상에 시달리고 있답니다." 오빠의 이런 동정 어린 말투는 내 평생 들어본 적이 없었다. "얼마 전부터 자기 앞가림을 제대로 못 하고 있어요……. 제가 그 가게를 돌볼 생각입니다."

나는 고개를 휙 돌려 그를 매섭게 쏘아보았다.

"편지에서 원고 얘기를 읽은 거지? 돈이 되겠다 싶으니까 이제야 나를 찾아온 거야. 아기한테는 눈곱만큼도 관심 없으면서. 이 간사하고 속 좁고 질투심만 많은 인간……." 나는 다시 의사 쪽으로 고개를 돌렸다. "이 인간은 내가 노력해서 이뤄낸 걸 전부 무너뜨리고, 내 명성을 더럽히고, 내 걸 빼앗으려는 거예요!" 너무 빨리 말하다 보니 입꼬리에 침까지 고였다. 어떻게든 오빠의 진짜 모습을 알려야 했다.

두 남자는 다 안다는 듯한 눈빛을 주고받았다.

"잠깐만요, 당신은 누구고, 여기는 어디죠?"

"나는 린치 박사고, 여기는 코노트* 지방 정신병원입니다."

나는 잘못 들은 거라 확신했다.

"그게 무슨…… 오빠?"

오빠는 앞쪽만 응시하고 있었다. 린치 박사는 몸을 앞으로 기울여 팔꿈치로 책상을 짚은 채 손가락으로 첨탑 모양을 만들어 그 끝에다 턱을 괴었다.

"오빠분은 당신을 생각해서 여기로 데려온 겁니다, 오필린. 당신은 산욕기 정신이상이라는 걸 겪고 있는 것 같군요. 임신부가 걸릴 수 있는 정신병의 일종으로, 자신과 타인에게 폭력을 휘두르게 되지요."

"여기로 오는 중에 차 안에서 나한테 달려들더군요." 오빠는 누가 봐도 피해자 같은 얼굴로 말했다.

"거짓말 그만해, 이 악당아!" 나는 이렇게 비명 지르고는 일어나 나가려 했지만, 돌아와 있던 간호사가 무지막지한 힘으로 나를 껴안더니 의자에 억지로 앉혔다.

"자, 화를 좀 가라앉혀요, 오필린."

간호사에게서 벗어나려 몸부림쳐봤지만 소용없었다. 그 여자는 바이스처럼 단단히 나를 옥죄었다. 나는 덫에 걸린 짐승처럼 짧은

---

* 아일랜드 서부의 지방.

숨을 거칠게 내쉬었다. 그 순간, 모든 게 오빠의 계략이었음을 깨달았다. 내가 이렇게 반응하리라는 걸 오빠는 알았다. 그의 의도대로 내가 분노에 차 정신 나간 사람처럼 보이리라는 걸. 분노한 남성은 주도권을 잡는 반면, 분노한 여성은 실성한 사람 취급을 받는다. 나는 잠자코 있기로 하고 호흡을 고르는 데 집중했다.

"편지에서 말씀하신 것처럼, 동생분은 피해망상에 시달리고 계신 것 같습니다."

이것으로 끝이었다. 그들은 이미 내가 그 자리에 없는 것처럼 대화를 나누기 시작했다. 이제 내가 무슨 말을 보태든 쇠약한 정신 상태의 증거로 비칠 터였다. 몸이 스스로 무너져 내리듯, 고개가 가슴으로 축 처졌다. 단번에 기력이 쭉 빠져버렸다.

"이해하시겠지요, 린치 박사님, 저희 가족의 추문이 신문에라도 났다가는 큰일입니다. 오필린은 워낙 오래전부터 막돼먹어서 어머니 얼굴에 먹칠했지만, 이건……." 오빠는 내 불룩한 배를 가리켰다. "이건 그냥 넘길 수가 없어요."

"그래요. 금세기의 도덕성 상실이 수많은 병폐로 이어지고 있지요." 박사는 전쟁 영웅인 오빠에게 깍듯이 맞장구를 쳤다. 그러고는 내가 그들의 정신병원에서 지내면 두 사람의 눈에 혐오스러워 보이는 내 인격도 치유될 거라 장담했다. "자, 이 입원 서류에 서명하시고, 합의된 액수를 보내주시면 저희가 동생분을 잘 보살피겠습니다."

각고의 노력 끝에 나는 호흡을 진정시키고, 내 존재의 근원과 다시 연결될 수 있었다. 오늘은 탈출이 불가능하다, 그것만은 확실했다. 하지만 수일 내에 기지와 지능을 발휘하여, 내가 여기에 있을 사람이 아니라고 박사를 설득할 수 있으리라. 거기 감금된 여성의 절반이 이미 그런 시도를 했으며 실패만 맛보았음을 그땐 몰랐다. 그들이 여성의 말에는 귀 기울여주지 않는다는 걸 알았어야 했다. 그들에게 여성은 골동품이다. 이해가 아니라 연구가 필요한 대상. 통제해야 하는 골칫거리.

———✦

간호사가 내 팔을 단단히 붙들고 복도로 데리고 나갔다. 건물의 공용 구역에서 멀어질수록 미관이 바뀌었다. 가장 인상적인 건 그 황량함이었다. 칙칙한 녹색으로 칠한 벽에는 아무것도 걸려 있지 않고, 표백제 냄새 때문에 구역질이 났다. 간호사는 나를 방으로 데려갔다. 아니, 감방이라는 이름이 더 어울렸다. 방에는 철제 침대 두 개(이 방에 나 혼자 감금되는 것이 아닌 모양인데, 잘된 일인지 아닌지 가늠이 되지 않았다)뿐이었다. 창문은 저 높이 하나 달려 있어서 침대를 딛고 서야 밖을 내다볼 수 있을 듯했다. 탈출할 생각이 문득 떠오른다 한들, 창문에 창살이 질러져 있었다.

"화장실 가고 싶어요."

"침대 밑에 대야가 있어." 간호사는 여전히 내 팔을 꽉 붙잡고 있었다.

나는 그녀를 밀어내지 않았다. 사실, 그녀의 도움 없이는 서 있기도 힘들었다. 구역질이 나서 물을 달라고 부탁했다.

"여긴 호텔이 아니야." 내 뻔뻔한 요구에 간호사는 신경질을 내며 답했다. "저녁 먹을 시간에 종이 울릴 테니까 다른 여자들 따라서 식당으로 가." 이 말과 함께 그녀는 내 팔을 놓더니 나를 매몰차게 방 안으로 밀어 넣고 문을 쾅 닫았다.

열쇠가 돌아가는 소리를 들으며 나는 벽을 따라 주르르 미끄러져 내렸다. 더는 서 있을 힘이 없었다.

—◆

그날 밤은 바닥에 누워 있었다. 침대에 올라가면 내 운명을 받아들였다는 의미가 될 것 같아서였다. 어느 순간 지쳐 잠들었다가 다른 수감자들이 새된 비명을 지르고 홀쩍이는 소리에 깨어났다. 아니, 수감자가 아니라 환자라고 해야 하나? 무슨 상관이람? 난 여기에 있을 사람이 아니고 어떻게든 탈출해야 했다. 하지만 임신한 여자가 무슨 수로 이런 곳에서 탈출한단 말인가. 물리적으로 불가능했다. 나는 매슈의 이름을 몇 번이고 속삭였다. 분명 그가 와서 날 찾아내리라. 어떻게든. 반드시. 여기 계속 머물 순 없었다.

"내일 아침이 되면 다시 희망이 보일 거야." 봉긋한 배에 대고 이렇게 말했지만, 이번엔 나 자신조차 그 말이 믿기지 않았다.

38장

마서

변호사들이 서명하라며 계약서를 보내왔다. 집은 금방 팔렸고, 은행과 부동산에 수수료를 지불한 뒤 내게 남은 돈은 2만 유로였다. 부동산 시장이 다시 호황을 누리고 있었고, 중개인의 말에 따르면 나는 딱 적절한 때에 집을 팔았다. 종이에 찍힌 숫자를 보고도 내 계좌에 들어온 내 돈이라는 사실이 믿기지 않았다. 마음만 먹으면 대학에서 정규 과정을 밟을 수 있는 여유가 생겼다.

내가 원하는 게 뭔지 확신이 서지 않았다. 늘 빈손이었던 사람이 뜻밖의 횡재를 만나면 갈팡질팡하게 마련이다. 시간을 두고 찬찬히 결정하고 싶었고, 그동안에는 셰인을 떠난 후 안전하게 지내온 곳에 머물고 싶었다. 헤이프니 레인에.

———✦

늦은 오후, 정원에 나가 있는 보든 부인에게 차를 가져다주었다.

최근 들어 안색이 조금 핼쑥해져서 바깥 공기를 쐬는 것이 좋겠다고 했다.

"카드 게임 할 줄 알아?"

부인이 마술을 부리듯 주머니에서 카드 한 벌을 꺼낼 때 나는 속으로 웃었다.

"스냅 말고요?"

"자네 세대는 틈만 나면 그 망할 전화기만 들여다보고 있지."

부인의 말이 옳았다. 요즘 나는 휴대전화를 들여다볼 때가 많았다. 헨리에게 그와 함께할 수 없다고 말한 후로 쭉, 예전에 우리가 주고받았던 문자메시지들을 하나하나 읽고 있었다. 그러지 않을 때는 그와 키스했던 날을 생각했다. 그가 돌아왔다는 걸 아는 것만으로도 기뻤다. 그가 없는 삶이란 참으로 따분했다. 따분한 건 괜찮았다. 따분한 인생에는 이골이 났으니까. 하지만 일단 마법을 맛본 후에는 평범한 일상이 성에 차지 않는다.

"트웬티파이브라는 건데, 아주 쉬워." 부인은 이렇게 말하며, 카드를 다섯 장씩 두 벌로 나눠 두 사람 앞에 놓은 다음 남은 카드 중 가장 위에 있는 카드를 뒤집었다. "이제 하트가 으뜸패야."

"알았어요." 그래, 마음이 으뜸이긴 하지.

시간이 흐르면서 햇빛이 정원을 옮겨 다니며 이름 모를 식물들을 비추는 동안에도 나는 게임의 규칙에 도통 익숙해지지 못했다. 그저 부인이 시키는 대로 카드를 섞고, 내놓을 카드를 선택하는 행위만으로 마음이 평온해졌다. 억지로 외면했던 상념들이 절로 스쳐 지나갔다.

"아, 그 마을에 있기 정말 싫었어요." 나는 장례식을 떠올리며 말하고는 에이스 한 장을 테이블에 내려놓았다.

"이런, 자네가 이겼잖아!"

"그래요?" 나는 카드를 내려다보며, 모처럼 순수한 기쁨을 느꼈다. 부인이 종이에 점수를 기록했다.

"거기서는 항상 겉돌았어요." 나는 카드를 섞으며 말을 이었다. "그러니까, 사람들이 나를 좀 이상하게 봤거든요. 나랑 엄마를요. 학교 친구들은 우리를 마녀 취급했어요. 말없이도 서로 통한다고요. 그리고 내가 자기들을 읽기 시작하니까 정말 싫어하더라고요."

"'읽는다'니, 그게 무슨 뜻이지?"

나는 속으로 나 자신을 욕했다. 그런 말실수를 해서 어쩌자는 거야? 바보 같은 카드 게임에 정신이 팔려서는. 나는 경계하는 마음으로 부인의 얼굴을 올려다보며 표정을 살폈다. 그녀는 내가 의도했던 것보다 더 많은 말을 털어놓도록 일부러 카드 게임에 나를 끌어들인 것이다.

"그게…… 사람을 보면 어떤 느낌이 들잖아요."

"혹자는 그걸 직감이라고 하지." 부인은 내가 또 패를 돌려야 한다고 몸짓으로 알리며 말했다.

"맞아요, 그 비슷한 거예요."

"흠. 그럼 나도 읽을 수 있겠어?"

나는 잠시 부인에게 집중해보았다. 첫 만남 후 보든 부인에 대해 알아야 할 건 전부 알았다고 생각했다. 난 그저 안전하게 지내고 싶었고, 그녀가 날 해치지 않으리라는 걸 알았다. 하지만 그녀의 질문을 받고 보니 정신이 번쩍 들었다. 혹시 그녀가 처음부터 무언가를 숨기고 있었는데 바로 눈앞에서 알아채지 못한 건가?

"날 시험하고 계시는 것 같아요. 나의 뭘 시험하려는 건지는 모르겠지만."

"뭐, 그 정도야 마음을 읽지 않아도 알 수 있지. 또?"

선뜻 답하기가 어려웠다. 어떻게 하면 상처 주지 않고 말할 수 있을까?

"괜찮으니까 그냥 말해!"

나는 눈을 깜박였다. 그녀가 나를 읽고 있는 건가?

"부인은 나이가 아주, 아주 많아요. 보기보다. 그리고 부인은 잊힐까 봐 두려워하고 있어요. 누군가를 기다리고 있죠? 보살펴줄 누군가……."

"그래, 그 정도면 됐어."

그녀는 무릎 위로 두 손을 깍지 끼고는, 수반에서 물을 튀기는 찌르레기 한 마리를 바라보았다.

"보셨죠? 남이 몰랐으면 하는 사실을 얘기하면 다들 싫어한다니까요."

부인은 한숨을 푹 쉰 다음 고개를 옆으로 갸웃했다. "내가 자네를 얕봤군. 다시는 그러지 말아야겠어."

나는 칭찬으로 알아듣고 고개를 끄덕였다.

"겉도는 게 좋을 수도 있어." 부인은 이전의 주제로 돌아갔다.

"그래요? 내 생각엔, 우리가 그냥 남들이랑 잘 어울렸다면 훨씬 더 편했을 것 같은데요."

"당치도 않은 소리! 남들 따라 살면 사형수나 마찬가지. 그건 안 돼, 이 사람아, 자네의 남다른 점을 받아들여. 자네가 특출나니까 사람들이 싫어하는 거야. 세상 돌아가는 꼴 좀 보라지. 아이가 진면목을 드러내면 부모는 혼을 내잖아. 왜냐하면, 우리도 혼났고, 우리 앞의 부모들도 그랬으니까. 남들한테 피해가 가는 것도 아닌데 왜 본모습을 바꿔야 하지?"

"글쎄요. 그런 식으로 생각해본 적은 없어요. 난 그냥 항상 나 자신한테 너무 화가 나요. 아무리 기를 써도 인정 못 받을 텐데 노력은 해서 뭐 하나 싶고요."

"누구한테 인정받으려고? 남들이 만들어놓은 인생에 갇혀 사는 인간들? 그 인간들은 자네도 자기들처럼 갇혀버렸으면 싶은 거야. 자기들만 공허감에 사무치면 억울하거든. 조심해, 마서, 계속 부르주아의 눈으로 세상을 보다간 자네만의 가치를 못 보고 말 테니까!"

———◆

그날 밤, 샤워를 하면서 등에 새겨진 이야기를 한 번 더 확인한 후 보든 부인의 말을 생각해보았다. 헤이프니 레인에 도착하자마자 알았던 사실을 계속 부정해왔다. 이 건물 자체가 내 신경을 건드리는 느낌이었다. 내가 감히 꿈꾸지도 못할 미래를 자꾸 망상하게 만들면서. 하지만 오필린이 실비아에게 쓴 편지를 봤을 때, 그녀가 말하는 '책'이 내게 찾아온 바로 그 책이라는 걸 알았다. 이 모든 게 보든 부인과 연결되어 있을까? 이런저런 의문들만 가득 생겼고, 이 일로 대화를 나눌 수 있는 사람은 헨리뿐이었다. 우리가 친구 사이로 지낼 수 있을까? 그렇게 생각하니 무척 슬퍼졌다. 하지만 다른 방법이 없었다. 새출발하려고 그토록 힘겹게 싸웠는데, 또다시 나 자신을 잃을 위험을 감수할 순 없다.

침대에 누워 문학 수업 교재인 제인 오스틴의 《설득》을 읽고 있는데, 선반처럼 평평하게 쫙 펴진 나뭇가지에 누운 책 몇 권이 눈에 들어왔다. 책등에 선명히 새겨진 단어들이 등불에 비쳐 거의 황금빛으로 반짝였다. 캐시 렌첸브링크의 《독자에게^{Dear Reader}》, 가즈오 이시구로의 《나를 보내지 마^{Never Let Me Go}》, V. C. 앤드루스의 《다락방의 꽃들^{Flowers in the Attic}》. 맙소사. 보든 부인이 내가 교재 말고 다른 책까지 읽을 여유가 있다고 생각하는 건가? 나는 읽고 있던 페이지로 다시 눈을 내렸다. 다음 수업까지 다 읽어야 하니 딴데 정신을 팔 수 없었다. 그래도 호기심을 이기지 못해 다시 올려다보았다. 이번에는 몇몇 단어가 유난히 눈에 띄었다.

Dear Reader
Go
In The Attic

'독자여, 다락으로 가시오.'
나는 숨을 죽인 채, 읽고 있던 책을 가슴에 바짝 붙였다. 정말 으스스했다. 시계를 보았다. 밤 12시 1분. 다시 책들을 보니, 도드라지게 반짝이는 낱말 없이 아까처럼 지극히 평범하고 무해해 보였다. 비밀스러운 메시지 같은 건 없었다. 그냥 무시하자, 하고 나는 속으로 중얼거렸다. 눈이 피로해서 헛것을 본 거야.

직감, 보든 부인은 그렇게 불렀다. 어쩌면 그걸 무시했던 게 처음부터 문제는 아니었을까.

얼른 스니커즈를 신고, 가운으로 쓰는 낡은 카디건을 걸쳤다. 보든 부인이 잠귀가 밝으니 위층 복도 불은 켜고 싶지 않았다. 결국, 꼭대기 층의 마지막 계단에 발가락을 찧고 말았다. 나는 아파서 속으로 비명을 질렀다. 책들이 나한테 뭔가를 알려주고 있다고 어수룩하게 믿어버리다니.

하지만 정말 어리숙한 짓일까? 내 등에 문신을 새겨놓았고, 그중 절반이 저절로 생겨났는데.

건물의 가장 높은 지점에 있는 조그만 문에 다다라서는 몸을 웅크려야 했다. 문을 밀어도 보고 당겨도 봤지만, 꿈쩍도 하지 않았다. 열쇠가 있을까 싶어 문틀 위를 살펴봤지만 먼지만 뽀얗게 쌓여 있었다. 무의미한 짓이다. 어둠 속에서 내가 할 수 있는 일은 아무것도 없었다. 조금 더 조심스럽게 계단을 내려와 부인의 방 앞을 살피며 지나가는데, 집주인의 고함 소리가 울렸다.

"마서, 자네야?"

"네, 그냥……." 망했다. 뭐라고 둘러대지? "화장실에 거미가 있어서 여기 화장실을 쓰려고 올라왔어요. 죄송해요."

답을 기다리다, 몇 초 후 다시 걸음을 옮겼다. 1층에 도착하기 직전 답이 들려왔다.

"거짓말도 참 어지간히 못하지!"

39장

헨리

"듣고 있습니까? 필드 씨?"

나는 베개에 얼굴을 묻고 욕을 조금 내뱉은 뒤 휴대전화를 다시 귀에 댔다.

"시간을 조금만 더 주세요. 제가 보낸 초고는 받으셨죠?"

"네, 네, 받았습니다. 전제는 아주 좋은데, 문제는……." 사람 좋은 학과장 데릭은 안 좋은 소식을 상냥하게 전해주려 애쓰고 있었다. 문제는, 내가 그의 말을 받아들일 수 없다는 것이었다. "문제는, 아무런 근거가 없잖아요, 헨리."

틀린 말이 아니었다. 그의 말이 옳다는 건 나도 알고 있었다. 브론테의 두 번째 소설이 존재할지도 모른다는 '가능성'을 논하는 옛 편지는 그저 풍문에 지나지 않았다. 구체적인 진짜 증거는 하나도 없었다.

"유감이지만, 헨리, 연구 지원금이 끊겼어요."

"네?"

"내 나름대로 애는 써봤습니다. 하지만 허탕으로 끝난 게 이번이 처음이 아니잖습니까?"

죽여주는군, 큰 굴욕까지 덤으로 얻다니. 나는 편지가 아닌 통화로 나쁜 소식을 직접 전해준 그에게 고맙다고 인사했다. 그런 다음 베개에 대고 더 많은 말을 외쳤다.

행방불명된 원고 하나 찾아서 이름을 드높일 생각으로 몇 년이나 단서를 쫓아다녔다. 그간 필명으로 발표된 단편소설이나 에세이의 진짜 저자를 밝히기도 하고, 중요한 문인들 사이에 오간 흥미로운 서신을 발굴하기도 하고, 희귀본 전문가들이 발견한 수많은 텍스트를 다루기도 했지만, 아직 '한 방'이 없었다. 이번 건이 기회다. 나는 느낄 수 있었다. 그런데 감정에 휘둘려 한눈팔았다가 끝내 이런 결과를 맞고 말았다. 마서가 자신의 감정을 분명히 밝혔으니, 나는 이 조사에 모든 힘을 기울여 미약한 경력이나마 지켜내야 했다.

나는 랩톱 컴퓨터를 꺼내 침대에 앉았다. 트랜스 음악은 작업에 집중하는 데 도움이 되었다. 반복되는 음조와 박자 때문에, 가만히 앉아 있어도 움직이는 것 같은 기분이 들었다. 무슨 수를 써서라도 이 미스터리를 밑바닥까지 파헤칠 생각이었다. 편지가 진본이라는 확인을 받기 위해 로젠바흐의 유산 관리 재단에 이미 연락을 취해두었다. 그들은 필적 감정가를 고용했는데, 결과 통지를 차일피일 미루며 어물쩍 넘어가려 했다. 결과가 어떻게 나오든, 만약 로젠바흐가 그 원고를 손에 넣었다면, 이제 그 사실이 전 세계에 알려질 터였다. 아니, 나는 오필린에게 돌아가 그녀에게 무슨 일이 일어났는지, 왜 에밀리 브론테의 사라진 원고에 대한 소유권을 주장했는지 알아내야 했다.

문을 똑똑 두드리는 소리가 들렸다. 조용히 있으면, 외출한 척 노라를 속일 수 있을 줄 알았는데.

"술 냄새가 여기까지 나요." 그녀가 말했다.

문을 열어보니, 노라가 김이 모락모락 나는 차 한 잔과 베이컨 토스트 샌드위치를 담은 쟁반을 들고 서 있었다.

"참 대단하세요." 나는 쟁반을 받았다.

"얼굴은 또 왜 이 모양이래?"

"아, 이거요, 네." 망신당한 일이며, 가슴이 갈가리 찢긴 일이며, 거의 잊고 있었다.

"아니…… 괜찮아요, 헨리?"

"그럼요."

"그냥, 손님이 걱정돼서 그래요."

잘 알지도 못하는 사람이 나의 정신 상태를 걱정하는 지경에 이르다니, 참 놀라운 일 아닌가. 정신 차리자. 바짝. 나는 별일 아니라며 노라를 안심시키고, 음식을 게걸스럽게 해치우고는 컴퓨터로 돌아가 칼라일 가족을 샅샅이 조사하기 시작했다. 아버지는 공무원으로, 부유한 상속인과 결혼했다. 두 자녀 모두 좋은 학교에 다녔고, 린든의 군 경력에 관한 정보도 넘쳐났다. 이번에도 오펄린의 기록은 갑자기 뚝 끊겨버린다. 신문에 조그맣게 난 제인 버리지와 핀들리 경의 결혼 발표 기사에 신부 들러리로 오펄린 칼라일의 이름이 올라와 있는 게 전부였다. 마서를 생각하면 마음이 아팠지만, 오펄린의 삶에 있었던 여성들을 통해 그녀를 알아보라는 마서의 말이 떠올랐다. 오펄린과 제인은 친구 사이였던 게 틀림없다.

나는 차갑게 식은 차를 크게 한 모금 삼키고 음악 볼륨을 높인 뒤, 레이디 제인의 일생과 그 시대 속으로 깊숙이 뛰어들었다. 내가 좋아하는 일이었다. 오래전 죽어 세상에서 잊힌 사람들을 조사하는 것. 그들에게 빛을 비추어 잠시나마 그들을 되살리는 기분을 누리는 것. 애초에 희귀 서적의 세계로 들어온 이유도 이것이었다. 우리보다 앞서 떠난 사람들, 우리처럼 일상의 소소한 문제를 걱정했던 사람들, 그 의미를 전혀 모른 채 가장 멋진 시대를 살아간 사람들의 흥미진진한 인생과 사연을 발굴하고 싶었다. 그 조각 하나하나를 맞추다 보면 마음이 차분히 가라앉았다. 내 인생이 인간 역사라는 거대한 책의 한 페이지에 불과하다는 사실을 알면 위로가 되었다. 중요한 사람이든 뭐든 되어야 한다는 압박감이 조금은 줄어들었다. 그러다 동료가 장학금을 받거나, 무명 수집가들의 발견을 주제로 두툼한 학술서를 써서 성공하기라도 하면 이런 평온함은 사라져버렸다. 나는 인간의 가장 오래된 욕망, 즉 이름을 세상에 남기고픈 욕망에 시달리고 있었다.

제인의 출생, 죽음, 자선 행사, 사교적인 만남을 몇 시간 동안 샅샅이 조사한 끝에, 그녀가 1930년에 한 아일랜드 신문의 편집장에게 쓴 편지를 발견했다.

편집장님께,

이 문제로 여기저기 간청해봤지만 모두 무시당했기에 절박한 심정으로 이 편지를 씁니다. 부디, 이 나라 정신병원들의 개탄할 상황에 주목해주세요. 편집장님이나 저처럼 정신이 건강한 여성들이 제대로 된 검사도 거치지 않고 본인의 의지와 상관없이 이런 시설에 갇힌 채, 인간으로서의 품위를 지킬 수 없는 참혹하기 그지없는 환경에서 지내고 있습니다. 지금 제 절친한 친구가 코나트 지방의 정신병원에 강제로 붙잡혀 있는데, 제 주치의가 친구를 검사하게 해달라고 정부에 편지를 보내 요청해봤지만 받아들여지지 않았어요. 이런 시설들에 대한 철저한 조사가 시급합니다.

레이디 제인 판들리 드림

잉글랜드 여성이 이런 편지를, 그것도 아일랜드 신문사에 보내는 건 아주 드문 일이었다. 왜 그랬을까? 친구의 이름이 언급되어 있지는 않지만, 감이 왔다. 오펄린이 실비아 비치에게 쓴 편지에 '감금'이라는 단어가 등장했었다. 그녀가 정신병원에 갇혔던 건가? 그 당시 아일랜드에 정신병원이 얼마나 많이, 어디에 있었는지 기록을 찾아봐야 할 것 같았다. 커피가 필요했다. 마서가 필요했다. 하지만 그저 커피로 만족해야겠지.

40장

오펄린

눈을 뜨기 전의 그 소중한 몇 초 동안, 내가 어디에 있는지 잊었다. 집의 침대에 누워 있다고 내 마음은 말했지만, 내 몸은 그렇지 않다는 걸 알고 있었다. 얼어 죽을 듯 추운 데다, 날 둘러싼 거친 담요는 내 것이 아니었다. 눈을 뜨자 끔찍한 진실이 확인되었다. 이건 악몽이 아니었다. 나는 오빠 손에 감금당했다.

카펫이 깔리지 않은 복도에 마치 소부대가 행군이라도 하듯 부츠 굽 소리가 울리더니, 문이 철커덩 열렸다.

"6시야, 일어나." 간호사는 내 눈을 보지도 않은 채 알리고는 창문을 열어 차가운 공기를 안으로 들였다.

그녀에게 하소연해봐야 소용없다는 걸 내 이성은 알고 있지만, 감정적으로는 나를 풀어달라고 애원할 수밖에 없었다.

"부탁이에요, 린치 박사님이랑 얘기할 수 있게 해줘요. 이건 큰 착오예요. 날 보내줘요!"

기름기 도는 새까만 머리를 정확히 반으로 나누어 가르마를 타고 검은 두 눈이 멍하면서도 날카로워 보이는 간호사는 나를 완전히 무시했다. 내가 아무 말도 하지 않았다는 듯이.

"이제 나가, 아침 식사 준비됐으니까."

"알았어요, 그런데……."

"할 얘기 있으면 나중에 박사님 조수인 휴스 선생님한테 해."

간호사가 내게 흉측한 회색 플란넬 원피스를 주며 입으라고 했다. 원피스로 갈아입자 간호사는 내 옷을 어디론가 가져가버렸다. 세면대로 안내받아 가보니, 다른 환자들이 얼음같이 차가운 물로 얼굴을 문지르고 있었다. 내 눈에는 딱히 미친 사람들 같지 않았다. 그저 지치고 불안해 보였다.

퍼트리샤라는 이름의 간호사는 우리를 가축 떼처럼 몰아, 식당처럼 보이는 곳으로 급하게 밀어 넣었다. 기다란 나무 식탁의 양쪽에 벤치가 놓여 있었다. 식탁 위에는 법랑 그릇에 담긴 묽은 수프가 있고, 한복판에 딱딱한 빵 한 바구니가 있었다. 언뜻 보니, 환자는 총 예순 명 정도 되는 것 같았다. 식당의 반대쪽 끝에 따로 떨어진 식탁에는 지적 장애가 있는 듯한 여성들이 열 명 앉아 있고, 두 명의 간호사가 그들을 지켜보고 있었다. 나는 앉아서 수프를 떠먹으려 해봤지만, 목구멍으로 넘길 수가 없었다. 목구멍이 꽉 닫혀 삼키기를 거부했다. 빵을 수프에 적시려 하자, 옆에 앉은 늙은 여자가 내 팔을 붙잡았다.

"먹지 마, 독 들었어!"

내가 곧장 빵을 떨어뜨리자 그녀는 무자비하게 웃기 시작했다. 미친 사람인지, 아니면 그저 잔인한 사람인지 분간할 수 없었다.

"그냥 좀 내버려둬요, 애거서."

목소리가 들려온 쪽으로 고개를 돌려봤더니, 놀랍게도 스무 살이나 됐을까 싶은 젊은 여자였다. 나이에 어울리지 않게 말투가 근엄했다. 나는 고개를 끄덕여 고마움을 전했다. 입고 있는 옷도 그렇고, 이런 곳에서 지내며 겪는 정신적 스트레스까지 생각하면, 이들의 나이를 가늠하기란 어려웠다.

"나는 메리라고 해요." 그녀가 뜻밖에도 상냥하게 말을 걸어왔다. "당신은 여기 왜 들어왔어요?"

"오빠가……." 나는 울음이 터질 것 같아 말을 끊었다.

훌쩍이는 소리가 들려서 봤더니 식탁 끝에 앉은 희끗희끗한 머리의 여자가 이렇다 할 이유 없이 울고 있었고, 내 옆의 여자는 밑도 끝도 없이 무의미한 말을 혼자 중얼거리기 시작했다.

"마당으로 나가!" 또 다른 간호사가 고함을 질러 식사 종료를 알렸고, 우리는 다 해진 숄을 받아 들고 나가 벽으로 둘러싸인 안뜰을 걸었다. 살을 에는 듯 추운 한겨울이었다. 설상가상으로 마당이 북향인 탓에 해도 보이지 않았다. 생각은 묵직한 닻처럼 내 마음을 남쪽으로 끌어당겼다. 견디기가 너무 힘들었다. 다른 사람들이 발을 질질 끌며 내 주위를 돌아다니는 동안 나는 한자리에 얼어붙어 있었다.

"줄 서!"

나는 명령을 무시했다. 몸을 움직일 기력이 없었다.

"칼라일, 짝 찾아서 걸어." 명령을 받는 데 익숙지 않은 나는 복종을 거부했다.

"몇 번을 말해야 알아듣겠어!" 이 명령과 함께 귀를 철썩 얻어맞은 나는 충격에 휩싸였다.

분노가 확 치밀어 오르면서, 없던 힘이 샘솟았다. 반격하려는 찰나, 누가 내게 팔짱을 끼더니 나를 앞으로 끌었다.

"시키는 대로 해요." 어떤 목소리가 살며시 속삭였다.

왼쪽을 봤더니, 식탁에서 내 편을 들어줬던 젊은 여자, 메리였다.

"난 여기 있을 사람이 아니에요." 내가 말했다.

"여기 있어야 하는 불쌍한 인간이 따로 있나요?"

나는 고개를 저었지만, 솔직히 그 순간엔 남의 사정 따위 관심 없었다. 다른 여자들이 무서웠다. 전혀 정상적으로 보이지 않는 그들의 민낯이 두려웠다. 나는 숄을 단단히 몸에 둘렀다. 추워서 온몸이 오들오들 떨리고, 이까지 사납게 딱딱거렸다. 다른 여자들의 입술이 추위 때문에 자줏빛으로 변하고 있었다. 여긴 사람이 있을 곳이 아니었다.

"칼라일, 이리 와."

내 본명을 너무 오랜만에 듣다 보니, 퍼트리샤 간호사가 내게 말하고 있다는 걸 깨닫는 데 시간이 좀 걸렸다. '살았다' 하고 나는 속으로 생각했다. 큰 착오인 걸 깨닫고 날 풀어주려는 거야. 나는 메리에게서 팔을 빼내며, 그녀의 친절에 고마움을 표했다. 다시는 그녀를 못 보리라 확신하며.

나는 재빨리 간호사를 따라갔다. 건물 안으로 들어가자마자 간호사가 나를 어떤 방으로 데려가더니, 몸무게를 재고 여기저기 치수를 쟀다. 그런 다음, 다른 간호사가 손톱깎이를 가져와 내 손톱을 바싹 깎았다.

"왜 이러는 거예요?" 내가 물었다.

"이제 휴스 선생님을 뵐 거야." 퍼트리샤가 답했다.

일리가 있다고 나는 스스로를 타일렀다. 풀어주기 전의 마지막 검사라고. 행정상의 절차라고. 분명 그게 다일 거야.

'형식적인 신체검사'가 끝나자 나는 다른 방으로 끌려갔다. 그곳에 흰 가운을 입고 앉아 있던 남자가 휴스 박사라며 자신을 소개했다. 강하게 내 주장을 펼칠 기회가 드디어 찾아왔지만, 어디서부터 시작해야 할지 막막했다.

"이름이 뭡니까?" 그는 크림색 서류철을 펼치고 펜 뚜껑을 열며 물었다.

"전…… 제 이름은 오펄린 그레……. 아니……."

"오, 이런, 시작부터 삐걱거리네요?" 이렇게 절박한 상황에서 우스갯소리라니, 신경에 거슬렸다.

"제 이름은 오펄린 칼라일이에요. 그런데 폭력적인 미치광이 오빠 때문에 오펄린 그레이라는 가명으로 신분을 감추고 살았습니다."

됐다. 조리 있고 간단명료하게 내 의견을 전했다. 분명 이 남자는 내가 제정신이라는 사실을 알아챌 것이다.

"사는 곳은요?"

"더블린의 헤이프니 레인요. 작은 서점을 운영하고 있어요."

그는 눈썹을 치켜올렸다. "임신했습니까?"

"네."

"몇 명의 남자와 육체관계를 맺었습니까?"

"뭐라고요?"

"성교 말입니다, 칼라일 양."

격렬한 분노가 치솟아 오르자, 심호흡을 여러 번 했다. 이 남자는 내 반응을 떠보려는 것이다.

"단 한 명이었어요." 나는 차갑게 답했다.

"오빠분 말로는 난잡한 생활을 했다는데, 맞습니까?"

어떻게 반응해야 할지 몰라 나는 아무 말도 하지 않았다.

"벽에 사람 얼굴이 보입니까?"

"아니요, 지금은 안 보이네요."

그는 조금 빈정거리는 표정으로 나를 쳐다보았고, 나는 건방지게 군 나 자신을 속으로 욕했다.

"환청은요?"

"아뇨, 선생님, 안 들려요. 보시다시피 저는 아무 문제 없어요. 이건 다 오빠의 계략이에요. 알지도 못하는 남자랑 결혼하라는 자기 명령을 따르지 않은 저한테 화가 나서 이런 식으로 벌을 주는 거라고요, 모르시겠어요?"

방 안이 고요해졌다. 휴스 박사가 깨끗한 흰 종이에 펜으로 소견을 쓰는 소리밖에 들리지 않았다. 내 옷은 어디에 있지? 더블린으로 가는 버스가 있을까?

"당장은 이걸로 됐습니다. 간호사." 그는 퍼트리샤를 다시 불러들였다.

"이제 집으로 가면 되나요?"

"아, 사회로 복귀하려면 시간이 좀 걸릴 것 같군요, 칼라일 양. 그런 날이 올지는 모르겠지만."

그의 말은 연극에서 배우가 읊조리는 대사처럼 들렸다. 이게 현실일 리 없었다.

"농담 말아요! 이걸로 검사가 끝이라고요? 벽에 얼굴이 보이느냐고요? 내 정신이 멀쩡하다는 건 선생님도 아시잖아요."

"오빠분이……."

"오빠가 무슨 상관이에요! 내 말보다 오빠 말이 더 중요해요?"

휴스 박사는 아무 말 없이 펜 뚜껑을 닫는 것으로 답을 대신했다.

나는 우리 사이의 책상을 두 손으로 짚었다.

"선생님은 속고 계신 거예요! 증명할 수 있어요. 내가 발견한 아주 귀한 원고를 그 인간이 훔치려는 거라고요, 모르시겠어요?"

박사는 어느새 내 양팔을 붙잡아 나를 밖으로 끌어내고 있는 간호사를 보며 히죽 웃었다.

"자, 칼라일, 괜히 힘 빼지 마." 간호사가 말했다.

"마음껏 검사해봐요. 내가 미치지 않았다는 걸 증명해 보일 테니까!"

"오, 그 점에 관해서는 우리도 알 만큼 압니다, 칼라일 양."

"안 돼! 제발요! 린치 선생님은 어디 계세요? 그분을 만나게 해줘요!" 나는 목이 쉬도록 외쳤고, 내 공허한 비명이 복도에 울려 퍼졌다. 또 다른 간호사가 환자 한 명을 박사에게 데려가고 있었다. 퍼트리샤가 그 간호사에게 큰 소리로 말하기를, 한 시간만 지나면 내가 이 모든 일을 까맣게 잊을 거라고 했다. 그들은 내가 미쳤다고 진심으로 믿고 있었고, 내가 아니라고 반박하며 해명을 늘어놓을수록 그들의 믿음은 더욱 확고해질 뿐이었다.

더러운 방으로 다시 내던져진 나는 구석에 몸을 웅크린 채 몇 시간이고 울었다. 방 안이 어둑해졌을 때 고개를 들어보니, 침대에 한 여자가 앉아 있었다. 언제부터 거기 있었을까?

"지금 다 울어버려요. 여기서는 눈물이 별로 도움이 안 되니까."

"메리?"

나는 불룩한 배로 힘겹게 몸을 일으켜 그녀 곁에 앉았다.

"여기 왜 들어왔어요?" 나는 처음으로 메리를 제대로 쳐다보며 물었다. 머리칼은 마구 흐트러져 사방으로 뻗치고, 새까만 눈은 움푹 들어가 있었지만, 큐피드의 활처럼 생긴 입에서 나오는 말은 어른스럽게 차분했다.

"히스테리 때문에요. 그 인간들 말로는 그렇대요."

히스테리라니, 너무 광범위했다.

"그 증상은 어떤 식으로, 음, 나타나죠?" 나는 우리가 한 방을 쓰게 됐다는 사실을 깨달으며 물었다.

"아빠한테 맞으면 아주 감정적으로 변해요."

"맙소사."

메리는 유머러스함이 그녀에게 남은 전부인 양 엷은 미소를 지어 보였다.

"신부님한테 당해서 임신했다고 했더니, 아빠는 내 말을 안 믿고 나더러 더러운 창녀라고 하더군요. 나를 집에서 쫓아내려고, 여기 사람들한테 내가 악령에 들린 것처럼 심하게 흥분한다고 말했어요. 내 몸의 상처도 나 스스로 낸 거라고."

나는 두 손에 얼굴을 묻었다. 어쩌다 우리가 이런 꼴이 됐을까? 나는 평등과 자유를 쟁취해 자신만의 행복을 찾으려는 현대 여성들, 서프러제트*들에게 자극받아 집을 떠났다. 그런데 펜 놀림 한 번에 이렇게 갇히고 말았다. 거슬리는 사상을 품은 골칫거리 여자로 낙인찍혔다.

"여기 얼마나 있었어요? 어려 보이는데."

"3년 됐어요. 이제 스물두 살이에요."

또 눈물이 왈칵 쏟아졌다. 눈앞이 캄캄했다.

메리가 내 손을 꽉 쥐었다.

"아기를 위해서라도 강해져야죠." 그녀는 이렇게 말하고는 일어나서 겉옷을 벗은 뒤 다른 침대로 올라갔다.

나는 얇은 매트리스에 누워, 창살 사이로 빛나는 달을 올려다보았다. 메리의 말이 옳았다. 로즈버드를, 나의 소중한 꽃봉오리를 보살펴야 했다. 잘 먹고, 밖으로 나가 신선한 공기를 마시며, 최대한 건강을 유지하리라 마음먹었다. 지금으로서는 다른 방도가 없으니 이 생활을 받아들일 것이다. 아기를 위해서. 오늘처럼 흥분하는 일은 없어야 한다. 아기에게 좋지 않다. 얌전히 지내다가 아기를 낳으러 병원에 가면, 그때 틈을 봐서 달아나면 된다.

---

* Suffragette. 20세기 초 영국에서 참정권 운동을 벌인 여성들.

그날이 그날 같은 두 주가 지났다. 할 일도 없고, 할 말도 없고, 생각할 거리도 없으면, 상상도 못 할 만큼 하루가 길게 느껴진다. 그나마 신경 쓰이는 문제라면, 지독한 추위였다. 말할 때마다 입김이 보였다. 어느 날 아침에는 식탁에서 나이 든 여자 한 명이 추위 때문에 온몸을 오들오들 떨며 발작을 일으켰다. 고통스럽게 폴짝폴짝 뛰는 모습을 보니 곧 의자에서 떨어질 것 같았다.

"떨어지게 내버려둬, 혼쭐이 나야 정신 차리지." 퍼트리샤 간호사가 말했다.

간호사들은 외투를 입고 있었고, 잠자코 있으려 안간힘을 쓰던 난 결국 한마디 하고 말았다.

"이러다 저분 얼어 죽겠어요. 옷이라도 더 드리지 그래요?"

"다 똑같이 입고 있잖아."

더 이상의 왈가왈부는 허용되지 않았다. 따뜻한 차가 나오자 내 몫을 그 여자에게 주었다. 싱거운 데다 이상한 구리 맛이 나서 별로 아깝다는 생각이 들지 않았다.

그날 새 여자가 들어와 모처럼 집중할 거리가 생겼다. 우리는 최선을 다해 그녀를 맞았다. 내가 처음 도착했을 때 왜 그리 다들 꼬치꼬치 캐물었는지 이제 이해가 되었다. 모두들 그녀가 여기 들어온 이유를 알고 싶어 했는데, 정신이 멍해질 정도의 따분함을 날리는 것이 가장 큰 목적이었다. 나는 그녀의 사연을 통해 내 주장이 증명되기를 원했다. 또 한 명의 무고한 희생자가 들어왔다고 말이다. 하지만 그녀는 이해 못 할 말만 늘어놓다가, 곧 치료를 받으러 끌려갔다. 그 치료라는 게 뭔지는 알 수 없었지만.

들자 하니, 자기 아이를 익사시킨 죄로 재판을 받던 법원에서 곧장 끌려온 모양이었다. 그녀는 요정들이 진짜 아기를 잡아가고 대신에 딴 아이를 남겨뒀다고 믿었다. 이 이야기를 듣고는 몸이 다 아플 지경이었다. 이곳에 계속 있다간 정말로 미쳐버릴 것 같았다. 수용 시설에 감금당하면 안에 갇혀 있다는 생각이 가장 힘들 거라고 사람들은 상상하지만, 견뎌야 하는 트라우마가 또 있다. 이제 나는 온갖 육체적이고 정신적인 장애를 겪고 있는 여자들과 함께 지낼 뿐만 아니라, 그들과 같은 부류로 취급당하고 있다. 이는 자아를, 그리고 진실을 이해하는 능력에 깊은 영향을 미친다.

——◆

그날 밤, 나는 탈출할 때가 왔다고 생각했다. 진통이 시작될 것처럼 배가 슬슬 아파 오더니, 아니나 다를까 양수가 터져 침대를 적셨다. 나는 메리에게 간호사를 불러달라고 부탁했다. 메리는 문을 쾅쾅 두드리며 고함을 질렀지만, 한참이나 아무런 답도 없었다. 물론, 이런 일이 으레 그렇듯 하필이면 이른 아침이었고, 근무 중인 사람은 늙은 수녀 한 명뿐이었다. 그녀는 내게 아픈 척하지 말라면서, 나 같은 버릇없는 잉글랜드 여자애 때문에 불쌍한 의사를 깨우지는 않을 거라고 했다.

"연기는 그만둬." 수녀가 문에 달린 창살 너머로 말했다.

"의사를 불러달라는 게 아니에요, 병원에 보내줘요!" 나는 그곳을 떠난다는 생각에 너무 흥분한 나머지 진통도 거의 느끼지 못하고 있었다.

"병원? 저번 주에 어떤 년은 혼자서도 새끼 잘만 낳던데."

수녀는 이 말을 마지막으로 남긴 채 떠나버렸고, 그녀의 발소리가 점점 멀어져갔다.

"설마 날 여기 내버려두진 않겠지?" 나는 메리에게 물었다.

메리는 침대 끄트머리에 앉아 내 등을 쓰다듬으며 말했다. "걱정 마."

또 진통이 오자, 나는 담요 끝자락을 손목에 단단히 감고서 끙끙거렸다. 그렇게 밤이 흘러갔고, 나는 진통 사이 어느 틈엔가 잠들었다. 메리는 계속 내 곁을 지켰다. 내가 뭘 물을 때마다 그녀는 걱정하지 말라고 했고, 그 대답이 오히려 나를 걱정시켰다. 어떤 희망도 부질없어 보였다. 6시에 퍼트리샤 간호사가 우리를 깨우러 왔다가 내 상태를 보고는 의사를 불렀다.

"제발 부탁이에요." 나는 자존심 따위는 다 내려놓고 애원했다. 아파 죽을 지경인데 물 한 잔 마시지 못했다. "제발 병원에 데려다 줘요."

"꼭 병원에 가서 아기를 낳을 필요는 없지. 잉글랜드는 어떤지 몰라도, 여기선 안 그래. 출산은 세상에서 가장 자연스러운 일이니까." 퍼트리샤는 이렇게 말하며 내 잠옷을 위로 끌어올리더니, 차가운 손을 내 다리 사이로 집어넣었다.

"손 치워!" 내가 그녀에게 침을 뱉자 그녀가 내 따귀를 후려갈

겼다.

　바로 그때 휴스 박사가 오지 않았다면 어떤 사태가 벌어졌을지 모르겠다. 그가 곧장 지휘관 역할을 맡아, 퍼트리샤에게 수건과 끓인 물을 가져오라고 지시했다. 온몸이 갈가리 찢기는 듯한 진통이 두어 시간 이어지자, 누가 내 몸을 만지는지 알 수도 없고 신경 쓰이지도 않았다. 사람들이 내게 힘을 주라고 소리를 질러서 힘을 주었다. 누군가 친절하게도, 불타는 듯한 내 얼굴에 차가운 플란넬 천을 올려주었다. 나는 오지 않으리라는 걸 알면서도 어머니를 소리쳐 불렀다. 아르망에게 당장 와서 날 구해달라고 빌었다. 그런 다음 또 힘을 주었다. 이번에는 느낌이 달랐다. 압박감이 사라졌다. 숙덕이는 목소리가 들리더니, 한 간호사가 포대기를 들고 나가는 것이 보였다.

　"내 아기 어디 있어요? 어디로 데려가는 거예요?" 누가 내 말을 듣기는 했을까? 목이 아파서 목소리가 잘 나오지 않았다. "내 아기는요? 내 아기 줘요!"

　한 남자가 말도 안 되는 소리를 늘어놓았다. 탯줄이 아기 목에 감겼다. 아기가 숨을 못 쉬었다. 태어났을 때 핏기가 하나도 없었다. 그 후의 일은 별로 기억나지 않는다. 드디어 내가 미쳐가기 시작하는 건가.

41장

마서

"그런데, 오스틴이 사망하기 전 마지막으로 발표한 이 소설이 다른 작품과 차별화되는 부분이 뭘까요?"

강사는 《설득》을 손에 들고 책상 끄트머리에 걸터앉아 한쪽 다리를 자유롭게 흔들고 있었다. 항상 앞줄에 앉는 젊은 미국인 여자가 있는데, 세상에 나온 모든 책에 관해 모르는 것이 없어 보였다. 아무래도 우리 강사를 좋아하는 것 같았지만, 강사는 모르는 눈치였다.

"이것도 결혼과 사회적 지위에 관한 이야기잖아요." 그녀가 말했다. "앤은 신분보다는 인품으로 사람을 판단하지만, 결국엔 러셀 부인의 속물근성에 굴복해 웬트워스의 청혼을 거절하죠."

"아주 요약을 잘하셨네요." 뒷자리에 구부정히 앉은 로건이 말했다. "난 안 읽어도 되겠어."

나는 그를 보며 빙긋 웃었다. 그도 나와 같은 부류의 사람이었다. 야간 문학 강의를 들으면서 책을 안 읽다니, 좀 이상하긴 하지만.

"자, 그래요, 오스틴이 호불호가 갈리는 작가일 수도 있어요. 하지만 지금까지도 오스틴의 작품이 많이 읽히는 이유는, 여전히 우리에게 유효한 주제를 다루고 있기 때문이죠. 사랑. 가족 간의 의리. 자존심. 관습에 순응할 것을 강요하는 사회적 압력. 여러분은 어떤 상황에서든 여러분의 자유 의지로 움직이고 있다고 생각하겠지만, 사실은 그렇지 않습니다. 마음이 원하는 것, 머리가 원하는 것, 그리고 남들의 시선에 끊임없이 영향받고 있어요."

그의 말이 옳았다. 요 몇 년 동안 정말로 변한 건 아무것도 없었다.

"제 생각에 제인 오스틴은······." 늘 내 옆자리에 앉는 은퇴한 치과 간호사 베벌리가 입을 열었다. "살다 보면 사랑의 기회가 한 번 더 찾아온다는 이야기를 하고 싶었던 것 같아요."

부당한 것 같아서 이제 웬만하면 사람을 읽지 않으려 했지만, 가끔은 나도 모르게 그렇게 되어버릴 때가 있었다. 첫사랑이 자동차 충돌 사고로 죽은 후 베벌리는 아무도 만나지 않았다. 부디 그녀를 위해서라도, 제인 오스틴의 생각이 틀리지 않았기를.

"맞아요, 베벌리. 앤은 웬트워스의 앞날이 창창하지 않으니 사랑의 기회를 포기하라는 '설득'에 넘어가지만, 그를 잊지 못하고 자신의 결정을 뼈저리게 후회합니다. 하지만 마지막에는, 헤어져 있던 세월 덕분에, 다시 찾아온 사랑이 더욱더 고맙게 느껴진다는 사실을 깨닫죠."

수업이 끝나고 가방을 쌀 때, 강사가 내게 학위를 딸 생각은 없느냐고 물었다.

"작문 과제를 보면, 정규 과정도 거뜬할 것 같아요. 다만, 토론에 조금 더 적극적으로 참여해줬으면 좋겠어요. 그게 도움이 될 겁니다."

아직은 사람들 앞에서 목소리를 내기가 너무 힘들었다. 편하게 책을 읽을 수 있게 된 지도 얼마 안 됐으니 말이다. 내 등에 완성된 문신을 발견한 그날 밤 후로, 내게 걸려 있던 어떤 마법이 깨지기라도 한 모양이었다. 이제 책 읽기가 괴롭지 않았고, 그 안에 담긴 이야기는 경고가 아닌 초대로 느껴졌다. 잠긴 문을 여는 열쇠를 받은 기분이었다.

"입학 조건이며 이런저런 것들이 정리된 자료예요. 한번 살펴봐요." 그것들을 받아 가방에 넣으며 나는 완전히 다른 인생을 사는 기분을 느꼈다. 원하는 건 뭐든 할 수 있는 사람의 인생. 어쩌면 두 번째 기회라는 게 정말로 있을지도 모른다.

트리니티 칼리지의 교정은 아무리 걸어도 질리지 않았고, 수업을 받을수록 자부심도 조금씩 커졌다.

"트리니티 칼리지에 다녔다는 얘기를 어떻게든 대화에 끼워 넣는 그런 인간만은 제발 되지 말아요." 로건은 코트 단추를 채우며 말했다. 주방장인 그의 진짜 꿈은 만화가가 되는 것이다.

"어머, 벌써 그러고 있는걸요." 나는 이렇게 말했지만, 대화 상대라고 해봐야 수업을 같이 듣는 사람들과 모든 부인뿐이었다.

"나는 석사에 도전해볼까 생각 중이에요." 그가 말했다.

"정말요?"

"그렇게 놀랄 필요는 없잖아요!"

그 순간, 만화를 읽으며 자라 자신만의 만화를 그리고 싶은 소년이 보였다. 하지만 10대의 연애가 10대의 임신으로 이어졌고, 집세를 내기 위해서는 주방 보조로 일할 수밖에 없었다. 지금은 더블린 최고 호텔의 주방장이었지만, 여전히 이야기꾼의 길을 갈망하고 있었다.

"제인 오스틴은 취향에 안 맞아요?" 내가 물었다.

"난 그래픽 노블이 더 좋아요."

"그래픽 노블이라는 게 있는지도 몰랐어요!"

로건은 치명상을 입은 사람처럼 눈을 휘둥그렇게 뜨고 나를 쳐다봤지만, 상처를 입힌 사람에게 잘못을 알려줄 만큼의 여유는 있었다.

"세상에, 《쥐》를 못 들어봤어요? 아트 슈피겔만 몰라요?"

나는 고개를 끄덕였다.

"말도 안 돼요, 마서, 농담하지 말아요! 《글래스 타운》*은요? 브론테 팬 맞죠?"

도서관에서 그 책들을 찾아봐야겠다고 생각하며 웃으면서 모퉁이를 도는데, 광장을 가로질러 가는 익숙한 형체가 눈에 띄었다.

---

*   Glass Town. 브론테 남매는 '글래스 타운'이라는 상상의 세계를 창조하여 그에 관한 산문과 시를 썼으며, 1827년에는 소설 《글래스 타운》도 집필했다.

그는 한창 통화하느라 나를 못 보다가, 갑자기 내 쪽으로 고개를 돌렸다. 헨리.

"안녕." 나는 어색하게 살짝 손을 흔들었다.

그는 고개를 들어 딱딱한 미소를 지었다.

"잘 지내요?" 그가 입 모양으로 묻자, 나는 엄지를 치켜들었다.

그는 손가락으로 휴대전화를 가리켰고, 나는 계속 통화하라는 손짓을 보냈다. 난 어차피 나가는 길이니까. 그것으로 끝이었다. 그는 건물 안으로 사라졌고, 로건은 구상 중인 캐릭터—범죄 따위와 싸우는 슈퍼 셰프—에 대해 계속 이야기했다. 가슴 한구석이 서늘해졌다. 이제 우리는 서로에게 아무런 의미도 없는 건가.

《설득》의 한 대목이 절로 떠올랐다. "이제 그들은 남남이었다. 아니, 남보다도 못했다. 지인으로도 지낼 수 없는 사이가 되어버렸으니. 그것은 영원한 결별이었다."

42장

헨리

"그래서, 올 건가?" 그녀가 재차 물었다.

"죄송하지만, 제 번호는 어떻게 아셨죠?"

"어떻게 알긴, 마서 휴대전화에서 찾았지. 이봐, 마서가 대학 친구를 몇 명 초대했는데……."

나는 마서의 생일인 줄도 몰랐다. 마서의 많은 부분이 내게는 여전히 수수께끼로 남아 있었다. 벽을 높이 쌓고 사는 그녀이기에 어쩌다 내게 곁을 내어주는 순간이 더욱 귀하게 느껴졌다.

"그럼 7시에 와." 그녀가 명령했다.

"제가 가는 걸 마서가 좋아할지 모르겠네요." 나는 뒷마당에서 빈둥거리는 노라의 남편을 창밖으로 내다보며 답했다. 내가 아일랜드를 떠나버렸다고 마서에게 말한 그를 아직 용서하지 않았다. 마서가 나 같은 인간을 원하지 않을지도 모른다는 사실을 인정하느니 그의 책임으로 돌리는 편이 나았다. 마서가 날 초대하지도 않았는데 왜 그녀의 고용주가 굳이 나서서 참견하는 걸까.

"그게 무슨 소리야! 친구라면 당연히 보고 싶겠지. 자네도 알다시피, 마서한테는 아누스 호리빌리스*였잖나? 그러니까, 뭐 그리 힘든 일도 아닌데 잠시 불안감을 내려놓고 여기 와서 케이크나 먹지그래? 하여간 남자들이란!"

그녀는 남자들을 싸잡아 비난한 뒤 전화를 끊어버렸다.

———◆———

이맘때 날씨치고는 포근했고, 운하를 따라 피어난 수선화들이 도심을 향해 황금빛 길을 놓았다. 이제 더블린이 집처럼 편하게 느껴지기 시작했다. 불과 얼마 전까지만 해도 여기로 완전히 옮겨올 계획이었는데. 그 생각을 하니 민망해졌다. 사랑에 빠졌던 일을 돌이켜보면 지독한 바보처럼 느껴진다. 그저 감정 하나—엄밀히 말하자면, 화학물질들의 분비—만 믿고 그렇게 거창한 계획을 세우다니, 냉철하게 생각해보면 얼토당토않은 짓이었다. 하지만 마서와 함께했던 그 몇 주 동안 내가 살아 있고 깨어 있음을 가장 생생하게 느꼈다는 사실을 부인할 수 없다. 마서를 만나기 전까지 나는 남들의 기대에 부응할 법한 결정만 내리며 몽유병 환자처럼 살았다. 인생의 행로를 정할 때 그보다 정확한 방법이 없다고 생각했었다.

떠나는 내게 누나가 해준 말이 떠올랐다. 자기가 내린 결정이라면, 옳건 그르건 상관없다고. 그것이 삶이 나아가는 방식이라고.

* Annus horribilis. 라틴어로 '끔찍한 한 해'를 뜻한다. 1992년 엘리자베스 2세 여왕이 연설에서 이 표현을 쓰기도 했다.

사실 누나는 '여정'이라는 단어를 썼다. 하긴, 모성애가 하늘을 찌르던 시기이니까.

——◆

나는 선물 고르기를 지독하게 못한다. 선물을 받을 상대의 속마음을 전혀 모른다는 무시무시한 사실을 깨닫고 끔찍한 공황 상태에 빠져버리는 것이다. 그래서 책 선물을 고수하곤 했다. 웬만해선 실패하는 법이 없으니까. 물론 항상 그런 건 아니었다. 한번은 아버지에게 문제성 음주에 관한 책을 선물했고, 아버지는 그걸 불쏘시개로 썼다. 하지만 이번에는 무슨 선물을 해야 할지 정확히 알았다.

"선물 포장을 해드릴까요?" 점원이 물었다.

나는 고개를 끄덕이고 지갑에서 직불 카드를 꺼내어 결제 단말기에 끼웠다.

"한 번 더 넣어주세요. 기계가 가끔 말썽이라서요." 점원이 친절하게 말했다.

나는 카드를 다시 넣었다. 이번에도 결제가 되지 않았다.

"그럼 신용카드로 할게요."

나는 내 선택인 양 말했다. 지원을 칼같이 끊어버렸구나. 하지만 점원이 화려한 금빛 무늬가 찍힌 검은 종이로 상자를 포장하는 모습을 지켜보며, 마서에게 이걸 선물하기 위해서라면 은행이라도 털 수 있다고(물론 은유다) 생각했다.

—◆—

8시 직후에 도착한 나는 언제나 그러듯 옆을 얼른 둘러보았다. 혹시나 하는 마음에. 혹시라니, 뭐가? 그 원고가 있는 서점이 갑자기 다시 나타나기라도 할까 봐? 나는 하늘을 올려다보며 고개를 절레절레 저었다.

"이 구제 불능 몽상가야." 나는 혼자 중얼거리며 현관문으로 올라갔다.

창가에서 움직이는 누군가가 보이자 나는 우뚝 멈춰 섰다. 사파이어 블루 드레스를 입은 마서였다. 등이 깊이 파여, 피부에 새긴 큼직한 문신이 그대로 드러났다. 밝은색 금발은 땋아서 왕관처럼 머리에 둘렀다.

무릎에 힘이 쭉 빠졌다. 아무 소용 없었다. 혼자 있을 때 아무리 마음을 다져본들, 마서를 보자 모든 감정이 다시 홍수처럼 밀려들었다. 그때 그가 보였다. 트리니티 칼리지에서 그녀와 함께 있던 남자. 그가 무슨 얘기를 했는지 다들 배꼽을 잡고 웃고 있었다. 그는 나보다 나이가 많고 머리도 벗어지고 있었지만, 내게는 없는 무언가가 있는 것이 분명했다.

"더 믿음직한가?" 내 마음을 읽기라도 한 듯 누군가 말했다. 고개를 들어보니, 문간에 보든 부인이 한 손에 지팡이를, 다른 손에 담배를 쥔 채 서 있었다.

"언제부터 거기 계셨어요?"

그녀는 대답하지 않았다.

"안 들어오고 뭐 하시나, 필드 씨?"

"그게, 아무래도 안 될 것 같아요. 방금 생각났는데, 음, 선약이 있어서요. 이거 마서한테 전해주실래요?" 나는 포장된 선물을 건네며 물었다.

"뭐? 내가 무슨 심부름꾼인 줄 아시나! 나는 이 집의 주인이야. 자네가 신사라면 안으로 들어가서 직접 줘."

나는 숨을 크게 내쉬었다. 저 여자를 무슨 재주로 이길까.

집 안은 어마어마하게 많은 꼬마전구들이 불을 밝혀 휘황찬란했다. 거실에서 사람들이 가볍게 수다를 떨고 유리잔을 쨍그랑거리는 소리가 들렸다. 보든 부인이 나보다 먼저 들어가기를 기다렸지만, 그녀답지 않게 슬쩍 물러났다. 열려 있는 쌍여닫이문으로 들어가니, 테이블에 전채 요리와 당의를 입힌 커다란 케이크가 놓여 있었다. 이렇게 진수성찬을 차려놓은 걸 보면 노부인이 정말로 마서에게 홀딱 빠진 모양이었다. 하기야, 누군들 그렇지 않겠는가? 나는 몇 사람에게 인사를 건넨 뒤, 생일을 맞은 주인공을 향해 천천히 걸어갔다. 그녀에게 점점 더 가까워지는 걸음걸이가 힘겨웠다. 그녀가 고개를 들어 나를 바라보았다. 처음 만난 그날 아침, 지하 방 창문 너머로 나를 빤히 쳐다보던 푸른 눈동자가 떠올랐다. 하지만 지금, 이렇게 아름다운 드레스를 입은 그녀의 시선은 그때보다 훨씬 더 다정했다.

"생일 축하해요, 마서." 내가 말했다.

그녀는 친구들에게서 떨어져 나와 내 손목에 손을 얹고는 내 뺨에 입을 맞추었다.

"오, 헨리!"

그래, 초대받지 않은 손님에게 딱 적절한 반응이었다. 오, 헨리.

"정말 잘 왔어요." 그녀는 이렇게 덧붙이며 어색하게 나를 안았다. 아니면, 그저 내가 포옹하기에 불편한 사람인 건가. 알 수 없었다.

"그래요." 나는 달아날 생각 따윈 해보지 않은 사람처럼 말했다. "오늘 참 예쁘네요."

마서는 손을 올려 머리를 매만졌다.

"고마워요. 보든 부인이 옛날에 입던 드레스를 빌려주겠다고 고집을 부리셔서. 재봉사한테 수선까지 맡기고, 다 해주셨어요." 그녀는 믿기지 않는다는 듯 두 눈을 크게 뜨고 말했다.

나는 그녀가 실크 드레스 자락을 획획 돌려보는 모습을 지켜보았다.

가슴이 찢어질 듯 아팠다. 얼른 그 자리를 떠나고 싶었다.

"저기……." 내가 입을 여는 순간, 난데없이 음악이 흐르기 시작했다.

"생일 축하 댄스!" 그녀의 친구 중 한 명이 이렇게 말하더니, 마서를 내 품으로 떠밀다시피 했다.

"아, 아니요, 꼭 그럴 필요는……."

"어떻게 추는지도 몰라요!" 마서와 내가 한목소리로 항의했지만, 사람들은 우리의 춤을 보고 싶었는지 우리를 둥글게 에워쌌다.

"내 노래예요." 마서가 조금 수줍게 말했다.

나는 지루한 피아노 선율에 귀를 기울이며 무슨 곡인지 기억해

내려 애썼다.

"톰 웨이츠*예요. 엄마가 이 노래 제목을 따서 내 이름을 지었 거든요."

그렇다는데 무슨 수로 거절하겠는가?

"뭐, 그런 노래라면……." 나는 마서의 허리에 팔을 두르고 그녀 의 손을 잡았다.

우리는 아무 말 없이, 내 평생 들어본 가장 쓸쓸한 노래에 맞추 어 느릿느릿 발을 옮겼다. 사람들 앞에서 춤을 추는 것만으로 이 미 죽을 맛인데, 상대가 얼마 전에 나를 차버린 여자라니, 내 인생 에 이보다 거북한 순간이 또 있을까 싶었다. 그런데 무슨 일인가 벌어졌다. 기묘한 마법 같은 일이. 우리는 이 난감한 상황에 그저 미소 지으며 서로의 눈을 들여다보았다. 손님들은 우리에게 공간 을 내주려는 듯 뒤로 물러났지만, 내 마음속에선 그들 모두 이미 사라진 존재였다. 내 눈에는 그녀밖에 보이지 않았다. 그녀가 내 품 안에 있는 것이 너무도 당연하게 느껴졌다. 놀랍게도 내가 춤 을 출 줄 알았다! 마서의 드레스 때문인지 촛불 때문인지, 프레드 애스테어**라도 된 기분이었다. 아니, 그저 내 느낌이 그랬을 뿐, 영상을 재생해보면 프랑켄슈타인이 만든 괴물처럼 보였을지도 모 른다. 노래가 느리고 반복적인 선율의 최고조에 달하고…….

'마서, 마서, 사랑해요, 모르겠어요?'

더는 견딜 수 없었다. 나는 그녀를 놓아주고 뒤로 물러났다.

* 미국의 가수이자 작곡가, 배우. 그의 노래 중 〈마서〉라는 곡이 있다.
** 브로드웨이 무대와 뮤지컬 영화에서 활약한 미국의 댄서이자 가수.

"미안해요, 이만 가봐야겠어요."

나는 가능한 한 품위 있게 그곳을 빠져나가려 했다. 그러나 민망한 꼴을 보이고 말았다. 현관문 손잡이를 잡아당기는데 꿈쩍도 안 하는 것이 아닌가.

"환장하겠네……." 나는 중얼거리며 손잡이를 힘껏 당겼다.

"헨리!"

뒤돌아보니, 얼굴 가득 연민을 품은 그녀가 있었다. 연민이야말로 그 순간 내가 가장 원치 않은 것이다. 속내를 적나라하게 들킨 기분이었다. 유일한 탈출구는 연기력으로 속이는 것이었다.

"당신 말이 맞았어요. 그러니까, 우리에 대해서 말이에요. 어차피 잘 안 됐을 거예요."

"아."

그녀의 표정을 읽을 수 없었다. 어떻게든 그곳을 빠져나가야 했다. 손잡이를 다시 당겨봤지만 여전히 꿈쩍도 하지 않았다.

"벌써 가시려고?" 보든 부인이 물었다.

아니, 저 여자는 왜 이렇게 동에 번쩍, 서에 번쩍이야!

"괜찮아요." 마서가 부인에게 말했다. "와줘서 정말 고마워요."

나는 고개를 끄덕이며 주머니에 두 손을 찔러넣었다. 그때 상자가 느껴졌다.

"깜빡하고 이걸 안 줬네요."

마서는 포장지를 벗기고 상자를 열었다. 두 눈이 휘둥그레지더니 손을 가슴으로 가져갔다. "말도 안 돼."

"뭔데 그래?" 노부인이 허둥지둥 안경을 끼며 물었다.

"몽블랑 만년필이에요."

"옹 느 부아 비앵 카베크 르 쾨르(마음으로 보아야 진짜로 볼 수 있다)."

"헨리, 이건 못 받아요. 너무 과해요!"

나는 미소 지으며, 그녀가 자기 생각보다 훨씬 더 가치 있는 사람이라는 사실을 스스로 깨닫는 날이 오기를 빌었다.

"대학에 다니려면 좋은 펜 한 자루쯤 있어야죠."

그녀는 펜을 꺼내어 가슴 가까이 가져갔다. "마음에 들어요. 고마워요."

"이제 정말 가야겠어요." 나는 살짝 쉰 목소리로 말했다. "그런데 문이 꼼짝을 안 하네요."

보든 부인이 손을 내밀더니 쉽게 문을 열었다.

"잘 가요, 헨리." 부인이 한쪽 눈을 찡긋하며 말했다.

43장

오펄린

1923년, 코노트 지방 정신병원

내가 얼마나 오래 침대에 누워 있었는지, 추웠는지 따뜻했는지, 나 혼자였는지 다른 사람과 함께였는지 모르겠다. 내 모든 감각은 단 하나의 압도적인 충동에 눌려 무뎌져버렸다. 난 내 아기를 안고 싶었다.

"아니, 죽은 아기는 안아서 뭐 하겠다는 거야?" 간호사가 몇 번째인지 모르게 쏘아붙였다.

나는 대답할 기력도, 울 기력도 없었다. 유일한 희망이라면, 나 역시 죽는 거였다. 메리가 가져다주는 음식에 손도 대지 않았다. 간호사들이 들어와 침구를 벗기고 창문을 열자 1월의 차가운 공기가 들어왔지만, 나는 움직이지 않았다. 그들이 내 몸을 들어 욕실로 데려가더니, 다리 사이에 굳은 피를 씻어냈다. 누가 나를 보든 만지든, 이제 아무 상관 없었다. 죽어서 아기와 함께 있고 싶었다.

그러다 밤이 되었고, 나는 오빠가 내 아기의 목에 올가미를 감는 악몽을 꾸다가 비명을 지르며 깨어났다.

"왜 그래?" 곁에 있던 메리가 내 이마를 쓰다듬었다.

나는 메리의 손을 붙잡았다. "안 되겠어. 더는 못 살겠어."

"살아야지."

"넌 몰라." 나는 그녀에게서 고개를 돌려버렸다.

"아니, 알아. 아빠가 내 배를 주먹으로 치는 바람에 아기가 죽었고, 그 죄책감 때문에……." 그녀는 말을 뚝 끊었다가 다시 이었다. "그래서 날 여기 집어넣은 거야. 자기가 저지른 짓을 감당할 수가 없으니까, 편하게 나를 탓하고 가둬버린 거지."

나는 다시 고개를 돌려 메리를 보았다. 어두웠지만, 그런 끔찍한 환경에서는 상상조차 할 수 없는 품위가 그녀의 얼굴에 배어 있었다.

"메리, 정말 유감이야."

"동정할 필요 없어, 오펄린. 어떻게든 살아남아. 여기서 나가려면 서로가 필요하니까."

아주 강하고 독립적으로 보이는 그녀에게 내가 필요하다는 생각은 해본 적이 없었다.

"내가 도와줄 테니까 더 강해지기나 해. 살아남아야 해."

"그래 봐야 무슨 소용이야?" 나는 한쪽 팔꿈치에 기대어 몸을 일으키며 물었다. "우리한테 무슨 미래가 있겠어?"

"그건 나도 몰라. 나한테 있는 건 희망뿐이고, 네가 여기 들어온 날, 하늘이 내 기도에 답해주신 것 같은 기분이었어."

나는 쓸쓸하게 웃었다. "희망은 딴 사람한테 거는 게 좋을 거야. 누가 됐든 나보다는 용기를 줄 테니까."

"지금은 기분이 그래도……."

나는 일어나 앉아 그녀의 얼굴에 내 얼굴을 바싹 갖다 댔다. "내 기분은 평생 이럴 거야."

메리는 자신의 침대로 돌아갔다.

하지만 다음 날 아침, 메리는 오트밀을 한 접시 가져다주었다. 나는 그녀가 위험을 무릅썼다는 걸 알았다. 식당에서 음식을 가지고 나오는 건 분명히 금지되어 있었고, 발각되면 독방에 감금당했다. 나는 아무 말 없이 일어나 앉아 먹기 시작했다. 그날 오후 늦게 메리는 법랑 컵에 담긴 차와 버터를 바르지 않은 빵을 가져왔다. 그다음 날 아침, 나는 메리에게 기대어 식당까지 걸어갔다.

"바느질할 줄 알아?" 메리가 물었다.

나는 메리가 다른 여자들의 해진 옷을 꿰매는 것을 본 적이 있었다. 그곳에서 바늘을 맡길 수 있는 사람은 메리뿐이었다.

"난 여기 들어오기 전에 재봉사였어. 엄마한테 배웠거든. 바쁘게 지내는 게 좋아, 오필린."

"한번 해볼게." 평생 단추 하나 달아본 적 없지만, 나는 이렇게 답했다.

제인에게

나 자신조차 믿기지 않는 이 상황을 세상에서 가장 가까운 친구인 너에게 어떻게 설명해야 할지 모르겠어. 우리가 함께했던 어린 시절을 생각하면 지금 이 시간이 꿈 같기만 해. 하지만 시간이 얼마 없으니 몇 자만 급하게 적을게. 난 지금 정신병원에 갇혀 있어. 장담하건대, 난 미치지 않았고 제정신이야. 이 일의 배후에 오빠가 있어. 이 말만으로도 넌 충분히 이해하리라 믿어. 그리고, 아기도 낳았어. 살아남지는 못했지만. 가능하다면, 제발 날 도와줘.

너의 친구 오펠린

1년이 지났고, 탈출의 희망은 기억조차 아스라한 꿈 같았다.

메리는 말수가 점점 줄었다. 걱정스러울 정도로 기침이 잦아지고 밤에는 잠을 이루지 못했다. 나는 내 담요를 그녀에게 덮어주고 곁을 지켰다.

"어떻게 살아왔는지 얘기해줘." 어느 날 밤 어둠 속에 함께 누워 있을 때 메리가 부탁했다. "여기 오기 전에."

여기 오기 전의 내 삶이라. 더는 내 것으로 느껴지지 않는 인생을 무슨 수로 이야기한단 말인가? 그랬다가는 오히려 그것에서 더욱 멀어질 것만 같아 두려웠다.

"책을 팔았어."

그 말이 우리 둘에게 현실적으로 다가올 때까지 기다리는 사이 정적이 흘렀다.

"난 책을 한 번도 못 읽어봤어." 이런 대답이 돌아왔다.

경악과 연민이 뒤섞인 내 표정을 다행히도 밤의 어둠이 감추어주었다. 메리는 둘 중 어느 것도 원치 않을 테니까. 그러다 메리는 5분 넘게 발작적으로 콜록거렸다. 폐에서 쌕쌕거리는 소리가 들리는 걸 보니 독감이 분명했다. 난로도 없이 다 해진 누더기를 걸치고 죽과 묽은 수프만 먹고 있으니. 메리의 상태가 염려스러웠다.

"이야기 들려줄래? 네가 읽은 책 중에서?"

그 순간 메리에게 위안을 줄 수 있다면 무엇이든 할 작정이었다. 그래서 나는 그 깨알 같은 글씨를 머릿속에 그리며 에밀리 브론테의 원고를 낭독하기 시작했다. 평소의 독서법과는 다르게 읽었기 때문에 단어 하나하나가 금세 떠올랐다. 샬럿의 반짇고리에 은밀히 숨겨진 그 원고를 읽은 사람은 세상에 오직 나 혼자였고, 그 글은 완전히 다른 방식으로 내 영혼에 새겨졌다.

메리는 평온을 찾았고, 아이처럼 밤마다 똑같은 이야기를 들려달라고 했다. 그녀의 상태는 점점 더 나빠졌다.

44장

마서

책을 덮자 방 전체가 평온하게 가라앉는 느낌이었다. 책을 뒤집어, 피츠패트릭 씨의 가게가 그려진 앞표지를 다시 보았다. 금박으로 찍힌 제목을 손끝으로 훑었다.

《길 잃은 곳》. 나는 혼자 속삭였다. 오펄린 칼라일이 쓴 책이 분명하다는 확신이 들었다. 거의 끝나가고 있어서, 초콜릿을 아껴 먹는 아이의 심정으로 조금씩 아껴 읽는 중이었다.

달곰쌉쌀한 기분이었다. 이 일을 알려주고 싶은 사람이 딱 한 명 있는데, 그 사람이 나를 미워할지도 모른다. 헨리.

나는 《설득》에 관한 에세이를 쓰려고 로건과 함께 트리니티 칼리지 도서관으로 갔다. 하지만 슬쩍슬쩍 인스타그램으로 새 요리를 찾아보는 로건도 그렇고 나도 그렇고, 좀처럼 시작을 못 하고 있었다.

"왜 그래요? 생일 후로 계속 우울해 보이는데." 로건이 제법 큰 목소리로 속삭이자, 주변 사람들이 언짢은 기색을 드러냈다.

"별일 아니에요." 나는 내 감정 따위는 아무렇지도 않게 무시해 버린 채 말했다. "그냥, 어떤 일로 도움이 좀 필요한데, 부탁할 수 있는 사람이……."

"쉿!"

주변의 눈치를 보며 나는 로건 쪽으로 가까이 다가앉았다. "그러니까 어떤 남자가 있는데요……."

"남자야 항상 있지 않아요?" 그가 씩 웃으며 대답했다.

"그런 게 아니라. 그냥…… 지금은 누구와도 진지하게 만날 수가 없어서 시작도 못 해보고 끝냈는데, 이제……."

로건이 내 쪽으로 몸을 웅크렸다. "그러니까 '사랑과 우정 사이'란 말이죠? 그런 관계라면 무슨 일이 있어도 피하는 게 좋아요. 그쪽이 당신을 어떻게 생각할지 도무지 알 수 없잖아요."

틀린 말이 아니었다. 생일 파티에서 헨리와 춤을 췄을 땐 가슴이 벅차올랐다. 공주라도 된 것 같았다. 평생 처음 아름다운 집에서 황홀한 드레스를 입고 왕자의 품에 안겨 하늘을 나는 기분을 맛보았다. 칙칙하게 옛날 원고나 쫓아다니는 사람이 그토록 멋지고 재미있고 매력적이라니. 수년 동안 멍들고, 뼈가 부러지고, 실망으로 허탈해지고, 마음에 상처 입기를 밥 먹듯 했지만, 헨리에게 어린 왕자 만년필을 받았을 때처럼 가슴 저린 순간은 처음이었다.

"그게, 우리 둘 다 어떤…… 조사를 하고 있는데, 그의 전문 지식이 필요하거든요."

"내가 조언해줘요? 선을 그어놓고 둘은 친구 사이라고 처음부터 못 박아……."

"쉬이이이잇!"

그냥 친구 사이. 바로 그거다. 그 정도는 할 수 있었다. 하긴, 내가 그의 SNS 계정들을 확인해본 건 그도 모를 테니까. 어차피 게시물이 거의 없어서 아무 소득도 없었지만. 최근에 올라온 게시물은 갓 태어난 조카 사진이었다. 그 사진을 보고 절로 미소가 지어졌지만, 속이 상하기도 했다. 나는 절대 그의 삶의 일부가 될 수 없다는 걸 아니까.

로건의 말이 옳았다. 나와 친구 사이로 남기 싫었다면 헨리는 애초에 파티에 오지도 않았을 것이다. 변한 건 아무것도 없다. 그는 원고를 찾으면 집으로 돌아갈 테고, 그때까지는 무슨 이유 때문이건 우리 둘 다 서점과 오펄린이라는 같은 목적지를 향해 나아가야 한다. 어떤 외부의 힘이 우리의 운명을 한데 얽기로 작정한 모양이지만, 그 운명을 실현하기 위해 반드시 연인이 될 필요는 없었다.

"맞아요." 나는 랩톱을 닫아 가방에 집어넣으며 말했다. "지금은 21세기잖아요." 그 사실 하나로 모든 문제가 해결되는 것처럼 나는 되뇌었다.

"잠깐만요." 로건이 내 정수리에 떨어진 초록빛 이파리를 떼어냈다.

"아, 고마워요." 나는 이파리가 더 붙었나 싶어 머리칼을 이리저리 헝클었다.

"어느새 봄이 왔네요."

내 방에도 봄이 왔다. 나무줄기가 벽의 꼭대기에서 떨어져 나오기 시작했고, 머리 위의 나뭇가지들은 캐노피처럼 침대 위로 축 늘어졌다. 움튼 싹들이 잎사귀로 피어나기 시작했다. 보든 부인에게 알릴 생각은 없었다. 이 나무가 마음에 드는데, 이걸 베어버리라고 명령이라도 했다가는 곤란했다. 어느 헌책방 가판대에서 나무들의 숨겨진 생에 관한 책을 발견하고는 마음이 동했다. 이 나무가 내 방에 숨어 있는 것처럼 느껴졌으니까. 그리고 내가 어느덧 이런 사람이 되어 있었으니까. 충동적으로 책을 집어 드는 사람.

———◆

로건의 말에 자신감을 얻어 가벼운 마음으로 헨리의 숙소까지 갔지만, 막상 그 앞에 도착하자 망설여졌다. 지금 내가 누굴 속이려 드는 거야? 물론 난 아직도 헨리를 좋아했고, 그는 단번에 눈치챌 터였다. 어리석은 생각이었다. 오필린에 대해서는 나 혼자서도 알아낼 수 있지 않을까. 하지만 어차피 이 방면에 경험이 많은 사람이 필요하지 않은가?

초인종을 누르지 않을 핑곗거리를 곰곰이 생각하는데, 앞창의 레이스 커튼 안에서 조그만 개 두 마리가 폴짝 뛰어오르더니 나를 보자마자 사납게 짖어대기 시작했다.

"쉿!" 나는 개들이 무장하기라도 한 것처럼 두 손을 들어 올렸다. 아무 소용 없었다. 어느 틈엔가 현관문이 열렸다.

"어이구, 오늘 밤엔 빈방이 없는데 어쩌나." 여자가 약간 난처해하며 말했다. 그녀는 담배를 크게 한 모금 빤 뒤, 개들에게 닥치지 않으면 혼쭐 내겠다고 매섭게 말했다. 묘하게도 이 말이 먹혔다.

"아뇨, 방을 찾으러 온 게 아니에요. 헨리가 있나 보러 왔는데, 아무래도 외출한 것 같으니……." 나는 이미 물러나고 있었다.

"헨리! 여기 친구 왔어요!" 그녀는 뱃고동처럼 쩌렁쩌렁 울리는 목소리로 외치더니 내게 안으로 들어오라고 했다.

이제 어쩌지?

———◆

복도로 들어가 유선전화기가 놓인 작은 책상 옆의 조그만 벨벳 버튼 소파에 앉아 있으니, 계단을 내려오는 헨리의 갈색 부츠가 보였다. 당연히도, 그는 나를 보고 어리둥절한 표정을 지었다.

"안녕." 나는 이렇게 말하며, 바로 눈앞에 있는 그에게 손을 흔들었다.

그가 아무 말도 하지 않자 분위기가 조금 묘해졌고, 괜히 왔다는 생각이 들었다.

"런던에서 왜 그리 급하게 돌아왔나 했더니만." 집주인은 이제 기분이 좋아졌는지 내게 한쪽 눈을 찡긋해 보였다.

헨리는 고개를 숙여 손바닥으로 목덜미를 문지르며 물었다. "내 방으로 올라갈래요?"

"자, 자, 헨리, 규칙은 지켜야죠." 그녀는 우리를 보며 신나게 키득거렸다.

나는 땅속으로 꺼져버리고 싶었다. 소파에서 일어나 떠날 구실을 찾으려 머리를 굴렸다. "이메일로 얘기하는 편이 낫겠어요, 내가 나중에 이메일 보낼게요. 쉬는데 방해해서 미안해요." 나는 현관문으로 향하며 말했다.

"어차피 나도 나가려던 참이라……."

우리는 거리를 걸으며, 지구 온난화가 심각하다는 등 의례적인 날씨 이야기를 주고받았다. 얼마 전까지만 해도 무슨 일이든 털어놓을 수 있을 것 같던 사람이 이제는 버스 정류장에서 만난 타인처럼 느껴지다니, 참 이상한 일이었다.

"우리 상황도 그렇고 해서 다시는 귀찮게 안 하려고 했는데, 21세기니까 우리도 친구 사이로 지낼 수 있다고 내 친구 로건이 그래서……." 맙소사, 이렇게 어색하게 말하다니. 꼭 다섯 살배기 입에서 나오는 말 같았다.

"로건요? 파티에 왔던 그 남자?"

"맞아요! 그 사람이랑 정말 친해졌어요. 수업을 같이 듣거든요." 이런 말을 할 수 있다는 게 아주 멋지게 느껴졌다.

"잘됐어요, 정말. 잘 지내는 걸 보니 좋네요." 그는 걸음을 멈추더니, 바닥에 있지도 않은 흙을 구두로 찼다. "이제 나도 일에 집중해야 해서."

"바로 그 얘길 하러 온 거예요. 오펄린요."

"네?"

"저번에 나한테 보여줬던 편지요, 오펄린이 실비아에게 썼다는 편지. 거기에 책이 한 권 언급되어 있잖아요. 아무래도 내가 그 책을 갖고 있는 것 같아요."

380

"뭐라고요?"

"그리고 그 책은 오펄린이 쓴 게 틀림없어요."

"잠깐만요, 뭐가 어떻게 된 거예요?"

"글쎄요, 나도 뭐라고 설명을 못 하겠어요. 당신이 찾고 있는 원고가 아니라서, 말할까 말까 고민하다가⋯⋯."

"아니요, 당연히 말해야죠. 말해줘서 고마워요. 미안해요, 내가 너무⋯⋯." 그는 말꼬리를 흐렸다.

"괜찮아요. 나한테도 묘한 일이라. 어쨌든 우리, 음, 친구가 될 수 있는 거죠?"

나는 조금 조마조마한 기분으로 서 있었고, 그는 한참이나 뜸을 들이더니 예상치 못한 답을 했다.

"이런, 버스 놓치겠어요."

45장

헨리

큰일이었다. 세인트 애그니스 정신병원에 도착해서 뭘 어떡해야
할지 감도 안 잡히는데, 옆에서 지켜보는 사람까지 생겼으니. 내
동행은 버스 전체를 오염시키지 않을까 싶을 정도로 엄청난 냄새
를 풍기는 감자칩을 태평하게 우적우적 씹으며 아무 말도 하지 않
았다.

나는 나지막한 언덕들이 이어진 시골 풍경을 창밖으로 내다보
았다. 눈부시도록 화창한 날이라 모든 빛깔이 선명하게 날뛰어댔
다. 지붕만 씌울 수 있다면 아일랜드는 아름다운 나라가 될 거라
는 이야기를 어디선가 들은 적이 있다. 동의할 수밖에 없었다. 서
쪽으로 달리던 버스가 아까 작은 읍내에서 잠깐 멈춰 섰었다. 다
른 사람들이 화장실에 다녀올 때 마셔는 이 냄새 나는 감자칩을
샀다. 나는 오렌지 맛 탄산음료를 택했는데, 벌써 화장실에 가고
싶어져 후회하는 중이었다.

"아무것도 못 찾을 수도 있어요. 너무 큰 기대는 하지 말아요.

이런 상황에서 정보가 하늘에서 뚝 떨어지는 경우는 거의 없으니까." 나는 짜증이 났고, 짜증을 숨기는 데 그리 능하지 못했다.

지금 내 머릿속에는 오로지 원고를 찾아야겠다는 생각밖에 없었다. 그걸 못 찾으면 이 모든 수고가 허사로 돌아간다.

경력은 물론이거니와 더 중요한 평판까지 만신창이가 되리라. 아직 진위가 검증되지도 않은 에이브 로젠바흐의 편지 한 통에 내 직업적 명성을 걸었다. 하지만, 미국의 로스튼버그와 스턴*이나 스코틀랜드의 시나이 자매** 같은 가장 성공한 장서가들에 관한 모든 책이 직감과 본능을 믿으라고 말하지 않는가?

"걱정 말아요, 헨리.《위대한 유산》같은 건 꿈도 못 꾸는 내가 기대는 무슨 기대를 하겠어요."

나는 빙긋 웃었다. "이제 그런 농담도 할 줄 아네요."

"교육 과정에 있는 작품이라."

마서는 살짝 얼굴을 붉혔고, 나는 그녀의 눈으로 내려온 앞머리를 빗어 넘겨주고 싶은 충동을 억눌렀다. 정신을 딴 곳으로 돌려야 했다.

"여기에 대해 아는 거 있어요?" 내가 물었다.

"정신병원요? 잘 몰라요. 하지만 어쩔 수 없잖아요? 원래 어둠 속에 숨으려는 게 목적인 곳이니까."

"그리고 여자들도 숨기죠. 간편하게."

* 막역한 친구 사이로 희귀 서적을 함께 연구하고 거래했던 리오나 로스튼버그와 매들린 스턴.

** 셈어 학자이자 여행가였던 쌍둥이 자매 애그니스 스미스 루이스와 마거릿 던롭 깁슨. 1892년, 이집트의 시나이반도에서 4세기 후반의 복음서 원고를 발견했다.

마서는 내 말이 이어지기를 기다리는 것처럼 몸을 내 쪽으로 돌렸다. 우리가 눈앞의 과제에만 집중한다면 이 여행이 한결 단순해지리라는 생각이 들었다.

"그즈음 정신병원에 수용됐던 다른 여자들을 조사해봤어요. 제임스 조이스의 딸 루시아가 1932년에 정신병원에 입원했다는 거 알아요?"

그녀는 고개를 저었다.

"여자들이 집안 남자들 손에 이런저런 이유로 시설로 보내졌지만, 루시아는 정신분열증 진단을 받았더군요. 어느 시점엔 칼 융에게도 치료를 받은 모양이에요."

"얼마나 갇혀 있었대요?"

"평생이죠. 거의 50년이니까요."

"세상에!"

우리는 잠시 아무 말 없이 앉아 있었다. 우리가 얼마나 중대한 문제를 조사하고 있는지, 실감 나기 시작했다.

"루시아는 댄서였어요. 그러니까 그전에, 파리에서. 사뮈엘 베케트와 헤어진 후 정신적으로 불안정해졌다고 주장하는 책도 있지만, 진상은 영영 알 수 없겠죠. 조카가 루시아의 편지들을 몽땅 태워버렸거든요."

오펄린도 같은 운명을 맞았을까? 어쩌면 진실은 영원히 묻힐지도 모른다.

"루시아가 소설을 썼다고 말하는 학자들도 있는데, 발견되지는 않았어요."

"그 소설이 발견되기를 원치 않는 거라면요?"

"당연히 발견되기를 원하겠죠. 무슨 그런 질문이 다 있어요? 내 말은, 무생물이 뭘 원한다는 것 자체가 말도 안 되는 가정이 잖아요."

그녀는 얼굴을 찌푸리더니 창밖을 바라보았다. 그러다가 무척 짜증이 난 얼굴로 나를 돌아보았다.

"그러니까 당신한테 중요한 건 그것뿐이에요? 명성을 얻어 서……."

"아니요, 그 이상이죠. 잃어버린 보물을 다시 발견하고 연구해서 역사에 대한 지식을 넓히려는 겁니다. 우리의 문화유산, 우리 거니 까요."

"하지만 뭘 발견하고 뭘 사라진 채로 남겨둘지, 왜 당신이 결정 하죠?"

"네?"

왜 이런 맥락의 대화가 이어지고 있는지, 왜 우리가 이런 문제로 다투고 있는 것처럼 느껴지는지 이해가 되지 않았다. 그녀는 내 직 업에 무엇이 필연적으로 수반되는지 알고 있었다. 함께 가겠다고 먼저 제안한 것도 그녀였다.

"됐어요." 마침내 그녀가 말했다.

"네? 되긴요. 오펄린이 쓴 것 같은 그 책을 당신이 '발견'했잖아 요."

"내가 발견한 게 아니에요…… 받은 거죠."

나는 곁눈질로 그녀를 슬쩍 쳐다보았다.

"그 얘긴 하고 싶지 않아요."

나도 마찬가지였다. 따라오겠다는 그녀를 뿌리치지 않은 주된 이유도, 마지막에 그 책을 볼 수 있으리라는 기대 때문이었다. 하지만 그녀가 왜 그곳에 가고 싶어 하는지는 도무지 알 수 없었다. 대화가 더 이어지지 않을 것이 뻔했고, 그래서 나는 분별 있는 사람이라면 기나긴 버스 여행을 시작할 때 할 법한 일을 했다. 자는 척하며 그녀에게 눈길을 주지 않았다.

"헨리."

그녀가 그 아일랜드 억양으로 내 이름을 부르지만 않았어도 못 들은 척하기 쉬웠을 텐데.

"네?"

"도착했어요."

버스가 퉁퉁거리고 덜컹거리더니, 정류장인 듯한 곳에 멈춰 섰다. 무슨 까닭인지 성모 마리아 상이 경비원처럼 서 있는 갓길이었다. 버스는 낑낑거리며 요란스레 출발했고, 우리는 자욱한 먼지 속에 남았다.

"여기 맞아요?" 나는 연철 대문 너머의 좁은 길을 힘겹게 건너다보며 물었다.

"그런 것 같은데요." 마서는 '세인트 애그니스 병원'이라고 적힌 작은 표지판을 가리키며 답했다.

"참 잘도 찾네요."

그녀가 무서운 눈초리로 나를 노려보았다. 난 왜 이렇게 계속 삐딱하게 굴고 있는 걸까. 혹시 질투 때문인가? 그나저나, 로건이 대체 누구지? 나는 다시 현재에 집중했다. 길 양쪽에는 크게 자란 소나무들이 다닥다닥 붙어 빽빽하고 거뭇한 벽을 이루고 있었다. 굽은 차도를 따라 걷다가 모퉁이를 돌자 건물이 어렴풋이 보이기 시작했다. 진회색의 큰 덩어리 같은 건물이 땅에 웅크리고 있었다. 창문에 질러진 창살만 아니면 삭막한 수도원으로 보일 법했다.

나는 걸음을 멈추었다.

"왜 그래요?" 마서가 물었다.

"그냥 너무…… 현실적이어서요."

태어나 처음 느껴보는 감각이었다. 묵직한 무언가가 가슴을 짓누르는 것 같았다. 직접 와보니 글로 읽을 때와 느낌이 전혀 달랐다. 내 예감이 틀렸기를, 오펄린이 여기 감금되지 않았었기를 바랐다. 마서가 나를 진정시키려는 듯 내 팔에 손을 얹자 그제야 정신이 들었다. 바깥에 고장 난 것처럼 보이는 오래된 초인종 세 개가 달려 있었다. 나는 버튼을 누른 다음 기다렸다.

"뭐라고 말할지 생각해봤어요?"

"오펄린 칼라일이…… 여기서 지냈는지 물어보려고요."

마서는 이 방법이 통할 리 없다는 듯 고개를 저었다.

"아일랜드 가톨릭계가 어떤지 잘 모르죠?"

"어떤 의미에서요?"

"이런 데는요, 정보를 잘 내주지 않아요."

나는 문을 세게 두드렸다. 몇 분 후에도 답이 없었다.

"자." 나는 두 손바닥을 탁 맞부딪쳤다. 떠나자는 만국 공통의 신호. "돌아갑시다."

"그래도 여기까지 왔잖아요!"

"맞아요, 그리고 이제 돌아가야 해요. 더블린으로 가는 다음 버스가 몇 시에 있죠?"

"그냥 이렇게는 못 가요. 대체 왜 이래요?"

"보나 마나 또 허탕일 테니까요. 이런다고 원고에 가까워질 수 있겠어요? 환영만 쫓으며 평생을 허비하는 사람들도 있지만 난 그렇게 되기 싫어요."

거기 서서 그 문제로 다투고 싶지 않았다. 난 이미 결정을 내렸다. 그녀에게 설명할 의무는 없었다. 결국엔 그녀도 따라오리라 믿으며 나는 힘차게 차도를 걷기 시작했다.

"무슨 일이죠?" 한 중년 여자가 묵직한 나무 문을 열고 물었지만, 우리의 용건이 전혀 궁금하지 않은 투였다. 그녀는 짧고 뽀글뽀글한 머리에 흰 간호사복을 입고 있었다. 뚱한 그녀를 탓할 수는 없었다. 이런 곳에서 지내다 보면 누구나 그렇게 될 테니까.

"아, 네, 오펄린 칼라일이라는 여성이 여기서 지낸 적이 있는지 알고 싶어서요." 나는 급하게 돌아가 말했다.

"약속하고 왔어요?"

인사도 없었다. 그녀는 노골적으로 적의를 드러냈다.

"그런 건 아니고……."

"약속을 잡고 와야죠."

그녀가 문을 닫으려 하는 찰나 나는 문틈으로 구두를 찔러 넣었다.

"이봐요, 무슨 짓이에요?"

나도 알 수 없었다. 텔레비전에서 수없이 본 장면을, 아무 계획 없이 무턱대고 따라 했을 뿐이다. 나는 더듬더듬 되는대로 지껄였다. 그냥 발을 빼고 싶었지만, 발이 움직여지질 않았다.

"우린 보건부에서 나왔습니다. 불시 점검을 진행 중이에요." 마서가 말했다.

나는 감히 마서를 쳐다볼 수 없었다. 그랬다가는 거짓말이 들통 날 것이 뻔했다. 마서는 대체 무슨 속셈으로 이러는 거지?

"그런 얘기는 못 들었는데요." 여자는 미심쩍은 듯 눈을 가늘게 뜨며 답했다.

"불시 점검이니까요. 정보가 새어 나가면 되나요?"

내 옆에 있는 사람의 정체는 도대체 뭘까? 그녀의 말대로라면, 비밀리에 불시 점검을 행하고 있는 보건부 직원이다.

여자가 몸을 한쪽으로 갸우뚱하더니 처음 봤을 때보다 훨씬 더 짜증스러운 표정을 지었다.

"신분증 보여줘요."

"필드 씨, 이분한테 신분증 보여드려요." 마서가 말했다.

지금 나한테 하는 말인가? 대체 무슨 신분증을 보여주라고? 나는 결국 그녀를 바라보며 눈빛으로 따졌다. 뭘 어쩌라고요? 그녀는 뭐라도 해보라는 듯 두 눈을 크게 떴다. 그래서 나는 내 신분증을 꺼냈다. 대학에서 받은 학생증. 내가 희귀 원고 전문가임을 알리는 학생증.

"알았어요, 필드 박사님." 여자가 이렇게 말하고는 우리를 안으로 들였다. "되도록 빨리 끝내주셨으면 좋겠네요. 우린 4시에 문을 닫으니까요."

필드 박사님? 내 학생증을 제대로 보긴 한 건가? 난 박사과정을 밟고 있는 학생인데?

으스스할 정도로 고요한 곳이었다. 건물이 서서히 무너져 내리고 있는데 아무도 손을 쓰지 않은 것 같았다. 칙칙한 녹색 벽은 페인트칠이 벗겨지고, 군데군데 습기가 차 있었다. 창문에서부터 검은 곰팡이가 퍼져 있고, 바닥에 깔린 리놀륨은 가장자리가 동그랗게 말려 있었다. 공기 중에 독한 냄새가 풍겼다. 표백제와 데친 양배추가 뒤섞인 듯한 냄새. 그곳은 낡고 방치되어 있었다. 그곳에 갇힌 사람들처럼.

"기록만 조금 확인하면 되는 거죠, 필드 박사님?"

"음, 네." 나는 헛기침을 했다. "정보 공개법에 따라, 과거 피수용자들에 관한 기록을, 그러니까 보관된 상태를 확인해야 해요."

여자는 나를 쏘아보았다. "오, 병동을 점검하는 게 아니고요?"

"병동요? 아직도……." 나는 '환자가 있어요?'라고 물을 뻔했다.

"그건 나중에요." 마서가 말했다. "직원분을 오래 붙잡아두기도 미안하고, 장관님은 새 법이 제정되기 전에 이 사안부터 먼저 처리하길 원하세요."

"새 법요?" 마서의 능변에 넘어간 여자가 물었다.

"내년 하원 회의 전에 입법될 거예요."

나는 마서를 보았다. 새빨간 거짓말을 이토록 자신만만하고 차분하게 내뱉는 뜻밖의 모습에 새삼 반했다. 그녀에게 정신이 팔려 우리가 거기에 있는 이유까지 잊을 뻔했다.

우리는 얇은 갈색 카펫이 깔려 있고 천장에 깜박거리는 등이 달린 2층의 좁은 사무실로 안내받았다. 푸르스름한 회색 서류 캐비닛들이 줄줄이 서 있었다.

"평소에 섀런이 관리해요." 여자는 얼른 책임을 회피하며 손목시계를 다시 확인했다.

"걱정 마세요, 성함이……?"

"휴스예요."

"휴스 씨." 내가 말했다. "오래 안 걸릴 겁니다. 혹시 차 한잔 마실 수 있을까요?"

"그건 힘들겠는데요."

이 말과 함께 그녀는 방에서 나갔고, 우리는 그녀의 발소리가 복도 저 멀리 사라질 때까지 기다렸다.

"이게 다 뭐예요, 앤젤라 랜스베리?*" 나는 흥분한 목소리로 속삭였다.

"나도 모르겠어요! 어쩌다 보니…… 그렇게 됐어요."

"그게 먹히다니, 말도 안 돼."

"그러게 말이에요."

마서는 한껏 들떠 있었다. 우리는 어떻게 축하해야 할지 몰라, 그냥 하이파이브로 끝냈다.

"좋아요, 이제 찾아봅시다."

짧은 시간에 마치기에는 만만찮은 일이었다. 입원 서류는 날짜

---

*　영국의 배우. 〈제시카의 추리 극장〉에서 연기한 제시카 플레처 역으로 유명하다.

별로 분류되어 있었지만, 어떤 건 수련의의 이름으로, 어떤 건 환자의 이름으로 정리되어 있었다. 한마디로 엉망진창이었다. 우리는 각자 방의 양 끝에서 시작하기로 했다. 나는 날짜—1920년대 중반부터—를, 마서는 칼라일이라는 이름을 찾았다. 침묵이 흐르는 가운데 내가 "아깐 정말 대단했어요"라는 말을 던졌다. 마서가 이토록 열성적으로 나를 도와주려 한다는 사실이 놀라우면서도 기분 좋았다. 아니, 어쩌면 내 자만심으로 인한 착각인지도 몰랐다. 만약 그녀의 말대로 오펄린의 책이 예기치 않게 그녀의 수중에 들어왔다면, 오펄린과 이 흥미로운 여성이 어떤 인연의 끈으로 서로 연결되어 있다는 의미다. 버스에서 내가 말했듯, 대단한 발견을 하는 데 자격증 같은 건 필요 없다. 난 원래 운이라곤 지지리 없는 사람이니, 그녀가 나보다 먼저 원고를 발견한다 해도 이상할 게 없었다. 불시에 주먹으로 한 대 얻어맞은 것처럼 갑자기 이런 생각이 떠올랐다. 나는 건너편에서 마닐라지 서류철을 손가락 끝으로 조심조심 훑는 그녀를 지켜보았다. 처음부터 내가 놀아나고 있었던 건가? 그녀가 날 이용하고 있는 건가?

"헨리, 뭐 해요?"

"네?"

"시간이 없어요."

"그렇죠. 맞아요. 미안해요."

나는 다른 서랍을 열고 서류철을 휙휙 넘겼다. 모두 최근 날짜였다. 중간에 있는 캐비닛에서 우리가 만나려 할 때쯤, 복도를 빠르게 걸어오는 발소리가 들렸다.

"젠장!"

"시간 좀 끌어봐요." 마서가 말했다.

나는 아무 생각 없이 마서가 시키는 대로, 문 바로 밖에서 그 여자를 막아섰다.

"보건부에 알아봤더니, 필드 박사라는 사람은 들어본 적도 없대요. 그리고 불시 점검 같은 것도 없다던데요. 그러니까, 당신들이 누구고, 여기서 뭘 하고 있는지 말해봐요."

"말씀드리고 싶지만, 휴스 씨, 그러려면 당신을 죽일 수밖에 없어요."

"뭐라고요?"

돌겠네, 내가 무슨 말을 하고 있는 거지?

"지금까지 깜짝 카메라였습니다!" 마서가 사무실에서 나오며 빙긋 웃었다. "보세요, 내 가방에 카메라가 달려 있잖아요." 그녀는 백팩에 달린, 배지처럼 생긴 것을 가리켰다.

"이게 무슨……."

"오, 이분은 정말 친절하셨어요, 안 그래요, 헨리?"

"네, 네, 그럼요." 내가 말했다. "협조해주셔서 감사합니다."

"아니, 저기……."

"곧 연락이 갈 거예요. 물론 이 영상을 방송으로 내보내는 데 동의해주셔야겠지만, 출연료로 200유로가 지급되니 한번 생각해보세요, 아시겠죠?"

마서는 내 팔을 붙잡았고, 우리는 뛰다시피 급하게 계단을 내려갔다. 계속 달려 버스 정류장에 도착하자, 나는 허리를 굽혀 무릎에 두 손을 짚은 채 족히 10분 동안 숨을 골랐다. 내가 고개를 들었을 때도 마서는 여전히 웃고 있었다.

"배우 해도 되겠어요. 어떻게 그런 말을 즉흥적으로 지어내요?"

"나도 모르겠어요. 나도 모르게 보든 부인한테 배웠나 봐요."

버스가 도착하고, 우리는 왔을 때 앉았던 바로 그 자리에 앉았다.

"어쨌든 대단한 경험을 했네요. 서류를 못 찾은 건 아쉽지만." 내가 말했다.

"아뇨, 찾았어요."

마서가 백팩에서 서류철을 하나 꺼내어 내게 건넸다. 나는 말문이 막혔다.

46장

오펄린

1941년, 코노트 지방 정신병원

하늘에서는 전쟁이 한창이었다. 적어도 내가 듣기로는 그랬다. 세인트 애그니스 병원은 쥐 죽은 듯 고요했다. 마치 진공청소기처럼, 갇힌 사람들의 생기를 빨아들였다. 먹을 것이 부족해 바깥의 메마른 땅에서 주접이 들어 영양분이라곤 없는 채소로 연명하고 있었다. 수년 사이 나는 감각이 무뎌졌다. 언제부터 시작됐는지는 알 수 없었다. 부패처럼. 살갗이 가렵고 각질이 일어나면 뭐라도 느끼기 위해 피가 날 때까지 긁었다. 그러다 결국엔 아무것도 느끼지 못했다.

병원에 들어오는 사람이 줄어들었다. 한 미치광이가 독일을 뜯어고치기로 작정한 후 여성을 뜯어고치려는 욕구가 줄어든 모양이었다. 전쟁이 일어나자 모든 사람들이 현 세계에 의문을 품었다. 내가 보기에, 특히 남자들은, 이미 그들이 가진 것에서 의미를 찾

395

으려 전쟁을 벌이는 것 같았다. 모든 걸 잃기 직전의 아찔함을 느끼기는 뒤, 정신을 차리고 벼랑 끝에서 물러나려는 것이다. 왜 그러는 걸까?

나는 메리의 가르침을 받아 능숙한 재봉사가 되었고, 덕분에 나의 일상이 그나마 별 탈 없이 돌아가고 있었다. 나는 에밀리 브론테가 쓴 렌빌 홀의 이야기를 내 스커트에 바늘로 한 땀 한 땀 뜨기 시작했다. 재미 삼아 시작한 이 일은, 이곳에 갇히기 전의 내 삶을 기억하는 방법이기도 했다. 원고의 몇몇 부분은 또렷하고 온전히 떠올랐지만, 전체를 외우지는 못했다. 최대한 작게 뜨려고 힘을 바짝 주다 보니 손가락 관절이 쑤셨다.

이 비참한 곳에서 달아나려 평생을 발버둥질했건만, 그럴수록 뒤틀린 뿌리에 얽혀들고 무시무시한 탑에 짓눌릴 뿐이었다.

간호사는 두 명만 남았다. 내 의견을 말하자면, 두 명도 많았다. 밥값을 하는 사람은 이 일을 천직으로 여기는 이 지역 출신의 젊은 여자 데이지뿐이었다. 그녀는 천진난만하면서도 궂은일을 마다하지 않았다. 나는 그녀가 이 세상에 딱 한 명 남은 아름다운 사람이라는 결론을 내렸고, 그녀와 함께 있으면 나 자신이 사악하고 지독하고 무서운 여자로 느껴지지 않아서 좋았다. 그녀는 네 형제와 함께 살던 소란스러운 집보다 조용한 이곳이 좋다고 했다.

어느 화창한 아침, 누군가가 소리치고 웃으며 복도를 급하게 걸어오는 소리가 들렸다. 데이지가 내 방으로 뛰어 들어왔다. 나는 아무 생각 없이 침대에 엎드려 있었다. 이제 내 머릿속에 든 것은 생각이 아니었다. 그저 있었는지 없었는지 모를 지난 삶의 이미지들뿐이었다. 내가 아이를 낳기는 했던가?

"편지가 왔어요!" 데이지는 세상에서 가장 멋진 일이 벌어진 듯 말하고는 어린양처럼 지그재그로 뛰쳐나갔다. 나는 베개에서 몸을 일으켜 창살 밖을 내다보았다. 유리창에 서리가 아름다운 무늬를 그려놓았다. 내 손에 편지가 쥐어져 있었다. 물론 제인이 보낸 것이었다. 사랑하는 제인, 나를 포기할 줄을 모르는구나. 나는 거의 답장을 하지 않았지만, 그래도 제인은 우리의 우정을 저버릴 친구가 아니었다.

나는 그즈음 내 눈이 움직이던 방식대로 읽었다. 왼쪽에서 오른쪽으로가 아니라, 위에서 아래로, 아무렇게나. '네 어머니가 돌아가셨어.'

어머니가 돌아가셨구나, 나는 속으로 되뇌었다. 난 이제 서류상으로도 고아다. 아이도 없고. 어머니도 없고. 세상은 전쟁통이고. 내 눈이 깜박이기 시작했다.

그리고 갑자기, 나는 깨어났다.

———◆

내가 갇혀 있는 동안 어머니는 면회 한번 오지 않았고 편지 한 통 쓰지 않았다. 오빠에게 휘둘려 살았으니 이해 못 할 일은 아니었고, 기적이 일어나 어머니가 오빠의 말을 믿지 않는다 해도 대놓고 오빠를 거역할 리 없었다. 그래도 내 어머니가 아닌가. 친구인 제인도 그러지 않는데, 어떻게 내 어머니가 나를 버릴 수 있지? 자신의 딸을 왜 도와주지 않지? 어머니라면 오빠를 막을 수도 있었을 텐데. 왜 어떤 위험도 무릅쓸 만큼 나를 사랑하지 않았던 걸까? 이 생각은 평생 내 머릿속에서 지워지지 않을 터였다. 내가 아버지와 더 가까웠고 어머니가 내게 살갑게 굴지 않은 건 사실이었다. 그래도 일말의 애정은 있으리라 믿었다. 그런데 그 애정이 많이 모자랐던 모양이다.

정말 오랜만에 어떤 목적을 갖고 린치 박사의 사무실로 향하는 동안, 적어도 여기서 나갈 구실을 만들어준 어머니에게 잠시나마 고마운 마음이 들었다. 어머니 장례식에 참석하게 해달라는 요청이 거부당할 리는 없었다. 그러면 잉글랜드로 돌아가자마자 제인의 도움을 받아 자유의 몸이 되리라.

나는 딱딱한 나무 의자에 참을성 있게 앉아 있었다. 호두나무 책상 뒤의 가죽 의자에 앉은 린치 박사는 안경을 코끝에 걸쳐놓은 채, 나를 투명 인간 취급하며 칼로 사과를 깎고 있었다. 간호사는 고래고래 소리를 질러대는 누군가를 상대하러 나가고 없었다. 나도 이제는 그런 소리에 눈 하나 깜짝하지 않게 되었다. 끝까지 한 번의 끊김도 없이 사과껍질을 깎는 데 성공해 흡족해진 박사는 드디어 고개를 들더니, 거기 앉아 있는 나를 보고는 조금 놀란 표정을 지었다.

"칼라일 양, 검진은 다음 달이잖아요." 그의 말을 들을 때마다 내가 멍청이처럼 느껴졌다. 말의 내용이야 어떻든, 그의 접시에 담긴 과일 한 조각만 한 지능밖에 없는 사람을 대하는 말투였다. 나는 이런 모욕을 참고 살았다. 지금까지.

"검진받으러 온 거 아니에요." 나는 방금 어머니의 사망 소식을 알게 되었고, 장례식에 참석하고 싶다고 말했다.

"아, 그래요, 고인의 명복을 빕니다. 칼라일 씨한테 연락 받았어요, 흠, 두 주 전이었던가. 장례는 잘 끝났으니 당신이 여길 떠날 이유는 없습니다."

"아, 아니⋯⋯."

혼란스러웠다. 주머니에서 제인의 편지를 꺼냈다. 날짜를 확인해보니, 일주일 전이었다.

"왜 알려주지 않았죠?"

"이런, 못 들었습니까? 분명 퍼트리샤 간호사한테 소식 전하라고 일렀는데."

편지를 내려다보니, 단어들이 어지럽게 빙글빙글 돌았다. 내 속에서 분노가 끓어올라 두 손이 바르르 떨리기 시작했다. 어머니 때문이 아니라, 마지막 탈출 기회가 날아가버려서였다. 더는 참을 수 없었다. 나는 벌떡 일어나 책상에서 칼을 집어 들어 내 목의 경동맥에 대고 눌렀다.

"이게 무슨 짓입니까?" 박사는 허둥지둥 의자에서 일어나며 말했다.

"움직이지 마, 안 그럼 죽어버릴 테니까, 정말이야!" 나는 소리 질렀다.

그는 일어나다 말고 엉거주춤 얼어붙어, 항복의 뜻으로 두 손을 들어 올렸다.

"간호사 부르기만 해봐."

그는 고개를 젓고, 계속 손바닥을 내보인 채 의자에 도로 앉았다.

"린치 선생, 난 이제 죽든 말든 상관없어." 이 말이 진심이라는데 나 자신조차 놀랐다. 모든 걸 끝내버리면 차라리 마음이 편할 것 같았다. 세인트 애그니스 정신병원에서의 생활은 구원의 희망 없는 연옥이나 마찬가지였다. 내게 인간성이라곤 남아 있지 않았다. 그래도 나의 일부는 잠재의식 속에서 줄곧 탈출구를 찾고 있었던 걸까. 다음 순간 내 입에서 흘러나온 말은 오랫동안 내 안에서 때를 기다리고 있었던 것처럼 들렸다.

"하지만 당신과는 상관있겠지."

"물론입니다, 오필린, 자, 그 칼 내려놓고……"

"그래, 당연히 상관있겠지, 내가 살아 있어야 오빠한테 큰돈을 받아먹을 수 있을 테니까. 안 그래, 린치 선생?"

"그건 당신을 돌보는 비용으로……"

나는 칼날을 최대한 날카롭게 내 살갗에 갖다 댔다.

"자, 여기 우리 둘뿐이니까 솔직해지자고. 난방은커녕, 다들 뱃가죽이 등에 들러붙고 거의 헐벗었는데, 그 돈은 몽땅 당신 주머니로 들어가고 있지, 안 그래?"

"무슨 그런 말도 안 되는……"

"닥쳐. 닥치라고!" 나는 절규하다시피 했다. 너덜너덜한 옷에는 땟국물이 흐르고 못 감은 머리는 삐죽삐죽 서고 눈가는 거무튀튀

하고 목에는 칼을 대고 있었지만, 내 머릿속은 그 어느 때보다 맑았다. 그가 겁에 질린 것이 느껴졌다.

"내가 죽으면, 돈줄도 끊기지."

그는 낭패한 표정으로 사무실 안을 이리저리 살폈다. 그를 설득할 시간이 별로 남지 않았다는 걸 나는 알았다.

"우리 서로 돕자고. 지금 당장 나를 내보내면 오빠한테 절대 알리지 않겠어. 당신은 계속 돈을 받을 수 있지. 다시는 내 소식 들을 일도 없을 거야. 이름을 바꾸고 유럽으로 갈 테니까. 거기 친구들이 있거든."

그는 고민하는 눈치였다.

"아무도 모를 거야."

그는 얼굴을 거칠게 문지르더니 입술을 깨물었다. 책상에 놓인, 아내와 아이들의 사진을 바라보고 있었다. 그가 다시 내 쪽으로 눈을 돌리자 나는 허풍 떠는 게 아니라는 걸 보여주기 위해 턱을 더 높이 치켜들었다.

"내가 지금 목을 그어서 이 양탄자에 피를 철철 흘리는 순간 당신은 빈털터리가 되는 거야."

그 말이 먹혔다. 그가 진지하게 생각하기 시작했다. 손을 뻗으면 닿을 듯 자유가 가까워졌지만, 내 목에 칼을 찔러넣어야 할 상황이 벌어질지도 모른다는 생각이 불현듯 들었다. 그래도 칼을 내릴 수는 없었다.

"아, 될 대로 되라지." 박사가 천천히 일어나며 말했다.

그는 맞은편의 또 다른 문을 열었다. 바깥문으로 이어지는 짧은 통로가 나왔다. 그가 바깥문을 어깨로 밀어서 열자 뒤뜰이 보였다. 기다란 병원 차도가 아닌 바깥 도로에 면한 뒤뜰은 직원용 출입구가 틀림없었다. 나는 박사를 돌아보았다.

"당신 오빠가 알면⋯⋯."

"모를 거야." 나는 떨리는 목소리를 감출 수 없었다.

"그럼 나가요."

이 말과 함께 나는 깨달았다. 박사는 처음부터 알고 있었던 것이다. 내가 여기에 갇혀 있을 사람이 아니라는 사실을. 그 모든 것이 거짓이라는 사실을.

안도감과 복수심이 내 안에서 뒤섞이며 고동쳤다. 내 손에는 여전히 칼이 있었다. 그의 목을 그어버리고 싶었다. 벽에 피가 튀는 광경을 머릿속에 그려보았다. 몸이 아무리 힘들어도 뜨겁게 끓어오르는 이 분노로 버틸 수 있을 것 같았다. 박사는 두 손을 들어올린 채 뒤로 물러났다. 드디어 내 눈앞에 자유가 찾아왔다는 사실을 믿을 수 없었다. 나는 칼을 떨어뜨리고 달렸다.

47장

―――――――――――

마서

"정말 잘 왔어요!" 나는 외치며 엄마 품으로 뛰어들었다. 가게에도 잘 가지 않을 정도로 집 안에만 있는 엄마를 헤이프니 레인 저택의 문간에서 보게 될 줄은 꿈에도 몰랐다. "어떻게 왔어요? 무슨 일이에요?" 묻고 싶은 것이 너무 많았다.

"목소리를 찾았어." 느리지만 강한 말이었다.

"기뻐서 우는 거죠?" 엄마가 손끝으로 눈물을 닦아내자 내가 말했다.

"진작 이랬어야 했는데 미안하다, 마서. 내 귀한 딸."

"난 괜찮아요, 엄마. 정말이에요."

"그래. 넌 아주 야무진 사람이니까. 네가 얼마나 자랑스러운지 몰라. 너한테 이 말을 해주고 싶어서 왔어. 좀 늦긴 했지만."

"늦긴 뭘 늦어?" 내 뒤에서 보든 부인의 목소리가 들렸다. 그녀는 다른 사람들의 대화 중간에 불쑥 나타나는 재주가 있었다. "들어오지 그래요?"

이 으리으리한 고택의 안쪽 부엌에서 엄마와 함께 차를 마시는 기분이 묘했다. 보든 부인이 내 방보다 더 널찍한 부엌을 쓰라며, 고맙게도 자리를 비켜주었다. 오지랖 넓게 끼어들 줄 알았는데, 눈치가 아예 없는 사람은 아니었다. 나는 트리니티 칼리지에서 듣는 수업, 새로 사귄 친구들, 문학에 붙인 재미에 관해 신나게 떠들어 댔다.

"즐겁게 살고 있구나." 엄마가 내 손에 손을 얹으며 말했다.

"나는 잘 지내고 있어요, 엄마. 보든 부인이랑 같이 사는 게 젊은 여자한테는 좀 안 어울릴 수도 있지만, 그런대로 괜찮아요. 서로 잘 맞는 것 같아요."

"수호천사 같은 분인가 보네."

글쎄, 보든 부인을 그렇게 설명할 수 있을까? 나는 주전자를 기울여 차를 더 따랐다. 집에서는 아버지와 형제들이 모든 산소를 빨아들였지만, 여기서는 우리 둘이 마음껏 숨 쉴 수 있을 것 같았다. 무언가가 없어지고 나서야 그것이 차지하는 자리가 얼마나 컸는지 깨달을 수 있는 법이다.

"너한테 해줄 얘기가 있어, 마서."

"아빠를 떠나려고요?"

엄마는 멍하니 있다가 깜짝 놀라며 답했다.

"그런 생각을 안 해봤다면 거짓말이겠지만, 아니야. 네 아빤…… 뭐, 완벽하지는 않지. 그래도 믿을 수 있는 사람이고, 고쳤으면 하는 점이 참 많긴 하지만, 내가 안심하고 지낼 수 있는 집을 줬잖니."

엄마가 아버지에 대해 이런 식으로 말하는 건 처음 들었다. 내 생각은 달랐지만 엄마의 의견을 이해하고 존중했다.

"그럼 무슨 얘긴데요?"

"심각한 얘기는 아니고…… 그러니까, 변하는 건 아무것도 없을 거야, 적어도 너한테는. 하지만 과거를 이해하는 데 도움은 되겠지. 내 과거를."

엄마는 받침 접시 위에 놓인 찻잔을 이리저리 돌리며 천천히 말을 골랐다. 언제나 침묵 속에 말을 주고받았는데 이렇게 엄마의 목소리가 들리니 우리 둘 모두에게 낯설었다.

"셰인 일을 겪고 나니까, 과거는 영원히 떠나보낼 수 있는 게 아니라는 생각이 들더구나. 우린 과거와 함께 살아가고 있는 거야, 매일. 우리가 물려받는 건 DNA만이 아니지. 다른 것들도 대물림되는 것 같아. 이를테면, 기억이라든가."

엄마가 아주 고통스러운 이야기를 꺼내고 있다는 걸 느낄 수 있었다. 나는 의자를 어머니 쪽으로 가까이 당겼다. 부엌도 엄마의 이야기를 기다리는 듯, 주변 공기에 긴장된 정적이 흘렀다.

"내 어머니는 아기였을 때 입양됐단다."

엄마의 입에서 이런 말이 나올 줄은 전혀 예상치 못했다. 우리 가족사는 내 머릿속에 확고히 새겨져 있는데, 그런 어마어마한 일을 어떻게 지금까지 모르고 있었을까?

"왜 말 안 해줬어요?"

"너한테 말해봤자 아무 소용 없다고 생각했나 봐…… 그리고 원래 엄마들은 딸을 지켜주고 싶은 법이니까. 내 어머니도 최선을 다해서 날 지켜줬지만, 내 조부모는 그리 친절한 사람들이 아니었

405

어. 어떻게 그런 사람들이 입양을 허락받았는지 이해가 안 돼. 내가 세 살이었을 때 네 외할머니가 폐렴으로 돌아가신 건 알지?"

나는 고개를 끄덕였다.

"사람들한테는 그렇게 말했지만, 사실 어머니는 생모를 찾으러 더블린으로 떠났었어. 자세한 내용은 나도 몰라. 내 아버지가 돌아가시기 전, 병상에서 들려준 이야기니까. 1960년대였는데, 어머니가 아버지한테 그러셨다는구나, 딸이 생기고 나니 생모를 찾고 싶어졌다고. 왜 어머니가 더블린에서 생모를 찾을 수 있을 거라고 생각했는지는 모르겠다만, 어쨌든 못 찾았어. 사고로 승강장에서 떨어지는 바람에 기차에 치였거든."

"세상에, 엄마, 정말 안됐어요."

엄마는 계속 고개를 숙이고 있었다. 그저 이야기를 마치고 싶은 것처럼.

"그래서, 그 후로 조부모님인 클로헤시 부부가 날 키웠단다. 마지못해서. 아버지는 직업이 있었고, 그때만 해도 남자가 집에 있으면 안 된다고 생각하던 시절이었으니까. 그래서 그 사람들이 나를 데려가서는, 자기들이 나 때문에 얼마나 큰 희생을 치르고 있는지 날이면 날마다 일깨워줬지. 그때 난 목소리를 잃어버렸어."

나는 엄마의 손을 움켜잡았다.

"내가 이런 얘기를 한다고 변하는 건 아무것도 없지만, 모든 게 달라졌어, 그렇지?" 엄마가 물었다.

나는 엄마의 눈물을 닦아주며 고개를 끄덕였다.

"엄마가 찾아본 적은 없어요? 외할머니의 친부모님 말이에요."

"아니, 생각은 했지. 여러 번. 조부모는 그 얘기를 피하려고 했어. 터놓고 말하지는 않았지만, 아무래도 어머니를 정식으로 입양하지 않은 눈치였어."

"우리가 한번 해볼까요?"

엄마는 고개를 저었다.

"너무 늦었어. 나뿐만 아니라 너하고도 관련된 이야기라 알려준 거야."

우리는 몇 시간 동안 앉아서 이야기를 나누며, 차를 몇 주전자 더 마시고 비스킷을 게걸스레 먹었다. 부엌이 어둑해지고 나서야 나는 저녁을 준비할 때가 지났다는 걸 깨달았다.

"자고 갈래요?" 내가 물었다.

"아니, 지금 나가서 마지막 기차를 타는 게 좋겠다."

엄마가 코트를 입은 뒤 둘이 함께 복도로 나갔을 때 엄마가 다시 나를 돌아보았다.

"네가 얼마나 멋진 사람인지 매일 말해주지 않은 게 후회되는구나. 그때 나는 온전히 살아 있던 게 아니었는지도 몰라. 살아가는 척만 하고 있었던 거지. 자신의 일부를 숨겨두고 있으면 그렇게 돼버려. 아무튼, 너도 알았으면 해서 말해주는 거야. 넌 언제나 충분했단다, 마서. 그저 주위 사람들이 못 알아본 거야, 자기들이 너무 힘드니까 남을 살필 여유가 없어서."

셰인이 추락한 난간 바로 옆에서 우리는 꼭 껴안았다. 나는 울기 시작했다. 그냥 운 것이 아니라, 엄마 품속에서 흐느꼈다. 엄마는 내 몸을 부둥켜안고 어르며 나쁜 기억을 몰아내주었다. 우리 옆에서 목제 계단이 나뭇가지처럼 삐걱거리더니, 바스락바스락 하는 소리가 나지막이 들렸다.

"이 오래된 집이 우리한테 하고 싶은 이야기가 있나 봐." 엄마는 아이에게 동화를 들려주듯이 장난기 어린 목소리로 말했다.

"그렇죠?" 나는 옷소매로 눈을 닦으며 빙긋 웃었다. "가끔 나도 그런 생각이 들어요. 다음번엔 더 오래 있다가 갈 수 있겠죠?"

"그러면 좋지." 엄마는 이렇게 말한 뒤 몸을 돌려 인도로 내려갔다. 그러고는 다시 몸을 돌려 손을 흔들며 큰 소리로 말했다.

"다음엔 보든 부인도 봤으면 좋겠구나!"

나는 손을 흔들다가, 문득 엄마의 말이 이상하다는 생각을 했다. 보든 부인이라면 이미 만났으면서.

48장

헨리

"천장에서 무지하게 큰 나무뿌리가 자라고 있다는 거 알고 있어요?"

"알아요."

"박공에서 나뭇가지가 툭 튀어나와 있는 건요?"

"그것도 알아요."

"오, 다행이네요. 내 눈에만 보이는 게 아니라니."

내가 자주 두드리던 지하실 창문을 통해 헤이프니 레인 12번지로 들어가려고 했더니, 아주 커다란 나뭇가지가 깨진 창유리를 뚫고 나와 있었다. 그래서 현관문으로 들어올 수밖에 없었다. 나는 오펄린 관련 서류를 높이 쳐들어, 타당한 방문 목적이 있음을 과장되게 알렸다.

"부인은 미용실에 가셨어요." 마서의 말에 나는 가슴을 쓸어내렸다. 엄밀히 따지면 보든 부인은 내 편이긴 하지만, 조금 고압적인 느낌이 있었다.

"나무가 나한테 뭔가 말하려는 것 같아요." 마서는 침대 위로 아치를 이룬 나뭇가지들에서 이파리 하나를 떼어내며 말했다. 묘하게도 아주 태연한 모습이었다.

"그래요, 이 집의 허술한 토대에 대해 아주 중요한 사실을 말해주려는 것 같군요. 정말로 검사 한번 받아봐야겠어요."

그녀는 내 걱정을 못 들은 척하고 가스레인지에 찻주전자를 올렸다.

나는 다가가서 나무를 더 자세히 들여다보았다. "당신이 한 거예요?"

"뭘요?"

"그대가 원하는 것 또한 그대를 원하고 있다." 나무껍질에 이렇게 새겨져 있었다.

마서는 내 뒤로 다가와 내 어깨 너머로 상체를 구부렸다.

"아뇨."

나는 고개를 돌려 그녀의 얼굴을 바라보았다. 왠지 달라 보였다. 그녀 안에 있던 어둠이 무지갯빛으로 바뀐 것처럼. 행복해 보였다. 방에 이런 나무가 자라고 있는데도. 아니, 오히려 나무 덕분에 행복해진 건가?

"왜요?" 그녀가 물었다.

"아니요. 그냥 당신 얼굴이 좋아 보여서요."

그녀는 미소 지으며 고개를 한쪽으로 갸웃했다. 무슨 말이라도 해야 할 것 같은 분위기였지만, 감정을 말로 옮기는 건 우리 둘에게 두려운 일이었다.

"차 마실까요?"

나는 고개를 끄덕였다.

그녀가 머그잔 두 개를 작은 탁자로 가져오고, 포장이 뜯어진 다이제스티브 비스킷을 위의 선반에서 꺼냈다.

"그래서, 뭘 찾았어요?"

나는 서류철에서 아무 종이나 한 장 끄집어냈다.

"기대 이상이더군요. 이제 나한테 오펄린은 뼈에 살까지 붙은 실존 인물이 됐어요. 실은, 당신 덕분에 논문 방향을 바꾸기로 했어요."

마서는 기쁘면서도 어리둥절한 표정이었다. 내가 편지를 건네자 그녀는 소리 내어 읽기 시작했다.

제인에게

이 편지가 무사히 도착해야 할 텐데. 여기서 일하는 젊은 여자가 몰래 부쳐주겠다고 약속하긴 했지만, 확신할 순 없으니까. 닷새 내리 눈이 내리고 있어. 그 광경을 보고 있으면 왠지 마음이 평온해져. 눈송이들이 어찌나 소리 없이 가볍게 내려오는지. 때때로 미풍이 불면, 눈송이들이 벽들 위로 날아올라 한바탕 빙글빙글 회오리쳐. 그렇게 조용히 달아나. 나도 그러고 싶어. 이곳의 유일한 친구 메리가 죽었어. 오늘 아침에 일어났더니, 침대에 죽어 있더라. 추위를 못 이긴 거겠지. 냉기가 뼛속까지 스며들어서, 춥다는 느낌이 어땠는지 기억도 안 나. 네 편지 받았어. 네가 보낸 장갑과 숄로 따뜻하게 보냈으면 좋겠다고

411

썼지. 오, 사랑하는 제인. 좋은 건 뭐든 우리 환자들 손에 들어오기도 전에 빼앗기고 말아.

내일은 의사를 만나는 날이야. 아마 그럴 거야. 요즘은 내 머릿속이 짙은 안개 속을 헤매고 있어. 이번에도 난 오빠랑 만나게 해달라고 부탁할 거야, 이번에도. 난 미치지 않았으니까 풀어달라고 요청할 거야. 그런데 이곳에 계속 있다간 정말 미쳐버릴 것 같아서 두려워. 밤에 들리는 비명 소리를 견딜 수가 없어. 왜 오빠는 내 편지에 답하지 않을까?

런던의 전문의를 데려오겠다는 네 제안을 여기 의사들이 거절한 것도 당연해. 외부 의사한테 검사를 받았다가는 내가 여기 갇혀 있을 사람이 아니라는 사실이, 내가 제정신이라는 사실이 밝혀질 테니까. 어쩌면 이미 늦었는지도 몰라. 입에 담기도 힘들 만큼 끔찍한 이곳에서, 아기도 잃고 이제 메리까지 잃었으니, 차라리 정신이 나가버렸으면 좋겠어. 내 몸이 이곳을 탈출할 수 없다면, 정신이라도 그럴 수 있는 방법을, 이 악몽을 끊어내는 방법을 찾아야지. 앞으로는 편지 쓰지 마. 네 인생을 살아. 너의 옛 친구는 세상에 없다고 생각해줘. 그녀는 이제 존재하지 않아.

오필린

"세상에. 소름 끼쳐요. 설마 이런 일이 있었을 줄은……" 그녀는 말을 뚝 끊었다.

"맞아요, 아주 현실적이죠." 나는 편지를 도로 집어넣고, 다이제

스티브 하나를 차에 담갔다. 전날 점심 후로 아무것도 먹지 못했다. 서류를 훑으며 메모를 하느라 밤을 꼴딱 샜다. 나는 비스킷을 찻물에 한참이나 깊숙이 담그며, 혀로 이를 핥았다.

"한 잔 더 끓여줄게요." 마서는 이렇게 말하고 일어나 주전자를 다시 채웠다. "당신을 다시는 못 만날 줄 알았어요."

"왜 그런 말을 해요?"

그녀는 어깨를 으쓱했지만, 나는 대답을 재촉했다.

"그게…… 당신이 찾던 걸 찾았잖아요. 오펄린의 기록요."

와. 내가 정말 대단한 인상을 심어줬구나. 정말 그렇게 생각한 건가? 내 관심사는 오로지 원고뿐이라고? 나는 뭔가 말하려고 입을 열었다가 마음을 고쳐먹었다. 이제 와서 무슨 소용인가? 우리 관계가 발전하리라는 기대는 그만 접어야 했다. 우린 그냥 친구 사이니까.

"내가 오펄린의 책도 안 보고 떠날 줄 알았어요?"

마서는 눈동자를 굴리더니, 그럴 줄 알았다는 눈빛으로 나를 쳐다보았다. 그녀가 침대에 있는 책을 가지러 가며 내 옆을 지나갈 때 나는 무심코 그녀의 손을 잡았다. 그녀가 멈춰 서서 나를 내려다보았다.

"원고가 전부는 아니었어요. 나한테는."

나는 마서의 손을 놓았지만, 그녀는 움직이지 않았다. 그녀의 입꼬리에 살짝 미소가 어렸다.

"고마워요." 그녀는 속삭이다시피 말한 다음, 침대에서 책을 가져다주었다. 이렇게 정교하게 만들어진 책일 줄은 몰랐다. 나는 희귀본을 볼 만큼 본 사람이라 책을 보고 숨이 턱 막히는 경우는 별로 없지만, 이번엔 그랬다. 짙은 사파이어 블루 클로스로 장정되어 금빛 제목이 눈에 확 들어왔다.

《길 잃은 곳》. 제목을 소리 내어 읽어보았다. 어느 오래된 서점의 아름다운 삽화가 들어 있었는데, 내가 헤이프니 레인에 처음 도착했을 때 봤던 바로 그 서점이 분명했다. 난 술에 취했던 게 아니었다. 정말 그곳에 서점이 있었다. 가슴이 벅차오르고 코가 근질거리는 것이, 까딱 잘못했다간 눈물이 터져 나올 것만 같았다. 나는 헛기침을 했다.

"어디서 찾았어요?" 내가 물었다.

"책이 날 찾은 셈이죠. 가끔 이야기들이 날 찾아오거든요. 내 등에 새겨진 이야기처럼."

마서의 문신. 그게 뭐냐고 묻고 싶었지만, 내가 말을 꺼내기도 전에 그녀가 나머지 자료에 관해 물었다. 정신을 딴 데로 돌릴 수 있어서 다행이었다. 그녀를 안고서 함께 춤추며 그녀의 문신을 마지막으로 봤던 날을 생각하는 건 감당 못 할 일이었다.

"아, 네. 오필린이 썼는데 보내지지 않은 편지들이 있더군요. 날짜가 띄엄띄엄한 걸 보면, 보내진 편지들도 있고 아닌 편지들도 있었나 봐요. 확실한 건, 읽기가 쉽지 않다는 거예요. 어찌 된 영문인지는 모르겠지만, 오필린이 정신병원에서 살아남은 건 분명해요. 실비아한테 쓴 편지가 그 증거죠."

"이 책도 그렇고요." 마서가 말했다.

원고는 찾지 못했지만 이런 자료들을 손에 넣었으니, 아일랜드 최고의 서적상이었지만 오빠의 말 한마디에 감금되었던 여성에 관한 아주 흥미로운 논문을 쓸 수 있게 되었다. 아무리 재능 있고 총명하고 독립적인 여성이라도, 남자가 제멋대로 처분할 수 있는 소유물로 취급되던 시대의 이야기.

"다시 도서관에 가야겠어요." 나는 조금 갑작스레 일어나 재킷을 입었다.

마서는 약간 뜸을 들인 후 나를 따라 움직였다. 내가 계속 있기를 바랐던 걸까? 그 답은 영영 알 수 없을 테고, 바보같이 그녀에게 물어볼 생각도 없었다.

"이 책 가져가도 돼요? 작업 중인 논문을 끝내려고요. 잘하면 지원을 받을 수 있을지도 몰라요."

그녀가 망설이길래 나는 거래를 제안했다. 책을 빌려주면 오펄린의 기록을 보여주겠다고.

"사진도 한 장 있는데. 볼래요?"

마서는 열성적으로 고개를 끄덕였다. 알지도 못하는 이 여성에게 뜨거운 관심을 기울이는 모습이 사랑스러웠다. 그리 잘 나온 사진은 아니었다. 식탁 앞에 몇 명의 여자들이 굳은 얼굴로 두 손을 모은 채 서 있었다. 입원비를 내는 가족들에게 보내는 용도로 찍은 사진일까? 사진 뒷면에는 아무것도 적혀 있지 않았다. 마서는 고개를 갸웃하더니, 돋보기가 있느냐고 물었다.

"내가 아직 돋보기 낄 나이는 아니죠." 나는 농담을 던졌지만, 그녀는 무시했다. "왜 그러는데요?"

"별거 아닐지도 모르지만."

"그러지 말고 말해줘요!"

그녀는 눈을 가늘게 뜨고 사진으로 얼굴을 바싹 들이댔다.

"스커트 말이에요. 거기 뭔가 쓰여 있는 것 같아요."

"못 알아보겠는데요." 입자가 거친 흑백 이미지에서 다시 마서 쪽으로 눈을 돌려보니 그녀의 표정이 변해 있었다. "귀신이라도 본 얼굴이네요."

"네? 아, 아무것도 아니에요. 시간이 벌써 이렇게 됐나 싶어서요. 보든 부인이 곧 돌아오시겠어요."

이렇게 말하더니 마서는 나를 문밖으로 떠밀다시피 했다. 헤이프니 레인에 덩그러니 남은 나는 내가 뭘 놓치고 있는 걸까, 궁금해졌다.

49장

오펄린

1941년, 더블린

"구텐 아벤트 프로일라인(안녕하세요, 아가씨)."

뭐라고 답해야 할지, 왜 이 남자가 독일어로 말하는지 알 수 없었다. 나는 갑옷이라도 되는 양 숄을 단단히 둘렀다. 무슨 소리가 들려서 다락방에서 내려온 참이었다.

세인트 애그니스 정신병원에서 탈출해 헤이프니 레인으로 돌아와보니 다행히도 서점은 그 자리에 그대로 남아 있었다. 꿈을 꾸는 것처럼 모든 것이 친숙하면서도 낯설었다. 내가 끌려간 뒤 가게는 미스 해비셤*처럼 시간의 흐름이 멈춘 듯했다. 내 손길이 닿자 앞문이 열렸고, 놋쇠 손잡이마저 오래전 잃어버린 애완동물의 보드라운 주둥이처럼 느껴졌다. 상품들은 썩어 변질되고, 내 물건들

---

* 찰스 디킨스의 소설 《위대한 유산》에 등장하는 인물. 약혼자에게 버림받은 후 그 순간을 벗어나지 못한 채 살아가는 괴팍하고 부유한 독신 여성이다.

은 대부분 사라지고 없었다. 창문들은 모조리 판자로 막혀 있었다. 지하가 너무 냉랭해서 매트리스를 끌고 다락으로 올라갔다. 배를 채울 만한 건 수돗물밖에 없었다. 자유를 찾았다는 환희가 물러간 뒤 무시무시한 피로감이 덮쳐와 몸이 말을 듣지 않았다. 사람 한 명 못 본 채 며칠이 흐른 지금 이렇게 이 남자와 마주 서 있었다.

남자는 주머니에서 담뱃갑을 꺼내 한 개비에 불을 붙였다. 그러고는 이 상황이 아주 자연스럽다는 듯 내게 담뱃갑을 내밀었고, 나는 속으로 두려움에 떨었다. 그는 여전히 아무 말 없이, 그저 무심하고 느긋하게 벽에 기대서 있었다. 키가 훌쩍하고, 짙은 금발은 매끄럽게 뒤로 넘겼으며, 푸른 눈동자는 사람을 꿰뚫어볼 듯 날카로웠다. 이제 보니 그는 군복을 입고 있었다. 카키색 재킷 가슴께에 독수리 한 마리가 수놓여 있었다.

"어떻게 들어왔죠?" 그동안 방치해둔 목소리가 잘 나올까 반신반의하며 내가 물었다.

"지하실 창문으로요. 안 잠겨 있더군요."

내가 분명 확인했었는데. 이 남자가 거짓말을 하고 있거나, 아니면……

"누구시죠?"

"요제프 볼페. 추 이렌 디엔스텐(도와드릴게요)."

"죄송하지만, 난 독일어를 못해요."

"당신 혼자군요."

질문이 아닌 단언이었다. 나는 답하지 않았다.

바깥 거리가 평소처럼 돌아가는 동안, 우리는 가만히 선 채 서로에 대한 탐색전을 벌이고 있었다. 이 사람은 친구일까, 적일까?

"당신이 뭘 찾는지 모르지만, 여기선 못 찾을 거예요."

내 몸의 모든 근육이 팽팽하게 긴장했다. 이런 상황을 한두 번 겪은 게 아닌 듯 그는 고개를 끄덕일 뿐이었다. 그러고는 여유롭게 가게를 둘러본 뒤 나를 아래위로 훑었다. 그의 눈에는 내가 어떻게 보였을까?

"가끔 여기 와요. 책 읽으러." 그는 맨 아래 선반에 아직 쌓여 있는 몇 권의 책으로 고개를 까딱했다. 내 책들이었다.

"여긴 내 집이에요. 이렇게 함부로 들어오면 안 되죠." 오랜 세월 제대로 먹지 못해 수척해지고 머리도 많이 빠진 상태로 낡은 누더기를 걸치고 선 내 꼴이 그리 위엄 있게 느껴지지는 않았다. "나가 줘요."

그는 어떤 결단을 내린 것처럼 고개를 끄덕이더니 앞문을 열었다. 나는 얼른 달려가 그의 등 뒤에서 문을 잠갔다. 오토바이 엔진 소리가 사라지고 나서야 참았던 숨을 내뱉었다.

어둠 속을 더듬거리며 다시 위층으로 천천히 올라갔다. 금방이라도 무릎이 꺾일 듯 다리가 후들거렸다. 다락방에 도착하자 안도하며 풀썩 쓰러져 얕은 숨을 힘겹게 골랐다. 오래전의 그 친숙한 소리, 존재만으로도 위로가 되는 내 책들의 소리를 들으려 귀를 쫑긋 세웠다. 착각인지 몰라도, 살랑거리는 바람 소리에 이어 눈송이가 창에 부딪히듯 살며시 두드리는 소리가 들린 것 같았다. 어둠 속에서,《작은 아씨들》이라는 제목이 찍힌 책등이 눈에 띄었다. 눈을 감자 어느덧 나는 조 마치의 가족과 함께 콩코드에 있었고, 그런 생각만으로도 살갗이 따스해졌다. 그 이야기가 마법을 부려 내게 위안을 주고 내 영혼을 다시 깨워, 그 모든 나쁜 일이 벌어지기 전의 나로 돌려놓았다.

———◆

다음 날 저녁, 누가 가게 문을 두드렸다. 못 들은 척했지만 노크는 끈질기게 계속되었다. 내가 여기에 있다는 사실을 아는 사람은 아무도 없었다. 지치고 굶주려 힘이 하나도 없었지만, 다락방 창문으로 몸을 일으켜 거리를 내려다보았다. 오토바이 한 대가 보이고, 가게 앞에 독일군 요제프 볼페가 큼직한 소나무 가지처럼 생긴 것과 꾸러미들을 옆구리에 낀 채 서 있었다. 그는 언 발을 동동 구르고 있었다. 날이 어두컴컴해서 그에게는 창문 너머의 내가 보이지 않았겠지만, 나는 그를 똑똑히 보았다. 턱에 까칠까칠하게 돋은 수염도, 거리를 살피는 그의 두 눈도.

나는 잠시 망설이다, 지친 몸을 이끌고 내려가 문을 열었다.

"혼자 있으면 안 돼요. 에스 이스트 하일리크아벤트. 크리스마스이브잖아요!"

그는 안으로 들어와 꾸러미들과 거대한 나뭇가지를 바닥 한가운데에 내려놓고 다시 나갔다. 그가 상자 하나를 들고 다시 들어오며 문을 닫는 동안 나는 가만히 지켜보고만 있었다. 그는 쪼그려 앉아 상자를 열고 양초들을 꺼내어 촛불을 켰다. 그가 양초 놓을 자리를 찾자 나는 계단을 가리켰다. 너무 지치고 허기져 그와 다툴 기운도 없었다. 그가 다른 꾸러미를 풀자, 빵이며 치즈며 고기 같은 음식들이 나왔다. 나는 그에게 다가가 빵을 잡아채 손가락으로 갈기갈기 찢은 다음 입에 쑤셔 넣었다. 들짐승처럼 눈을 둥그렇게 뜨고 급하게 씹어댔다. 여전히 담요로 몸을 감싼 채 맨 아래 계단에 앉아, 계속 꾸러미를 푸는 그를 지켜보았다. 와인 한 병. 사과 몇 알.

우리 둘 다 아무 말도 하지 않았다. 그는 가게 안을 돌아다니다가 빈 상자를 찾아 뒤집어서 난롯가에 놓고 거기 앉았다. 그런 다음 나뭇가지를 무릎에 대고 탁 분질러 잔가지들을 만든 뒤, 오래된 종이에 먼저 불을 붙였다. 나무가 덜 마른 탓에 불이 잘 옮겨붙지 않았지만, 불길이 솟자 이내 온몸이 녹았고, 소나무 향은 달콤하면서도 아늑했다.

그 역시 음식을 먹었지만, 조금씩 아껴 먹었다. 사과를 깎고 조각내어 내게 주었다. 와인 병을 따서 내게 건넸다. 시간이 얼마나 지났을까, 드디어 나는 입을 열었다.

"왜 여기 있어요?"

그가 금발 아래로 눈을 치켜떴다.

"난 전쟁 포로예요." 마치 왕족임을 선언하듯 호들갑스러운 말투였다. "아일랜드 정부가 고맙게도 킬데어의 한 수용소에 우리를 구금하고 있죠."

"하지만 포로라면……."

"왜 안 갇혀 있느냐고요? 낮 동안에는 마음대로 돌아다닐 수 있거든요. 난 지금 트리니티 대학교에 다니는 중입니다."

"지금 농담하는 거죠?" 나는 웃으려 했지만, 오랫동안 사용하지 않은 얼굴 근육이 뻣뻣하게 굳어 있었다.

"아일랜드는 중립국이잖습니까. 정부 입장에서는 우리가 상당히 성가시겠죠."

나는 치즈를 더 먹고 와인을 한 잔 더 마셨다. 그는 내가 자신의 도움을 거절하지 않아 기쁜 기색이었다.

"오늘이 크리스마스이브인 줄도 몰랐어요." 내가 말했다.

그는 조용히 앉아, 나무에 무언가 조각하고 있었다. 고개를 들지도 않았다. 누군가와 함께, 한마디 말도 없이 앉아 있는 기분이 묘했다. 나는 벽에 기댄 채, 도착한 후 처음으로 나의 옛 가게를 가만히 둘러보았다. 내가 떠난 후 여기서 무슨 일이 벌어졌을까? 누가 가게를 비웠을까? 매슈는 어디에 있을까? 이제 난 뭘 해야 할까? 배도 부르고 온몸에 온기가 돌자 졸음이 밀려들기 시작했다.

—✦

나는 금세 단잠에 빠졌다. 꿈속에서 어린 시절의 나는 아버지를 따라 크리스마스 미사에 참석했다. 교회의 아치형 천장 아래로 〈고요한 밤 거룩한 밤〉의 선율이 울려 퍼졌다.

나는 움찔 놀라며 깨어났다. 음악. 레코드에서 흘러나오는 소리였다. 주위를 둘러보니 요제프는 아직 가게에 있었다. 내 꿈에서 흐르던 캐럴이 틀어진 빅트롤라 축음기 옆에. 그는 어떤 추억을 바라보는 듯 온화한 표정으로 벽에 기대앉아 있었다. 아마도 그 역시 어린 시절을 꿈꾸고 있으리라. 그러다 귀에 들릴 듯 말 듯한 목소리로 노래를 부르기 시작했다. "슈틸레 나흐트, 하일리게 나흐트(고요한 밤, 거룩한 밤)." 그토록 아름다운 노래는 들어본 적이 없었다. 드문드문 끊어지는 그의 낮은 목소리가 너무도 다정해 눈물이 날 것 같았다. 바이올린 소리가 사라지자 탁탁, 레코드 튀는 소리만 남았다.

"메리 크리스마스." 나는 이렇게 말하며 그를 몽상에서 깨웠다.

순간 그가 눈을 크게 뜨더니 나를 보며 살짝 미소 지었다. "프로에 바이나흐텐(메리 크리스마스)."

잠깐의 정적이 흐른 후 그는 일어나 고개를 무뚝뚝하게 한번 끄덕하고는 몸을 돌려 떠나려 했다.

"안개." 그가 나를 등진 채 말했다.

"네?"

"내가 어쩌다 여기까지 왔는지 궁금하죠? 안개. 그리고 엔진 고장 때문입니다."

그는 다시 몸을 돌리고 담배 한 개비를 또 꺼내어 불을 붙였다.

"우리는 보르도에서 출발했어요. 작년 여름 끝 무렵에. 우리 여섯 명은 콘도르 정찰기를 타고 기상 정찰을 했죠."

내가 철창 뒤에서 시드는 동안 세상은 전쟁에 휩싸여 있었다.

"그러다 남쪽 해안 어딘가에 불시착했어요. 경찰한테 붙잡혀서 포로수용소로 끌려간 후 쭉 거기 있었습니다."

"그렇군요."

"그렇게 나쁘진 않아요. 보다시피, 제법 자유로우니까요."

"미치광이 히틀러를 위해 싸웠나요?"

그는 담배 연기를 위쪽으로 뿜으며 쓸쓸하게 신음했다.

"우리한테 선택권이 있었을 것 같아요?"

나는 고개를 저었다. 내가 어떻게 알겠는가. 그때 오빠가 떠올랐다. 겁이 많다는 이유로 부하를 쏴 죽였다는 소문.

"독일인은 전부 징집됐겠죠."

"난 독일인이 아닙니다."

차 한 대가 가게 옆을 지나가자 그 불빛에 눈이 부셨다. 나는 일어섰다.

"이제 가봐야겠습니다." 그가 말했다.

그는 살짝 고개를 숙여 인사한 뒤 문을 열었다.

"난 오스트리아인이에요. 잘 있어요, 프로일라인(아가씨)."

———◆

그 후 몇 주 동안 볼페 씨는 음식과 땔나무를 지하에 조금씩 남겨두었다. 그가 도착하거나 떠나는 모습은 한 번도 내 눈에 띄지 않았다. 어쩌다 갈색 종이로 싼 꾸러미가 남겨져 있을 뿐이었다. 거기에는 'W'가 큼직하게 적힌 메모지가 붙어 있었다. 어디서 구했는지, 조금 해졌지만 아직 입을 만한 옷가지를 두고 가기도 했다.

기력을 조금 되찾자 예전의 삶, 오빠가 내게서 빼앗으려 했던 내 인생을 되찾고픈 욕망이 새록새록 솟았다. 하지만 그러려면 자금이 필요했다. 내가 가진 것 중 값어치가 있는 거라곤 브론테의 원고뿐이었다. 그래서 조금 경솔한 짓을 저질렀다. 에이브 로젠바흐에게 편지를 보낸 것이다. 원고를 발견한 경위를 밝히고, 에밀리가 집필한 두 번째 소설의 초고가 틀림없다고 썼다. 로젠바흐는 책의 세계에서 가장 유력하고 가장 부유한 남자 중 한 명이었다. 그라면 모험을 두려워하지 않을 터였다.

그래서 나는 단어를 신중하게 골라 쓴 편지를 미끼처럼 그의 앞에 흔들어댔다. 이제 용기를 내어 두 번째 과제를 완수할 차례였다. 매슈와 내 원고를 찾아야 했다.

———◆———

"무슨 일이시죠?"

"네, 저…… 피츠패트릭 씨를 만나고 싶은데요. 매슈 피츠패트릭 씨요."

"죄송하지만, 피츠패트릭 씨는 이제 여기서 근무하지 않으세요. 다른 분은 도움이 안 될까요?"

나는 두 손을 꼼지락거리다 주머니 깊이 찔러 넣었다. 매슈는 내가 더블린에 도착한 순간부터 변함없이 늘 제자리를 지켜왔다. 그를 떠올리면 무슨 일이든 잘 풀릴 것 같은 희망이 솟았다. 그런데 다시 모든 게 틀어져버린 느낌이었다.

"손님? 제가 도와드릴 일이 있을까요?"

"매슈는 어디 있어요? 아니, 언제 떠났죠?"

"개인 정보는 알려드릴 수 없어요."

과거의 유일한 친구가 여기 없다니, 그렇다면 내 원고는 어떻게 되는 거지? 매슈가 나를 위해 어딘가 안전한 곳에 보관해뒀을 거라고 믿을 수밖에.

"매슈에게 아주 중요한 물건을 맡겼는데, 그걸 찾으러 온 거예요."

"유감이에요. 사실 이것도 말씀드리면 안 되지만, 이제 와서 뭐가 달라질까 싶네요. 매슈 피츠패트릭 씨는 1년 전에 돌아가셨어요."

나는 말문이 막혔다.

"하, 하지만 말이 안 돼요!" 이 여자가 착각하고 있는 게 분명했다. 딴 사람 얘기를 하는 게 아닐까? "무슨 착오가……."

"독일군이 런던을 막 폭격하기 시작했을 때였어요."

"아니, 그럴 리 없어요. 매슈는 군인이 아니고, 군대에 있지도 않았는데……."

"받아들이기 힘드시겠죠. 매슈는 그곳에 있는 가족을 방문 중이었어요. 그냥 운이 없었던 거죠."

이해가 되지 않았다. 그가 오래전에 죽었는데 난 전혀 모르고 있었다니. 세인트 애그니스 정신병원에서의 시간이 아직도 내 삶을 도둑질하고 있었다. 내가 알았던 모든 것을 완전히 강탈당한 느낌이었다.

"성함을 알려주시면, 매슈가 남긴 서류에서 나오는 게 있는지 확인해볼게요." 내 괴로운 표정을 본 그녀가 누그러진 말투로 제안했다.

"음, 네. 오필린 칼라일이에요. 아니, 그레이라고 되어 있을 수도 있고, 모르겠어요."

그녀는 확인하고 또 확인했다. 아무것도 없었다. 매슈가 내 원고를 어디에 뒀는지는 몰라도, 문서로는 흔적을 남기지 않았다. 이런 완벽한 비밀 유지야말로 내가 원했던 바였지만, 그땐 우리 둘 다 앞으로 벌어질 일을 모르고 있었다. 원고를 되찾을 방법이 완전히 사라져버린 그 순간, 될 대로 되라지 하는 심정이 되었다.

요제프가 찾아와 다락방 정리를 도와주었다. 내 물건이 몇 가지 더 발견되었고, 몇몇 상자에는 내 책들이 단정하게 채워져 있었다. 기계 새가 노래하는, 피츠패트릭 씨의 오래된 오르골도 하나 남았지만 고장 나 있었다.

"아름답게 울지 못하는 새만큼 슬픈 것도 없지." 나는 이렇게 말하며 오르골을 옆으로 치웠다.

올려다보니, 요제프가 골똘히 생각에 빠진 표정으로 나를 빤히 보고 있었다.

"가게를 다시 열어요."

목제 선반들이 구슬픈 소리로 우는 것 같았다.

차라리 나더러 달까지 날아가라고 하지.

"말도 안 돼요."

"왜요?"

남자들한테야 간단한 일이겠지. 내키는 대로 하면 그만이니까.

"우선, 내가 여기 있다는 걸 아무도 몰라야 해요. 난 당신보다 훨씬 더 엄격한 감옥에 갇혀 있어요. 누구한테 들키기라도 하면…… 거기로 돌아간다는 생각만 해도……"

내가 온몸을 바들바들 떨고 있는 줄도 몰랐다. 요제프는 들고 있던 물건을 내려놓고 내게 다가와 두 팔로 나를 감싸안았다. 갑자기 가까워진 거리에 조금 놀라긴 했지만, 다시 누군가의 몸과 맞닿은 기분이, 그 다정함이 가슴 벅차도록 좋았다. 그가 먼저 몸을 뗐다.

"미안해요."

"아니에요."

잠시 후 우리는 함께 미소 지었다.

"아쉽군요." 그는 책 상자를 하나 더 열며 말을 이었다. "멋진 가게였을 텐데."

"그랬죠."

나는 잠시 눈을 감고, 가게의 옛 모습을 떠올려보았다. 가게에 들어왔다가 생각지도 못했던 물건을 발견한 손님들의 흥분된 마음을 느껴보려 애썼다. 그럴 수 있을까? 가게를 열지 '않고도' 생활할 수 있을까? 팔 원고가 없으니, 먹고살 길이 막혀버렸다. 계속 요제프의 인정에 기댈 순 없었다. 애초에 그의 도움을 받은 것도 순전히 운이었다. 그의 말이 옳을 수도 있다. 안에만 갇혀 있을 거라면 자유를 얻은 의미가 뭐란 말인가?

"신중하게 움직여야 할 거예요." 내 말에 요제프가 활짝 웃자 한 가닥 희망이 보이는 기분이었다.

———✦

요란한 홍보 없이, 조용히 장사를 다시 시작했다. 문을 열어두기만 하면 사람들이 들어와 가게 안을 돌아다녔다. 뭐든 팔아서 돈이 생기면 괜찮은 물건들을 가게에 들여놓고 식품 저장고를 채우기 시작했다. 사치품처럼 느껴지던 몇 가지 필수품을 구입할 여유까지 생겼다. 비누와 속옷과 새 구두를 샀다. 나는 다시 미래를 바라보기 시작했다. 발각될지도 모른다는 두려움을 애써 눌렀다. 내가 아직 세인트 애그니스 정신병원에 있다고 믿는 오빠와, 계속 돈을 받고 있는 린치 박사가 날 신경 쓸 이유는 전혀 없었다. 조금씩, 조금씩, 나는 원래의 나로 돌아가고 있었다. 상처는 남았지만 난 온전했다. 무엇보다 그 사실이 중요했다.

의존이란 건 우리 자신도 알아차리지 못하는 사이에 일어나버린다. 가게를 다시 열고 몇 주 동안 나는 차분하고 믿음직한 요제프에게 점점 더 의지하게 되었다. 그는 내게 아무것도 요구하지않았고, 그가 왜 과거나 미래에 대한 의구심 하나 없이 날마다 찾아오는지 가끔 이해가 되지 않았다. 망가진 물건을 쉽게 버리지 못하는 사람일 수도 있다. 그가 내 평생 본 것 중에 가장 작은 연장들을 돌돌 말아 손가방에 가지고 온 날 그의 이런 성격을 깨달왔다.

"그런 건 다 어디서 구했어요?"

"시계 수리공한테서요. 여기서 가까워요."

그는 지극히 당연한 일이라는 듯 말했다. 전쟁 포로가 마을에 들어와 시계공에게서 연장을 빌려 막 정신병원에서 탈출한 여자의 고물 오르골을 고쳐주다니. 그저 키득거릴 수밖에 없었지만, 그는 어리벙벙한 표정을 지으면서도 왜 그러느냐고 묻지 않았다. 그는 절대 묻는 법이 없었다. 그저 할 일을 할 뿐이었다.

"뭘 알고 하는 거예요?" 나는 조금 생긴 돈으로 장을 보러 나가기 전 요제프에게 물었다.

"잘츠부르크에서 오르간을 수리했었어요."

나는 이 새로운 정보를 받아들이기가 어려워 고개를 저었다.

"무슨 소리예요?"

"교회에서요." 그는 도금된 상자 밑에 박힌 나사를 살살 풀며 말했다.

"교회 오르간을 수리했었다고요?" 내가 되묻자 그는 눈도 마주치지 않고 고개를 끄덕였다.

"어렸을 때요. 아버지랑 같이. 나중엔 괴팅겐 대학에서 기계학을 공부했어요. 물건 고치는 걸 좋아하거든요." 이렇게 말하는 그의 얼굴에 환한 미소가 슬쩍 스쳤다.

어떻게 이런 사람이 독일군 비행기를 몰다가 아일랜드에 불시착했을까? 어쩌면 처음으로, 나는 그가 사람을 죽인 적이 있을까 궁금해졌다. 그는 나치에 점령된 프랑스에 있었다. 나는 오르골 속

미세한 장치를 예리하게 훑으며 눈을 깜박이다가 윗면에 앉아 있는 조그만 기계 새를 살며시 떼어내는 요제프를 지켜보았다. 그의 손은 매끈했다. 기다란 손가락에 꼼꼼하게 깎은 손톱이 깔끔했다. 금발은 앞머리가 길게 자랐는데, 젤을 바르지 않아 머리칼이 눈을 찔러대자 그는 고개를 흔들어 치웠다. 내 가게에 앉아 있는 그는 자기 집에 있는 것처럼 편안해 보였다. 어디서 구했는지 낡은 목제 의자 두 개와 탁자 하나도 가져다 놓았다. 요제프는 필요한 것을 찾아내는 재주가 있었다. 호사스럽지 않고, 소박하면서도 모자람 없는 물건을.

그는 의도치 않게 내 웃음을 자아냈다. 사실 요제프는 그렇게 세상을 살아가는 것 같았다. 의도치 않게 세상을 더 좋은 곳으로 만들며.

─◆─

1944년, 더블린

"오스트리아로 돌아가게 됐어요." 군복 차림의 요제프가 머리끝부터 발끝까지 경직된 모습으로 문간에 서 있었다.

"언제요?"

"지금."

그의 목소리에서는 어떤 감정도 배어나지 않았다. 나는 더없이 적절한 정보를 들은 것처럼 고개를 끄덕였다. 이런 날이 오리라는 건 어느 정도 예상하고 있었다. 영원한 건 없고, 이곳에서 그의 입장이 얼마나 위태로운지 우리 둘 다 분명히 알고 있었으니까. 그래도 우리는 바깥세상과 그 변화의 바람이 꿰뚫고 들어올 수 없는 우리만의 비눗방울 같은 세상을 만들어놓고 그 안에서 살고 있었다. 적어도 지금까지는. 나는 책 한 권을 들고 있었다. 그 책은 어디에 둬도, 심지어 두 책 사이에 꼭 끼워둬도 자꾸 선반에서 떨어졌다. 알렉상드르 뒤마의 《몬테크리스토 백작》. 나는 휘청이는 몸을 가누려 그 책에 매달리다시피 했다.

"당신을 기다리고 있는 사람이 있나요? 오스트리아에?"

한 번도 물어본 적 없는 이야기였다. 실은, 대답을 듣고 싶지 않았다. 하지만 이젠 현실을 마주할 때였다. 그래야 편한 마음으로 그를 보낼 수 있으리라.

"아버지가 계시죠. 다른 사람은 없어요."

요제프가 나를 바라보는 눈빛에 그 말의 의미가 보였다. 나는 그에게 달려가 두 팔로 그의 목을 껴안고 그의 가슴에 얼굴을 묻었다. 지금껏 서로 몸이 닿은 일도 거의 없으니 어색하게 느껴져야 마땅했지만, 그렇지 않았다. 언제나 내가 있고 싶었던 유일한 곳처럼 느껴졌다. 처음엔 주저하던 그도 잠시 후에는 두 팔로 나를 끌어안았다. 내 목에 그의 따스한 숨결이 느껴졌다.

나는 뒤로 물러나 그의 얼굴을 바라보았다. 내 눈을 똑바로 들여다보는 그의 눈 속에 내 모든 세상이 담겨 있었다.

"마인 리블링(내 사랑)." 그가 말했다.

지금껏 우리는 서로 거리를 두고 있었다. 적어도 내 입장에서는,

사랑하는 사람을 또 잃을지 모른다는 두려움 때문이었다는 사실을 이제야 깨달았다. 요제프와 가까워지지 않으면 그가 떠나도 아쉽지 않을 거라고 나 자신을 속여왔다. 어리석고 어리석은 여인이여. 신체적 친밀감은 바이올린 활의 한 줄에 불과하다. 그 한 줄이 없다 해도 바이올린을 켤 수 있다.

그는 내 두 손을 잡아 손바닥을 위로 향하게 하더니, 자기 얼굴로 들어 올려 양쪽 뺨에 하나씩 댔다. 그런 다음 양손에 한 번씩 입을 맞추었다. 언제나 그의 입꼬리에 묻어 있는 듯하던 슬픔이 여전히 그 자리에 머물러 있었지만, 다른 무언가도 있었다. 전에는 내게 보여주지 않던 나약함.

이 순간만은 시간이 더디게 흘러가는 느낌이었다. 내 삶에서 그가 획 사라져버리지는 않을 것 같았다. 나는 고개를 들어 그의 입술 옆에 내 입술을 오래도록 두었다. 그의 숨결이 느껴지고, 그의 두 눈이 감겼다. 나는 그의 입가를 내 입술로 아주 가볍게 스친 뒤, 내가 보고 있는 줄도 모르고 그가 미소 지을 때 올라가는 입꼬리에 키스했다. 그의 팔이 내 등 아래를 단단히 짓눌렀고, 나는 더 참을 수 없어 그에게로 마음껏 녹아들었다. 그와 내가 한 사람이 된 듯한 느낌이었다. 나는 앞으로 무슨 일이 벌어지든 영혼의 동반자를 만났다는 걸 알았다. 어쩌면 그것으로 충분할지도 모른다. 그가 어딘가에서 숨 쉬며 살아가고 있음을 아는 것만으로도 충분하리라.

—◆

그가 떠나는 모습을 차마 지켜볼 수 없었다. 오토바이 소리가
사라지고 나서야 거리로 나가보았다. 거리는 다시 텅 비어 있었다.

50장

마서

결말 부분 읽었어요?

나는 휴대전화에 뜬 헨리의 문자메시지를 보며 눈을 깜박였다. 아직 해가 뜨지도 않았다. 책을 읽느라고 밤을 꼬박 샌 건가?

나는 답장을 보냈다.

아뇨.

실은, 미리 슬쩍 보긴 했다. 다들 그러지 않나? 하지만 내용을 전부 알지 못하면 결말을 이해하기 힘들다.《길 잃은 곳》은 현실에 존재하지 않았을지도 모를 어느 건물과, 허구의 인물일 가능성이 높은 잠재적 주인에 관한 이야기였다. 거기에 언급되지 않은 한 가지는 헨리가 간절히 찾고 있는 바로 그것, 원고였다.

"원고." 내가 가만히 속삭이자, 잎사귀들이 희미하게 빛나며 바르르 떨렸다. 나는 팔을 머리 위로 뻗어, 이제는 아주 친숙해진 나무를 만졌다. 나 자신에게도 설명이 안 되는 일을 어떻게 그에게 설명할 수 있을까?

우리는 나중에 직접 만나 얘기를 나누기로 했다. 그를 사랑하지 않는 척하며 또다시 달콤쌉쌀한 대화를 나눠야겠지. 나는 끙하고 앓는 소리를 내고는, 보든 부인의 아침 식사를 준비하기 위해 일어났다. 부엌에서 짜증을 부리며 냄비와 접시를 탁탁 놓고, 소시지와 스크램블드에그를 접시에 가득 담아 식탁으로 가져갔다. 결국 나는 오필린의 책이며 우리가 정신병원에서 빼돌린 문서들에 관해 부인에게 털어놓기로 마음먹었다. 헨리가 내게 문서들을 줬을 땐 기뻤지만, 그의 말이 옳았다. 기분 좋게 읽을 수 있는 내용이 아니었다. 그 끔찍한 곳에서 딸을 잃었으니, 그녀는 분명 오빠에게 복수하고 싶었을 것이다. 나라면 그랬을 것이다. 셰인과 그 사고가 떠올랐다. 그때 보든 부인은 눈 하나 깜짝하지 않았다.

뭔가 마음에 걸렸다. 부인이 왜 아직까지 아침을 먹으러 내려오지 않을까? 아침마다 카랑카랑한 목소리로 나를 깨워 끊임없이 이것저것 요구해대는 사람인데, 무슨 문제라도 생겼나? 나는 한 계단 한 계단 올라가며, 바보 같은 생각 하지 말라고, 부인은 한가롭게 늦잠을 즐기고 있을 뿐이라고 속으로 중얼거렸지만, 정말 그럴 거라고는 생각지 않았다. 부인 방의 문을 똑똑 두드렸다가 잠시 후 들어가보았다. 방 안 풍경이 서서히 눈에 들어왔다. 침대에는 누군가 잠들었던 흔적이 없고, 부인은 어디에도 보이지 않았다.

"보든 부인?" 나는 큰 소리로 불렀다. "거기 계세요?"

방에 딸린 욕실로 들어가는 문이 살짝 열려 있었지만, 안을 들여다보니 비어 있었다.

"부인?" 나는 층계참에 대고 소리쳤지만, 집 안이 쥐 죽은 듯 고요한 걸 보면 나 혼자인 것이 분명했다.

아래층으로 내려가 메모가 남겨져 있나 확인해봤지만 없었다. 부인에게는 휴대전화가 없어서 전화를 걸 수도 없었다. 그녀는 기술 회사에 일상을 감시당하기 싫다고 했다. 나는 어떻게 해야 할지 몰라 아침 내내 이 방 저 방 돌아다니다, 몇 분마다 한 번씩 창밖을 내다보았다.

"부인 친구분들 연락처 몰라?" 엄마가 물었다. 걱정으로 견디지 못할 지경이 되자 누구에게라도 전화를 걸어야 했다.

"그분들 이름은 하나도 기억 안 나고, 주소록 같은 것도 없어요." 내가 이 여인에 대해 아는 것이 거의 없다는 걸 이제야 깨달았다. "경찰에 신고할까요? 아무 데나 돌아다니다가 어딘지 까먹었으면 어떡해요?"

"평소에 부인이 건망증이 있었어?" 엄마가 물었다.

"어, 아뇨. 하지만 엄마도 봤듯이 부인 나이가 꽤 많잖아요."

"난 못 봤는데."

엄마의 대답에서 위화감이 느껴졌다. 정육면체를 동그란 구멍에 억지로 끼워넣으려는 것처럼.

"무슨 소리예요? 봤잖아요. 요전에 엄마가 여기 왔을 때 내가 두 사람을 서로 소개했잖아요."

잠시 후 엄마가 다시 말했다. "내가 들렀을 때 부인은 집에 없었어, 기억 안 나니?"

온몸에 닭살이 돋았다. 이게 대체 무슨 일이지? 초인종 소리가 울리자 나는 놀라서 펄쩍 뛸 뻔했다.

"오셨나 봐요!" 급하게 달려가 문을 열었지만, 헨리였다.

"들어와요." 나는 이렇게 말한 다음, 엄마에게 나중에 다시 전화하겠다고 했다.

그는 신경 쓰이는 문제가 있는 듯 조금 초조해 보였다.

우리는 동시에 말을 꺼냈다.

"알아낸 게 있는데……."

"보든 부인이 없어졌어요!"

헨리의 눈이 휘둥그레졌다. "없어져요?"

"아침 먹을 시간이라 깨우러 갔는데, 침대에서 잔 흔적도 없더라고요."

"아."

그의 말투는 짜증 날 정도로 태연했다.

"그나저나 왜 왔어요?" 의도치 않게 말이 날카롭게 나와버렸다.

"지금은 때가 아닌 것 같아요. 다음에 얘기하죠, 뭐."

그는 코트 가슴 주머니에 손을 집어넣었다.

"책 가져왔어요." 그는 콘솔 테이블에 책을 내려놓고 현관에서 서성였다.

"정말 걱정되는 거죠?"

나는 어깨를 으쓱했다. 부인은 이제 내게 가족이나 다름없었다.

"몸을 좀 움직여야겠어요." 나는 청소계의 슈퍼 히어로라도 된 듯 뒷주머니에서 고무장갑을 꺼냈다. "미안해요, 무례하고 굴고 싶지는 않은데."

떠날 줄 알았던 그가 재킷을 벗었다.

"좋아요, 이제부터 뭘 할까요?"

"그게 무슨 소리예요?"

"설마 내가 당신 혼자 두고 가겠어요? 그거 더 없어요?" 그가 내 고무장갑을 보며 물었다.

——◆

내가 은식기를 모조리 꺼내어 식탁에 늘어놓은 뒤, 우리는 식탁의 양 끝에 앉았다. 나는 15분 간격으로 시계를 올려다보았고, 갈수록 걱정은 커져만 갔다. 정적이 흐르던 중에 헨리가 차를 끓여주겠다고 했다. 나는 그가 내 옆에 찻잔을 내려놓는 것도 알아차리지 못하고 찻잔을 팔꿈치로 쳐서 떨어뜨리고 말았다. 타일 바닥에 도자기가 떨어져 박살 나는 소리가 들리자 나는 비명이라도 지르고 싶었다. 헨리가 그만 꺼져줬으면, 나 혼자 고민하게 내버려뒀으면 싶었다. 그가 곁에 있으면 내가 갖지 못한 것들만 떠올랐다. 나는 대걸레와 쓰레받기를 가져오려고 일어났다.

"그냥 있어요, 내가 할게요." 그가 나섰다.

"내가 하는 게 빨라요." 나는 톡 쏘아붙였다.

헨리는 항복의 의미로 두 손을 들어 올리며 뒤로 물러났다. 나는 쏟아진 차와 깨진 찻잔을 신경질적으로 쓸어 담다가 손을 베

439

이고 말았다. 어느 틈에 헨리가 내 옆에서 허리를 굽히고 있었다.

"자, 내가 도와줄게요." 그가 내 손을 감싸려 했다.

"괜찮아요."

그는 바닥에 앉았다.

"가끔은 사람들한테 곁을 내줘도 좋잖아요. 모든 걸 혼자 짊어지려 하지 말아요."

남을 신뢰하는 문제에 관해, 다른 사람도 아닌 그에게 조언을 듣고 싶지는 않았다. 모든 인간관계에서 달아난 주제에. 나는 일어나 찬장에서 반창고 상자를 가져와 다시 식탁에 앉았다.

"나한테 무슨 얘기든 해도 돼요. 우린 친구잖아요?"

그는 냉장고에 기대서 있었다.

"이 일이 싫어요."

"아니잖아요."

"싫다니까요. 이 한심한 일이 싫어요. 내가 왜 여기 왔는지 모르겠어요. 야간 수업도 싫고, 내가 놓치고 산 걸 떠올리게 하는 모든 게 싫어요……." 나는 반창고 박리지를 힘겹게 떼어냈지만, 생각은 멈추질 않았다. "뭔가 감이 잡힌다 싶으면 또 인생이 발칵 뒤집혀 버려요. 게다가, 도무지 이해가 안 되는 일투성이잖아요. 그 책이 왜 내 방에 나타났고, 왜 나한테 말을 거는 것처럼 느껴지는지 모르겠어요. 이 집에서 셰인이 죽었는데, 사고처럼 보이지만 말이 안 돼요. 갑자기 엄마가 말을 하기 시작하더니, 자기가 입양됐고 내가 전부 잘못 알고 있었다고 알려주질 않나. 그런데 이제 보든 부인까지……. 내가 과민하게 반응하는 것처럼 보일지 몰라도, 뭔가 이상하다니까요! 정상이 아니에요." 나는 손을 바르르 떨며 말했다. 결국 반창고를 바닥에 던져버리고 포기했다. "제일 싫은 게 뭔지 알아요?" 나는 고개를 돌려 헨리를 바라보았다. 그는 가만히 서서, 내가 주저리주저리 늘어놓는 푸념을 들어주고 있었다. "또 상처받을까 봐 무서워서, 정말로 원하는 걸 억지로 밀어낸 거예요."

잠깐의 정적이 흐르는 동안 나는 속내를 전부 털어놓은 걸 후회할 뻔했다.

"정말로 원하는 게 뭐예요?"

나는 눈물을 글썽이며 그를 올려다보았다.

"당신."

우리는 생사가 걸린 양 서로에게 매달렸다. 그가 나를 휙 끌어당겨 안더니 망설임 없이 키스를 퍼부었다. 내 인생 전체가 이 순간에 집중되었다. 가장 중요한 한 가지, 사랑을 찾기 위해 현미경 렌즈를 조절하는 것처럼.

51장

헨리

우리는 몸을 꼭 맞댄 채 마서의 싱글베드에 누워 있었다. 그녀가 부엌에서 털어놓은 가슴 아린 말들이, 마치 옛 퇴마 의식처럼 우리 사이의 벽을 허물어버렸다. '진리가 너희를 자유케 하리라'라는 말도 있지 않은가. 알몸으로 함께 누워 있는 지금, 나는 그녀가 나의 운명임을 알았다. 내가 이전에 행했던 어리석고, 무의미해 보이고, 고통스럽고, 외롭고, 힘겨웠던 모든 일이 나를 여기, 헤이프니 레인으로 이끌었다.

"괜찮아요?"

마서가 내 가슴에 대고 고개를 끄덕이는 것이 느껴지자, 나는 그녀를 더욱 가까이 끌어당겼다. 내 심장이 열 배는 더 커진 느낌이었다. 차 한 대도 거뜬히 들어 올릴 수 있을 것 같았다. 감히 시도는 하지 않는 게 좋겠지만, 어쨌든 기분은 그랬다.

"당신한테 말 안 한 게 있어요." 내가 말했다.

"설마, 약혼자가 또 있는 건 아니죠?"

"재밌네요. 조심해요, 지금 당장 당신이랑 약혼해버리는 수가 있으니까."

"조심해요, 내가 승낙해버리는 수가 있으니까."

"우리 방금 결혼한 거예요?"

그녀가 내 귀에 대고 조금 쉰 목소리로 웃었는데, 엉뚱하게도 그 소리가 섹시하게 들렸다.

"웬만하면 결혼에 대해선 당분간 생각하고 싶지 않아요."

"동감이에요."

마서는 내 가슴에 턱을 기댄 채, 내가 해줄 이야기를 기다리고 있었다. 드디어 털어놓을 시간이 왔다.

"나, 그 서점에 들어가봤어요."

"무슨 서점?"

"그 서점요! 옆집의."

그녀는 내 말을 이해하려 애쓰며 고개를 살짝 저었다.

"그 서점은 존재해요, 마서. 아니, 적어도 잠깐은 그랬죠. 내가 아일랜드에 도착했던 날 밤에는."

"그 서점이 보였어요?"

나는 고개를 끄덕였다.

"왜 나한테 말 안 했어요?"

나는 '왜 그런 것 같아요?' 하고 되묻는 표정을 지었다.

"안 그래도 나를 이상한 사람으로 생각하고 있었잖아요."

"그건 아니에요!" 그녀는 또 웃었다. "변태인 줄 알았죠."

"그러니까요. 변태도 모자라 이상한 사람으로까지 찍히면 곤란

하잖아요. 당신이랑 잘될 가능성이 완전히 날아가버리니까."

"처음부터 날 좋아했단 말이에요?"

"무슨 말을 듣고 싶은 거예요?"

그녀가 돌아누우며 일어나려는 척하자 나는 그녀를 내 몸 위로 끌어 올렸다. 그녀를 향한 욕망이 온몸에 퍼졌다.

"당신을 본 순간 바로 알아본 것 같아요."

그녀는 내게 부드럽게 키스하고는 손가락으로 내 머리칼을 쓸었다. 영원히 깨기 싫은 꿈을 꾸는 기분이었다. 결코 그녀를 가질 수 없으리라 생각하며 이 집을 나선 게 몇 번이었던가. 그래서 이 순간이 현실 같지 않았다.

"잠깐만요." 그녀는 팔꿈치를 괴고 몸을 일으키며 아쉽게도 내 입술에서 입을 뗐다. "왜 서점이 당신을 선택해서 모습을 드러냈을까요?"

"음, 서점이 나를 선택한 건지는 모르겠는데……." 마서와 알몸으로 침대에 누워서 이성적인 사고를 하기란 무리였다. 더군다나 아주 오랫동안 내가 본 것이 취중 신기루라고 생각하고 있었다. 그런 게 정말 있는지는 모르겠지만.

마서가 일어나 앉아 이불로 몸을 감쌌다. 휴식 시간이 시작된 듯했다.

"《길 잃은 곳》이란 책. 난 보든 부인이 여기 갖다놓은 줄 알았어요."

"이 나무도요."

마서가 얼굴을 찌푸렸다. 내 비꼬는 말투가 신경에 거슬린 것이다.

"내가 말했잖아요, 이해가 안 되는 일투성이라고. 정신 나간 소리처럼 들릴지 몰라도……."

"있지도 않은 가게를 봤다는 이야기보다 심하겠어요?"

그녀는 내 속을 헤아리듯 고개를 갸웃하며 나를 바라보았다. "그 원고, 당신한테 정말 중요하죠?"

내가 여기 있는 이유를 아직도 의심하는 건가? 내가 해명하려 들자 그녀가 가로막았다.

"아뇨, 그게 아니라, 당신은 뭔가를 증명하고 싶어 했잖아요."

이렇게 들으니, 아주 천박하게 느껴졌다. 그동안 나는 허울뿐인 성과를 올려 남들에게 인정받으려 애써왔다. 내가 뭐라도 썼다면 모를까, 그저 남이 해놓은 일을 운 좋게 발견하고 거기에 편승해 얻은 명예로 나 자신의 가치를 찾으려 했다. 처음부터 내 생각이 틀렸을 수도 있다. 남에게 존중받으려 발버둥 칠 것이 아니라, 나 자신을 존중하는 법부터 배워야 할 때인지도 모른다.

"원고를 찾았다면……." 나는 잠깐 말을 끊고 적절한 단어를 골랐다. "대단했겠죠. 그런데 신기하게도 이런 생각이 드네요. 오필린과 그녀의 서점에 대해서 알게 됐고, 무엇보다, 웃음소리만 들어도 가슴 설레는 완벽한 파트너를 만났으니 오히려 잘됐다고."

"우리가 파트너예요?"

"그러면 좋겠는데."

"좋아요."

이 말과 함께 그녀가 돌아누워 내게 등을 보였다.

"음, 뭐 해요? 짝짓기 의식 같은 거예요? 나도 등 돌려요?"

그녀가 또 웃었다. "읽어봐요, 헨리!"

문신. 아, 그렇지. 하지만 가까이 들여다봐도 글씨를 알아볼 수 없었다.

"젠장."

"왜요?"

"돋보기가 있어야겠는데요."

그녀가 침대 옆 탁자로 몸을 기울여 서랍에서 돋보기를 꺼냈다. 나는 늙은 거북이 된 것 같은 기분을 애써 떨쳐버렸다. 글은 다음과 같이 시작되었다.

렌빌 홀은 망령처럼 우리 가문을 대대로 괴롭히며, 모든 꿈, 모든 열망을 짓뭉개버렸다. 이 땅은 저주받았고, 여기서 태어난 모든 자들이 이룬 일족도 마찬가지다. 나는 암흑 속에 태어났으며, 아무리 속죄한들 그녀, 내 사랑하는 로잘린에게서 얻으려 한 구원의 빛은 내게 허락되지 않을 것이다. 내가 숨을 거두는 순간까지, 그리고 그 후에도 이곳엔 어둠만이 가득하리라.

마서의 문신을 처음 봤을 때부터 내가 뭘 기대했는지는 몰라도, 이런 걸 보게 될 줄은 꿈에도 몰랐다.

"날짜 보여요?"

나는 돋보기로 훑어보다 1846이라는 숫자를 발견했다.

"이게 왜요?"

그녀는 몸을 돌려, 크게 뜬 눈으로 진지하게 나를 응시했다.

"당신한테 처음 말하는 건데, 정말 이해가 안 됐거든요, 그러니까 왜 이런 일이 벌어지는지 말이에요. 그런데 오펄린의 사진을 보고 알았어요." 그녀가 팔을 뒤로 뻗어 탁자에서 휴대전화를 가져오더니, 우리가 세인트 애그니스 정신병원에서 찾은 오래된 사진을 화면에 띄워 내게 건넸다.

"뭘 보면 되는 거죠?" 나는 휴대전화를 받으며 물었다.

"오펄린의 스커트."

그 부분을 확대하자 전에 놓친 것이 보였다. 천에 바늘땀이 수놓여 있었다.

"글쎄예요." 마서는 내 뇌가 작동할 수 있도록 힌트를 주었다. "이야기. 내 등에 새겨진 것과 똑같은 이야기를 옷에 바느질해놓은 거예요."

"이게 무슨……"

그녀의 등을 다시 보니, 마지막에 이니셜이 있었다.

EJB.

두피가 따끔거리고, 머리털이 곤두서는 느낌이었다.

"헨리, 아무래도 이게 에밀리 브론테의 원고인 것 같아요."

52장

오펄린

1946년, 런던

《몬테크리스토 백작》에 영감을 얻은 나는 몇 달 동안 정보를 찾아 헤맨 끝에 어느 처형당한 군인의 가족에 관한 신문 기사를 우연히 발견했다. 유가족은 그 군인이 비겁함을 이유로 억울하게 처형됐다고 믿고 있었다. 부대 이름도 적혀 있었다. 오빠가 지휘한 부대였다. 단서가 생겼으니, 그것을 따라가기만 하면 될 일이었다.

벨기에 서부의 소도시 이프르에서 열린 두 건의 재판과 관련된 군법회의 문서도 찾아냈다. 그 재판에서 쉰 명이 총살 집행부대에 의한 사형을 선고받았다(관점에 따라서는 살해당했다고 볼 수도 있다). 휴전 협정이 체결되기 며칠 전, 독일이 곧 항복하리라는 사실을 뻔히 알고도 오빠는 자기 부하를 두 명 더 총살시켰다. 나는 그 문서를 《타임스》의 저널리스트 터너 씨에게 가져갔고, 더 조사해보겠다는 약속을 받아냈다.

재판 기록을 보면, 처형된 군인들은 전쟁 신경증에 시달리고 있었던 것이 분명했다. 전쟁 신경증이란 훌륭한 부대에서는 찾아볼 수 없는 유감스러운 약점이라고, 오빠가 자필로 쓴 글이 남아 있었다. '유죄 선고를 내릴 만한 증거가 불충분하다'면서도, 전날 큰 손해를 입은 부대에 본보기를 보여줘야 한다며 그는 사형 선고를 건의했다. 그 많은 부대원을 잃은 것이 장군의 잘못된 전략 때문이라는 언급은 어디에도 없었다. 프랭크 오다우드라는 아일랜드인 병사는 끝없이 내리는 비에 흠뻑 젖은 군모를 쓰지 않았다는 이유로 총살당했다. 사형수 감방에서 마지막 시간을 보내는 동안에는 의사에게 약물을 투여받았다. 터너 씨는 그 의사에게 연락해, 오다우드가 자원병이었다는 사실을 확인받았다. "총살대 앞에서 용감한 모습으로 서 있으면 안 되니까요." 의사는 총살대가 사격을 마친 후 내 오빠가 그 아일랜드인의 머리에 확인 사살까지 했다는 사실도 알려주었다.

———◆———

그날 밤은 패딩턴의 그레이트 웨스턴 로열 호텔에서 묵었다. 런던의 많은 호텔과 달리 그곳은 공습으로 지붕이 약간 손상되었을 뿐 비교적 멀쩡히 살아남았다. 고향에 돌아온 기분이 묘했다. 소속감 같은 건 느껴지지 않았고, 사람들은 예전과 달라진 듯 어쩐지 낯설었다. 전쟁이 그들에게서 많은 것을 빼앗았다. 이런 점에서 동병상련을 느껴야 마땅했지만, 내가 치른 전쟁은 아주 달랐다. 점심때 터너 씨를 만나, 다음 날 인쇄될 기사 초안을 받았다.

나는 기사를 읽어보았다. 강력했다. 비범한 저널리스트인 터너 씨는 오빠를 우스꽝스러운 악당이나 소름 끼치는 악행을 저지를 만한 괴물로 그리지 않고, 인간의 품위 대신 악랄함을 선택한 아주 현실적인 남자로 표현했다. 그 덕분에 오빠가 현실에 존재하는 진짜 범죄자로 느껴졌다.

"이젠 돌이킬 수 없어요." 터너 씨는 모자를 살짝 들어 올려 인사한 뒤 거리의 인파 속으로 사라졌다.

———◆

"'복수의 여정을 시작하기 전, 두 개의 무덤을 파라'는 옛말이 있지." 한 여인의 목소리가 들렸다. 세월과 지혜가 묻어 한층 깊어졌지만, 틀림없는 나의 옛 친구 제인의 목소리였다.

"제인!" 나는 이렇게 외치며 제인을 꼭 껴안았다. 호텔 로비에서 만날 수 있느냐고 그녀에게 편지를 썼었다.

"공자님 말씀이래." 제인은 내가 복수를 시도하다 혹여 잘못될까 봐 걱정하며 경고했다. "정말 괜찮겠어?"

"계속 도망칠 순 없어. 내 힘을 되찾아야지." 그 처형당한 군인들의 유가족들과 나 사이에 또 하나의 공통점이 있음을 깨달았다. 이제껏 부끄러워 입을 다물고 있었다는 것.

내게 일어난 일이, 미련하게 그런 일을 '당한' 것이, 사람들 눈에 흠결 있는 여자로 비칠 내 모습이 부끄러웠다. 나 자신이 더럽혀진 기분이었다. 그래서 말수 없고 정중한 요제프에게만 곁을 내어줄 뿐 세상과는 벽을 쌓고 살아왔다. 이젠 나도 돌아갈 준비가 됐을까? 아닐지도 모르지만, 준비가 됐다고 확신할 수 있는 날이 과연 오기나 할까? 그저, 침묵 속의 고통을 더는 견딜 수 없었다. 입 밖에 내어 말하는 것도 괴롭겠지만, 적어도 용기를 얻을 수 있으리라.

"린든 칼라일의 실체를 세상에 알려야 해. 내 사연까지 직접 갖다 바쳤어. '사신死神 칼라일 부대장, 자신의 누이를 정신병원에 감금시키다.'"

"세상에! 신문사에서 실어줄까?"

"《타임스》에 연줄이 있거든. 그 인간이 나한테 무슨 짓을 했는지는 안 중요한 모양이야."

"말도 안 돼!"

"지적 장애의 기미가 조금이라도 비치면 내 명예만 실추되고, 소위 '알맹이'는 제대로 전달되지 못할 수도 있다는 게 터너 씨의 생각이었어."

"일리 있는 이야기야." 제인은 입술을 깨물며 심각하게 말했다. "네 오빠가 그 기사를 자기한테 유리하게 이용할지도 몰라."

"아마 그럴 거야. 정의 실현을 위해서 마지막으로 한 번 더 희생한다 생각하지 뭐."

나는 이미 도화선에 불을 댕겼고, 이제 돌이킬 수 없다. 두렵냐고? 당연히 두려웠다. 하지만 이젠 나만의 일이 아니었고, 오빠 때문에 억울하게 죽은 이들의 한을 풀어줘야 한다는 책임감이 느껴

졌다. 칼라일이라는 이름의 고결함도 되찾아야 했다. 이것이야말로
아버지가 원하는 일이 아닐까. 드디어 때가 왔다. 그를 대면할 때가.

———◆

저녁이 되어 날이 어두워지자 나는 예전의 내 집으로 향했다.
고요하고 적막한 공기 중에 인도를 밟는 내 발소리만 들리고, 귓
속에서는 심장박동이 요란하게 울렸다. 나는 집의 대문으로 다가
갔다. 어쩜 이리도 모든 것이 훨씬 더 작아 보일까.

문을 두드린 뒤 기다리는 동안 내가 땅속 깊이 뿌리 박은 거목
이 됐다고 상상하려 애썼다. 어깨 근육을 편하게 풀고, 모든 에너
지를 배의 중심에 집중시켰다. 그곳에서 활활 타오르고 있는 불길
을 이제 곧 정확하고도 맹렬하게 사용해야 할 터였다. 한 여자가
문을 열었다.

"칼라일 씨를 만나러 왔어요." 나는 솔직하게 말했다.

"약속하고 오셨나요?"

"그 사람이 바보가 아니라면, 내가 올 줄 알고 있겠죠."

여자는 어리둥절한 표정을 짓더니, 내 도착을 알리러 갔다. 내
집에 들어가는 데 허락 따윈 필요 없었다. 나는 문을 닫은 뒤, 그
녀를 따라 나무 바닥 복도를 지나 응접실로 들어갔다.

"죄송하지만, 여기서 기다려주세요."

"기다릴 만큼 기다렸어요." 나는 거뜬히 그녀를 밀쳐버렸다. 테
이블에서 저녁 식사를 하며 수프를 먹던 그는 나를 보자 사레가

들릴 뻔했다.

"대체 이게 무슨……."

"놀랐어, 오빠?"

그는 더 말이 없었다. 까딱 잘못하다가는 불리한 입장에 몰릴 테니까. 상황을 지켜보며 기다리다가 반격을 꾀할 속셈인 것이다. 나는 그가 이렇게 늙어 있을 줄, 자기 나이보다 더 늙어 보일 줄은 미처 예상치 못했다. 그는 쇠약한 노인이 되어 있었다. 피부는 종이처럼 얇고, 상처 주변은 무서울 정도로 벌겠다. 두 손은 관절염에 걸린 듯 오그라들고, 머리카락도 거의 다 빠졌다.

"내가 왜 세인트 애그니스 정신병원이 아니라 여기에 있는지 궁금하지?"

그는 냅킨으로 입가를 톡톡 두드린 뒤 식탁에 내려놓았다. 문을 열어준 여자는 여름철 파리처럼 내 주변에서 얼쩡거리다 그가 손을 획 젓자 사라졌다.

"'얘가 어떻게 한 거야?' 속으로 이렇게 생각하고 있겠지. 린치 박사는 어떻게 지내나? 지금도 매달 오빠 돈을 받아먹고 있나?"

그는 눈을 가늘게 뜨고 테이블에서 일어났다. 허약해진 몸으로도 장교다운 거동은 여전했다. 나는 뒷걸음질하지 않으려 안간힘을 썼다.

"여기가 어디라고 감히 얼굴을 들이밀어."

숨이 내 피부에 닿을 정도로 그는 아주 가까이 서 있었다.

"난 이제 오빠가 무섭지 않아. 나한테 무슨 짓을 더 할 수 있겠어?"

"어디 한번 볼래?"

나는 그에게서 시선을 떼지 않았다. 당장이라도 그를 치고 싶었지만, 내게는 폭력보다 더 강력한 무기가 있었다.

"날 지우고 싶었어? 아버지에게 사랑받던 그 조그만 여자애를? 그런 거라면, 축하해. 그 여자애는 영원히 사라졌거든. 지금 오빠 앞에 서 있는 여자는 아주 다른 사람이야, 다 부숴버리기로 작정한 사람. 오빠가 가진 모든 걸."

"대단한 구경거리라도 준비한 모양인데, 이걸 어쩌나, 전혀 재미가 없는걸."

나는 먹잇감을 발견한 사자처럼 그의 주변을 서성거렸다.

"몇 시간 후면 오빠가 저지른 짓을 온 세상이 알게 될 거야. 지금 이 순간에도 잉크가 신문지에 스며들고 있거든."

"신문이라니? 이게 무슨 헛소리를 지껄이는 거야?"

"《타임스》가 오빠의 과거에 아주 관심이 많더라고. 특히, 사신이라는 그 별명에."

순간 그의 눈빛이 불안스레 번득였다.

"신문이야 진실이든 아니든 따지지도 않고 아무 이야기나 실어주겠지. 그래 봤자 네가 요양 시설에 있어야 할 바보라는 사실만 만천하에 까발려질 거다."

"아, 그래, 맞는 말이야. 억울하지만 내 사연만으로는 오빠의 명성을 무너뜨릴 수 없다는 거. 약간 흠을 낼 수는 있겠지만, 내가 원하는 건 완전한 말살이거든. 아니, 오빠, 내일 조간은 오빠가 전쟁터에서 저지른 범죄들과, 비겁하다는 이유로 오빠한테 억울하게 살해당한 사람들의 이름으로 가득 채워져 있을 거야. 기록 대부분은 파기됐지만, 오빠의 비열한 행위에 대한 증거는 충분히 남아 있었어. 결국 오빠는 지인들에게 버림받고, 나머지 사람들한테는 적이 되겠지."

그의 두 눈이 순식간에 휘둥그레졌다.

"남자 같지도 않은 그 한심한 인간들은 군복을 입을 자격도 없었어. 가문의, 조국의 수치였다고."

"오빠가 탈영병도 아닌 군인들을 총살시켰다는 증거가 있어. 언제든 공식적으로 나서서 증언하겠다는 사람들도 있고. 유가족을 위해서라도, 이제 정의가 실현돼야지."

"나는 정의를 베푼 거라고!" 그의 목소리는 흉곽에서 터져 나온 폭탄처럼 쩌렁쩌렁하게 울렸다.

"내 생각이 맞았어. 오빠는 제정신이 아니야."

그에게 우리는 체스판 위의 말에 불과했다. 그의 뜻대로 움직여야 하는 하찮은 말들.

"뭐, 제정신이 아닌 사람은 너지. 그리고 그놈들은 진짜 군인이 아니라 징집병들이었어."

나는 그가 미끼를 던지고 있다는 걸 알았다.

"그중 몇 명은 그냥 어린애였어, 알아? 그래, 바로 눈앞에서 사람들이 죽어나가니 정말 겁에 질렸을지도 모르지. 하지만 탈영병은 아니었어."

"나 원 참, 전쟁터가 어떤지 네가 알기나 해? 어디 한번 잘난 척 떠들어봐."

"남의 인생을 평가하고 심판할 권리가 나한테 없다는 것쯤은 알아."

"그해 겨울 수천 명이 얼어 죽은 얘기를 해줄까? 콜레라로 죽은 사람은 더 많지. 대영제국의 잘난 남자들 수백만 명이 몇 주 동안 비가 내리든 춥든 바람이 불든, 그 진흙 참호 속에서 개고생했다고. 빗발치는 총탄 아래서 굶주리고 지치고. 망할 폭탄 소리는 계속 쾅쾅 울려대지, 전우는 계속 죽어나가지. 죽고 다친 애들을 치우고 나면 풋내기가 대신 들어와 더 잘 훈련받고 더 좋은 무기로 무장한 적군과 싸워야 했어. 황량하고 원시적인 들판에 검은 진흙이 소나기처럼 쏟아지고. 솜 강 전투 첫날에만 2만 명이 죽었어. 세상의 종말이 온 것 같았고, 우리가 믿을 사람은 옆에 있는 전우밖에 없었지. 참호 속에서 우린 음식이 오면 먹고, 안 오면 굶었어. 거기서 죽고 죽이고, 죽으면 대충 묻히고, 절반은 쥐들한테 먹히고. 그놈들은 그나마 운이 좋았지."

이런 이야기를 듣게 될 줄은 몰랐다. 그는 지금껏 전쟁에 관해서는 입을 꾹 다물고 있었다. 한마디라도 했다면 상황은 달라질 수도 있었을 것이다.

"그렇다고……."

"그 지독한 곳에서 도망칠 순 없었어. 왕과 나라를 지켜야 하니까. 그래서 난, 내 할 일을 했어. 그뿐이야."

"할 일? 멀쩡히 살아 있는 아군을 죽이는 거?"

"본보기로 비겁한 놈들을 처벌했지. 원래 군대는 공포로 굴러가는 곳이야. 그놈들이 앞으로 어떤 아수라장이 닥칠지 제대로 알기나 했을 것 같아? 거기 나가 싸운 군인 중에 그 지옥 같은 곳을 떠나고 싶지 않은 사람이 있었겠어? 죽을 줄 뻔히 알면서도 왜 다들 계속 버텼을까?"

나로서는 그 답을 알 도리가 없었다.

"의무감. 명예심. 네가 지금 기를 쓰고 지켜주려는 그 교활한 놈들한테는 그런 게 전혀 없었어. 철저한 겁쟁이들이었다고."

"정말로 명예라는 걸 중요하게 생각한다면, 오빠가 잘못했다는 걸 마음 한구석으로는, 아니 마음이라는 게 오빠한테는 없는 것 같으니까, 양심상으로는 알고 있겠지. 유가족들은 오랫동안 수치심에 고개도 못 들고 살았어. 왜 그래야 하지? 설사 그들이 무시무시한 적군 앞에서 두려움을 느꼈다 한들, 그게 죽을죄야? 용서하고 넘어갈 수도 있는 일이었어. 대부분의 지휘관이 실제로 그랬고. 하지만 오빠는 그러지 않았지. 기대에 부응하지 못하는 사람은 무조건 짓뭉개야겠어? 왜 그렇게 모욕하고 괴롭히고……."

"작작 좀 해!"

그는 저 멀리 걸어가더니 크리스털 디캔터에서 술을 한 잔 따라 마셨다. 후들거리는 두 다리로 간신히 버티고 서 있던 나 역시 술이 간절했다.

"넌 항상 너 힘든 것밖에 모르지. 다른 사람은 생각하지도 않아."

난 굳이 대꾸하지 않았다. 그래 봐야 별 의미 없었다.

"내가 얼마나 힘들었을지 조금도 상상이 안 돼?" 그는 화상을 입은 몸 오른편을 가리켰다. 그러고는 주머니에서 이런저런 약병을 꺼내어 테이블에 던졌다. "이런 약들은 이제 듣지도 않아." 그의 목소리가 어느덧 차분해졌다. "난 거기서 의무를 다했어. 이 한 몸

바쳐 싸웠는데 내게 돌아온 게 뭐지?"

"훈장을 받았잖아."

"하! 훈장? 내가 원한 건 존경이야. 미래. 가족. 그런데 내 꼴을 보고는 어떤 여자도 근처에 오질 않더군. 어차피 아이도 못 가지는 몸이 돼버렸으니 뭐. 쓸모없는 인간이지. 일자리도 구걸해서 겨우 얻었고. 얼마나 굴욕적이었는지 알기나 해? 내가 너한테 요구한 건 딱 한 가지였어."

"빙리와의 결혼?"

"그런데 넌 내 앞에서 자유를 과시했지. 내 희생으로 얻은 자유를!"

"오빠, 예전에 이런 얘기를 해줬다면 내가 도왔을 거야."

"네가 돕긴 뭘 도와? 써먹을 구석이라곤 하나밖에 없는데, 그것도 시키는 대로 안 하고 내 뜻을 거역한 주제에."

"거역?" 웃음이 날 뻔했다. 대체 무슨 권리로? 그는 늘 내 주인인 양 굴었다. 나이 터울이 커서 그의 이런 행동이 별나 보이지 않았을지도 모른다. 하지만 더는 참아줄 수 없었다. "내가 오빠한테 무슨 빚이라도 진 것처럼 말하는데, 난 오빠한테 빚진 게 하나도 없어."

"엄청난 빚을 졌지. 내가 아니었으면 살아 있지도 못했을 테니까."

"무슨 헛소리야?"

"네 어미, 그 프랑스 잡년이 널 지우려고 했거든. 지금까지도 네가 내 딸이 맞는지 의심스럽단 말이야."

남의 대화를 엿들은 기분이었다. 그의 말은 도무지 앞뒤가 맞지 않았다.

"내 엄마?"

그는 장식장으로 걸어가더니, 은 상자에서 시가를 하나 꺼내어 동그란 대리석 라이터로 불을 붙였다. 그러고는 눈을 가늘게 뜨고 시가를 한 모금 빨았다가 고요한 허공으로 연기를 뿜었다.

"너도 알아두는 게 좋겠지. 어머니와 아버지 두 분 다 돌아가셨으니. 그러니까, 네 조부모님 말이다."

나는 고개를 흔들었다. 도대체가 말이 되지 않았다.

"정신 나간 소리 그만 들을래." 나는 몸을 돌려 떠나려 했다.

"진실이 궁금하지 않아?"

나는 우뚝 멈춰 섰다.

"사실을 바로잡고, 과거의 내 모든 과오를 밝히려고 여기 온 거 아니었나? 이왕 이렇게 된 거 전부 다 알고 가지?"

욕지기가 일었다. 구역감이 혈관을 타고 스멀스멀 기어올라 가슴까지 치솟았다. 그의 입에서 무슨 말이 나올지 알 것 같았다. 예전부터 직감하고는 있었지만 애써 외면해왔던 진실.

"내일 그 쓰레기 같은 신문에 네가 떠들어댄 소리가 그대로 실린다면, 넌 네 아비를 배신한 꼴이 되는 거야."

나는 몸을 돌려 그의 눈을 똑바로 쳐다보았다.

"아니야." 나는 또 고개를 저으며 말했다. "그럴 리 없어."

"1900년 여름에 유럽을 여행했지. 내 할머니, 그러니까 네 증조모가 경비를 대줬거든. 당시 젊은 남자들의 관례대로 대학 친구 몇 녀석이랑 유럽 대륙을 일주했어. 스무 살에. 네가 유럽 대륙으로 달아난 그 나이에.”

우리를 비교하는 것이 마음에 들지 않았다. 나는 그와 전혀 달랐다.

“그러다가 코트다쥐르에서 그년이 몸을 대주기에…….”

“닥쳐!” 나는 두 손으로 귀를 덮어버렸다. 감당하기 힘든 이야기였다. 하지만 그가 와서 내 팔을 억지로 내렸다.

“그게 자연의 순리야, 오필린. 젊은 남자라면 한번쯤 방탕하게 놀 줄 알아야지. 하지만 그런 년들은 좋은 기회가 보이면 귀신같이 알아채거든. 내가 떠나기 전에 그년이 와서 하는 말이, 임신을 했는데 아이를 키울 형편이 안 된다는 거야. 나한테서 한 푼이라도 뜯어낼 생각이라면 어림도 없다고 했지만, 내 이름으로 주소를 찾아낸 모양이더군. 1년 후에 우리 집에 나타나서는 아무도 원치 않는 너를 선물처럼 문 앞에 두고 갔지.”

내가 울어도 그는 말을 멈추지 않았다.

“고아원에 보내자고 했더니, 아버지가, 그 마음 약한 양반이 너를 맡아 키우자고 고집을 부리지 뭐야. 나는 엮이고 싶지 않았어. 군인이었으니까. 그래서 내 부모님이 널 자기들 자식으로 거뒀고, 그 후로 쭉 너는 나한테 눈엣가시였어.”

내가 반항을 멈추자 그는 내 팔을 놓고 다시 장식장으로 돌아가 디캔터에 담긴 브랜디를 큼직한 유리잔 두 개에 따랐다. 나는 그가 건네는 잔을 받아 두 모금 만에 비웠다.

“아버지가 내 친아버지가 아니라고?”

우리가 잠깐 말없이 서 있는 동안, 격했던 분위기가 잦아들었다.

"그 여자 이름이 뭐였어?"

"누구?"

"그 여자. 내…… 어머니."

"알 게 뭐야? 40년도 더 지난 일인데. 셀린이나 그 비슷한 이름 이었던 것 같기도 하고. 아니면 샹탈이었나?"

나는 크리스털 잔을 그에게 던졌지만, 장식장에 부딪혀 산산조 각으로 부서졌다.

"이 비열한 인간. 그저 자기밖에 모르지. 나를 거…… 거기에 그렇게 오래 감금해놓고. 린치 박사는 당신이 내 아버지라는 거 알아? 맙소사, 이제야 전부 이해가 되네."

"내가 인심 한번 썼지. 제 어미랑 똑같이, 결혼도 안 하고 애를 배서는. 그래서 내가 대신 처리해줬더니 고마운 줄도 몰라?"

너무 화가 나고 정신이 없어, 그의 말을 제대로 이해하는 데 시간이 좀 걸렸다.

"내가 아기를 잃을 줄 어떻게 알았어?"

"무슨 소리야?"

"아기 말이야. 사산됐어. 당신이 아기를 '처리'했다지만, 아기가 사산될 줄 알았을 리가 없잖아."

그는 술을 또 한 잔 따랐다.

"린든, 무슨 짓을 한 거야?"

"아무짝에도 쓸데없는 새끼고양이…… 그 애새끼를 봉투에 넣어서 강물에 던져버릴걸 그랬어."

내 안에서 격렬한 분노가 솟아올라 눈앞이 흐려질 지경이었다. 나는 손톱이 손바닥을 파고들도록 주먹을 꽉 쥐었다. 그를 죽이고 싶었다.

"대체 무슨 소리를 지껄이는 거야?" 나는 나 자신에게도 낯선 나지막한 목소리로 물었다.

"그런데 걔가 살아 있어야 돈이 되거든. 물론 사내아이가 더 짭짤하긴 하지만, 그런대로 푼돈은 벌었지."

그는 나를 쳐다보며 히죽 웃었다. 나의 무지를 비웃었다. 내가 더 어렸던, 이해가 느렸던 그 시절 그랬던 것처럼.

"짐작도 못 했지, 안 그래?" 그는 의기양양한 표정으로 술을 벌컥벌컥 들이켰다. "그 착한 아일랜드 녀석이 비밀을 잘 지켰어."

나는 찬장에 있던 칼을 움켜잡고 그에게 달려들었다.

"린든, 지금 당장 다 털어놔, 안 그러면 네 눈알을 파내버리겠어."

"진정해, 아줌마, 그러다 진짜 누구 하나 찌르겠어." 그는 태평스레 의자에 다시 앉았다. "팔았어. 아이를 간절히 원하는 부부한테. 린치가 주선했지. 전에도 해본 모양이더군."

"살아 있어?" 나는 숨이 턱 막혀 의자 등받이에 몸을 기댔다.

그는 대답하지 않았다. 뭔가 그의 예상대로 흘러가지 않고 있는 것이다.

"왜 안심하는 것처럼 들리지?"

"맙소사, 정말 모르는구나."

"뭘?"

"사랑이 뭔지 말야!" 잠깐 마음을 가라앉힌 나는 그의 잔학성을 새삼 깨달았다. "당신은 당신 손녀를 판 거야."

나는 터너 씨가 쓴 기사를 테이블 위로 던진 다음 몸을 돌렸다.

"딸이 어디 있는지 안 물어봐?"

"물어보면 말해줄 거야?"

그는 능글맞게 웃었다.

"넌 날 너무 잘 안단 말이야, 귀여운 오팔."

그 호칭에 속이 뜨끔했다. 나를 그렇게 부른 사람은 아르망뿐이었다.

"내일이 되면 당신 실체를 세상 사람 모두 알게 될 거야."

나는 어떻게든 몸을 꼿꼿이 세운 채 응접실을 나섰다. 복도에서 마주친 가정부가 나를 이상한 눈으로 쳐다보았다. 나는 어디에도 들어맞지 않는 것 같은 기억들과 감정들의 끝없는 미로를 헤매고 있었다. 내 딸이 살아 있다. 그 사실만 붙들고 있으면 된다.

현관문에 다다랐을 때 큰 총성이 울렸다. 나는 걸음을 멈추었다. 곧 여자의 비명 소리가 들렸다. 나는 뒤돌아보지 않았다. 한 걸음 한 걸음 내디뎌 바깥 거리로 나가서 공기를 폐부 깊이 들이마셨다. 내게는 선택권이 있다. 이 연이은 끔찍한 사건들을 나의 새로운 이야기―평생 짊어지고 살아야 할 이야기―로 삼거나, 아니면 그와 함께 묻어버릴 수도 있다. 죽는 날까지 하루하루 선택의 갈림길에 설 것이다.

53장

마서

날이 어두워졌다. 우리 둘만의 작은 고치 안에 있으니 안전하게 느껴졌다. 나 혼자 짊어지기 싫은 모든 것을 헨리와 나누고 나니 마음이 편했다. 우리 두 사람이 여기로 이끌린 데에는 어떤 이유가 있다는 걸 우리는 알고 있었다. 그 특별한 무언가가 모든 키스, 모든 포옹에 반짝이는 마력을 더해주었다. 헨리가 내 사람이 됐다는 걸, 그의 두 눈이 나만을 바라보고 있다는 걸 믿기 어려웠다. 그는 내 목에 유치한 말을 속삭이고, 손가락으로 내 피부를 더듬고, 무엇보다 달콤하게, 내 품 안에서 잠들었다.

보든 부인은 돌아오지 않았다. 앞으로도 돌아오지 않을 것 같은 기묘한 예감이 들었다. 직감이랄까. 겉으로 드러내지 않았을 뿐 부인은 이 건물에 대해 많이 알고 있는 듯했다. 나에 관해서도 많이 알고 있었다. 그녀의 정체는 뭘까? 무슨 이유로 나를 시험했을까? 디너 파티에 왔던 부인의 친구들도 한통속이었을까? 그 모든 게 연기였을까? 아직 퍼즐 조각을 다 모으진 못했지만,

내가 헤이프니 레인에 온 것이 순전히 우연이라고는 생각할 수 없었다.

또 다른 사실도 깨달았다. 다시 헨리를 읽을 수 있게 되었다는 멋진 사실을. 처음 만난 날처럼 그의 이야기가 선명하게 읽혔다. 그가 잠든 동안, 나는 복잡한 감정이 뒤얽힌 가운데에서도 의미 깊었던 그와 아버지의 재회를 읽었다. 어쩌면 내 능력을 막았던 건 사랑이 아니었을지도 모른다. 오히려 그 반대였으리라. 나 자신을 향한 증오. 나를 함부로 대하는 셰인을 떠나지 않으려면 나 자신을 버리는 수밖에 없었다. 무언가가 잘못됐음을 알아차린 내면의 목소리를 침묵시켜야 했다. 내가 부당한 대우를 받고 있다고, 누군가의 화풀이 상대로 살기엔 아까운 사람이라고 알려주는 직감을 무시해야 했다. 나 자신과 나의 욕구를 보지 못하게 되자 셰인을 읽는 능력을 잃어버렸다. 마찬가지로, 내가 헨리를 사랑하고 필요로 한다는 사실을 외면하자 헨리를 읽을 수 없게 되었다. 내 옆에서 헨리가 움직이는 것이 느껴졌다. 그의 이마로 내려온 약간 축축한 머리칼에서 종이와 가을바람 냄새가 났다. 나는 그를 깨우지 않으려 조심조심 침대에서 빠져나간 뒤 위층으로 올라가 복도 테이블에 놓인 내 책을 집었다. 그리고 보든 부인의 앤 여왕 시대풍 의자에 앉아 마지막 몇 페이지를 읽었다.

길을 잃었다고 절망하지 말아요. 길 잃은 곳에서 안내하고 기다리세요. 길을 잃는다고 영원히 사라지는 건 아니에요. 길 잃은 곳에서 다른 세계가 시작되고, 과거의 아픔이 힘으로 바뀔 수 있답니다. 여러분이 항상 품고 있던 열쇠로 이 특별한 곳의 문을 열어보세요.

여기에 오기만 하면 누구든 특별한 재능을 발휘하여 두려움을 이겨낼 수 있어요. 기억을 통해 전해지는 이야기, 말없이 모습을 드러내 보이는 삶들, 여러분의 곁가에 살며시 지식을 속삭이는 책들, 친절한 손길에 되살아나는 태엽 장난감들, 구조되어 새 생명을 얻는 옛 추억, 이 모든 마법이 이 벽들 안에서 실제로 일어나고 있죠. 이곳에는 원하는 대로 마음껏 변신할 수 있는 에너지가 있어요. 예전의 모든 걸 여전히 품고 언제든 예전 모습으로 되돌아갈 수 있는 그 작은 씨앗은 진정으로 믿는 사람들에게만 보이도록 숨어 있답니다.

자, 문턱을 넘어 여러분의 권리를 되찾을 준비가 됐나요?

내 몸은 뿌리 깊은 나무처럼 흔들림 없이 안정되었지만, 마음은 미풍에 가볍게 흔들리고 있었다. 나의 여정을 읽은 기분이었다. 셰인과의 일은 다시 겪고 싶지 않은 경험이었지만, 그로 인해 더 나은 삶을 찾아 여기까지 왔다. 오펄린의 말이 옳았다. 나는 강해졌다. 그렇다고 이기적으로 내 생각만 하게 된 것은 아니었다. 더 차분하고 지혜로워졌다. 드디어 내 인생의 주인공이 될 준비를 마친 것처럼.

그러다 문득 헨리가 무슨 말인가 하려다 말았던 것이 떠올랐다. 내 직감에 따르면 중요한 얘기가 틀림없었다. 이제 완전한 진실을 마주할 마음의 각오가 되어 있었다.

"나한테 하려던 얘기가 뭐예요?" 나는 헨리 옆에 앉으며 물었다.

그는 기지개를 켜며 하품을 했다. "네?"

"오늘 여기 왔을 때, 뭔가 알아냈다고 했잖아요."

그는 팔꿈치를 괴고 옆으로 누운 채 재시동되는 컴퓨터처럼 몇 번 눈을 깜박였다. "아, 그렇지. 잠깐만요."

그는 두 다리를 침대 밖으로 휙 넘겨 사각팬티를 입은 뒤 재킷을 가지러 위층으로 올라갔다. 그가 떠나자마자 마음이 휑해져 웃음이 나왔다.

"괜찮아." 나는 속삭였다. 이런 감정을 느껴도 괜찮다고, 나 자신을 안심시켜야 했다. 그를 신뢰하는 법을 배우기가 쉽지는 않을 터였다. 이제 겨우 나 자신을 믿기 시작했으니까.

"오펄린의 아기요." 헨리가 내 방에 불쑥 들어오며 말했다. "아기는 죽지 않았어요. 병원이 오펄린에게 그렇게 알렸지만." 그는 침대 끄트머리에 앉아, 낡아빠진 증명서를 내게 건넸다. 어느 여아의 비공식 입양 기록이었다. 아기 이름은 '로즈'로 기록되어 있었다.

"세상에, 어떻게 이런 짓을 할 수가 있죠?"

"돈 때문이겠죠. 당시에는 꽤 흔한 일이었어요."

헨리가 내 손을 꽉 쥐었고, 나는 그가 곁에 있어 다행이다 싶었다. 나 혼자 감당하기에는 벅찬 문제였다.

"내 눈이 잘못됐나 봐요. 부부 이름 좀 읽어줄래요?"

"클로헤시. 이렇게 발음하는 거 맞아요?"

온몸에 한기가 들어 이가 딱딱 맞부딪치기 시작했다.

"마서, 왜 이래요?" 헨리가 나를 끌어당겨 껴안으며 물었다.

"내, 내 외할머니가 클로헤시 부부한테 입양됐다고 했어요."

54장

헨리

"왜 이렇게 차분해요? 외할머니 성함이 로즈 클로헤시라면서요. 그해에 태어난 로즈 클로헤시가 몇 명이나 되겠어요? 이거야말로 기막힌 우연의 일치 아니에요?" 거의 명상하는 듯한 자세로 침대에 앉아 있는 마서와 달리 나는 호들갑스럽게 떠들어대며 지하 방을 서성거렸다.

"지금 내 기분을 과연 차분하다고 표현할 수 있을지 모르겠네요, 헨리." 마서는 자신의 족보에 생긴 이 어마어마한 반전을 마주하고도 눈 하나 깜짝하지 않았다.

"머릿속으로 정리 중이군요. 좋아요. 알았어요."

정신이 하나도 없었다. 꿈에 그리던 여자를 만났다 했더니, 에밀리 브론테의 분실된 원고를 자기 몸에 새겨놓고 있질 않나, 이제는 20세기 최고의 서적상 중 한 명인 오펠린 칼라일의 증손녀라고 하질 않나. 그녀 자신도 지금까지는 전혀 모르고 있던 사실이었다.

얼른 교수진에게 알리고 싶었다. 드디어 논문 주제가 생겼어요!

"그런 생각을 하고 있어요?"

"응? 네? 잠깐만요, 어떻게……." 난 아무 말도 안 했는데?

그녀가 일어나 급하게 옷을 꿰입는 걸 보니, 내가 원하는 것과는 다른 일을 하려는 모양이었다.

"물론 논문을 써야겠죠. 모두 오필린의 이야기를 알아야 하니까. 그리고 그 이야기를 들려줄 사람은 당신이어야 해요."

"알았어요, 그런데 어떻게 내 생각을……."

"타고난 재능이에요, 헨리. 앞으로는 숨기지 않을 작정이에요."

나는 전혀 불안하지 않은 척하다가, 얼른 머릿속을 비우려 애썼다. 마서가 내 뇌에서 뭐라도 뽑아내지 못하도록. 느껴지지도 않는 산들바람에 나뭇가지들이 흔들리고, 문은 과장되게 삐걱거리며 천천히 열렸다.

"에밀리의 원고 이야기는 아무도 안 믿을걸요?"

그녀의 말이 옳았다. 그것이 진본이라는 증거는 없었다. 하지만 우리는 알고 있으니 그걸로 충분했다. 나는 움찔 놀랐다. 이젠 나도 공명심에 얽매이지 않게 됐다는 깨달음이 찾아들었다.

"당신이 원고를 볼 수 있는 유일한 사람이라는 것에 만족해요." 그녀가 내 뺨에 키스하며 말했다.

"그것도 괜찮죠." 아주 괜찮다.

"좋아요, 그럼 어디 한번 해볼까요?" 그녀가 신발을 신으며 물었다.

"에베레스트 등반? 새로 생긴 아시아 식당에서 저녁?"

내게는 그녀와 같은 재능이 없는 듯했다.

그녀가 내 팔을 툭 치더니, 마음이 사르르 녹아내리는 미소를 지었다. "서점 말이에요. 마지막 페이지 읽었죠?"

나는 그 문장을 머릿속에 떠올려 보았다.

'밤의 영혼이 거꾸로 뒤집혔어요……'

"밤의 영혼이라니…… 이게 대체 무슨 소린지."

"글자 그대로 받아들이지 말아요." 이렇게 자신감에 찬 그녀는 처음 보았다. 이런 모습이 잘 어울렸다. "내가 서점의 주인이 될 거라면, 여기 도착한 후 일어난 모든 일이 내게 그 말을 외치고 있었던 거라면, 믿어야죠. 너무 오랫동안 부정해왔어요. 감히 그런 희망을 품어서는 안 되는 거라고……" 감정이 북받쳐 목소리가 탁해지자 그녀는 말을 끊었다. 나는 그녀의 허리를 감싸안은 채, 천천히 하라고, 숨을 크게 한번 쉬라고 말해주었다.

"당신은 아주 특별한 사람이에요. 당신만 그걸 모른다니까." 나는 고개를 숙여 그녀의 부드러운 입술에 살짝 키스하며, 나를 끌어당기는 숨결의 달콤한 향을 느꼈다. "그런데 내가 무슨 도움이 될지 모르겠네요." 나는 마지못해 입술을 떼며 내 바보 같은 생각을 밝혔다.

"당신은 서점을 본 유일한 사람이잖아요. 분명 거기에 무슨 의미가 있을 거예요."

사실이었다. 원고를 찾다가 여기까지 왔고, 내가 찾고 있는 줄도 몰랐던 보물을 발견했다. 마서가 내 손을 잡고 나를 위층으로 이끌었다. 불은 꺼져 있었지만, 믿을 수 없으리만치 커다란 달에서 뿜어져 나오는 빛이 창으로 스며들어 집 안이 환했다.

"보든 부인은요?" 1층을 돌아 2층 층계참을 오르며 내가 물었다.

"아마 안 돌아올 거예요."

그녀의 목소리에는 근심이 어려 있지 않았다. 어떻게 된 거지? 그녀는 잠깐 걸음을 멈추더니 몸을 돌려 나를 마주 보았다.

"좀 이상하게 들릴 수도……."

"마서." 나는 그녀의 어깨를 붙잡고 말했다. "여기서 더 이상할 게 뭐 있어요?"

마서는 빙긋 웃으며, 그녀를 가로막고 있던 마지막 의구심을 떨쳐버렸다.

"우리 둘 말고는 모든 부인을 실제로 본 사람이 아무도 없어요. 대학 친구들한테 물어봤는데, 내 생일 파티 때 부인을 본 사람이 한 명도 없대요. 우리 엄마도 그렇고요."

"그래요. 그건 좀 이상하네요."

"그런데 셰인은 부인을 봤단 말이에요." 그녀는 심란한 기억에 이마를 찌푸리며 덧붙여 말했다. "그 이유가 뭘까?" 그녀는 자신에게만 겨우 들릴 듯한 목소리로 속삭였다.

나도 부인을 보지 않았다면 좋았을 텐데, 하는 생각이 들기 시작했다. 그녀는 유령일까?

"유령은 아닐 거예요."

"이젠 마음대로 내 생각을 읽네요? 그러면 곤란한데!"

마서는 미소 지으며, 그녀의 '능력'이 그다지 정교하진 않다며 안심시켰다.

"난 사람들의 이야기를 읽는 거지, 생각까지 낱낱이 알지는 못해요. 가끔 당신 생각은 쉽게 읽히지만." 그녀는 이렇게 말하며, 어둠 속에서 내게 가까이 다가왔다. 우리는 또 키스했다. 뭐, 기회를 날려버릴 이유는 없으니까.

복도 끝에 땅속 요정의 집에나 어울릴 법한 작은 문이 달려 있었다. 우리 둘 다 몸을 볼썽사납게 일그러뜨려 그 문으로 들어갔다. 크리스마스용 장식을 열한 달 동안 숨겨두는 평범한 다락방에 반쪽짜리 창문으로 희부연 달빛이 비쳐들었다. 정체 모를 물건들에 먼지막이 천이 덮여 있고, 방 끝의 전신 거울에는 조그만 문으로 들어오는 젊은 커플이 비쳤다. 캠든 근처 중고 가게의 특가품 상자 밑바닥에서 발견했던 책 한 권이 떠올랐다. 건물들의 기억이 벽에 스며든다는 내용이었다. '건물들은 한낱 유한한 인간들이 엉뚱한 자리에 두고 찾지 못하는 것을 절대 잊지 않는다.' 지금까지 그 책을 까맣게 잊고 있었다.

"편지가 있네요." 마서가 그녀의 이름이 적힌 봉투를 집어 들며 말했다.

마서,

나는 다른 사람들의 이야기 속에서 아주 다양한 인물을 연기했어. 그중에서도 자네의 이야기는 내 마음에 쏙 들었고, 이번 장은 역대 최고가 될 거야. 뭔가 존재하려면, 먼저 그것을 믿어야 하지. 눈에 보이지 않는 것들도 마음으로 보면 보이는 법이거든. 그 학자와 함께 자네의 길을 따라가도록 해. 난 그 양반이 마음에 들어.

B.

"그 사람 글씨가 맞아요?" 내가 물었다.

"누구요?"

"보든 부인 말이에요."

"보든 부인은 우리가 생각한 그런 사람이 아닌 것 같아요."

"무슨 뜻이에요?"

그녀는 편지를 내려놓고 숨을 크게 들이마시더니 혼자 빙긋 웃었다. "한 번도 여길 떠난 적 없죠?"

나는 잠깐 기다리며 좁은 다락방을 둘러보았다. 마서가 누구한테 말하는 거지?

솔직히 말하면, 내 속에서 수많은 감정이 뒤범벅되고 있었다. 마서와 함께 그곳에 있는 것이 기쁘기도 하고, 뭔가 초자연적인 일이 벌어졌으면 좋겠다는 어리석은 기대가 생기기도 하고, 우리가 뭘 하고 있는지 전혀 모르는 내가 영 쓸모없는 인간으로 느껴지기도 했다. 나는 많은 연구를 해왔지만, 마서는 그저 감으로, 본능적으로 아는 것 같았다. 〈홀 오브 더 문The Whole of the Moon〉이라는 노래처럼.

"'난 날개에 대해 말하고, 당신은 그냥 날아가버렸지.'"

"시예요?"

"아니, 노래예요." 나는 그녀의 손을 잡았다. 한 방에 있으면서 그녀와 떨어져 있기란 불가능했다. "달과 멍청한 남자와…… 모르는 게 없는 여자에 관한 노래."

"꼭 우리 같네요!"

"맞아요. 당신이 좋아할 줄 알았어요."

그녀가 두 팔로 내 목을 감았고, 우리는 음악도 없이 발을 끌며 춤을 추었다.

"섬뜩한 기분이 들거나 하는 건 아니죠?" 내 모직 스웨터의 어깨에 대고 말하는 그녀의 목소리가 뭉개져 들렸다.

"그렇다면, 당신 방에서 나무가 자라기 시작했을 때 그렇게 말했겠죠."

그녀가 코웃음을 치자, 우리 둘은 함께 웃음을 터뜨렸다.

"꿈속에 있는 것 같아요." 그녀의 말에 나도 동감했다. 하지만 꿈에는 보통 끝이라는 게 있다. 우리의 꿈은 다를 거라고, 나는 속으로 결론 내렸다.

"문이 또 있어요!" 그녀는 내 품에서 벗어나 방의 반대쪽 끝으로 달려갔다.

자세히 들여다보니, 정말 또 다른 문이 있었다. 아까 우리 모습을 비춘 전신 거울이 서 있던 바로 그 자리 같았다. 나는 천천히 눈을 깜박였다. 아니, 거울이 아니라 문이었다. 틀림없이.

"우리가 어디로 가고 있는지 어떻게 알아요?" 어둠 속에서 30초 정도 무턱대고 마서를 따라가다가 내가 물었다. 우리는 집의 처마 같은 곳 안에 있었다.

"모르죠. 그냥 날 믿어요."

"어디로 가고 있는지 당신도 모르잖아요?" 방금 지붕보에 머리를 찧은 나는 몸을 반으로 접다시피 웅크린 채 숨을 헐떡이며 물었다.

"전에 당신이 나한테 믿어달라고 했을 때 난 아무 불평도 안 했어요." 그녀가 쏘아붙였다.

1분 정도 입을 다물고 계속 따라가다 보니, 서서히 위로 올라가는 듯한 느낌이 들기 시작했다.

"그냥 확인차 물어보는 건데, 우리가 다락방에 있는데도 위쪽으로 올라가고 있다는 거 알아요?"

"알아요."

그녀가 팔을 뒤로 뻗어 내 옆머리를 쓰다듬었다. 별 도움이 되지는 않았다.

"책에 거꾸로 뒤집힌 계단이 나오는데, 기억 안 나요?"

기억이야 났지만, 아이들을 위한 따뜻한 동화라고만 생각했지, 설마 지도일 거라고는…… 지도라니, 어디의 지도?

"기억해요, 하지만 정말로 서점을 찾을 수 있을 거라고 믿는 건 아니죠?"

그녀의 목소리가 점점 더 멀어지는 듯했다. "잃어버린 적도 없는데 찾기는 뭘 찾아요!"

끝내주는군. 이젠 마서마저 수수께끼 같은 말을 하고 있었다. 보든 부인의 영향이 틀림없었다. 대체 그녀는 어디 있을까? 통로가 더 좁아져 손이 긁히는 느낌이 들자, 논리적으로 생각할 여유가 사라졌다.

"폐소 공포증 있다고 지금 말하면 좀 그런가?" 나는 최대한 무심한 척 말했다. 이젠 계단이 나선형으로 급강하하고 있는 것 같다는 말은 용감하게 생략하고.

"나무뿌리 같은데. 그렇지 않아요?"

'그렇고말고요' 하고 나는 속으로 중얼거렸다. 내가 A급 마약에 취한 거라면, 이 모든 상황이 이상할 것 하나 없었다. 또는, 내 성이 페벤시*이고, 코트 네 개가 걸린 옷장 속으로 우연히 들어온 거라면. 그러다 불현듯, 내가 끊임없이 빈정거리고 있다는 사실을 알아차렸다. 마서가 지적했듯 여기 온 첫날 밤 서점에 들어간 사람이 바로 나 아니던가? 하지만 나는 그걸 취중 신기루로 무시하고 넘어가버렸다.

내 마음이 허락하지 않으니 믿을 수가 없었다. 반면에 마서는 아무런 저항 없이 받아들였다. 서점의 존재를 믿지 못하겠다면, 적어도 마서를 믿고 움직이자, 나는 이렇게 마음먹었다.

"'밤의 영혼이 거꾸로 뒤집혔어요.'"

"네?"

"책에 나오는 그 문장요. 우리가 있어야 할 바로 그곳에 결국엔 도착할 거라고 믿어야 한다고 했잖아요."

"난 이미 도착한 것 같은데요." 그녀가 내 말을 들었는지는 알 수 없었다. 내가 이 말을 하자마자 굴 끝에 진짜 빛이 보였다. 심장이 두근거리기 시작했다.

---

* 《나니아 연대기》에는 페벤시 집안의 네 자매가 등장한다.

55장

오펄린

1952년, 더블린

희망은 영혼 속에 앉아 있는
깃털 달린 것,
가사 없는 선율을 노래하며
영원히 멈추지 않네.

나는 에밀리 디킨슨의 시집을 무릎에 내려놓고, 서점의 스테인
드글라스 창을 유심히 바라보았다. 지금은 새 한 마리와 열린 새
장의 이미지가 그려져 있다. 마음의 문을 열어놓고 있으면 언젠가
내 딸이 그 문으로 걸어 들어올 거라고 우주와 일종의 계약을 맺
었다. 그리고 그날을 더욱 앞당겨줄 것만 같은 일을 한 가지 찾았
다. 책을 쓰는 것. 동화책. 제목은 '길 잃은 곳'. 이 가게의 벽에 기
묘한 마법이 어려 있음을 나는 알고 있었다. 순회공연이나 서커스

478

에서 볼 수 있는 묘기보다 훨씬 더 신비로운 마법이.

나는 미적미적 불을 끄기 시작했다. 무언가 또는 누군가 가까이 있다는 막연한 느낌이 들었다. 내가 아는 누군가. 내가 사랑하는 누군가. 하지만 그 느낌을 믿을 순 없었다. 믿지 않으리라. 유리창 두드리는 소리가 들렸을 때조차 나는 고개를 돌리지 않았다. 내 직감이 틀렸다면 그 실망감을 감당할 자신이 없었다. 나는 책상에 두 손을 짚어 몸을 지탱한 채 두 눈을 질끈 감았다. 마음이 이성을 거역하고, 나는 무의식적으로 고개를 돌렸다.

그가 있었다.

요제프. 그의 머리와 어깨에 눈송이가 살며시 내려앉고 있었다.

내 입에서 안도의 한숨이 새어 나오고 선반에 꽂힌 책들도 한숨을 쉬는 것 같았다. 세인트 애그니스 정신병원에서 탈출한 뒤 요제프가 절실히 필요했을 때 서점은 그에게 문을 열어주었다. 그가 돌아오다니, 다시 희망이 샘솟는 느낌이었다. 그가 창으로 더 가까이 다가왔고 나도 그렇게 했다. 우리 사이를 가로막은 건 얇디 얇은 창유리 하나뿐. 나의 눈이 그의 두 눈과 입술과 온몸을 훑었다. 허상이 아니라 진짜인가?

"계속 밖에 세워둘 거예요?" 그는 한쪽 입꼬리를 올려 미소 지으며 물었다. "좀 추운데."

나는 웃음을 터뜨렸다. 몇 년 만에 울리는 은방울 소리처럼 들렸다. 나는 문을 열었고, 우리는 문턱에 섰다. 머리 위의 스테인드글라스에 꽃들이 피어나고 있었다.

"완전히 돌아온 거예요?"

"가을에 아버지가 돌아가셨어요."

나는 가슴에 손을 얹었다. "유감이에요."

"다락방에 있던 오래된 오르골 고쳐줄게요. 고장 난 게 있으면 뭐든…….."

"고장 난 건 당신이 이미 다 고쳤어요." 나는 그의 품속으로 뛰어들며 말했다.

"당신이랑 이곳이 꿈에 얼마나 많이 나왔는지 몰라요." 무엇도 다시는 우리를 떼어놓지 못할 것처럼 그는 나를 꼭 껴안았다.

"이 서점은 내 마음에 뿌리박고 있어요. 이곳을 계속 살려둘 방법을 찾아야겠어요. 내 딸을 위해."

요제프는 뒤로 물러나, 내 얼굴을 살피며 답을 찾았다.

"살아 있어요. 내 딸이 살아 있어요."

그는 입을 열었지만 아무 말도 하지 않았다. 그의 기쁨 어린 눈빛으로 충분했다.

"어서 들어와요." 마침내 내가 말했다.

그가 달랑 메고 온 큼직한 캔버스 천 더플백 앞쪽 주머니에 책 한 권이 삐죽 튀어나와 있었다. 붉은 가죽, 금테를 두른 종잇장들. 너무도 친숙했지만, 감히 얼토당토않은 기대를 품을 수는 없었다.

"선물이에요." 그가 내 시선을 따라가더니 책을 내게 건넸다. "오스트리아의 오래된 책방에서 발견했어요."

낡은 책을 두 손에 받아들자, 어린 시절의 마법이 물밀듯 밀려와 나를 맞았다. 서명을 본 나는 숨이 턱 막혔다. 앨프레드 칼라일. 나의 진정한 아버지.

"어떻게……."

"마인 리블링, 제발 말은 그만하고 키스해줘요."

56장

마서

그날 밤 이상하기 짝이 없는 꿈을 꾸었다. 나는 이탈리아의 오래된 마을을 걷고 있었다. 여름 햇볕이 따가운, 무덥고 먼지 자욱한 날이었다. 어느 서늘하고 어두컴컴한 건물로 들어갔는데, 바닥부터 천장까지 오래된 책이 빼곡했다. 그곳에 있던 한 남자가 내게 열쇠를 건넸는데, 그러기가 무섭게 나는 헤이프니 레인으로 돌아와 있었다. 모든 것이 똑같으면서도 달랐다. 집 안에는 어디선가 본 듯하지만 낯선 여자가 있었다. 그녀가 나를 위해 책을 쓰고 있었다고, 이 가게가 나를 기다리고 있었다고 말했다.

"깨어나." 그녀가 말했다. "깨어나."

아침 햇살에 눈을 떠보니, 내 옆의 베개에 헝클어져 있는 헨리의 연갈색 머리칼이 보였다. 서점을 찾지 못해 실망했는지 어땠는지, 그는 아무런 기색도 내비치지 않았다. 그 좁은 통로는 내 방으로 곧장 이어져 있었다. 또 다른 차원으로 통하는 비밀스러운 길이 아니라, 옛날에 하인들이 다녔을 법한 굴에 불과했다. 헨리는 나를 침대로 데려와서는, 자기가 원하는 건 이미 다 얻었다고 말했다. 나는 내가 꿈꿔왔던 것보다 더 많이 얻었지만, 그래도 뭔가 완전히 해결되지 않은 듯 마음이 찜찜했다.

"나무!"

"깼어요, 깼어." 내 비명에 헨리가 답했다. 그의 한쪽 눈은 여전히 감겨 있고, 머리칼은 삐죽 서 있었다.

"나무가 없어졌어요."

"그래요. 여기에 나무가 자란다는 사실 자체가 애초에 이상했지만, 이건 그냥…… 지금 뭐 해요?"

나는 옷을 입고 있었다. 급하게.

"안 가볼 거예요?"

헨리는 눈을 깜박이다가 억지로 청바지를 입었다. 나는 먼저 계단을 뛰어 올라갔다.

"마서? 원래 계단에 이런 게 적혀 있었어요? '길 잃은 곳에서 기묘한 것들이 발견된다.'" 그가 소리쳤지만, 난 훨씬 더 기묘한 것을 발견했다.

계단 끝까지 올라가면 언제나처럼 헤이프니 레인 12번지의 현관이 나올 줄 알았다. 하지만 난, 그때까지도 그 존재를 완전히는 믿지 못했던 곳, 오필린의 서점에 서 있었다. 가게 앞쪽 유리창으로 흘러든 햇살이 빛줄기들을 만들며, 색종이 조각처럼 떨어지는 티끌을 반짝반짝 비추었다. 이 모든 게 증발해버릴까 봐 두려워 감히 숨을 쉴 수도 없었다. 천천히, 내 앞에 있는 것으로 눈길을 돌렸다. 부드러운 녹색 이끼가 끼고 가장자리를 따라 덩굴이 기어오른 나무 책장들이 벽면을 뒤덮고 있었다. 낙엽들이 타일 바닥을 소리 없이 굴러다니고, 머리 위에서는 장난감 열기구들이 떠다녔다. 립 밴 윙클*처럼 기나긴 잠에서 이제 막 깨어난 듯 서점은 동면의 세월을 떨쳐내고 있었다. 나는 눈을 깜박여봤지만, 서점은 사라지지 않았다. 9월에 익은 황금빛 사과의 달콤함과 더불어, 따스한 나무와 종이 향기가 진동했다. 우리가 도착하기만을 기다리고 있던 화려한 빛깔의 고서며 골동품 들이 가득했다.

드디어 내 집에 왔다.

헨리는 계단 꼭대기에서 나와 부딪친 뒤 눈앞에 펼쳐진 광경을 보았다.

"당신 눈에도 이게 보인다고, 내가 미친 게 아니라고 말해줘요."

"진짜예요, 헨리." 나는 그를 바라보며 미소 지었다.

"내 눈으로 보고도 믿기지가 않아요." 그가 속삭였다. "어떻게 이런 일이 생길 수 있지?"

나는 크게 숨을 들이마시고, 오필린이 쓴 책의 마지막 부분을 떠올렸다.

"어쩌면 지금껏 잃어버렸던 건 서점이 아니라 나 자신이었을지도 몰라요."

나는 헨리의 손을 잡아 꼭 쥐었다.

"우리가 해냈어요." 내가 말했다. "우리가 서점을 찾았어요."

---

* 미국 작가 워싱턴 어빙의 단편소설 〈립 밴 윙클〉의 주인공. 산에 사냥을 갔다가 낯선 사람들을 만나 그들의 술을 훔쳐 마시고 잠들었다가 20년 만에 깨어나 몰라보게 변한 세상에 깜짝 놀란다.

헨리는 아이처럼 이를 드러내며 환하고 아름답게 미소 지었다.

"저기 좀 봐요." 그가 창문 꼭대기의 스테인드글라스를 가리켰다. 처음 보는데도 묘하게 낯이 익었다.

"저기 혹시……?" 헨리가 더 가까이 다가가더니, 맨 끄트머리의 무늬를 가리켰다. 머리가 짤막한 한 여인이 긴 코트에 바지를 입고 한 군인과 손을 잡고 있었다.

에필로그

바깥에 내리던 비가 잦아들고, 울퉁불퉁한 이불처럼 도시 위로 우글우글 모여 있던 잿빛 구름이 흩어지면서 푸른 하늘의 들쭉날쭉한 쪽창이 여기저기 나타났다.

"전부 진짜예요?" 소년은 나중에 먹을 심산으로 쿠키를 당당히 주머니에 넣으며 물었다.

"그럼." 마서는 이렇게 말하고는 편지봉투와 초대장을 정리하기 시작했다. 이제 일할 시간이었다.

"그 집이랑 할머니는 어떻게 됐어요?"

"12번지? 아직 그대로 있지. 하지만 다른 사람이 살고 있어."

소년은 그 답이 더없이 만족스러웠는지 고개를 끄덕였다.

"그럼 그 책이 아줌마한테, 아줌마가 책을 팔게 될 거라고 말해 준 거예요?"

마서는 잠깐 고민한 후 답했다. "그렇다고 할 수 있지."

소년은 어떤 생각에 집중한 듯 이마를 잔뜩 찌푸렸다.

"왜 그러니?"

"나도, 내가 늙으면 무슨 일을 하게 될지 알려주는 책을 찾고 싶어요."

"'늙으면'이 아니라 '크면'이겠지." 마서는 소년의 말을 바로잡아주었다. "그리고 내 생각엔 이미 찾은 것 같은데."

"무슨 뜻이에요?"

"넌 네가 커서 어떤 사람이 되고 싶은지 이미 알고 있어."

"그래요?"

마서는 인내심 있게 고개를 끄덕였다. "심장이 막 두근거리지 않았어? 매슈 피츠패트릭이 등장하는 대목에서."

"아, 그거요?"

"그래. 그거!"

소년은 의자에서 미끄러져 내려가 타일 바닥에 발을 질질 끌며, 책가방을 던져두었던 곳으로 돌아갔다. 그 안에 세상의 모든 근심 걱정이 담긴 것처럼 가방을 힘겹게 들어 어깨에 멨다.

"선생님은 바보 같다고 하던데요."

"내 생각엔 최고의 직업 같은데."

소년은 신기한 듯 그녀를 쳐다보았다. 그녀가 그에게 한번 도전해보라며 부추기는 것처럼 느껴졌다. 어른들은 그의 말을 귀 기울여 들어줄 때가 거의 없었고, 어쩌다 들어준다 해도 바보 같은 생각을 단념시키려 했다.

"책을 읽으면 말이야." 마서가 말했다. "꿈꾸던 것보다 더 크고 더 좋은 인생을 상상할 수 있게 된단다."

이 말과 함께 가게 문 위에 달린 종이 울리더니, 머리칼이 눈까지 내려온 키 큰 남자가 경쾌하게 들어왔다. 그는 곧장 마서에게 다가가 그녀의 뺨에 오래도록 입을 맞추었다. 소년의 눈에는 징그러워 보였다.

"이 꼬마는 누구시지?" 그가 마침내 물었다.

"말해줄까?" 마서가 소년에게 물었다. "네 '진짜' 정체를 이 아저씨한테 말해줄래?"

소년은 처음엔 망설이다가, 웬만큼 자신감이 생겼는지 가슴을 쫙 폈다.

"난 마술사예요!" 소년이 선언하듯 말했다.

"그래?" 헨리가 물었다.

"맞아." 마서가 말했다. "그리고 첫 묘기로, 아침 내내 읽었던 마술책을 사라지게 만들 거야." 마서는 그 책을 가져가라는 뜻으로 소년에게 고개를 까딱였다.

"돈 안 내도 돼요?" 소년이 물었다.

"첫 책은 항상 공짜거든." 마서가 이렇게 답하자, 소년은 순식간에 책을 가방에 쑤셔 넣은 뒤 발에 불이라도 붙은 듯 문밖으로 뛰쳐나갔다. 그때 기묘한 아침 햇살이 비쳐, 소년의 등에 망토가 펄럭이는 것 같은 착각이 일었다.

"또 저지르셨군." 헨리는 마서의 허리에 팔을 스윽 감으며 말했다.

"뭘 저질러요, 필드 씨?"

"또 누군가를 아주, 아주 행복하게 만들어버렸잖아요, 필드 부인."

이번엔 그들의 키스가 너무 길어져 가게를 닫아야 했다.

———✦

  이야기는 이렇게 끝난다. 그들은 결국 에밀리 브론테의 원고를
찾지 못했다. 원고는 오늘도 어느 아일랜드 은행의 금고에 숨어 다
른 누군가의 이야기로 스며들 날을 기다리고 있다.

독자 여러분께

제가 이 소설을 쓰면서 즐거웠듯 여러분도 고서들의 매혹적인 세계로 떠난 여행이 즐거웠기를 바랍니다.

이 이야기는, 날아가버릴까 봐 급하게 끄적여 붙잡아둔 몇 줄의 문장, 그리고 서점이 있어야 할 공간에 서 있는 한 남자의 이미지로 시작되었습니다. 그때만 해도 오펄린과 마서와 헨리가 나를 어떤 여정으로 이끌지 알 수 없었어요! 희귀 서적이 활발하게 거래되던 시절에 탄생한 서점의 이야기에 마법과 미스터리, 로맨스를 곁들여 쓰고 싶다는 마음뿐이었습니다.

이 이야기를 쓰며 아주 많은 것을 조사하고 영감도 받았는데, 그것들을 전부 담으려면 책 한 권을 더 써야 할 정도입니다. 어떤 것에 관해 쓰려면 그것을 사랑해야 한다고 읽은 적이 있습니다. 많은 시간을 함께 보내야 하니까요. 진심으로 말하건대, 저는 순수하게 즐기는 마음으로 이 책을 썼습니다. 책과 사람, 그리고 그 사람들이 서로 격려하고 자극하고 치유하는 관계성이야말로 이 책에 담긴 진정한 마법이지만, 모든 부인에게는 비밀이에요!

저는 과거가 어떻게 현재를 빚어내는가에 늘 관심이 많기 때문에, 서로 다른 시대를 오가는 전개 방식을 좋아합니다. 《사라진 서점》의 주된 주제 중 하나는 삶의 목적 찾기인데, 세대를 막론하고 관심 있는 주제일 겁니다. 사실 제가 쓰는 모든 소설은 자아 찾기, 성장, 소속감을 공통으로 이야기하고 있습니다. 저는 사회가 강요하는 관습적인 이상에 꼭 들어맞지 않는 인물들, 특히 여성들에 관해 쓰기를 좋아합니다. 오펄린은 확실히 관습에 얽매이지 않고 시대를 앞서간 사람이었죠. 과거 주변으로 내몰렸으며 지금까지도 자신의 이야기에서 소외되어 있는 여성들에게, 한 사람의 여성으로서 제가 품고 있는 감정을 이 책에 담고 싶었습니다. 이번 기회를 통해 대단한 업적을 남긴 멋진 여성들, 저널리스트 넬리 블라이와 에밀리 브론테의 두 번째 소설을 찾는 아이디어에 영감을 준 문학계 탐정이자 학자이자 서적상인 리오나 로스튼버그와 매들린 스턴에 관해 연구할 수 있어 기뻤습니다.

제가 쓰는 모든 글의 중심에는 우리의 보편적인 경험이 있습니다. 우리를 인간이게 하는 것, 즉 사랑받고, 이해받고, 내면의 특별함을 표출하고자 하는 욕망입니다. 저는 이를 열쇠로 삼아, 제 이야기에 어울리는 작법을 찾았습니다. 마술적 사실주의는 상상력의 한계를 뛰어넘게 해줍니다. 그래서 무엇이든 가능하다는 걸 보여줄 수 있죠. 마서의 말대로, 책을 읽으면 꿈꾸던 것보다 더 크고 더 좋은 인생을 상상할 수 있으니까요.

사랑을 담아,
이비 드림

옮긴이 **이영아**

서강대학교 영어영문학과를 졸업하고 성균관대학교 사회교육원 전문 번역가 양성 과정을 이수했다. 현재 전문 번역가로 활동하고 있다. 옮긴 책으로 《익명의 소녀》 《나의 친절하고 위험한 친구들》 《익명 작가》 《걸 온 더 트레인》 《코미디언스》 《스티븐 프라이의 그리스 신화》 3부작 등이 있다.

사라진 서점

초판 1쇄 2024년 7월 30일

지은이 | 이비 우즈
옮긴이 | 이영아

발행인 | 문태진
본부장 | 서금선
책임편집 | 이준환 편집 3팀 | 허문선

기획편집팀 | 한성수 임은선 임선아 최지인 송은하 송현경 이은지 유진영 장서원 원지연
마케팅팀 | 김동준 이재성 박병국 문무현 김윤희 김은지 이지현 조용환 전지혜
디자인팀 | 김현철 손성규 저작권팀 | 정선주
경영지원팀 | 노강희 윤현성 정헌준 조샘 이지연 조희연 김기현
강연팀 | 장진항 조은빛 신유리 김수연 송해인

펴낸곳 | ㈜인플루엔셜
출판신고 | 2012년 5월 18일 제300-2012-1043호
주소 | (06619) 서울특별시 서초구 서초대로 398 BnK디지털타워 11층
전화 | 02)720-1034(기획편집) 02)720-1024(마케팅) 02)720-1042(강연섭외)
팩스 | 02)720-1043 전자우편 | books@influential.co.kr
홈페이지 | www.influential.co.kr

한국어판 출판권 ⓒ ㈜인플루엔셜, 2024

ISBN 979-11-6834-218-7 (03840)